다크타워 3 〔하〕

STEPHEN KING

다크타워 3

스티븐 킹 장편소설 | 장성주 옮김

황무지 〔하〕

황금가지

THE DARK TOWER Ⅲ
: THE WASTE LANDS

by Stephen King

차
례

❖ **일러두기** ❖

1. 이 책은 2003년에 개정 출판된 『Dark Tower Ⅲ : The Waste Lands』를 저본으로 삼아 우리글로 옮겼습니다.
2. 제3부 『황무지』는 제2부 『세 개의 문』과 마찬가지로 현실 세계의 미국 뉴욕 시와 환상 세계를 오가며 펼쳐집니다. 뉴욕 시의 남북으로 뻗은 길은 'ㅇ번 대로'로, 동서로 뻗은 길은 'ㅇ번가'로 옮겼습니다.
3. 본문 중 스티븐 킹이 의도한 행 바꿈 혹은 어긋난 표기법이 있습니다.
4. 원서에서 강조된 문구는 이탤릭, 고딕 등으로 표기되었습니다.
5. 본문에 나오는 수수께끼에 관한 설명은 각 권 마지막 장에 부록으로 설명되어 있습니다.

러드
부서진 우상들의 산

제1장
마을과 카텟

1

에디의 손에 붙들려 두 세계를 잇는 문을 통과한 지 나흘째 되던 날, 입고 있던 바지와 운동화는 잃어버렸지만 배낭과 목숨은 그대로 소지한 채로, 제이크는 따뜻하고 축축한 무언가가 얼굴을 핥는 느낌에 눈을 떴다.

앞서 사흘 동안에 그런 식으로 잠에서 깨어났다면 제이크는 틀림없이 비명을 질러 일행을 깨웠으리라. 그동안 고열과 회반죽 괴물이 나오는 악몽에 시달려 잠을 설쳤기 때문이었다. 꿈속에서 제이크의 바지는 쑥 내려가지 않았고, 문지기는 제이크를 꽉 움켜쥐고 자신의 끔찍한 아가리에 쑤셔넣었으며, 문지기의 이빨은 성을 지키는 쇠창살문처럼 가차없이 떨어졌다. 그런 꿈을 꾸면 제이크는 꼼짝없이 벌벌 떨고 끙끙 앓다가 깨어났다.

고열의 원인은 거미에게 물린 목덜미의 상처였다. 이틀째 되던 날 롤랜드는 낫는 대신 더 악화되는 그 상처를 발견하고 에디와 잠시 얘기를 나눈 다음, 제이크에게 분홍색 알약 한 개를 주었다.

"적어도 1주일 동안은 날마다 네 알씩 먹어야 한다."

제이크는 알약을 미심쩍은 듯 응시했다.

"이게 뭔데요?"

"치플리트."

롤랜드는 이렇게 말해 놓고 도저히 안 되겠다는 듯이 에디를 쳐다보았다.

"네가 얘기해라. 난 당최 발음을 못하겠다."

"케플렉스야. 안심해, 제이크. 이건 그리운 뉴욕 시의 합법적인 약국에서 가져온 약이니까. 롤랜드도 한 움큼 집어먹었는데 이렇게 말처럼 튼튼하잖아. 사실 생긴 것도 말하고 좀 비슷하고 말이지, 너도 봐서 알겠지만."

제이크가 깜짝 놀라서 물었다.

"어떻게 뉴욕에서 약을 다 샀어요?"

"얘기하자면 길다. 언젠가 다 들려주마, 지금은 약부터 먹어라."

제이크는 총잡이 말대로 했다. 약효는 빠르고도 만족스러웠다. 물린 자국 주위의 벌건 붓기가 하루 만에 가라앉더니 이제 열도 함께 내렸다.

따뜻한 것이 또다시 얼굴을 핥았다. 제이크는 벌떡 일어나 눈을 번쩍 떴다.

제이크의 볼을 핥던 짐승이 뒤로 두 걸음 총총 물러났다. 짐승의 정체는 개너구리였으나 제이크는 그것이 무엇인지 몰랐다. 이때껏 본 적이 한 번도 없기 때문이었다. 앞서 롤랜드 일행이 보았던 개너구리보다 여윈 놈이었는데 검정색과 회색이 섞인 털이 텁수룩하고 거칠거칠했다. 몸통 한쪽에 말라붙은 지 오래된 피딱지가 보였다. 테두리가 금색인 까만 눈이 근심스러운 듯 제이크를 바라보았다. 궁둥이는 무언가를 바라듯 이쪽저쪽으로 흔들고 있었다. 제이크는 마음을 놓았다. 물론 예외는 있을 테지만, 그래도 꼬리를 흔드는(또는 흔들려고 애쓰는) 짐승이라면 아마도 그리 위험하지 않으리라는 생각이 들었다.

방금 막 동이 텄으니 아마도 오전 5시 30분쯤이었으리라. 제이크는 그 이상 더 정확히 짐작할 수가 없었다. 세이코 전자시계가 고장 났기 때문이었는데…… 아니, 오히려 굉장히 이상한 방식으로 작동하는 중인지도 몰랐다. 이쪽 세상으로 건너오고 나서 맨 처음 보았을 때 세이코 시계에 표시된 시각은 98시 71분 65초였고, 이는 제이크가 아는 한 존재하지 않는 시간이었다. 찬찬히 들여다보았더니 이내 시간이 거꾸로 가기 시작했다. 만약 그런 식으로라도 꾸준히 작동했더라면 제이크는 시계가 그런 대로 쓸모 있을지도 모른다고 생각했을 테지만, 그렇지가 않았다. 시계는 잠시나마 제 속도로 시간을 거슬러가는 듯 보였다(제이크는 초가 바뀔 때마다 '미시시피'를 중얼거려 이를 입증했다.). 그러다가 이내 모든 숫자가 10초 내지 20초쯤 정지하거나(이때 제이크는 시계가 결국 고장 났다고 생각했다.), 아니면 갑자기 뭉텅이로 흐릿해지기도 했다.

제이크는 롤랜드에게 시계를 보여주며 이 이상한 현상을 설명했다. 그러면서 롤랜드가 시계를 보고 놀랄 거라 생각했지만, 롤랜드는 아주 잠깐 시계를 뜯어보고 대수롭잖은 듯 고개를 끄덕일 뿐이었다. 그러고는 제이크에게 재미있게 생긴 시계이기는 하지만 요즈음은 어떤 시계도 제대로 작동하지 않는다고 일러주었다. 그리하여 세이코 전자시계는 무용지물이 되었으나 제이크는 여전히 그것을 버리고 싶지 않았는데…… 왜냐하면 제이크 생각에 그것은 이전 삶의 한 부분이었고, 이제 그런 부분이 얼마 남지 않았기 때문이었다.

세이코 전자시계에 따르면 현재 시각은 40시 62분이었고 요일은 수요일, 목요일, 토요일이었으며, 달은 12월인 동시에 3월이었다.

안개가 지독히도 자욱한 아침이었다. 약 15미터 거리 저편의 세상은 아예 보이지 않았다. 이날도 지난 사흘과 마찬가지라면 두 시간쯤 후에 태양이 희끄무레한 원의 형상으로 떠오를 터였고, 9시 30분쯤 되면 맑게 개어 후끈 더워질 터였다. 제이크는 주위를 둘러보다가 가죽을 덮고 잠든 동행들을 발견했다(감히 그들을 친구로 부르지는 못했다, 적어도 아직까지는.). 롤랜드는 곁에 있었고 에디와 수재나는 꺼진 모닥불 저편에 한데 누워 큼지막한 더미가 되어 있었다.

제이크는 다시금 자신을 깨운 동물에게 관심을 돌렸다. 생김새가 꼭 너구리와 마멋을 합치고 닥스훈트도 넉넉히 섞어놓은 듯했다.

"어이, 안녕?"

제이크가 나지막이 물었다.

"오이!"

개너구리가 제꺼덕 대답했다. 눈은 여전히 근심스러운 듯 제이크를 바라보는 중이었다. 목소리가 낮고 굵직한 것이 꼭 짖는 소리 같았다. 독한 목감기에 걸린 럭비 선수의 목소리가 꼭 그럴 것 같았다.

제이크는 놀라서 움찔했다. 개너구리도 아이의 빠른 움직임에 놀라 뒤로 몇 걸음 물러났고, 처음에는 달아날 듯 보였으나 이내 그자리를 지켰다. 개너구리는 꽁무니를 더없이 기운차게 흔들면서도 금테가 둘러진 눈으로는 여전히 불안한 듯 제이크를 바라보고 있었다. 주둥이에 달린 수염이 바르르 떨렸다.

"이 녀석은 사람을 기억하는구나."

어깨 너머에서 목소리가 들렸다. 제이크가 돌아보니 롤랜드가 넓적다리에 팔뚝을 짚고 쭈그려 앉아 있었다. 기다란 두 손이 가랑이 앞에서 디룽거렸다. 롤랜드는 제이크의 시계를 볼 때보다 훨씬 더 흥미로운 눈으로 그 동물을 보는 중이었다.

"저게 뭐예요?"

제이크가 소곤소곤 물었다. 개너구리를 놀래어 쫓아버리고 싶지 않아서였다. 제이크는 녀석에게 매료되었다.

"눈이 진짜 예뻐요!"

"저건 개너구리다."

"이다!"

개너구리가 불쑥 외치더니 한 걸음 더 물러섰다.

"말을 할 줄 아나 봐요!"

"실은 그렇지 않아. 개너구리는 그저 자기가 들은 소리를 따라할 뿐인데…… 요즘은 다를지도 모르겠다. 개너구리 소리를 들은 지도 꽤 오래됐으니. 이 녀석은 허기져 보이는구나. 아마도 먹이를 찾으러 왔나 보다."

"얘가 제 얼굴을 핥고 있었어요. 먹을 걸 줘도 될까요?"

"그랬다간 우리 곁에서 절대 안 떠나려고 할 텐데."

롤랜드가 싱긋 웃더니 손가락으로 딱 소리를 냈다.

"어이! 개!"

개너구리는 어떻게 했는지 몰라도 손가락 튕기는 소리를 흉내 냈다. 입천장에 대고 혀를 차는 듯한 소리가 들렸고, 뒤이어 굵직한 목소리가 들렸다.

"*어이! 어이, 애!*"

이제 털이 덥수룩한 꽁무니가 그야말로 펄럭거렸다.

"한 입 줘보렴. 내 예전 지인 중에 나이 든 마부가 한 명 있었는데, 그이가 말하길 착한 개너구리는 길조라더구나. 이 녀석은 착해 보인다."

"맞아요." 제이크가 맞장구를 쳤다. "진짜 그래요."

"예전에는 녀석들을 사육했다. 모든 나라의 성이나 장원에 개너구리 대여섯 마리가 노닐곤 했지. 아이들을 즐겁게 해주고 쥐의 대가릿수를 줄이는 것 말고는 별 쓸모가 없었단다. 명견처럼 끝까지 충직한 개너구리가 있다는 얘기는 못 들어봤어도, 꽤 믿음직한 놈도 있다. 그마저도 옛날 얘기인지도 모르겠다만. 야생 개너구리는 썩은 고기를 먹고 산다. 위험하진 않아도 골칫거리야."

"이야!"

개너구리가 꽥 소리를 질렀다. 불안해 보이는 두 눈이 제이크와 총잡이를 쉬지 않고 번갈아가며 쳐다보았다.

제이크는 짐승을 놀래지 않으려고 천천히 배낭으로 손을 뻗어 아직 남은 총잡이표 부리토를 꺼냈다. 그러고는 그것을 개너구리에게 던져주었다. 개너구리가 움찔 물러나더니 아기 울음 같은 나지막한 소리를 내며 돌아섰다. 털이 복슬복슬한 코르크마개 뽑개처럼 생긴 꼬리가 보였다. 제이크는 틀림없이 달아나리라고 짐작했지만 녀석은 우뚝 멈췄고, 미심쩍은 눈으로 어깨 너머를 돌아보았다.

"이리 와. 먹어봐, 어이."

"오이."

개너구리가 중얼거렸다. 그러나 움직이지는 않았다.

"시간을 주려무나. 오려고 할 게다, 내 생각은 그렇다."

개너구리가 몸을 앞으로 쭉 뻗자 기다랗고 놀랄 만큼 우아한 목이 드러났다. 먹이 냄새를 맡았는지 까맣고 날렵한 코가 벌렁거렸다. 마침내 개너구리가 앞으로 총총 걸어왔다. 제이크가 보니 다리를 살짝 절고 있었다. 개너구리는 부리토를 킁킁대다가 앞발로 잎사귀를 걷어내고 사슴고기만 따로 추렸다. 몸놀림이 어찌나 섬세하던지 묘하게도 숙연해 보였다. 개너구리는 잎사귀를 다 제거하자마자 고기를 한입에 먹어치우고 제이크를 올려다보았다.

"오이!"

개너구리가 말했다. 그러고는 제이크가 웃음을 터뜨리자 다시금 뒤로 움츠러들었다.

"비쩍 마른 놈이네."

두 사람 뒤에서 졸음에 겨운 에디의 목소리가 들렸다. 그 목소리에 개너구리가 제꺼덕 몸을 틀더니 안개 속으로 사라져버렸다.

"아저씨 때문에 놀라서 가버렸잖아요!"

"어이쿠, 미안해라." 에디가 자느라 뻗친 머리를 한손으로 쓱 훑었다. "네 단짝 친구인 줄 알았으면 내가 커피랑 케이크라도 내오는 건데 그랬다, 제이크."

롤랜드가 제이크의 어깨를 살짝 다독였다.

"다시 돌아올 게다."

"정말요?"

"그래, 다른 짐승한테 죽지 않으면. 우리가 먹이를 줬잖으냐, 안 그러냐?”

　제이크가 뭐라고 대답하기도 전에 또다시 북소리가 들리기 시작했다. 아침에 북소리가 들리기는 이번이 세 번째였고, 저녁 어스름이 깔릴 무렵에 들린 적도 두 차례 있었다. 희미하고 단조롭게 둥둥거리는 그 소리는 도시 쪽에서 들려왔다. 정확히 알아듣기는 힘들었지만 그래도 이날 아침에는 또렷이 들렸다. 제이크는 그 소리가 싫었다. 담요처럼 빽빽하고 막연한 저 아침 안개 너머 어딘가에서, 거대한 짐승의 심장이 두근거리는 듯했다.

　“롤랜드, 저게 무슨 소린지 아직도 모르겠어요?”

　수재나가 물었다. 옷을 걸치고 머리를 뒤로 묶은 수재나는 에디와 함께 덮고 잤던 모포를 접는 중이었다.

　“모르겠소. 허나 곧 알게 될 것임에 틀림없소.”

　“참 믿음직스럽기도 하지.”

　에디가 심술궂게 말했다. 롤랜드는 자리에서 일어섰다.

　“가자. 해를 낭비하면 안 된다.”

　　2

　안개는 일행이 길을 나선 지 한 시간쯤 지나서야 걷히기 시작했다. 일행이 돌아가며 민 수재나의 휠체어는 심하게 덜커덩거리며 나아갔다. 길 곳곳에 우둘투둘한 자갈이 도사린 탓이었다. 오전도 중반에 이를 무렵, 날은 무더웠고 구름 한 점 없이 화창했다. 동남쪽 지평선 위로 도시의 스카이라인이 뚜렷이 보였다. 제이크가 보기에 건물 높이는 더 낮을지 몰라도 뉴욕의 하늘 풍경과 별 다를 바가 없었다. 롤랜드의 세계에 존재하는 다른 것들이 명백히 그러하듯이 도시 또한 이미 무너졌는지 어떤지는, 이곳에서는 아직 알아볼 방법이 없었다. 에디와 마찬가지로 제이크 또한 입 밖에 내지 못할 희망을 슬슬 품기 시작했다. 도시에서 얻을 수 있으리라는 희망이었다. 도움을…… 아니면, 적어도 푸짐하고 따뜻한 한 끼 식사라도.

일행 왼편으로 5, 60킬로미터쯤 떨어진 곳에 널따랗게 굽이진 센드 강이 보였다. 수많은 새들이 무리 지어 강물 위를 맴돌았다. 이따금씩 물고기를 잡으려는지 날개를 접고 돌멩이처럼 급강하하는 새도 보였다. 강과 길이 조금씩 가까워지는 중이었으나 만나는 점은 아직 보이지 않았다.

길 앞쪽으로 건물이 더 보였다. 대개는 농가처럼 보였는데 사람이 사는 곳은 하나도 없는 듯했다. 허물어진 건물도 몇 채 있었으나 원인은 파괴가 아니라 세월인 듯 보였고, 덕분에 도시에서 무언가 찾을지도 모른다는 에디와 제이크의 희망은 무럭무럭 자라났다. 남들이 비웃을까 무서워 저마다 마음속에 꼭꼭 감추어둔 희망이었다. 초원에서는 털이 북슬북슬한 들짐승 몇 마리가 무리 지어 풀을 뜯었다. 짐승들은 반대편으로 건너갈 때가 아니면 도로로부터 넉넉한 거리를 유지했고, 건널 때에도 차를 무서워하는 아이들처럼 후다닥 달려갔다. 제이크가 보기에 들소 같았으나…… 개중에는 대가리가 두 개 달린 놈도 몇 마리 있었다. 롤랜드는 제이크에게서 그 얘기를 듣고 고개를 주억거렸다.

"돌연변이다."

"산 지하에서 본 그것들처럼요?"

제이크는 겁에 질린 자기 목소리를 듣고 총잡이도 틀림없이 눈치 챘으리라고 생각했다. 그래도 겁을 숨길 수는 없었다. 아이는 핸드카를 타고 끝도 없이 나아가던 악몽의 나날을 또렷이 기억했다.

"이 부근에서는 돌연변이의 핏줄이 사라지는 중인 것 같다. 우리가 산 지하에서 만난 놈들은 더 악화되었는데 말이다."

"저긴 어떨 것 같아요? 저기도 돌연변이들이 있을까요? 아니면……"

제이크가 도시 쪽을 가리키며 말하다가, 입을 다물었다. 그 이상 자신의 희망을 밝힐 수 없다는 생각이 들었다. 롤랜드는 어깨를 으쓱했다.

"나도 모른다, 제이크. 알면 가르쳐줬을 게다."

일행은 십중팔구 농가로 보이는 빈 건물 앞을 지나갔다. 건물 일부가 불에 그슬려 있었다. '하지만 벼락 때문에 저렇게 됐을지도 모르잖아.' 제이크는 이렇게 생각했고, 자신이 원하는 바가 어느 쪽인지 궁금해졌다. 스스로에게 설명하고 싶은지, 아니면 스스로를 속이고 싶은지.

롤랜드가 이런 마음을 읽기라도 한 듯이 제이크의 어깨를 팔로 감쌌다.

"제이크, 넘겨짚으려고 애써봐야 소용없다. 여기서 무슨 일이 일어났든 이미 오래전 일이다. 저기 저 폐허는 아마도 목장이었을 게다. 허나 이제는 풀밭에 꽂아놓은 막대기 몇 개일 뿐이다."

"세계가 변질해서 그런 거죠, 그렇죠?"

롤랜드가 고개를 주억거렸다.

"그럼 사람들은요? 여기 사람들도 도시로 갔을까요?"

"간 사람도 있을 테지만…… 아직 남은 사람도 있다."

"뭐라고요?"

수재나가 화들짝 놀라며 롤랜드를 돌아보았다. 롤랜드는 고개를 끄덕이고 말했다.

"우리는 며칠 전부터 감시당했소. 이 부근의 오래된 건물에는 사람들이 숨어 있소. 수가 많지는 않아도 확실히 있소. 가까이 다가갈수록 많아질 게요. 문명 세계에…… 혹은, 문명 세계였던 곳에."

"아저씬 여기 사람이 있는 줄 어떻게 아셨어요?"

"냄새를 맡았다. 작물을 가리려고 일부러 심어둔 잡풀 울타리 너머로 정원을 보기도 했고. 또 소리로 보아 수풀 저 너머에는 아직도 돌아가는 풍차가 적어도 한 개는 있다. 허나 그래봐야 거의 다 느낌일 뿐…… 그건 뭐랄까, 햇살 대신 얼굴을 가리는 그늘 같은 거다. 내 생각에 너희 셋도 언젠가 느끼게 될 게다."

"위험한 사람들 같아요?"

수재나가 물었다. 일행은 이제 다 쓰러져가는 커다란 건물에 다가가는 중이었다. 수재나는 한때 창고였거나 아니면 시골 장터였을 법한 건물을 불안한 눈으로 살피며 허리의 권총에 손을 갖다댔다.

"낯선 개가 물 것 같소?"

수재나의 말에 총잡이가 이렇게 대꾸했다.

"그건 또 무슨 소리야?" 에디가 물었다. "롤랜드, 난 당신이 그렇게 선승 같은 소리 지껄일 때가 제일 싫어."

"그건 나도 모른다는 뜻이다. 그런데 선승이 누구지? 나처럼 현명한 사람인가?"

에디는 한참 동안 롤랜드를 응시하고 나서야 그 말이 가뭄에 콩

나듯 던지는 롤랜드식 농담이라고 결론지었다.

"어이구, 작작 해두셔, 이 양반아."

에디가 말했다. 돌아서기 전에 언뜻 본 롤랜드는 한쪽 입가를 씰룩거리고 있었다. 에디가 다시 수재나의 휠체어를 밀려고 보니 눈에 띄는 것이 또 하나 있었다.

"야, 제이크! 너 친구가 생긴 것 같은데!"

주위를 두리번거리던 제이크가 함박웃음을 지었다. 뒤쪽 30미터쯤에 비쩍 마른 개너구리가 부지런히 절룩거리며, 이따금씩 위대한 길에 널린 자갈 틈새의 잡풀에 코를 대고 킁킁대며, 일행 뒤를 따라오는 중이었다.

3

몇 시간 후, 롤랜드가 갑자기 일행을 멈춰 세우더니 대비하라고 일러주었다.

"뭘 대비하라는 건데?"

에디가 묻자 롤랜드가 흘깃 쳐다보았다.

"뭐든지."

때는 오후 3시 무렵이었다. 일행은 위대한 길이 기다랗고 완만한 타원형 언덕과 만나는 지점에 서 있었다. 그들 아래의 언덕은 마치 세상에서 제일 큰 침대보에 난 주름처럼 평원을 대각선으로 가로질렀다. 길은 저 너머 아래쪽으로 이어져 일행이 처음으로 본 마을을 통과했다. 버려진 마을로 보였지만, 에디는 이날 아침에 나눈 대화를 잊지 않고 떠올렸다. 이제는 롤랜드의 질문이('낯선 개가 물 것 같소?') 딱히 선문답 같지 않았다.

"제이크?"

"왜요?"

에디가 제이크의 청바지 허리춤에 삐죽 튀어나온 루거 권총의 손잡이를 턱짓으로 가리켰다. 그 바지는 제이크가 집을 나서기 전에 배낭에 챙겨두었던 여벌이었다.

"그거 내가 차고 가도 될까?"

에디의 말에 제이크가 롤랜드를 흘깃 돌아보았다. 총잡이는 '네가 알아서 할 일'이라고 말하는 듯 어깨만 으쓱했다.

"그러세요."

제이크는 에디에게 총을 건넸다. 배낭을 벗고 안을 뒤져 장전된 탄창도 꺼냈다. 탄창을 찾으려고 아버지의 책상 서랍에 쌓인 서류철 뒤로 손을 뻗던 일이 기억났지만, 모두 오랜 옛일 같기만 했다. 이제 뉴욕에서 살던 시절과 파이퍼스쿨에서 보낸 학생 시절을 떠올리면 망원경의 반대쪽 끄트머리를 들여다보는 기분이 들었다.

에디는 탄창을 받아들고 점검한 다음 총손잡이에 끼웠고, 안전장치까지 확인하고 나서야 총을 허리춤에 꽂았다. 뒤이어 롤랜드가 말했다.

"내 말을 잘 듣고 그대로 따라라. 저곳에 사람이 있다면 아마도 노인들일 테고, 필시 우리보다 훨씬 더 겁을 먹었을 게다. 젊은이들은 오래전에 마을을 떠났을 터. 남은 이들한테 총이 있을 것 같지는 않다. 사실, 우리가 지닌 총이 저들한테는 생전 처음으로 본 총일 게다. 오래된 책에서 총 그림 한둘쯤은 봤을지도 모르지만 말이다. 위협으로 보일 만한 몸짓은 절대 하지 마라. 또한 어릴 적에 배운 교훈을 명심해라. 말은 반드시 상대가 걸어올 때에만 하도록."

"활과 화살은 없을까요?"

수재나가 말했다.

"그렇소, 그건 있을지도 모르오. 그리고 창과 몽둥이도."

"돌멩이도 빼놓으면 안 되지."

에디가 옹기종기 서 있는 목조 건물을 바라보며 차갑게 말했다. 유령도시처럼 보이는 마을이었지만, 그래도 안심할 수는 없었다.

"저곳 사람들이 투석전을 벌이기로 마음만 먹으면, 돌이야 길바닥에 널려 있으니까 말이지."

"그래, 늘 무언가가 있게 마련이지." 롤랜드가 동의했다. "*허나 결코 이쪽에서 먼저 도발하면 안 된다. 알아들었나?*"

일행은 고개를 끄덕였다.

"어쩜 그냥 빙 돌아서 가는 편이 더 쉬울지도 몰라요."

수재나가 말했다. 롤랜드는 고개를 끄덕이면서도 앞에 펼쳐진 단조로운 풍경으로부터 잠시도 눈을 떼지 않았다. 마을 한복판에서 위대한 길과 다른 길이 교차한 탓에 황폐한 집들이 마치 고성능 소총의 조준경 한복판에 놓인 표적처럼 보였다.

"쉬울 테지. 허나 우리는 그러지 않을 거요. 빙 돌아가는 건 나쁜 습관이고 빠져들기도 쉽소. 빤히 보이는 타당한 이유가 없다면 언제나 똑바로 전진하는 길이 더 나은 법이오. 그런데 여기선 타당한 이유가 보이지 않소. 또한 마을에 사람이 있다면, 어쩌면 잘된 일인지도 모르오. 짧게나마 대화를 나눌 수 있을 테니."

수재나는 비로소 롤랜드가 달리 보인다는 생각이 들었다. 이는 단순히 그의 머릿속에서 들리던 목소리가 그쳤기 때문만은 아니었다. '이 사람은 원래 이런 식이었어. 치러야 할 전쟁이 있던 시절에, 이끌어야 할 부하가 있던 시절에. 또 옛 친구들과 함께하던 시절에.' 수재나는 생각했다. '롤랜드는 원래 이런 사람이었던 거야. 세상이 변질하고 자신도 더불어 변질하기 전에는. 월터라는 사람을 쫓기 전에는. 이 허허벌판을 헤매다가 안으로만 파고드는 괴짜로 변하기 전에는.'

"그 사람들은 저 북소리의 정체를 알지도 몰라요."

제이크의 말에 롤랜드가 재차 고개를 끄덕였다.

"그들이 아는 것은, 특히 저 도시에 관한 지식은 무엇이든 도움이 될 게다. 허나 아예 없을지도 모르는 이들에 대해 너무 앞질러 생각할 필요는 없다."

"이봐요, 만약 내가 저 사람들이라면 우리를 보고 바깥으로 나오지 않을 거예요. 넷 중에 셋이 무장을 하고 있잖아요. 우린 아마 당신 이야기에 나오는 그 옛날 무법자들처럼 보일 거예요. 그 무법자들을 뭐라고 불렀죠?"

"약탈자들."

롤랜드가 왼손을 내려 자신에게 남은 리볼버의 백단향 손잡이를 쥐었다. 그러고는 리볼버를 총집 바깥으로 살짝 꺼내어놓았다.

"그러나 이런 물건은 어떤 약탈자도 몸에 지니지 못했소. 저 마을에 나이 든 이가 있다면 아마 알아볼 거요. 자, 갑시다."

제이크는 뒤를 돌아보았다. 개너구리가 길에 납작 엎드린 채 짤따란 앞발로 주둥이를 감싸고 일행을 유심히 지켜보는 중이었다.

"오이!"

제이크가 소리쳤다.

“오이!”

개너구리는 그 말을 따라 하고 나서 발딱 일어났다.

일행은 마을을 향하여 언덕을 내려갔다. 그들 뒤편으로 개너구리 오이가 종종거리며 따라갔다.

4

마을 외곽의 건물 두 채는 불에 타 있었다. 마을의 나머지 부분은 먼지가 끼긴 했어도 온전해 보였다. 일행은 길 왼편의 버려진 마구간과 오른편의 상점으로 보이는 건물을 지나 마을에 완전히 들어섰다. 길 양편에 다 쓰러져가는 건물 여남은 채가 서 있었다. 건물 사이사이로 골목길이 나 있었다. 잡풀로 뒤덮이다시피 한 예의 그 다른 길은 동북쪽과 서남쪽으로 뻗어 있었다.

수재나는 동북쪽으로 휜 길을 보며 생각했다. ‘한때 저 강에는 짐배가 다녔겠지. 길 저 아래쪽에 나루터가 있었을 테고, 술집과 갈보집으로 둘러싸인 조그마한 마을도 하나 있었을 거야. 거긴 짐배가 도시에 닿기 전에 마지막으로 들르는 장터였어. 짐마차들이 이 마을을 지나 거기까지 갔다가 다시 돌아오곤 했겠지. 그게 도대체 얼마나 오래전 일일까?’

수재나는 알 수가 없었으나…… 이 마을의 모습으로 보아 무척 오래전일 듯싶었다.

어딘가에서 녹슨 경첩이 단조롭게 끼익 소리를 냈다. 다른 어딘가에서는 평원에서 불어온 바람에 덧문이 외로이 철썩거렸다.

건물 앞에는 말고삐를 묶는 난간이 서 있었으나 대개 부서진 채였다. 예전에는 보도를 덮고 있었을 널빤지도 이제는 거의 다 사라지고 빈자리에 풀이 자라 있었다. 건물에 붙은 간판은 색이 바랬지만 몇 개는 아직 읽을 수 있었다. 수재나는 간판에 씌어진 서툰 영어가 바로 롤랜드가 말한 평민어일 거라고 짐작했다. 식료와 곡물이라고 씌어진 간판은 '사료와 곡물' 같았다. 그 옆 건물의 전면부 벽에는 풀밭에 누운 들소를 그린 조잡한 그림 아래 휴식 음식 주류라고 적혀 있었다. 간판 아래에는 박쥐날개 모양 문이 비뚜름하게 달린 채로 바람에 살며시 흔들거렸다.

"저긴 술집인가요?"

수재나는 자신이 왜 소곤거리는지 딱히 이유를 알 수 없었지만, 그래도 평소 목소리로는 말할 수가 없었다. 그랬다가는 장례식장에서 가서 밴조로 「클린치 산이 무너졌대요」를 흥겹게 연주하는 꼴이었다.

"전에는."

롤랜드가 말했다. 속삭이지는 않았으나 나지막하고 생각에 잠긴 목소리였다. 그의 곁에 제이크가 딱 붙어서 걸으며 불안한 듯 주위를 두리번거렸다. 일행 뒤에서는 오이가 10미터까지 거리를 좁혀 따라오는 중이었다. 오이는 서둘러 종종거리며 건물들을 살펴보기라도 하듯 대가리를 시계추처럼 양옆으로 흔들어댔다.

이제 수재나도 느끼기 시작했다. 감시당하는 느낌이었다. 롤랜드가 일러준 그대로, 그늘이 햇볕을 대신한 느낌이었다.

"사람들이 있군요, 그렇죠?"

수재나가 소곤거리자 롤랜드가 고개를 주억거렸다.

교차로 동북쪽에 수재나가 알아볼 수 있는 간판을 단 건물이 한 채 서 있었다. 여관, 그리고 코츠라고 적혀 있었다. 기울어진 뾰족탑이 달린 저 앞의 교회를 빼면 마을에서 가장 높은, 3층짜리 건물이었다. 수재나가 흘깃 쳐다보니 마침 희끄무레한 무언가가 유리 없는 창문에서 쏙 사라졌다. 틀림없이 얼굴이었다. 수재나는 불현듯 이곳에서 벗어나고 싶어졌다. 그러나 롤랜드는 천천히, 주의 깊게 걸음을 내딛는 중이었고, 수재나는 그 까닭을 알 듯싶었다. 서둘렀다가는 감시자들에게 겁먹었다는 인상을…… 또 만만한 상대라는 인상을 줄지도 몰랐다. 어느 쪽이든 마찬가지였다.

마을의 거리는 교차로에서 더욱 넓어져 잔디와 잡풀이 자란 마을 광장을 이루었다. 광장 한복판에 마모된 돌 이정표가 있었다. 그 위로 금속 상자 한 개가 축 쳐진 녹슨 쇠줄에 매달려 있었다.

롤랜드가 제이크를 데리고 이정표 쪽으로 걸어갔다. 에디는 수재나의 휠체어를 밀고 뒤를 따랐다. 휠체어 바퀴살에 잔디가 부딪혀 사각거렸고, 바람이 수재나의 머리칼을 날려 볼을 간질였다. 길 저편으로 나아가는 동안 덧문이 쾅쾅거리고 경첩이 끼익거리는 소리가 들려왔다. 수재나는 몸을 부르르 떨며 머리칼을 쓸어넘겼다.

"롤랜드, 서두르는 게 좋겠어." 에디가 나지막이 말했다. "여기 있으니까 기분이 으스스해."

수재나가 고개를 끄덕였다. 광장을 둘러보니 또다시 이곳의 장날 풍경이 눈에 선했다. 보도에 우글거리는 사람들 중에는 팔에 장바구니를 멘 마을 아낙도 몇몇 있었으나 대개는 마차꾼과 허름한 차림의 뱃사공들이었다(까닭은 알 수 없었지만 수재나는 짐배와 뱃사공이 틀림없이 있었으리라고 생각했다.). 짐마차가 마을 광장을 지나가고, 마

차가 포장이 안 된 흙길 위로 누런 흙먼지를 피워올리며 달리는 동안 마부는 짐말을

　(황소를, 말이 아니라 황소를)

채찍질했으리라. 수재나는 그 짐수레들이 눈에 선히 보였다. 수북이 쌓인 옷감 위에 먼지 긴 캔버스 천을 덮은 것도 있었고, 역청 바른 나무통을 피라미드 꼴로 쌓은 것도 있었다. 황소들은 나란히 멍에를 쓰고 우직하게 수레를 끌며 커다란 대가리 주위에서 윙윙대는 파리를 쫓으려고 귀를 펄럭거렸다. 사람들의 목소리, 웃음소리, 또 술집 피아노가 흥에 겨워 연주하는 「들소 아가씨」나 「내 사랑 케이티」 같은 가락이 귀에 선히 들렸다.

'꼭 내가 전생에 여기 살았던 것 같아.'

수재나는 속으로 생각했다.

총잡이가 이정표에 적힌 글귀를 읽으려고 몸을 숙였다.

"위대한 길. 러드까지 160휠."

"휠이라니요?"

제이크가 물었다.

"오래된 거리 단위란다."

"롤랜드, 당신 러드라는 이름 들어본 적 있어?"

"아마도. 아주 어릴 적에 들어봤을 게다."

"매독이라는 뜻의 '크러드'하고 발음이 비슷하군. 징조가 별로 안 좋은데."

제이크는 돌 이정표의 오른쪽 면을 살피는 중이었다.

"강변 길. 글씨는 좀 웃기지만 그렇게 씌어져 있어요."

에디가 이정표 왼쪽을 보고 말했다.

“이쪽엔 ‘짐타운까지 40휠’이라고 적혀 있어. 롤랜드, 거기 혹시 웨인 뉴턴(라스베이거스를 중심으로 활동한 미국 가수—옮긴이)의 고향 아니야?”

롤랜드는 멍하니 에디를 바라보았다.

“아, 예. 주둥이 다물겠습니다요.”

에디가 눈을 뒤룩거리며 말했다.

광장 서남쪽 구석에는 마을에 하나뿐인 돌 건물이 있었다. 창문에 쇠창살이 달린 납작하고 꾀죄죄한 건물이었다. 수재나 생각에 감옥과 재판소를 합쳐놓은 건물 같았다. 수재나는 미국 남부에서도 그 비슷한 건물을 본 적이 있었다. 앞에 경사진 주차구역을 몇 개 덧붙이면 구별하기조차 힘들 만큼 똑같았다. 건물 전면에 빛바랜 노랑 페인트로 뭐라고 휘갈겨져 있었다. 읽을 수는 있지만 무슨 뜻인지는 모를 그 글씨를 보고 수재나는 이 마을에서 벗어나고 싶은 마음이 더욱 간절해졌다. 거기에는 이렇게 씌어져 있었다. *뒈져라 어린둥이들아.*

“롤랜드!” 롤랜드가 돌아보자 수재나는 그 낙서를 가리켰다. “저게 무슨 뜻이에요?”

롤랜드는 낙서를 읽고 나서 고개를 저었다.

“나도 모르오.”

수재나가 다시 주위를 둘러보았다. 이제 광장은 더 작아진 듯 보였고, 건물들은 일행을 향해 기울어진 듯 보였다.

“여기서 벗어나면 안 될까요?”

“곧 그리할 거요.”

롤랜드가 몸을 굽히더니 길가에서 조그만 자갈 하나를 주워들었다. 이정표 위에 매달린 금속 상자를 올려다보며, 왼손으로 조심스레 자갈을 톡톡 튕겼다. 그러다가 팔을 휙 젖힌 롤랜드를 보고 수재나는 그가 무슨 짓을 하려는지 알아챘지만, 이미 늦은 후였다.

"롤랜드, 안 돼요!"

수재나가 소리를 지르더니 겁에 질린 자기 목소리에 놀라 뒤로 움찔했다.

롤랜드는 수재나를 거들떠보지도 않고 자갈을 위로 던졌다. 여느 때와 다름없이 정확히 조준한 덕분에 자갈이 상자 한가운데를 맞히고 공허한 금속음을 울렸다. 상자 안에서 태엽 돌아가는 소리가 나더니 측면 구멍에서 녹슨 초록색 깃발이 스르륵 내려왔다. 깃발이 제자리에 멈춰 서자 짤막하게 종소리가 울렸다. 깃발 옆에 검은색으로 큼지막하게 씌어진 글씨는 *가시오*였다.

"이런 젠장, 이게 웬 원시시대 신호등이야. 설마 한 번 더 맞히면 *서시오*가 나오는 건가?"

에디가 중얼거렸다.

"손님이 오셨구나."

롤랜드가 조용히 말하며 수재나가 재판소로 짐작한 건물을 가리켰다. 남녀 한 쌍이 건물에서 나오더니 돌계단을 내려왔다. '경품으로 걸린 인형은 당신 차지네요, 롤랜드.' 수재나가 속으로 생각했다. '당신 말마따나 두 사람 다 하느님만큼이나 늙었어요.'

남자는 멜빵바지에 큼지막한 밀짚모자 차림이었다. 여자는 햇볕에 그은 남자의 맨 어깨를 한쪽 손으로 꽉 붙들고 걸어왔다. 여자는 홈드레스에 앞챙과 턱끈이 달린 모자 차림이었는데 이정표에 가까이 다가온 후에 보니 장님이었고, 수재나 생각에 여자의 눈을 앗아간 사고는 몹시도 끔찍했을 듯싶었다. 눈이 있던 자리에 지금은 퀭

한 구멍과 흉터뿐이었다. 겁에 질린 동시에 당황한 듯 보이는 그 여자가 쉰 목소리를 벌벌 떨며 외쳤다.

"사이, 저이들 약탈자들이우? 내 뭐랬어요, 당신 때문에 죽게 생겼잖아요!"

"머시, 그 입 다물어."

남자가 대답했다. 여자와 마찬가지로 남자의 억양 또한 수재나가 겨우 알아들을 만큼 억셌다.

"약탈자 아니야, 이 사람들은. 저기 어린둥이도 한 놈 같이 있다고 내가 그랬잖아. 약탈자 놈들은 절대 어린둥이하고 같이 안 다니는 법이야."

앞이 안 보일 텐데도 불구하고 여자는 남자에게서 떨어지려고 했다. 남자가 욕을 내뱉으며 여자의 팔을 붙들었다.

"아서, 머시! 아, 가만있으래도! 엎어지면 다친단 말야, 옘병할!"

"그대들을 해칠 생각은 없소이다."

총잡이가 외쳤다. 귀족어로 외친 총잡이의 말에 남자가 못 믿겠다는 듯이 눈을 휘둥그레 떴다. 여자는 뒤로 돌아서서 앞 못 보는 얼굴을 일행 쪽으로 향했다.

"총잡이 아니신가!"

남자가 울부짖었다. 갈라진 목소리가 흥분으로 떨렸다.

"신이시여! 내 그럴 줄 알았소! 내 그럴 줄 알았다고!"

남자는 여자를 뒤에 끌고 광장 건너편의 롤랜드 일행을 향하여 달려왔다. 휘청거리는 여자를 보고 수재나는 그녀가 마침내 넘어질 때를 기다렸다. 그러나 남자가 먼저 넘어져 무릎을 쿵 찧었고, 여자 또한 그 곁에서 위대한 길의 자갈 위에 대자로 엎어지고 말았다.

5

제이크는 발목을 간질거리는 느낌이 들어 아래를 내려다보았다. 곁에 쭈그리고 앉은 오이가 전에 없이 불안해 보였다. 제이크는 몸을 숙여 오이의 머리를 조심스레 다독여주었다. 위로해 줄 뿐 아니라 자신 또한 위로받으려는 몸짓이었다. 오이의 털은 부드러웠고, 믿기 힘들 만큼 폭신했다. 한순간 제이크는 오이가 도망갈 거라 생각했으나 오이는 그저 제이크를 올려다보고 손을 핥을 뿐이었고, 이내 새로 나타난 두 사람 쪽으로 눈을 돌렸다. 남자가 여자를 일으켜 세우려 했으나 잘되지 않았다. 여자의 머리가 이쪽저쪽으로 정신없이 디룽거렸다.

사이라고 불린 그 남자는 자갈에 손바닥을 베었는데도 아랑곳하지 않았다. 그는 여자를 일으키려다 포기하고 밀짚모자를 벗어 가슴에 갖다댔다. 제이크 눈에 그 모자는 가마니만큼이나 커다래 보였다. 남자가 외쳤다.

"환영하나이다, 총잡이여! 진심으로 환영하나이다! 나는 당신네 종족이 지상에서 다 사라진 줄 알았소, 정말이오!"

"그대의 환대에 감사드리오."

롤랜드가 귀족어로 말하고 눈 먼 여인의 어깨를 부드럽게 잡았다. 움찔하던 여인이 이내 마음을 놓고 총잡이의 도움을 받아들였다.

"모자를 쓰시오, 노인장. 일광이 따갑소."

사이는 그 말대로 하고 우두커니 서서 반짝이는 눈으로 롤랜드를 지켜보았다. 잠시 후에 제이크는 사이의 눈이 반짝인 이유를 깨달았다. 울고 있었던 것이다.

"총잡이가 오다니! 내 뭐랬어, 머시! 불 나가는 막대기를 봤다고 내가 그랬잖어!"

"약탈자가 아니에요?"

머시가 못 믿겠다는 말투로 물었다.

"사이, 약탈자가 아닌 게 확실해요?"

롤랜드가 에디 쪽으로 돌아섰다.

"여인에게 제이크의 총을 건네줘라. 안전장치 확인하고."

에디가 허리춤에서 루거 권총을 꺼내어 안전장치를 확인한 다음, 여인의 손에 조심스레 올려놓았다. 여인은 숨을 헉 들이마시느라 총을 놓칠 뻔하더니, 이내 신기한 듯 두 손으로 총을 어루만졌다. 그러고는 눈이 있던 퀭한 구멍을 남자 쪽으로 돌렸다.

"총 아니에요! 어이구, 세상에!"

여인이 속삭였다.

"그려, 비슷헌 것 같구먼."

노인은 께름칙하게 대답하고 나서 루거 권총을 집어 에디에게 돌려주었다.

"허지만 저 총잡이 것은 진짜여, 저 아낙이 갖고 있는 것도 그렇고. 저 아낙은 살이 갈색이구먼, 우리 아버지가 얘기해 준 갈란 사람들처럼."

오이가 휘파람처럼 날카로운 소리로 짖어댔다. 제이크가 돌아보니 거리 저편에서 사람들이 더 많이 다가오는 중이었다. 다 합쳐 대여섯 명은 되어 보였다. 사이와 머시가 그러하듯 하나같이 노인들이었고, 그중 한 명은 동화에 나오는 마녀처럼 지팡이를 짚고 절뚝거리는 모양이 몹시도 나이 들어 보였다. 사람들이 가까워지자 제이크는 그중 두 남자가 일란성 쌍둥이임을 알아보았다. 집에서 만들어 누덕누덕 기운 셔츠의 어깨에 흰 머리칼이 기다랗게 내려와 있었다. 피부는 고운 베처럼 새하얬고 눈동자는 분홍색이었다. '백색증 환자구나.' 제이크는 속으로 생각했다.

쪼그랑 노파가 사람들의 지도자인 듯했다. 노파는 지팡이를 짚고 롤랜드 일행 앞으로 다가오며 에메랄드 같은 초록색 눈으로 그들을 날카롭게 쏘아보았다. 합죽한 입은 안으로 꾹 다문 채였다. 낡은 숄 끝자락이 평원에서 불어온 바람에 휘날렸다. 노파의 눈이 롤랜드에게 머물렀다.

"환영하나이다, 총잡이여! 복된 만남이오!"

노파가 귀족어로 말했는데도 제이크는 에디나 수재나와 마찬가지로 그 말을 완벽히 알아들었다. 물론, 원래 살던 세계에서라면 횡설수설로 들렸을 거라고 생각하기는 했지만.

"강넘이 마을에 오신 걸 환영하오!"

총잡이는 모자를 벗고 노파에게 고개를 숙였고, 동시에 손가락을 잃은 오른손으로 재빨리 목을 세 번 건드렸다.

"감사드리나이다, 노모성이여."

노파가 이 말에 마음을 놓은 듯 낄낄 웃자 에디는 문득 깨달았다. 롤랜드가 농담과 칭찬을 동시에 건넨 것이었다. 수재나가 앞서 떠올렸던 생각을 이제 에디도 떠올렸다. '이 양반 원래 이런 사람이었구나…… 전에는 이러고 다녔던 거야. 일부분이긴 해도.'

"당신, 겉은 총잡이인지 몰라도 속은 그냥 푼수로구먼."

노파가 이번에는 평민어로 말했다. 롤랜드가 또 고개를 숙였다.

"미인 앞에서는 늘 푼수가 되고 맙니다."

노파가 이번에는 아주 자지러질 듯이 깔깔댔다. 제이크의 발치에 있던 오이가 몸을 웅크렸다. 노파가 먼지투성이 헌 신을 신은 발로 뒷걸음질 치자 백색증 쌍둥이 중 한 명이 부축하려고 뛰어나왔다. 그러나 노파는 혼자 힘으로 몸을 가누었고, 물러서라고 거만하게 손짓했다. 백색증 사내가 뒤로 물러났다.

"총잡이여, 그대 지금 원정의 길 위에 있소?"

노파의 초록색 눈이 총잡이를 예리하게 훑었다. 쭈글쭈글한 주머니 같은 입이 들쭉날쭉 움직였다.

"그러하나이다. 저희는 암흑의 탑을 찾고 있나이다."

다른 이들은 그저 어리둥절한 표정이었으나 흠칫 놀란 노파의 눈에는 적의가 이글거렸다. 제이크는 노파의 눈길이 향한 곳이 자신들이 아님을 깨달았다. 동남쪽, 빔의 길 쪽이었다.

"그 말을 들으니 유감이구려! 그 검둥개를 찾아 나섰다가 돌아온 이는 아무도 없음이니! 내 조부께서, 또 그 조부의 조부 또한 그리 말씀하셨소! 한 명도 돌아오지 못했노라고!"

"카입니다."

총잡이는 느긋하게, 마치 이 한마디면 전부 설명할 수 있다는 듯이 말했고…… 제이크는 차츰 깨닫는 중이었다. 롤랜드에게는 실제로 그 한마디가 전부였다.

"그렇군. 검둥개의 카라! 아무렴 그렇겠지. 그대는 부름받은 대로 행하며 그대의 길을 따라 살다가, 언젠가 그 길 끝 숲속의 공터에 이르러 숨을 거둘 테지. 총잡이여, 길을 나서기에 앞서 우리와 빵을 뜯지 않으려오? 그대와 동행하는 기사들도 함께 말이오."

롤랜드가 다시금 노파에게 절을 했다.

"저희가 다른 이들과 빵을 뜯은 지 실로 오래고 또 오래이나이다,
노모성이여. 오래 머물 수는 없으나 그리하겠나이다. 감사하고 기뻐
하며 그대의 음식을 먹겠나이다."

노파가 다른 사람들 쪽으로 돌아서서 갈라지고 쩌렁쩌렁 울리는
목소리로 말했다. 그러나 제이크의 등에 소름이 돋게 한 원인은 노
파의 목소리가 아니라 말의 내용이었다.

"모두 보라! 순백의 사람들이 귀환했노라! 악한 길과 악한 날이
지나간 후에 다시 순백의 사람들이 돌아왔노라! 선한 마음으로 고
개를 들라, 그대들은 카의 바퀴가 다시 한 번 돌아가기 시작한 이
날을 살아생전에 보게 되었나니!"

6

탈리사 아주머니로 불린 그 노파는 일행을 이끌고 광장을 지나
기울어진 첨탑이 달린 교회로 향했다. 웃자란 잔디밭에 서 있는 퇴
색한 팻말에 따르면 그곳은 '영원한 보혈의 교회'였다. 교회 이름 위
에 초록색 페인트로 적어놓은, 이제 거의 안 보일 정도로 바랜 글귀
는 이러했다. *백발이들에게 죽음을.*

노파는 폐허가 된 교회 안으로 일행을 이끌고 들어가더니 부서
지고 뒤집힌 기다란 신도석 사이의 중앙 통로를 재빨리 절뚝거리며
걸어간 다음, 짧은 계단을 내려가 부엌으로 들어섰다. 부엌이 위에
서 본 폐허와 어찌나 딴판이었던지 수재나는 놀라서 눈을 깜박거리
기까지 했다. 그곳은 모든 것이 깔끔하기 그지없었다. 나무 바닥은

몹시 낡기는 했어도 빈틈없이 기름칠이 되어 있었고 스스로 차분한 빛을 내뿜었다. 부엌 한쪽 모퉁이는 시커먼 조리용 화로가 온통 차지하고 있었다. 화로는 티끌 하나 없이 깨끗했고, 그 옆의 벽돌 벽감에 쌓아둔 장작 또한 잘 골라서 잘 말린 것들이었다.

일행에 노인 셋이 더 합류했다. 둘은 여성이었고 한 명은 목발과 나무 의족에 몸을 의지한 남성이었다. 노파 둘이 찬장으로 가서 바삐 움직이기 시작했다. 다른 노파가 화로의 아궁이를 열고 안에 이미 가지런히 놓여 있던 장작에 기다란 성냥으로 불을 붙였다. 또 다른 노파는 한쪽 문을 열고 짧은 계단을 내려가 냉장실처럼 보이는 곳으로 들어갔다. 한편 탈리사 아주머니는 나머지 사람들을 이끌고 교회 건물 뒤편의 널따란 입구에 도착했다. 아주머니가 지팡이를 들어 깨끗하지만 헤진 천으로 덮어둔 대형 탁자 두 개를 가리켰고, 그러자 백색증 노인 둘이 제꺽 탁자에 달라붙어 낑낑대기 시작했다.

"제이크, 가자. 도와드려야지."

"아니 되오!" 에디의 말에 탈리사 아주머니가 빽 소리를 질렀다. "우리가 비록 늙기는 했으나 도움은 필요치 않소! 아직은 아니오, 젊은이!"

"에디, 저분들께 맡겨라." 롤랜드가 말했다.

"노땅들 저러다 황천 구경 가겠네."

이렇게 중얼거리기는 했지만, 에디는 탁자를 노인들에게 맡기고 일행의 뒤를 따랐다.

수재나는 에디의 팔에 안겨 휠체어에서 일어나 뒷문으로 들어섰다. 그러고는 곧바로 숨이 턱 막혔다. 그곳은 잔디밭이 아니라 정원이었다. 부드러운 초록빛 풀 속에서 화단 여러 개가 횃불처럼 환한 빛을 내뿜고 있었다. 금잔화, 백일홍, 패랭이꽃처럼 수재나가 아는 꽃도 있었으나 대개는 낯설었다. 수재나가 지켜보는 가운데 말파리 한 마리가 새파란 꽃잎에 앉는가 싶더니…… 꽃잎이 대번에 말파리를 휘감고 꽉 오므라들었다.

"우와! 끝내주는 정원인데!"

에디가 두리번거리며 탄성을 질렀다. 사이가 말했다.

"세상이 변질하기 전하고 똑같이 보존해 놓은 곳은 여기뿐이우. 마을을 지나는 놈들이 못 보게 감춰놨지. 어린둥이들, 백발이들, 약탈자들. 놈들이 여길 알았다간 불을 놓을 테고, 또…… 이런 곳을 가꾸었다며 우릴 다 죽일 거구먼. 그놈들은 멋진 거라면 다 증오하거든. 하나같이 그 모양이야. 그 썩을 놈들한테 공통점이라곤 그거 하나뿐이지."

눈 먼 여인이 노인의 입을 막으려고 팔을 잡아당겼다.

"요즘은 약탈자들도 안 보인다오." 나무 의족을 단 노인이 말했다. "안 보인 지 오래요. 도시에 들러붙어 있는 게지. 저희한테 필요한 건 전부 게서 찾았나 보오."

백색증 쌍둥이가 끙끙대며 탁자를 옮겼다. 노파 한 명이 그들 뒤를 따르며 어서 길을 비키라고 재촉했다. 노파는 양손에 돌로 만든 주전자를 하나씩 들고 있었다.

"앉으시오, 총잡이여!" 탈리사 아주머니가 손으로 풀밭을 가리키며 외쳤다. "여러분 모두 앉으시오!"

수재나는 한데 뒤섞인 갖가지 꽃향기를 맡았다. 향기에 취하다 보니 마치 꿈을 꾸는 듯 몽롱하고 비현실적인 기분이 들었다. 유령 도시의 겉모습 뒤에 이처럼 기이하고 조그마한 에덴동산이 조심스레 숨어 있다니, 믿기조차 힘들었다.

다른 노파가 쟁반 가득 유리잔을 들고 왔다. 잔은 짝이 맞지는 않았으나 티끌 하나 없이 깨끗했고, 햇살을 받아 고급 크리스털처럼 반짝였다. 노파는 맨 먼저 롤랜드에게 쟁반을 내민 다음 탈리사 아주머니, 에디, 수재나, 마지막으로 제이크에게 잔을 권했다. 저마다 잔을 챙기자 앞서 왔던 노파가 짙은 금빛 액체를 따라주었다.

롤랜드가 제이크 쪽으로 몸을 숙였다. 아이는 짙푸른 꽃이 핀 타원형 화단 곁에 오이와 나란히 책상다리를 하고 앉아 있었다. 롤랜드가 중얼거렸다.

"제이크, 인사치레할 정도만 마셔라. 안 그러면 마을을 떠날 때 널 업고 가야 할 게다. 이건 그라프라는 술인데, 독한 사과주다."

제이크가 고개를 끄덕였다.

탈리사 아주머니가 잔을 들자 롤랜드도 따라 들었고, 뒤이어 에디, 수재나, 제이크도 그의 뒤를 따랐다.

"다른 사람들은 어쩌고?"

에디가 롤랜드에게 소곤거렸다.

"봉사를 마치면 저들도 먹을 게다. 그만 조용히 해라."

"총잡이여, 식전에 한 말씀 안 해주려오?"

탈리사 아주머니가 청했다.

총잡이는 자리에 일어나 잔 든 손을 높이 든 다음, 생각에 잠긴 듯 고개를 숙였다. 몇 안 남은 강넘이 마을 주민들은 존경의 눈빛으로 그를 바라보았다. 제이크 생각에는 살짝 겁을 먹은 듯도 했다. 한참 후에 총잡이가 다시 고개를 들었다.

"대지에, 또 그 위로 흐른 세월에 잔을 바칩시다."

총잡이의 쉰 목소리는 감정이 북받친 듯 떨렸다.

"풍요로웠던 지난날과 곁을 떠난 벗들에게. 선한 벗들과의 복된 만남에 잔을 바칩시다. 노모성이여, 이 정도면 되겠소?"

제이크는 노파의 눈물을, 동시에 그 얼굴에 환히 퍼져나가는 행복한 웃음을…… 그리고 한순간 젊어진 그녀를 보았다. 제이크는 노파를 보며 신기함과 문득 밀려오는 행복감을 느꼈다. 에디의 손에 이끌려 이쪽 세상으로 오고 나서 처음으로, 문지기의 그림자가 마음에서 완전히 사라진 기분이었다.

"물론이오, 총잡이여! 훌륭한 말씀이었소! 기운을 북돋우는 말씀이오, 참으로 그러하오!"

노파는 잔을 기울여 단숨에 들이켰다. 노파의 잔이 비자 총잡이도 자기 잔을 비웠다. 에디와 수재나도 마셨으나 단숨에 비우지는 않았다.

제이크가 잔을 들고 맛을 보니 놀랍게도 입맛에 맞았다. 술은 예상과 달리 쌉쌀하지 않고 사과주스처럼 새콤달콤했다. 그러나 술기운이 확 느껴졌기에 잔을 살짝 옆으로 치워두었다. 오이는 술잔을 쿵쿵대다가 꽁무니를 빼고 제이크의 발치로 주둥이를 내렸다.

일행 주위에서 노인들이, 강넘이 마을의 마지막 주민들이 박수를 쳤다. 탈리사 아주머니와 마찬가지로 그들도 거의 모두 흐느끼고 있었다. 뒤이어 그리 훌륭하지는 않아도 쓰기에 손색없는 잔이 손에서 손으로 건네졌다. 잔치가 시작되었다. 긴 여름날 오후, 드넓은 평원의 하늘 아래 성대한 잔치가 열렸다.

7

에디는 이날 먹은 음식이 이제는 기억도 까마득한 어린 시절의 생일상 다음으로 훌륭하다고 생각했다. 그 시절 에디의 어머니는 아들이 좋아하는 음식이라면 뭐든 해주는 것을 자기 천직으로 알았다. 미트로프, 구운 감자, 통옥수수, 바닐라 아이스크림을 곁들인 진한 초콜릿 케이크까지.

식사가 그토록 즐거웠던 까닭은 당연히 일행 앞에 놓인 먹을거리의 가짓수가 많기 때문이기도 했지만, 일행이 몇 달 동안 가잿살과 사슴 고기와 롤랜드가 먹어도 된다고 한 쓰디쓴 풀만으로 연명한 탓도 있었다. 그러나 에디는 오로지 그 이유 때문만은 아니라는 생각이 들었다. 제이크만 봐도 이쪽 세계에 온 지 아직 1주일도 안 되었는데 한 접시 한 접시를 차례로 비우는 중이었다(동시에 틈만 나면 발치에 웅크린 개너구리에게 무언가 한 도막씩 먹여주었다.).

사발에 담은 스튜(진한 갈색 국물에 야채를 듬뿍 넣고 들소 고기 토막을 둥둥 띄운), 커다란 타원형 접시에 내놓은 갓 구운 비스킷, 오지 그릇에 담은 달콤하고 새하얀 버터, 대접에 담은 시금치 같지만 사실은 시금치가 아닌 채소 등등. 에디는 푸성귀에 환장한 적이 한 번도 없었건만, 그 채소를 한 입 맛보자마자 몸속 어딘가의 굶주린 부분이 깨어나 더 달라고 아우성을 쳤다. 모든 음식을 배불리 먹고 나서도 채소를 향한 에디의 굶주림은 탐욕에 육박할 정도였다. 수재나 또한 그 채소를 먹고 또 먹었다. 여행자들은 네 가지 음식 가운데 그 채소만 세 대접이나 먹어치웠다.

상은 늙은 아낙들과 백색증 쌍둥이가 치웠다. 그들은 케이크를 높다랗게 쌓은 두꺼운 흰색 접시 두 개와 휘핑크림 한 사발을 들고 돌아왔다. 케이크에서 풍기는 달콤한 향기에 에디는 죽어서 천국에 간 기분이었다.

"들소 젖 크림밖에 없다오." 탈리사 아주머니가 부루퉁하게 말했다. "젖소는 씨가 말랐소. 마지막 한 마리가 죽은 지 벌써 30년이오. 들소 젖 크림이야 별것 아니지만, 그래도 아예 없느니보단 낫지. 아무렴!"

케이크에는 블루베리가 듬뿍 들어 있었다. 에디 생각에는 이때껏 먹어본 그 어떤 케이크보다도 훨씬 맛있었다. 에디는 세 조각을 먹어치우고 등을 뒤로 기댄 다음, 손으로 입을 닦으려다 그만 우렁차게 트림을 하고 말았다. 그러고는 계면쩍은 듯 주위를 둘러보았다.

눈 먼 노파 머시가 킬킬거렸다.

"내가 다 들었어요! 아주머니, 뉘신지는 몰라도 방금 요리사한테 감사 인사를 하셨나 봐요!"

"그러게." 탈리사 아주머니도 웃음을 터뜨렸다. "정말로 그런가 보이."

음식을 날라다주었던 두 노파가 다시 돌아왔다. 한 명은 김이 나는 주전자를 들고 왔고 다른 이는 질그릇 컵 여러 개가 불안하게 놓인 쟁반을 들고 왔다.

탈리사 아주머니는 롤랜드를 오른편에 거느리고 탁자 상석에 앉아 있었다. 이제 롤랜드가 몸을 숙이고 노파의 귀에 뭐라고 중얼거렸다. 노파는 이야기를 듣고 나서 웃음기를 살짝 거둔 얼굴로 고개를 끄덕였다.

"사이, 빌, 틸. 자네들 셋은 여기 남게. 총잡이 일행께서 오늘 오후에 바로 떠난다고 하시니 함께 얘기를 좀 해야겠어. 나머지는 부엌에 가서 커피를 마셔, 수다는 그만들 떨고. 가기 전에 예를 차리는 것 잊으면 안 돼!”

백색증 쌍둥이 빌과 틸은 탁자 끄트머리에 그대로 남았다. 다른 이들은 한 줄로 서서 여행자들을 지나 천천히 나아갔다. 사람들은 저마다 에디와 수재나에게 악수를 청했고 제이크에게는 볼에 입을 맞추었다. 제이크는 얌전하게 인사를 받았으나 에디 눈에는 아이의 놀라고 당황한 기색이 보였다.

롤랜드 앞에 이르렀을 때, 사람들은 그 앞에 무릎을 꿇고 왼쪽 둔부에 찬 총집에서 삐져나와 있는 리볼버의 백단향 손잡이를 어루만졌다. 롤랜드는 사람들의 어깨에 손을 얹고 주름진 이마에 입을 맞추었다. 마지막은 머시 차례였다. 여인은 롤랜드의 허리를 부둥켜안고 그의 뺨에 젖은 소리가 나도록 세게 입을 맞추었다.

“총잡이여, 부디 신들께서 축복하시고 지켜주시기를! 내 당신을 볼 수만 있으면 좋으련만!”

“머시, 예를 차리라고 했거늘!”

탈리사 아주머니가 쏘아붙였지만 롤랜드는 그 말을 무시하고 머시 위로 몸을 숙였다. 그는 두 손으로 머시의 손을 점잖게 그러나 굳건하게 쥐고 자기 얼굴로 이끌었다.

“아름다운 여인이여, 이 손으로 나를 보시오.”

총잡이는 이렇게 말하고 눈을 감았다. 여인이 관절염으로 뒤틀린 주름투성이 손가락으로 총잡이의 이마와 뺨과 입술과 턱을 살며시 더듬었다.

“아아, 총잡이여!”

여인은 한숨을 쉬며 텅 빈 눈구멍을 들어 총잡이의 연청색 눈을 마주보았다.

"참으로 잘 보이네요! 준수한 얼굴이에요, 헌데 슬픔과 근심이 가득해요. 그대와 그대 일행이 걱정되네요."

"허나 우리는 복되게 만나지 않았소, 안 그렇소?"

총잡이는 이렇게 묻고 나서 여인의 보드랍고 주름진 이마에 살짝 입을 맞추었다.

"아무렴, 그렇고말고요. 정말로 그래요. 총잡이여, 입맞춤에 감사드리나이다. 진심으로 감사하나이다."

"어서 가게, 머시." 탈리사 아주머니가 한결 누그러진 목소리로 말했다. "가서 커피를 들게."

머시가 일어섰다. 목발에 의족을 한 노인이 머시의 손을 자기 허리로 이끌었다. 머시는 그의 허리를 잡고 롤랜드와 일행에게 마지막 인사를 한 다음, 노인을 따라 자리를 떴다.

에디는 눈에 어린 눈물을 닦고 가라앉은 목소리로 물었다.

"저분의 눈을 앗아간 놈이 누구죠?"

"약탈자들일세." 탈리사 아주머니가 대답했다. "그래, 불도장을 찍는 쇠막대기로 그랬지. 고작 건방지게 쳐다본 죄로 그랬다는 게야. 25년 전 일이지. 자, 다들 커피를 듭시다! 뜨거울 땐 그저 맛이 없는 정도지만 식으면 아예 길바닥 진흙탕이니 말이오!"

에디는 컵을 입에 대고 시험 삼아 살짝 머금어보았다. 진흙탕까지는 아니더라도 블루마운틴 급 또한 아니기는 마찬가지였다.

수재나는 자기 커피를 맛보고 놀란 표정을 지었다.

"세상에, 이건 치커리 뿌리잖아요!"

탈리사 아주머니가 수재나를 흘깃 쳐다보았다.

"뭔지 모르겠구먼. 난 그저 이게 도키라는 것만 알 뿐이오. 그리고 내가 여인이 되는 저주를 받은 그때 이후로 우리는 도키 커피밖에 안 마셨소. 그 저주가 내 몸에서 풀린 지는 아주 오래됐다오."

"어르신은 연세가 어떻게 되세요?"

제이크가 불쑥 물었다. 탈리사 아주머니는 놀란 표정으로 아이를 보더니 이내 킬킬댔다.

"실은 말이다, 나도 모른단다. 바로 이 자리에서 내 여든 살 생일잔치를 했던 일은 기억이 나는구나. 허나 그날 이 자리에는 쉰 명이 넘게 둘러앉아 있었고, 머시도 아직 눈이 있었단다."

노파가 제이크 발치에 엎드린 개너구리를 내려다보았다. 오이는 제이크의 발목에 주둥이를 묻은 채로 금테가 둘러진 눈만 들어 노파를 올려다보았다.

"세상에, 개너구리 아니냐! 사람과 어울린 개너구리를 보기는 정말로 오랜만이구나……. 녀석들이 인간과 함께한 시절의 기억을 다 잃어버린 줄 알았는데."

백색증 쌍둥이 중 한 명이 오이를 다독여주려고 몸을 숙였다. 오이가 노인을 피해 물러났다.

"이 녀석들은 한때 양을 몰기도 했단다." 빌(어쩌면 틸)이 제이크에게 말했다. "얘야, 너도 알고 있었니?"

제이크는 고개를 저었다.

"이 녀석 말도 할 줄 아니? 어떤 놈들은 말을 했단다, 예전에는 그랬어."

"예, 할 줄 알아요."

제이크가 오이를 내려다보았다. 오이는 낯선 이의 손이 물러가기가 무섭게 다시 제이크의 발치로 돌아와 있었다.

"오이, 네 이름을 말해봐."

오이는 그저 제이크를 올려다볼 뿐이었다.

"오이, 어서!"

제이크가 재촉해봤지만 오이는 조용했다. 제이크는 살짝 억울한 표정으로 탈리사 아주머니와 쌍둥이 노인을 돌아보았다.

"원래는 말을 하는데…… 자기가 하고 싶을 때만 하나봐요."

"이 아이는 이쪽 사람이 아닌 것 같소만." 탈리사 아주머니가 총잡이에게 물었다. "옷차림도 이상하고…… 이상하기는 눈도 마찬가지구려."

"여기 온 지 얼마 안 되어 그렇습니다." 총잡이가 제이크를 보고 씩 웃자 제이크도 애매하게 웃어 보였다. "한두 달만 있으면 아무도 이상하게 안 볼 겁니다."

"그렇소? 난 잘 모르겠구려, 정말로. 헌데 어디서 왔소?"

"여기서 먼 곳입니다. 아주 멀지요."

총잡이의 말에 노파가 고개를 주억거렸다.

"그럼 언제 돌아가오?"

"안 갈 거예요." 제이크가 말했다. "이제 여기가 제 집인걸요."

"저런, 그럼 신들께서 어여삐 여기시기를 바라마. 이제 태양이 세상 아래로 저물고 있으니. 영원히 저물 테니."

수재나는 그 말을 듣고 거북한 듯 몸을 뒤척였다. 속이 불편한지 한 손이 배 쪽으로 내려갔다.

"수즈?" 에디가 물었다. "괜찮아요?"

수재나는 미소를 지으려고 했으나 힘이 나지 않았다. 평상시의 자신감과 냉정함이 잠시 자리를 비운 것 같았다.

"그럼요, 괜찮아요. 어쩜 거위가 내 무덤자리를 밟고 지나갔는지도 모르죠."

탈리사 아주머니는 기분이 상하겠다 싶을 만큼 오랫동안 수재나의 얼굴을 뜯어보다가…… 씩 웃었다.

"거위가 무덤자리를 밟고 갔다…… 기분이 오싹하다, 그 말이렷다. 허허! 정말로 오랜만에 들어보는 말이구먼."

"저희 아버지가 늘상 하시던 말씀이에요. 어쨌든 지금은 편해졌어요. 괜찮아요."

수재나가 에디를 보며 빙그레 웃었다. 이번에는 한결 더 환한 미소였다.

"그 도시에 관해 무얼 아십니까? 또 여기서 거기까지 가는 길은 좀 어떻습니까?"

롤랜드가 묻고 나서 컵을 들고 커피를 홀짝거렸다.

"그곳에 약탈자들이 있습니까? 또 백발이와 어린둥이라는 이들은 누굽니까?"

탈리사 아주머니는 길게 한숨을 내쉬었다.

8

"벌써 많이도 들으셨구려, 총잡이여. 허나 우리가 아는 건 터럭만큼이오. 이것 하나는 내 확실히 안다오. 그 도시는 사악한 곳이오,

이 아이한테는 특히나 그렇소. 어느 아이나 마찬가지지. 혹 저곳을 우회하여 나아갈 생각은 없소?"

롤랜드는 고개를 쳐들고 빔의 길을 따라가는 구름을, 이제 눈에 익은 그 구름의 모양을 살폈다. 이 드넓은 평원에서는 하늘에 흐르는 강 같은 구름의 모양을 놓치려야 놓칠 수가 없었다.

"어쩌면." 총잡이가 한참 만에 말했으나 왠지 께름칙한 목소리였다. "동남쪽으로 빙 돌아 러드 건너편에서 다시 빔의 길에 오를 수도 있겠지요."

"빔을 따라 가시는구면. 아무렴, 그럴 줄 알았소."

에디의 상상 속에서 도시는 희망으로 점점 더 짙게 물들어갔다. 그곳에 닿기만 하면 도움을 얻을 듯싶었다. 원정에 도움이 될 만한 물건이 버려져 있을지도 몰랐고, 아니면 암흑의 탑과 그 탑에 이르렀을 때 해야 할 일에 관하여 조금이나마 가르쳐줄 사람들이 있을지도 몰랐다. 이를 테면 백발이로 불리는 사람들이 그러했다. 그들은 에디가 줄곧 상상해 온 난쟁이 현자들과 비슷할 것 같았다.

북소리는 정말이지 충분히 으스스했고, 듣다 보면 수많은 저예산 밀림 활극 영화가 떠오르기도 했다(대개는 형과 나란히 앉아 팝콘 대접을 사이에 두고 텔레비전으로 본 영화들이었다.). 그런 영화에서 탐험가들이 찾아 헤매던 잃어버린 환상의 도시는 폐허가 된 후였고 원주민들은 피에 굶주린 식인종으로 전락해 있었지만, 에디는 멀리서나마 뉴욕과 그토록 비슷해 보이는 저 도시가 그 모양 그 꼴일 거라고는 도저히 믿을 수 없었다. 난쟁이 현자나 버려진 물건은 없다 하더라도 최소한 책은 있을 듯싶었다. 이쪽 세계에서 종이가 얼마나 귀한지는 롤랜드에게서 이미 들은 바였으나 에디가 가본 도시는 어느 곳이나 예외 없이 종이가 넘쳐났다. 아직 작동하는 교통수단을 발견할지도 몰랐다. 사륜구동 랜드로버 대신 탈 만한 것이면 좋겠구나 싶었다. 아마도 터무니없는 꿈일 테지만, 그래도 낯선 땅을 수천킬로미터는 더 가야 할 판에 기운을 북돋울 수만 있다면 꿈 몇 자락 꾸는 것쯤이야 지극히 당연한 권리였다. 게다가 최소한 가능성은 있는 꿈 아닌가? 젠장할?

에디는 이런 얘기를 조금 꺼내볼까 하고 입을 열었으나 제이크가 먼저 말을 했다.

"제 생각에 돌아서 가면 안 될 것 같아요."

제이크는 이렇게 말해놓고 사람들의 시선이 일제히 자신에게 쏠리자 살짝 얼굴을 붉혔다. 아이의 발치에서 오이가 뒤척였다.

"안 된다고?" 탈리사 아주머니가 물었다. "왜 그리 생각하는지 얘기해 주련?"

"혹시 기차가 뭔지 아세요?"

제이크가 묻자 좌중에 긴 침묵이 감돌았다. 빌과 틸은 불안한 눈길을 주고받았다. 탈리사 아주머니만이 제이크를 지그시 바라보았다. 제이크는 그 눈길을 피하지 않았다.

"들어본 적이 있지. 어쩌면 본 적도 있을 게야. 저기서."

탈리사 아주머니가 센드 강 쪽을 가리켰다.

"먼 옛날, 내가 아직 아이였고 세상도 변질하지 않았던 그때……적어도 지금만큼은 변질하지 않았던 시절 얘기지. 애야, 네가 말하는 게 블레인 아니냐?"

제이크는 그 이름을 알아듣고 놀라서 눈을 반짝였다.

"맞아요! 블레인이에요!"

롤랜드가 제이크를 유심히 쳐다보았다.

"그런데 네가 어떻게 '외줄 블레인'을 알고 있지?"

"외줄요?"

탈리사 아주머니가 묻자 제이크는 멍한 표정을 지었다.

"그래, 그렇게 불렀다. 그 옛이야기를 어떻게 알았냐?"

제이크가 힘없이 롤랜드를 쳐다보더니 다시 탈리사 아주머니 쪽으로 눈을 돌렸다.

"저도 어쩌다 알게 됐는지 모르겠어요."

'얘 말은 사실이야.' 에디는 불현듯 생각했다. '하지만 그게 다는 아니야. 그 이상을 알면서도 여기서 얘기하고 싶지 않은 거지…… 게다가 겁먹은 것 같아.'

"이건 저희 나름의 사정 같습니다."

롤랜드의 목소리는 수습할 책임을 떠맡은 사람처럼 무덤덤하고 차가웠다.

"노모성이여, 부디 저희가 알아서 하도록 맡겨주십시오."

"아무렴." 노파가 제꺽 동의했다. "그대들 생각대로 하시오. 우리가 모르는 편이 최선일 게요."

"도시는 어떻습니까?" 롤랜드가 재촉했다. "러드에 관해 아시는 바가 없습니까?"

"조금뿐이오. 허나 아는 얘기는 들려주리다."

이렇게 말하고 나서 탈리사 아주머니는 자기 몫의 커피를 한 잔 더 따랐다.

이야기는 사실상 쌍둥이 빌과 틸이 거의 다 들려주었다. 한쪽이 말을 맺으면 다른 쪽이 부드럽게 이어받는 식이었다. 이따금씩 탈리사 아주머니가 한마디 보태거나 바로잡기도 했고, 그럴 때면 쌍둥이는 아주머니가 말을 끝냈다는 확신이 들 때까지 공손히 기다렸다. 사이는 입 한 번 뻥긋하지 않았다. 앞에 놓인 커피 잔은 건드리지도 않고 그저 너부죽한 모자챙에서 튀어나온 지푸라기만 잡아뜯었다.

롤랜드가 재빨리 알아차린 바로는 이곳 사람들이 아는 것은 정말로 조금뿐이었다. 심지어 자기네 마을의 역사에 대해서도 그러했다(그러나 롤랜드는 놀라지 않았다. 요즘 같은 말세에는 기억이 빠르게 사라지는 법이고 극히 최근의 과거가 아니면 아예 존재하지 않는 것이나 마찬가지였으므로). 하지만 그들이 제대로 아는 사실은 그야말로 으스스했다. 이 또한 롤랜드로서는 놀랄 일이 아니었다.

쌍둥이의 고조할아버지 대에 이 강넘이 마을은 앞서 수재나가 상상했던 바와 무척이나 비슷했다. 위대한 길의 중간 교역지로서 적당히 번창한 곳이자 물건을 팔기보다는 주로 맞바꾸던 곳이었다. 당시는 이미 왕국이니 영지니 하는 것들이 사라져가던 시절이었으나 명목상으로나마 이 마을은 '강 왕국'의 일부였다.

들소 떼의 수가 줄고 악성 변이가 일어나 사냥이 내리막길로 치닫던 무렵에도 사냥꾼들은 마을을 찾았다. 돌연변이 들소의 고기는 독성은 없었지만 냄새가 고약하고 맛도 지독했다. 그럼에도 그저 나루터라고만 불리던 곳과 짐타운 마을 사이에 자리 잡은 이 강넘이 마을은 사냥꾼들에게는 중요한 곳이었다. 위대한 길이 통과하는 곳일 뿐 아니라 도시까지 육로로는 엿새 거리, 짐배로는 사흘 거리였기 때문이었다.

"강물이 빠지지만 않으면 그랬지요." 쌍둥이 노인 중 한 명이 말했다. "강 수위가 낮으면 더 걸렸어요. 우리 할아버지 말씀으로는 강바닥에 걸린 짐배들이 상류에서 '톰네 어귀'까지 죽 늘어선 적도 있었대요."

노인들은 도시의 원래 주민들뿐 아니라 도시의 크고 작은 탑을 만드는 데 쓰인 기술에 대해서도 전혀 아는 바가 없었다. 도시를 지은 이들은 위대한 선인들이었고, 그들의 역사는 탈리사 아주머니의 고조할아버지가 아이였을 적에 이미 소실되고 말았다.

"건물은 아직 그대로던데요. 위대한 옛 양반들께서 도시를 지을 때 사용한 기계들이 아직도 작동하는 것 아닐까요?"

에디의 말에 쌍둥이 중 한 명이 대답했다.

"그럴지도. 허나 젊은 양반, 만약 그렇다 해도 기계를 움직일 줄 아는 사람은 한 명도 안 남았을 게요…… 내 생각에는 그렇소."

"아니야. 내 생각에 백발이나 어린둥이들이 옛 방식을 모조리 잊어버렸을 것 같진 않아."

쌍둥이 노인 중 다른 쪽이 반론을 제기했다. 그는 에디를 보며 말을 이었다.

"우리 아버지는 언젠가 도시에서 전기 촛불을 보셨다고 했소. 어떤 사람들은 그 촛불이 지금도 타고 있을 거라고 한다오."

"우와, 상상이 가는데요!"

에디가 짐짓 놀란 척하며 대꾸하자 수재나가 탁자 아래로 그의 다리를 세게 꼬집었다.

"그러게 말이오." 아까 얘기했던 노인은 에디가 비꼬는 줄도 모른 채 진지하게 얘기했다. "단추를 누르면 불이 켜진다오. 환한데도 뜨겁지 않고, 심지도 기름도 필요 없는 촛불이지. 또 내가 듣기로 오래 전 무법자 두목 퀵이 기계장치 새를 타고 하늘을 난 적이 있답디다. 그런데 날개 한 짝이 망가지는 바람에 그만 떨어져 죽었다더군, 이카루스처럼 말이오."

이 말에 놀란 수재나가 입을 떡 벌렸다.

"이카루스 이야기를 아세요?"

"그럼요, 부인. 밀랍 날개 사나이 아닙니까."

노인은 신기하게 여기는 수재나를 보고 놀라서 말했다. 탈리사 아주머니가 코웃음을 쳤다.

"둘 다 동화에나 나오는 소리야. 허나 꺼지지 않는 촛불 이야기는 사실이오, 아직 풋풋한 계집애였을 적에 나도 봤으니까 말이지. 게다가 지금도 이따금씩 불을 밝히지, 아무렴. 내 눈으로 본 지는 오래 됐지만, 믿을 만한 사람들 말로는 맑은 날 밤에 불빛을 본 적이 있다고 하더구먼. 허나 하늘을 난 사람은 아무도 없소. 위대한 선인들 조차도 말이오."

그럼에도 도시에는 신기한 기계들이 남아 기이한 일을, 때로는 위험한 일을 수행했다. 아직 작동하는 기계가 여럿 남아 있을지도 몰랐으나 쌍둥이 노인의 말에 따르면 도시에는 작동법을 아는 사람이 아무도 없는 듯싶었다. 기계 소리가 들리지 않은 지 오래되었으므로.

'상황이야 바꿀 수 있는 거 아니겠어.' 에디의 눈이 반짝였다. '그러니까 만약 모험심이 강하고 여행을 즐기는 젊은이가, 게다가 이상한 기계와 꺼지지 않는 불빛에 관해 조금이나마 아는 젊은이가 도착한다면 말이지. 그냥 *켜짐* 스위치만 찾으면 될지도 몰라. 그만큼 간단한 문제인지도 모른다는 거지, 내 말은. 아니면 그냥 퓨즈가 몇 개 끊어졌을 수도 있어. 다들 생각해 봐! 그냥 400암페어짜리 퓨즈 대여섯 개만 갈아 끼우면 온 도시가 토요일 밤의 리노 카지노처럼 밝아진다고!'

수재나가 팔꿈치로 쿡 찌르며 뭐가 그렇게 우습냐고 나지막이 물었다. 에디는 고개를 젓고 조용히 하라는 듯 입에 손가락을 갖다대어 연인의 눈총을 샀다. 한편 백색증 쌍둥이는 실마리를 주거니 받거니 하며 계속 이야기했다. 자신들도 모르는 사이에 그토록 부드럽게 이야기를 이어가는 일은 오직 평생 함께한 쌍둥이들만이 가능할 듯싶었다.

쌍둥이는 네댓 세대 전까지만 해도 도시에 인구가 꽤 많았노라고 했다. 또 비록 위대한 선인들이 자동으로 달리는 멋진 교통수단을 위하여 닦아놓은 널찍한 길에 마차와 널빤지 수레만 다니기는 했어도 그럴듯한 문명까지 영위했다고 얘기했다. 도시 주민들은 기술을 지닌 장인이자 쌍둥이들 말로는 '직공'이었으며, 교역은 강 수면과 상공에서 동시에 활발하게 이루어졌다.

"상공이라고 했소?"

롤랜드가 묻자 탈리사 아주머니가 대답했다.

"센드 강 위의 다리는 지금도 그대로 있다오. 적어도 20년 전에는 있었소."

"그럼요, 빌 머핀 영감하고 그 아들이 다리를 본 지 10년도 안 됐어요."

사이가 처음으로 대화에 끼어들어 말했다.

“어떤 종류의 다리요?”

“쇠줄로 만든 커다란 다리지요.” 쌍둥이 중 한 명이 대답했다. “거대한 거미가 짠 거미줄처럼 하늘에 매달려 있어요.” 그러고는 수줍게 덧붙였다. “죽기 전에 다시 볼 수 있으면 좋으련만.”

“아마 벌써 쓰러지고 없을 게야. 잘됐어, 그건 악마가 만든 작품이니까.”

탈리사 아주머니는 께름칙한 듯 이렇게 말하고 나서 쌍둥이 쪽을 돌아보았다.

“이분들께 말씀드리게. 그 후에 무슨 일이 일어났는지, 또 그 도시가 지금 왜 그리 위험한지 말일세. 그곳에 도사린 유령 이야기는 안 해도 되네, 거기 괴상한 힘이 있다는 건 내가 장담하니까. 자, 이분들은 어서 출발하고 싶어 하서, 해는 벌써 서쪽으로 넘어갔고.”

10

나머지 이야기는 길르앗의 롤랜드가 여러 차례 들었던 이야기를 고쳐 쓴 것에 지나지 않았다. 어느 정도는 그가 스스로 체험한 것이기도 했다. 또한 단편적이고 불완전한 데다 전설과 오류로 가득했으며, 바로 지금 세상에서 일어나고 있는 기이한 변화들 때문에 전후 관계의 시간과 방향마저 모두 뒤틀려 있었다. 그들의 이야기를 한 문장으로 요약하면 다음과 같았다. *옛날 우리가 알던 세계가 있었으나 그 세계는 변질하고 말았다.*

롤랜드가 강 왕국을 몰랐듯이 강넘이 마을의 노인들도 길르앗을 몰랐다. 롤랜드의 나라에 파멸과 혼돈을 불러온 존 파슨 또한 이들에게는 아무 의미도 없는 이름이었다. 그러나 옛 세계의 몰락에 관한 이야기들은 하나같이 비슷했는데…… 롤랜드 생각에 우연으로 보기에는 너무나 비슷했다.

커다란 내전이 갈란에서, 또는 그보다 더 먼 폴라에서 일어났다. 300년, 어쩌면 심지어 400년 전이었을지도 모른다. 내전의 파장은 혼란과 분쟁을 앞세우고 서서히 바깥으로 퍼져나갔다. 그토록 느린 파도를 버텨낼 수 있는 왕국은 거의 없었고, 혼란은 밤이 노을의 뒤를 따르듯 자연스럽게 이 땅에까지 밀려왔다. 순식간에 온 군대가 길에 몰려나와 전진과 후퇴를 거듭했으나 늘 우왕좌왕할 뿐, 장기적인 전략 따위는 있지도 않았다. 시간이 흐르자 군대는 여러 소집단으로 나뉘었고, 이들은 다시 떠돌아다니는 약탈자 무리로 전락했다. 교역은 쇠퇴하다가 마침내 완전히 붕괴했다. 여행은 단지 불편한 문제에서 위험한 일로 바뀌었다가 결국에는 거의 불가능해졌다. 도시와 마을 사이의 연락은 줄곧 뜸해지다가 결국 120년 전에 철저히 끊기고 말았다.

롤랜드가(처음에는 커스버트를 비롯하여 길르앗에서 추방당한 총잡이들과 함께, 또 나중에는 혼자서) 돌아다녔던 수많은 마을과 마찬가지로, 강넘이 마을 또한 외부로부터 차단당한 채 자급자족하는 형편이었다.

이 부분에서 사이가 이야기에 끼어들자 여행자들은 대번에 그의 목소리에 사로잡혔다. 사이는 마치 한평생 재담꾼으로 산 사람인 양 칼칼한 목소리로 구성지게 이야기했다. 그는 비범한 어릿광대였다. 기억과 허풍을 한데 엮어 이슬방울 맺힌 거미줄처럼 눈부신 꿈을 자아내는 재주꾼이었다.

"저희 마을은 증조부 대에 마지막으로 성에 공물을 바쳤습지요. 스물여섯 명이 마차 한 대에 가죽을 싣고 성을 향해 출발했답니다. 그 무렵에는 당연히 동전이 남아나질 않았던지라, 딴에는 그게 최선이었던 게지요. 80휠이나 되는 멀고 험한 길을 가던 중에 그만 여섯 명이 죽고 말았대요. 그중 반은 도시의 전쟁에 참가하러 가던 약탈자들한테 당했고, 나머지 반은 병이나 마귀풀 때문에 죽었지요.

마침내 성에 도착하고 보니 사람은 없고 떼까마귀와 검은 새들뿐이었답니다. 성벽은 무너지고 궁정에 잡풀이 수북이 자랐더래요. 앞서 서쪽 들판에서 대학살이 벌어졌던 게지요. 증조부 말씀이 거기엔 허연 해골에 벌겋게 녹슨 갑옷이 그득했고, 널브러진 해골의 턱뼈에선 악마가 울부짖는 소리가 동풍처럼 솟아나왔대요. 성 너머 마을은 홀라당 타버렸고 내성 벽에는 수도 없이 많은 해골이 죽 걸려 있었고요. 마을 할아버님들은 공물로 가져간 가죽을 망루 문 바깥에다 그냥 놔두고 다시 마을로 돌아왔답니다. 유령과 신음소리가 맴도는 성 안에 감히 들어갈 사람이 없었던 게지요. 돌아오는 길에 열 명이 더 죽는 바람에 마을을 떠난 스물여섯 명 중에 달랑 열 명만 돌아왔답니다. 저희 증조부님도 살아 돌아오긴 하셨는데…… 목하고 가슴에 백선이 걸려서 돌아가실 때까지 안 나았대요. 사람들 말로는 방사능 병이라더군요. 총잡이 어른, 그 후로 이 마을을 떠난 사람은 아무도 없어요. 저휜 그저 저희끼리 살아왔습지요."

사이가 칼칼하고 구성진 목소리로 계속 들려준 바에 따르면, 마을 사람들은 약탈자들의 노략질에 차츰 익숙해졌다. 사람들은 보초를 세워두고 이쪽으로 다가오는 말 탄 무리가 눈에 띄면 교회 아래에 파놓은 널따란 대피소로 몸을 숨겼다. 약탈자 열 중 여덟아홉은 위대한 길과 빔의 경로를 따라 동남쪽으로 향했고, 목적지는 전쟁이 끊이지 않는 러드였다. 마을 사람들은 가볍게 부서진 곳은 떠돌이들이 마을에 주의를 기울이지 않도록 수리하지 않고 내버려두었다. 놈들은 대개 마을에 관심을 보이지 않았고, 그저 어깨에 활과 도끼를 걸친 채 최전선을 향하여 쏜살같이 말을 달렸다.

"그게 언젯적 전쟁 이야기요?"

"그래요. 또 저 북소리의 정체는 뭐죠?"

롤랜드에 이어 에디가 물었다. 쌍둥이들은 또다시 무언가에 홀린 듯한 눈길을 슥 주고받았다. 사이가 롤랜드에게 대답했다.

"신의 북소리에 대해서는 아무것도 몰라요. 듣지도 보지도 못했어요. 저, 그 도시의 전쟁 말인데요……"

그 전쟁은 원래 도시의 장인과 '직공'들이 만든 느슨한 연합을 상대로 약탈자와 무법자들이 벌인 싸움이었다. 도시 주민들은 약탈자 무리가 노략질을 벌이고 상점을 불태우고 살아남은 이들을 오로지 죽음뿐인 허허벌판으로 몰아내도록 수수방관하는 대신, 맞서 싸우는 쪽을 택했다. 약탈자들은 다리를 넘어 진격하기도 하고 조각배나 짐배를 타고 강으로 침투하기도 했으나 성질만 광포할 뿐 오합지졸이었고, 그리하여 주민들은 단 몇 년 동안이나마 그들에 맞서 러드를 지켜내는 데 성공했다.

"도시 사람들은 옛날 무기를 썼답니다." 쌍둥이 중 한 명이 말했다. "그러니 머릿수가 적은데도 활과 철퇴와 도끼뿐인 약탈자들이 버텨낼 수가 없었던 게지요."

"도시인들이 총을 썼단 말인가요?"

에디가 묻자 쌍둥이 중 한 명이 고개를 끄덕였다.

"그럼요, 썼지요. 총뿐만이 아니었어요. 불덩어리를 몇 킬로미터나 날려보내는 무기도 있었어요. 다이너마이트 비슷하게 폭발했는데, 훨씬 더 강력했지요. 무법자들은, 아시다시피 백발이들 말씀인데요, 그놈들은 어쩔 도리 없이 그저 강 너머에 포위망을 구축해 놓고 있었답니다. 그게 다였지요."

러드는 사실상 말세의 마지막 요새이자 피난처가 되었다. 인접한 지방에서 가장 똑똑하고 재주 있는 인재들이 하나둘 러드를 향해 길을 떠났다. 이 신입들은 포위자들이 빽빽하게 지어놓은 진지와 전선을 뚫고 들어오면 일단 자기 지능을 입증하는 마지막 시험을 통과하는 셈이었다. 중립지대가 된 다리를 넘어온 이들은 거의 모두 비무장이었고, 용케도 거기까지 온 사람들은 도시에 들어오도록 허락받았다. 물론 능력 부족으로 밝혀져 다시 짐을 싼 이들도 있었으나 손재주나 기술을(또는 그것을 익힐 머리를) 지닌 이들은 남도록 허락받았다. 농사짓는 기술이 특히 귀하게 여겨졌다. 쌍둥이의 얘기에 따르면 러드의 커다란 공원은 전부 채마밭으로 바뀌었다. 외부와 단절된 이상 도시 안에서 식량을 자급하거나 아니면 유리탑과 강철 골목을 보며 굶어죽거나 둘 중 하나이기 때문이었다. 위대한 선인들은 사라졌고 그들이 남긴 기계는 수수께끼였으며, 말없이 남아 있는 신기한 물건들을 먹을 수는 없는 노릇이었다.

차츰 차츰 전황이 바뀌기 시작했다. 전력의 균형이 포위망을 구축한 백발이들 쪽으로 기울었던 것이다. 그들이 이렇게 불린 까닭은 보통 도시 주민들보다 훨씬 나이가 많기 때문이었다. 물론 후자도 나이를 먹어가기는 마찬가지였다. 그때껏 '어린둥이'로 불리기는 했으나 그들 또한 대개는 청소년기가 지난 지 이미 오래였다. 게다가 그들은 옛날 무기의 작동법을 잊어버렸거나 무기를 다 써버렸거나, 둘 중 하나였다.

"아마도 둘 다일 테지." 롤랜드가 부루퉁하게 뇌까렸다.

약 90년 전에, 그러니까 사이와 탈리사 아주머니가 세상에 나온 후에, 마지막 무법자 무리가 나타났다. 수가 어찌나 많았던지 새벽녘에 강넘이 마을로 질주해 들어온 무리의 후미가 저물녘까지 마을을 빠져나가지 못할 정도였다. 그들은 이 근방 사람들이 목격한 마지막 군대였으며 그들의 대장은 훗날 하늘에서 떨어져 죽었다고 전해지는 젊은 전사, 바로 데이비드 퀵이었다. 퀵은 그때껏 도시를 포위하고 있던 무법자 무리의 어중이떠중이들을 그러모으며 자기 뜻을 거스르는 이는 모두 죽였다. 퀵이 규합한 백발이 군대가 침입 수단으로 택한 것은 조각배도, 다리도 아니었다. 대신 그들은 도시 아래쪽 20킬로미터 지점에 부교를 만들고 도시의 측면을 공격했다.

"그때부터 전쟁은 굴뚝에 불이 치솟듯 거세졌다오." 이야기의 끝은 탈리사 아주머니가 맺었다. "이따금씩 가까스로 도시를 빠져나온 이들한테 소식을 듣곤 하지, 아무렴. 요즘은 그렇게 찾아오는 이들이 조금 더 늘었는데 말을 듣자 하니 다리가 무방비 상태라더구먼. 전쟁도 시들해진 것 같고. 도시 안에서는 어린둥이들과 백발이들이 아직 남은 전리품을 놓고 싸우는 중인데, 지금은 퀵을 따라 부교를 건넌 약탈자 무리의 자손들이야말로 진짜배기 어린둥이일 게요. 불리기야 여태껏 백발이로 불리지만 말이오. 또 도시 주민의 자손들은 이제 우리만큼이나 나이를 먹었을 게요. 비록 그곳에 아직 남아 있을지도 모르는 지식에 혹해서, 또는 옛날이야기에 홀려서 찾아간 젊은이들이 있기는 해도 말이오.

총잡이여, 이 두 패거리는 아직도 해묵은 다툼을 멈추지 못했소. 또한 양쪽 모두 당신이 에디로 부르는 이 청년을 탐낼 게요. 저 갈색 피부 여인이 아이를 낳을 수 있다면, 비록 다리를 잃었다 해도 그들에게 목숨을 잃지 않을 게요. 붙잡아두고 아이를 배게 할 테니 말이오. 지금은 아이가 훨씬 귀해진 데다, 옛날에 돌던 병이 사라지는 중이긴 하지만 아직도 어떤 아이들은 기형으로 태어난다오."

이 말에 수재나는 무언가 얘기를 하려는 듯 뒤척였으나 이내 마지막 남은 커피 한 모금을 들이켜고 가만히 듣는 자세로 돌아갔다.

"허나 총잡이여, 만약 그들이 청년과 여인을 단지 탐내는 정도라면, 저 아이 경우에는 아주 가지려고 환장을 할 게요."

제이크는 몸을 숙이고 다시 오이의 털을 매만졌다. 롤랜드는 아이의 얼굴을 보고 무슨 생각을 하는지 알아챘다. 산 지하의 일이 다시 한 번 반복될 참이었다. 도시의 패거리들은 모습만 다를 뿐 또 다른 느림보 돌연변이었다.

"당신이야 대번에 죽여버릴 테지. 왜냐하면 당신은 총잡이이므로, 원래 있어야 할 시대와 장소에서 벗어난 존재이므로. 게다가 물고기도 날짐승도 아니니 양쪽 모두에게 아무 쓸모도 없으므로. 허나 소년은 붙잡아다가 부려먹을 수도 있고, 다른 모든 것을 잊고 특정한 것만 기억하도록 훈련시킬 수도 있지. 그들 모두 애초에 무엇을 위해 전쟁을 시작했는지는 잊어버렸소. 그 후로 세상이 변질해 버린 탓이오. 이제 그들은 저 끔찍한 북소리에 맞추어 그저 싸우기만 할 뿐이오. 아직 젊은 축도 있긴 하나 대개는 우리처럼 흔들의자에 앉아 쉬어야 할 만큼 늙었소. 모두 어리석은 천치들일 뿐이오, 죽이려고 살고 살려고 죽이는 놈들이니."

탈리사 아주머니가 말을 멈추었다.

"이제 우리 노물들이 아는 얘기는 다 했소. 총잡이여, 지금도 그들을 피하여 도시를 우회하는 길이 최선이 아니라고 믿소?"

롤랜드가 대답하기도 전에 제이크가 먼저 입을 열었다. 아이의 목소리는 맑고 단호했다.

"외줄 블레인에 대해 아시는 대로 얘기해 주세요. 블레인하고 기관사 밥에 대해서요."

11

"기관사 누구?"

에디가 물었으나 제이크는 노인들만 바라볼 뿐이었다.

"저쪽에 철로가 깔려 있단다."

사이가 한참 만에 입을 열며 강 쪽을 가리켰다.

"철로는 한 줄뿐인데, 철로를 떠받친 높다란 기둥은 사람 손으로 만든 돌로 되어 있단다. 옛사람들이 만든 거리나 벽처럼 말이야."

"모노레일이군요! 그래서 '외줄 블레인'이라고 하는 거예요!"

"골칫거리 블레인이죠."

수재나가 외쳤고, 뒤이어 제이크가 중얼거렸다. 롤랜드는 제이크를 쳐다보기만 할 뿐 말이 없었다.

"그 기차가 지금도 다니나요?"

에디가 사이에게 물었다. 사이는 천천히 고개를 저었다. 언짢은 듯 표정이 일그러져 있었다.

"아니오, 젊은 양반. 허나 나와 아주머니가 세상에 나온 후에도 다니기는 했소. 우리가 아직 풋풋하던 시절에, 또 도시의 전쟁이 점점 치열해지던 시절에는 그랬소. 우리는 그 기차를 눈으로 보기 전에 귀로 먼저 들었다오. 나직하게 윙윙대는 소음이 들렸지. 여름날 이따금씩 몰려오는 지독한 폭풍우 소리하고 비슷했소. 벼락을 잔뜩 품고 오는 폭풍우 말이외다."

"아무렴."

탈리사 아주머니가 말했다. 표정이 꿈을 꾸듯 아득했다.

"그러고 나면 그놈이 나타났소. 햇살 아래 반짝이는 외줄 블레인이 말이오. 총잡이여, 놈의 코는 그대의 리볼버에 들어 있는 총알과 비슷하게 생겼답니다. 길이가 2휠은 될 거요. 터무니없는 소린 줄은 나도 안다오. 어쩌면 그리 길지는 않았는지도 모르지(우리가 아직 풋풋했단 걸 명심하시오, 그 점을 감안하셔야 해.). 허나 내 생각은 변함이 없소, 왜냐면 놈이 달려올 때 보면 온 지평선을 다 차지하고 달리는 것 같았거든. 놈은 빨랐고, 납작했고, 제대로 보기도 전에 벌써 사라져버렸지!

이따금씩 흐리고 꿉꿉한 날에는 서쪽에서 달려오는 그놈 소리가 독수리 울음처럼 들렸다오. 가끔은 한밤중에 기다랗고 새하얀 빛으로 앞을 밝히며 달려오기도 했고, 그럴 때면 너나 할 것 없이 그 비명소리에 눈을 떴소. 꼭 세상 끝날에 죽은 이들을 일으켜 세운다는 나팔소리 같았소, 아무렴 그랬지."

"사이, 그 폭발음 얘기도 해드려야지! 그놈 뒤에 항상 따라오던 그 불경스러운 소리 말이야!"

빌 아니면 틸이 겁에 질려 떨리는 목소리로 말했다.

"알아, 막 얘기하려던 참이었어." 사이는 조금 언짢은 목소리로 대꾸했다. "놈이 지나가고 나서 몇 초 동안은 조용했다오…… 가끔은 한 1분 동안 조용할 때도 있었고……. 그러고 나서, 폭발이 일어났지. 찬장이 흔들리고 선반에서는 컵이 떨어지고, 심지어 창문의 유리창이 깨지기도 했소. 헌데도 섬광이나 불꽃을 본 이는 아무도 없었지. 꼭 유령계에서 일어난 폭발처럼 말이오."

에디는 수재나의 어깨를 톡톡 두드리고 그녀가 고개를 돌리자 소리 없이 입 모양으로 말했다. '소닉 붐이에요.' 터무니없는 소리였다. 음속보다 빨리 달리는 기차가 있다는 말은 들어본 적도 없었다. 그러나 그것 말고는 이치에 맞게 설명할 길이 없었다.

수재나는 고개를 끄덕이고 다시 사이에게 고개를 돌렸다. 사이가 나지막이 말을 이었다.

"위대한 선인들이 만든 기계 중에 내 눈으로 움직이는 모습을 본 건 그놈뿐이오. 그리고 놈이 악마의 작품이 아니라면 악마 따위는 존재하지도 않소. 머시와 결혼한 그해에 놈을 마지막으로 봤는데, 그게 분명 60년 전이오."

"70년이야."

탈리사 아주머니가 단언했다. 롤랜드가 중얼거렸다.

"그 기차가 도시로 들어갔단 말이군. 우리가 왔던 길 저편…… 서쪽으로부터…… 숲으로부터……."

"맞아요."

느닷없이 낯선 이의 목소리가 들렸다.

"하지만 하나가 더 있었어요. 도시에서 나가는 기차가…… 그리고 그 기차는 지금도 다닐지도 몰라요."

12

사람들이 뒤를 돌아보았다. 그들이 둘러앉은 탁자와 교회 뒷벽 사이의 화단 곁에 머시가 서 있었다. 두 손을 앞으로 쭉 내밀고 사람들의 목소리가 들리는 쪽을 향하여 천천히 걸어오는 중이었다.

사이가 휘청휘청 자리에서 일어나더니 있는 힘껏 달려가 머시의 손을 잡았다. 머시는 남편의 허리에 한 팔을 둘렀고, 함께 선 두 사람은 세상에서 제일 나이 많은 신랑과 신부처럼 보였다.

"아주머니께서 안에 들어가 커피 마시라고 하셨잖아!"

"한참 전에 다 마셨우. 커피 맛이 써서 영 싫더구먼. 게다가…… 얘기가 듣고 싶었다우."

머시는 떨리는 손가락으로 롤랜드가 앉아 있는 쪽을 가리켰다.

"저분의 목소리가 듣고 싶었어요. 준수하고 밝은 목소리잖아요, 아무렴."

"울며 용서를 비나이다, 아주머님. 이 사람이 원래 말을 안 들어요, 세월이 흘러도 당최 나아지질 않네요."

사이는 얼핏 두려워하는 표정으로 노파를 보며 말했다. 탈리사 아주머니가 롤랜드를 흘깃 쳐다보았다. 총잡이는 알아보기도 힘들 정도로 살짝 고개를 끄덕였다.

"이리 데려와서 함께 앉히게나."

탈리사 아주머니가 말했다. 사이는 아내를 탁자로 데려오며 거듭 야단을 쳤다. 머시는 앞 못 보는 눈으로 남편의 어깨 너머를 바라볼 뿐, 입은 굳게 다물고 있었다.

사이가 머시를 자리에 앉혔다. 탈리사 아주머니는 팔을 탁자에 없고 몸을 앞으로 숙이며 물었다.

"자, 뭔가 할 얘기가 있으신 겐가, 자매님? 아니면 그냥 허풍 한 번 떨어보신 겐가?"

"탈리사 아주머님, 전 귀에 들어오는 건 다 들어요. 제 귀는 옛날하고 마찬가지로 밝다고요. 오히려 더 밝아졌어요!"

롤랜드의 손이 아래로 내려가 잠시 총띠에 머물렀다. 다시 탁자 위로 올라온 손은 총알을 쥐고 있었다. 롤랜드가 그 총알을 튕기자 수재나가 붙잡았다.

"정말로 그렇소, 부인?"

롤랜드가 묻자 머시가 그쪽을 돌아보며 대답했다.

"암요, 그렇고말고요. 방금 뭔가 던지셨잖아요. 여인한테요, 피부가 갈색인 여인. 뭔가 작은 거였어요. 뭔가요, 비스킷인가요?"

롤랜드가 씩 웃으며 대답했다.

"비슷한 거요. 말씀대로 귀가 밝으시군. 자, 얘길 들려주시오."

"외줄 열차가 한 대 더 있어요. 만약 같은 열차가 다른 구간을 운행하는 게 아니라면 말이에요. 어느 쪽이든 간에, 다른 길로 달리는 외줄 열차가 있었어요……. 그것도 7, 8년 전 얘기지만서도. 도시를 출발해서 저 먼 황무지로 나가는 열차 소리가 들리곤 했답니다."

"개똥 같은 소리!" 백색증 쌍둥이 중 한 명이 꽥 소리를 질렀다. "황무지로 가는 건 아무것도 없어! 거기선 아무것도 못 살아남아!"

머시가 노인 쪽으로 얼굴을 돌렸다.

"틸 터드버리, 기차가 살아 있는 거유? 어떤 기계가 고뿔이 나서 훌쩍거립디까?"

'저기요.' 에디는 이렇게 말할까 하고 생각했다. '제가 아는 곰돌

이가 한 마리 있는데 말이죠…….'

그러나 조금 더 생각한 끝에 조용히 있는 편이 낫겠다고 마음을 굳혔다.

"소리가 났으면 우리한테도 들렸을걸." 다른 쌍둥이 노인이 골이 나서 우겨댔다. "사이가 입에 달고 사는 그 시끄러운 소리가 들렸더라면……"

"그 기차는 폭발음 같은 것 안 냈어요. 허지만 난 다른 소리를 들었지요. 이따금씩 가까운 데 벼락이 떨어지고 나서 들리는 윙윙 소리 비슷한 거였어요. 분명히 들었어요, 바람이 도시 쪽에서 세게 불어올 때요." 머시가 턱을 쑥 내밀고 말을 이었다. "한 번은 폭발음도 똑똑히 들었어요. 멀리, 아주 멀리서 들려왔지요. 큰 찰리 바람이 부는 바람에 교회 뾰족탑이 날아갈 뻔한 날 밤이었어요. 아마 여기서 200휠은 떨어진 데였을 거예요. 어쩌면 250휠이었으려나."

"쇠불알 까는 소리! 마귀풀이라도 씹었던 게지!"

"빌 터드버리, 그 입 안 다물면 댁을 씹어버릴 거유. 숙녀한테 감히 쇠불알이라니, 어디서 그런……"

"그만해, 머시!"

사이가 야단을 쳤다. 그러나 에디는 시골 사람들이 주고받는 익살에 거의 귀를 기울이지 않았다. 에디가 보기에 눈 먼 여인이 들려준 이야기는 그럴듯했다. 물론 러드에서 출발한 기차가 소닉 붐을 일으킬 수는 없었다. 음속이 정확히 얼마인지는 기억나지 않았으나 대략 시속 1000킬로미터 언저리일 듯싶었다. 정지 상태에서 출발한 기차가 그 속도에 이르려면 얼마간 시간이 걸릴 테고, 시간이 그만큼 흐르고 나면 소리도 들리지 않을 테지만…… 머시가 주장한 대로 때마침 큰 찰리 바람이(그게 뭐든지 간에) 불어온 덕분에 소리가 잘 들리는 상황이었다면, 얘기는 달랐다.

또한 그러했을 가능성은 존재했다. 외줄 블레인이 오지 탐사용 랜드로버일 리는 없었지만, 어쩌면…… 어쩌면…….

"부인, 그 다른 기차 소리를 7, 8년 동안 못 들었다고 하셨소? 그보다 훨씬 오래전이 아닌 게 확실하오?"

"확실해요. 마지막으로 들었을 때는 빌 머핀이 혈액병에 걸린 해였어요. 불쌍한 빌!"

"그건 거의 10년 전 일이야."

탈리사 아주머니의 목소리는 기이할 만큼 부드러웠다.

"그런 소릴 들어놓고도 왜 얘길 안 했어?"

사이가 아내에게 묻고 나서 총잡이를 돌아보았다.

"머시가 하는 말 아무것도 믿지 마세요, 암요. 이 여편네는 늘 사람들의 관심을 끌고 싶어서 안달이 나 있어요."

"뭐가 어째요, 이 실없는 늙은이가!"

머시가 소리치며 남편의 팔을 철썩 갈겼다.

"영감이 그리도 자랑스러워하는 이야기를 뒤엎기 싫어서 잠자코 있었던 거유, 그런데 지금은 내가 들은 소리가 중요해졌으니 어쩔 수 없이 하는 거잖우!"

"부인, 나는 부인 말을 믿소. 한데 그 후로 외줄 열차 소리를 못 들은 게 확실하오?"

"아무렴요, 그 후론 못 들었어요. 전 그게 드디어 종착역에 닿았구나 하고 상상했지요."

"얘기를 듣고 보니 나도 궁금하구려." 롤랜드가 말했다. "정말이오, 정말로 궁금하오."

그러고는 탁자를 내려다보았고, 순식간에 모두로부터 멀리 떨어진 채로, 혼자만의 생각에 잠겼다.

'칙칙폭폭.'

제이크는 문득 떠오른 생각에 소름이 끼쳤다.

13

30분 후, 일행은 다시 마을 광장에 있었다. 수재나는 휠체어에 앉아 있었고 오이는 배낭끈을 조절하는 제이크의 발치에 앉아 아이를 주의 깊게 올려다보고 있었다. 영원한 보혈의 교회 뒤편에 있는 조그만 에덴동산에서 열린 잔치에는 마을 노인들만 참가한 듯싶었다. 광장에는 마을 사람 여남은 명이 더 모여 있었던 것이다. 사람들은 수재나를 흘깃거렸고 제이크는 좀 더 빤히 쳐다보았으나(틀림없이 수재나의 갈색 피부보다 제이크의 어린 나이에 더 흥미가 있었으리라.), 그들이 보러 온 사람은 분명 롤랜드였다. 그들의 눈은 태곳적의 외경심으로 가득했다.

'롤랜드는 저들이 이야기로만 듣던 과거의 살아 있는 증거야.' 수재나는 생각했다. '저 사람들은 베드로나 바울이나 마태 같은 성인을 바라보는 신자의 눈빛으로 롤랜드를 보고 있어. 꼭 롤랜드가 소박한 토요일 만찬에 들러서 이야기보따리를 풀어놓기라도 한 것처럼. 이를 테면, 아직 목수였던 예수님이랑 함께 갈릴리 호숫가를 어슬렁거리던 시절 이야기라든가.'

식사를 마무리 지을 때 치렀던 의식이 되풀이되는 중이었다. 이번에는 강넘이 마을에 남아 있는 주민들이 모두 다 참여했다. 사람들은 한 줄로 서서 천천히 앞으로 움직이며 에디 및 수재나와 악수를 했고, 제이크에게는 볼과 이마에 입을 맞추었으며, 그러고 나서 롤랜드 앞에 무릎을 꿇고 그에게 손길과 축복을 청했다. 머시는 롤랜드를 얼싸안고 그의 배에 앞 못 보는 얼굴을 파묻었다. 롤랜드는 머시의 등을 안고 그녀가 기차 소식을 전해준 데 감사했다.

"총잡이여, 여기서 묵어가지 않으실 건가요? 이제 금방 해가 질 거예요. 내 장담컨대, 당신네 일행이 지붕 아래 밤을 보낸 지도 무척 오래됐잖아요."

"그렇소, 허나 지금 떠나는 게 최선이오. 고맙구려."

"총잡이여, 여건이 되면 다시 들러주시겠어요?"

"그러리다."

롤랜드가 대답했다. 그러나 에디는 이 괴상한 친구의 얼굴을 볼 것도 없이 그럴 가망이 무척이나 적음을 알았다.

"가능하면 들르리다."

"예에." 머시는 총잡이를 마지막으로 한 번 더 끌어안고 나서 햇볕에 그은 남편의 어깨를 잡고 걸음을 옮겼다. "부디 안녕히 가세요."

마지막은 탈리사 아주머니 차례였다. 아주머니가 무릎을 꿇으려 하자 롤랜드가 어깨를 붙들었다.

"아닙니다. 그러시면 안 됩니다."

그러고는 에디가 놀란 눈으로 지켜보는 가운데, 아주머니 앞에 서 있던 롤랜드가 광장 흙바닥에 무릎을 꿇었다.

"노모성이여, 저를 축복해 주시겠나이까? 길을 나서는 저희 모두를 축복해 주시겠나이까?"

"아무렴."

탈리사 아주머니가 말했다. 표정에는 놀란 기색이 없었고 눈에도 눈물이 맺히지 않았으나, 목소리만은 감격에 겨워 떨고 있었다.

"총잡이여, 나는 그대의 마음이 진실됨을 아오. 또 그대가 자기 종족의 옛 길을 따르고 있음도 아오. 아무렴, 실로 충실히 따르고 있지. 그대와 그대 일행에게 복이 있기를 기원하오. 또한 어떤 위험도 닥치지 않기를 기원하오. 이제 이것을 받으시오."

탈리사 아주머니가 빛바랜 드레스 앞섶에 손을 넣더니 가느다란 은줄에 은으로 된 십자가가 달린 목걸이를 꺼냈다. 아주머니는 그 목걸이를 벗었다.

이제 롤랜드가 놀랄 차례였다.

"진심이십니까? 노모성이여, 저는 그대와 그대의 벗들에게 속한 것을 취하러 오지 않았나이다."

"더없이 진심이오. 총잡이여, 이건 내가 100년이 넘도록 밤낮으로 몸에 지녔던 거요. 이제 그대가 지니고 있다가 암흑의 탑 아래 놓아주시오. 그리고 세상 끝자락에서 이 탈리사 언원의 이름을 말해 주시오."

탈리사 아주머니는 롤랜드의 목에 목걸이를 걸어주었다. 은사슬에 매달린 십자가가 제자리를 찾아가듯 사슴가죽 셔츠의 벌어진 앞섶 사이로 미끄러져 내렸다.

"이제 가시오. 우리는 함께 빵을 뜯었고, 대화를 나누었소. 또 우리는 그대의 축복을, 그대는 우리의 축복을 받았소. 부디 조심해서 가시오. 진실하게 버티시오.”

떨리던 목소리가 끝내 갈라지고 말았다.

롤랜드는 일어서서 고개를 숙이고 목을 세 번 두드렸다.

“감사드리나이다.”

탈리사 아주머니도 고개를 숙였으나 말이 없었다. 이윽고 두 볼에 눈물이 흘러내렸다.

“준비됐나?”

롤랜드가 묻자 에디는 말없이 고개를 끄덕였다. 목소리가 나올 것 같지가 않았다.

“그래. 가자.”

롤랜드가 말했다.

일행은 마을에 남아 있는 큰길을 따라 걸어갔다. 제이크가 수재나의 휠체어를 밀었다. 마지막 건물(간판에 *사고 바꾸고*라고 씌어진) 앞을 지나가다가 제이크가 뒤를 돌아보았다. 돌 이정표 근처에 아직도 노인들이, 이 황량한 대평원 한복판에서 쓸쓸하게 살아가는 그들이 모여 서 있었다. 제이크가 손을 쳐들었다. 사이와 빌과 틸을 비롯하여 노인 몇 명이 손을 들고 답례를 했고, 그러자 이때껏 꾹 참아온 제이크가 그만 왈칵 울음을 터뜨리고 말았다.

에디가 한 팔로 제이크의 어깨를 감쌌다.

“제이크, 그냥 이대로 가야 해.” 에디의 목소리는 떨렸다. “그 길밖에 없어.”

“저렇게 나이가 많으신데!” 제이크가 울먹였다. “어떻게 그냥 갈 수가 있어요? 그건 옳지 않아요!”

“*카란다.*”

에디가 무의식적으로 말했다.

"그래요? 그따위 *카*는 엿이나 먹으라고 하세요!"

"그래, 푸짐하게 먹으라고 해줄게."

에디는 제이크의 말에 동의했으나…… 걸음을 멈추지는 않았다. 제이크 또한 마찬가지였다. 그들은 다시 뒤를 돌아보지 않았다. 제이크는 노인들이 여태 거기 있을까 봐, 기억 속에서 사라진 그 마을 한복판에 서서 롤랜드와 친구들이 시야에서 사라질 때까지 바라보고 있을까 봐 두려웠다. 아마도 제이크 생각이 옳았으리라.

14

어스름이 깔리고 서쪽 지평선이 불타는 주황빛으로 물들 때까지 일행이 나아간 거리는 겨우 10킬로미터 정도였다. 수재나는 유칼리나무 숲 근처에 휠체어를 세웠고, 제이크와 에디는 땔감을 찾아 숲을 뒤졌다.

"전 왜 마을에 안 머물겠다고 했는지 이해가 안 돼요. 눈 먼 할머니가 초대해 줬잖아요. 또 어차피 멀리 오지도 못했고요. 아직도 배가 안 꺼져서 뒤뚱거릴 지경인데."

제이크의 말에 에디가 빙긋 웃었다.

"나도 그래. 어디 그뿐이니, 네 좋은 친구 에드워드 캔터 딘 씨는 내일 아침에 일어나서 맨 먼저 느긋하게 큰일 볼 생각에 들떠 계신단다. 사슴고기 먹고 토끼똥 싸기가 얼마나 지겨운지 넌 얘기해 줘도 못 믿을걸. 만약 쾌변이야말로 상쾌한 하루의 정점이란 말을 1년 전에 들었더라면, 난 아마 면전에서 비웃었을 거야."

"아저씨 가운데 이름이 진짜 캔터예요?(캔터(cantor)는 성가대에서 선창하는 사람을 가리킨다. ─옮긴이)"

"응. 근데 소문은 내지 말아줬으면 고맙겠어."

"말 안 할게요. 근데 우리 왜 안 자고 그냥 온 거예요?"

제이크의 물음에 에디는 한숨을 쉬었다.

"왜냐면 말이지, 그 사람들한테 장작이 필요하단 걸 알게 될까봐 그런 거야."

"예?"

"그리고 장작을 패주고 나면 신선한 고기도 필요하단 걸 알게 될 거야. 왜냐면 마지막 남은 고기를 우리한테 대접했으니까. 그러니 먹어치운 고길 보충해놓지 않으면 우린 진짜 개망나니들이 되는 거야, 안 그래? 우리한텐 총이 있는데 저 노인들은 고작 50년 아니면 100년 묵은 활과 화살을 들고 우르르 몰려갈 게 뻔한 상황에서라면 더더욱 그렇겠지. 그러니까 우린 그 양반들 대신 사냥을 나갈 거야. 그때쯤이면 이미 밤이겠지, 그리고 이튿날 일어나면 수재나가 떠나기 전에 적어도 몇 군데는 수리하고 가야 하지 않겠냐고 하겠지. 아, 물론 겉은 손보면 안 되지. 위험하니까. 그치만 호텔이든 뭐든 그 사람들이 사는 데는 고쳐도 될 거야. 며칠이면 충분할 테지. 그리고 그깟 며칠이 뭐 대수겠어, 안 그래?"

그늘에서 롤랜드가 모습을 드러냈다. 여느 때처럼 조용히 움직였지만 피곤해 보였고, 무언가 골똘히 생각하는 듯도 했다.

"난 너희가 어디 수렁에라도 빠진 줄 알았다."

"땡. 제이크한테 내가 아는 사실을 가르쳐주는 중이었어."

"그래서 그게 뭐가 잘못이란 말이에요? 그 암흑의 탑이란 게 어디 있는진 몰라도 한참 전부터 그 자리에 있었을 거 아녜요, 안 그래요? 탑에 발이 달렸을 리는 없으니까요."

"며칠만 더, 또 며칠만 더, 그리고 또 며칠만 더."

에디는 방금 주운 나뭇가지를 살펴보다가 무심히 던져버리고 속으로 생각했다. '나 좀 봐, 말하는 게 점점 롤랜드랑 똑같아져.' 그럼에도 자신이 진실을 말하는 줄은 똑똑히 알고 있었다.

"어쩌면 그 사람들 우물에 흙이 쌓이는 걸 발견할지도 몰라. 그걸 안 파고 가면 또 예의가 아니지. 웬걸, 한 이삼 주 머물면서 임시로나마 물레방아를 만들어줄 수도 있지, 안 그래? 늙고 기운 없는 양반들이니까 말이지."

에디가 롤랜드를 흘깃 쳐다보더니 짐짓 나무라는 목소리로 말을 이었다.

"난 말이지, 빌과 틸 형제가 들소 떼를 노리고 살금살금 다가가는 광경을 상상만 해도 소름이 쪽 끼쳐."

"오랜 세월 해온 일이다." 롤랜드가 말했다. "오히려 우리한테 한 수 가르쳐줄지도 모르지. 그들은 잘 해낼 게다. 그러니 땔감이나 줍자. 오늘 밤은 꽤 추울 테니."

그러나 제이크는 아직 할 말이 남아 있었다. 아이는 에디를 유심히, 거의 오싹한 표정으로 쳐다보고 있었다.

"그러니까 아무리 도와줘도 끝이 안 났을 거란 말이죠?"

에디는 아랫입술을 부루퉁하니 내밀고 훅 숨을 불어 이마의 머리칼을 날렸다.

"딱히 그런 뜻은 아니야. 내 말은 언제 떠나도 오늘보다 쉽진 않았을 거란 뜻이야. 어쩜 더 어려울 거야, 결코 쉽진 않을걸."

"그래도 제가 보기엔 옳지 않아요."

셋은 이날 밤 야영지로 삼은 곳에 도착했다. 일단 이곳에서 불을 피우고 암흑의 탑을 향한 여정 가운데 또 하루를 보낼 참이었다. 수재나는 휠체어에서 내려와 두 손으로 머리를 받치고 누워 별을 올려다보고 있었다. 자리에서 일어나 앉은 수재나는 몇 달 전 롤랜드에게서 배운 대로 땔감을 쌓았다.

"옳음이야말로 이 모든 일의 목적이지." 롤랜드가 말했다. "허나 제이크, 주위에 보이는 작은 옳음에 너무 오래 사로잡혀 있다가는 더 먼 곳의 큰 옳음을 못 보고 놓치기 쉽단다. 지금은 세상 만물이 어긋나 있다. 더욱 심해지고 더욱 나빠지는 중이야. 온 사방이 그 모양인데, 답은 아직도 저 앞에 있다. 우리가 강넘이 마을의 이삼십 명을 도와주는 동안 다른 어딘가에서는 이삼만 명이 고통받거나 죽어갈지도 몰라. 만물을 바로잡을 수 있는 곳이 이 우주에 단 한 군데 있다면, 그건 바로 암흑의 탑이다."

"왜요? 어떻게요? 그 탑이 도대체 뭔데요?"

롤랜드는 수재나가 쌓은 땔감 옆에 쭈그리고 앉아 부싯돌을 꺼낸 다음, 부싯깃에 불꽃을 튀기기 시작했다. 오래지 않아 잔가지와 말린 풀 사이에서 자그마한 불길이 올라왔다.

"그 물음에는 나도 답할 수가 없구나. 할 수 있으면 좋으련만."

에디 생각에 너무나도 영리한 답변이었다. 롤랜드는 '답할 수 없다'라고 했고…… 이는 '모른다'와 같은 뜻이 아니었다. 아예 다른 뜻이었다.

15

저녁은 물과 푸성귀뿐이었다. 일행 모두 강넘이 마을에서 불룩해진 배를 그때껏 꺼트리는 중이었다. 심지어 오이조차도 제이크가 떼어준 음식을 한두 입 깨작거리다가 고개를 돌렸다.

"너 왜 마을에서 입을 꼭 다물고 있었어? 너 때문에 내가 바보가 됐잖아!"

"대짜나!"

제이크가 꾸짖자 오이가 대꾸했다. 그러고는 제이크의 발치에 주둥이를 묻었다.

"이 녀석 점점 말이 느는구나. 목소리도 너하고 비슷해지는 것 같다, 제이크."

"에이크."

롤랜드의 말에 오이가 고개도 들지 않고 맞장구를 쳤다. 제이크는 오이의 눈가에 둘러쳐진 금색 테를 홀린 듯이 바라보았다. 일렁이는 모닥불 불빛 속에서 금색 테가 천천히 회전하는 듯 보였다.

"그치만 할아버지 할머니 앞에서는 말을 안 했잖아요."

"개너구리는 그런 점이 좀 까다롭지. 기묘한 짐승이거든. 굳이 추측해 보자면, 내 생각에 이 녀석은 자기 무리에서 쫓겨난 것 같다."

"왜 그렇게 생각하세요?"

롤랜드가 오이의 옆구리를 가리켰다. 아직 조금 절뚝거리기는 했어도 핏자국은 제이크가 이미 닦아주었고(오이는 그 손길을 달가워하지는 않았지만 꾹 참았다.), 상처도 나아가는 중이었다.

"장담컨대 이건 틀림없이 다른 개너구리가 문 자국이다."

"그치만 왜 친구들끼리……"

"어쩌면 이 녀석 수다가 지겨워서 그랬는지도 모르지."

에디가 말했다. 그는 한 팔로 수재나의 어깨를 감싸고 그녀 곁에 누워 있었다. 롤랜드가 말을 이었다.

"어쩌면 그랬을지도 모르지. 만약 사람의 말을 흉내 내려 하는 놈이 이 녀석 하나뿐이었다면 더욱 그랬을 게다. 다른 놈들은 이 녀석이 저희 입맛에 안 맞게 너무 똑똑하다고 판단했을 게다. 아니면 너무 잘난척한다고 여겼거나. 짐승들은 사람만큼 질투에 밝진 않지만, 그렇다고 아주 어둡지도 않단다."

정작 대화의 주제가 되었던 오이는 눈을 감고 잠드는 듯 보였으나…… 제이크는 말이 이어질 때마다 귀를 쫑긋거리는 오이의 기척을 놓치지 않았다.

"얘들이 얼마나 똑똑한데요?"

제이크가 묻자 롤랜드는 어깨를 으쓱했다.

"내 언젠가 늙은 마부 얘기를 했잖으냐. 착한 개너구리는 행운의 징조라고 했다던 그 마부 말이다. 그 영감이 한번은 자기가 어릴 적에 기르던 개너구리가 덧셈을 할 줄 알았다고 맹세한 적이 있단다. 마구간 바닥을 긁거나 주둥이로 돌멩이를 모아서 합을 표시했다더구나. 물론 마부와 어부는 타고난 허풍쟁이이긴 하다만."

롤랜드가 씩 웃었다. 그 웃음이 온 얼굴로 퍼져나가 강넘이 마을을 나설 때부터 드리웠던 우울한 그림자를 몰아냈다.

아늑한 침묵이 일행을 감싼 가운데 제이크는 서서히 쏟아지는 졸음을 느꼈다. 다행스럽게도 곧 잠들 수 있을 것 같았다. 그러다가 동남쪽에서, 맥박처럼 쿵쿵거리는 북소리가 들리기 시작했다. 제이크는 누운 자리에서 일어나 앉았다. 일행은 말없이 북소리에 귀를 기울였다. 에디가 불쑥 말했다.

"저건 로큰롤에서 쓰는 박잔데. 틀림없어. 노래에서 기타 소리를 빼면 저 북소리가 남아. 실은, 지지 톱 노래하고 되게 비슷해."

"지지 뭐요?"

수재나가 묻자 에디가 씩 웃었다.

"당신이 살던 시대엔 아직 없던 밴드예요. 내 말은, 아마 있긴 있었겠지만 1963년엔 아직 텍사스에서 학교에 다니던 애들이었단 말이죠." 에디는 북소리를 유심히 듣다가 말을 이었다. "내가 장담하는데 저건 틀림없이 「쫙 빼입은 남자」나 「벨크로 청바지」에 들어가는 북소리야."

"「벨크로 청바지」요? 노래 이름 치곤 바보 같은데요."

"그래도 꽤 재밌어. 넌 10년 일찍 태어난 죄로 그 노랠 놓친 거야, 이 녀석아."

"그만 자는 게 좋겠다. 날이 일찍 밝을 테니."

"저 지겨운 소리가 들리는데 어떻게 자."

롤랜드의 말에 에디가 대꾸했다. 그러고는 망설이다가 마침내 말을 꺼냈다. 에디가 땅에 그린 문을 통해 제이크를, 하얗게 질린 얼굴로 비명을 지르던 그 아이를 이쪽 세상으로 끌어당긴 날 아침부터 줄곧 마음에 품고 있던 생각이었다.

"롤랜드, 이제 얘기를 나눌 때가 된 것 같지 않아? 우리가 아는 게 생각보다 더 많을지도 모르잖아."

"그래, 때가 무르익었다. 허나 밤에 할 얘기는 아니다."

롤랜드는 모로 눕더니 가죽 담요를 바싹 올려 덮고 자는 척했다.

"맙소사, 하여튼 저런 식이라니까."

에디가 비난하듯 이 사이로 나지막이 휘파람을 불었다.

"그 말이 맞아요. 자, 에디. 당신도 잘 시간이에요."

수재나가 말했다. 에디는 빙그레 웃고 나서 그녀의 코에 입을 맞추었다. "예, 엄마."

5분 후, 에디와 수재나는 북소리 따위 아랑곳하지 않고 죽은 듯이 잠들었다. 그러나 제이크는 잠이 달아나 버렸음을 깨달았다. 낯선 별들을 올려다보며, 제이크는 어둠 속에서 쉬지 않고 둥둥거리는 북소리에 귀를 기울였다. 어쩌면 광기에 사로잡힌 어린둥이들이 「벨크로 청바지」라는 노래에 맞추어 미친 듯 춤추며 서로를 인신공양의 제물로 바치는 중인지도 몰랐다.

제이크는 외줄 블레인을 떠올렸다. 유령이 출몰하는 이 광대한 세계를 소닉 붐이 일어날 만큼 빠른 속도로 질주하는 기차. 그 생각을 하니 뒤이어 칙칙폭폭 찰리가 자연스레 떠올랐다. 신형 벌링턴 제퍼 기관차가 도착하는 바람에 쓸모없는 신세로 전락하여 한산한 조차장에 처박힌 기차. 제이크는 찰리의 얼굴을, 활기차고 즐거워 보여야 했건만 무슨 까닭에선지 그러지 않았던 표정을 떠올려보았다. 중간 세계 철도 주식회사를, 세인트루이스와 토피카 사이의 텅 빈 들판을 떠올려보았다. 마틴 씨에게 사정이 생겼을 때 찰리가 어떻게 출발할 준비를 다 끝내고 기다릴 수 있었는지, 또 어떻게 스스로 기적을 울리고 아궁이에 석탄을 넣었는지도 생각해보았다. 혹시라도 기관사 밥이 사랑스러운 찰리에게 두 번째 기회를 주려고 벌링턴 제퍼를 고장 내지는 않았는지 다시금 생각해 보았다.

어느덧 북소리는 시작할 때와 마찬가지로 느닷없이 그쳤고, 제이크는 잠에 빠져들었다.

16

제이크는 꿈을 꾸었다. 회반죽 괴물이 나오는 꿈이 아니었다.

꿈속에서 제이크는 미주리 주 서부의 황무지 어딘가를 지나는 아스팔트 고속도로에 서 있었다. 오이도 함께 있었다. 길가에는 하얀 가위표 한복판에 빨간 신호등이 들어 있는 철도 건널목 표지판이 서 있었다. 신호등이 깜박이고 종이 울렸다.

이윽고 동남쪽에서 윙윙대는 소리가 들리기 시작하더니 멈추지 않고 커져만 갔다. 마치 병 속에서 벼락이 치는 듯했다.

'온다.' 제이크가 오이에게 말했다.

'은다!' 오이가 맞장구쳤다.

뒤이어 길이가 2휠이나 되는 커다란 분홍색 형상이 불쑥 들판을 가르며 둘을 향해 달려왔다. 납작한 총알 모양인 그것을 보았을 때, 제이크는 모골이 송연해졌다. 기차 앞머리에서 햇빛을 되비추고 있는 대형 유리창 두 개가 꼭 눈처럼 보였다.

'저 녀석한테 어리석은 질문을 하면 안 돼.' 제이크가 오이에게 말했다. '녀석은 어리석은 놀이는 하지 않아. 저건 그저 끔찍한 칙칙폭폭 열차야. 이름은 골칫덩이 블레인이고.'

오이가 느닷없이 철로 위로 뛰어오르더니 귀를 바짝 쫑그리고 그 자리에 주저앉았다. 금빛 눈이 타오르는 듯했다. 절박하게 으르렁거리는 주둥이 사이로 이빨이 드러나 보였다.

'안 돼! 오이, 안 돼!'

제이크가 외쳤으나 오이는 거들떠보지도 않았다. 이제 그 분홍색 총알이 작지만 의기양양한 개너구리를 노리고 달려오는 가운데, 제이크는 윙윙대는 소리가 살갗 위를 기어다니는 기분을 느꼈다. 코피가 흐르고 이 속에 박아넣은 충전재가 산산조각으로 부서졌다.

제이크가 오이를 구하러 뛰어들자 외줄 블레인(아니, 칙칙폭폭 찰리였던가?)이 둘을 덮쳤고, 제이크는 벌떡 잠에서 깨어나 덜덜 떨며 진땀을 흘렸다. 어둠이 실제로 무게를 지니고 내리누르는 느낌이 들었다. 제이크는 자리에서 일어나 황급히 오이를 찾았다. 잠깐 동안 오이가 사라진 줄 알고 마음이 철렁했으나 이윽고 손에 보드라운 털이 만져졌다. 오이가 끄응 소리를 내며 졸음에 겨운 눈으로 무슨 일 있냐는 듯 제이크를 쳐다보았다.

"괜찮아, 기차 같은 거 없어. 그냥 꿈이었어. 다시 자, 오이."

"오이."

제이크가 담담한 목소리로 중얼거렸다. 개너구리는 맞장구를 치고 다시 눈을 감았다.

제이크는 등을 대고 누워 별을 올려다보았다. 그러면서 생각했다. '블레인은 골칫덩이 정도가 아냐. 위험해. *굉장히* 위험해.'

어쩌면 그럴지도.

'어쩌면 같은 소리 할 때가 아니잖아!' 제이크의 의식이 방방 뛰며 우겨댔다.

그랬다, 블레인은 골칫덩이였다. 이는 인정할 수 있었다. 그런데 제이크는 기말 작문 과제에서 블레인에 관하여 무언가 더 쓰지 않았던가?

‘블레인은 진실이다. 블레인은 진실이다. 블레인은 진실이다.’

“어휴, 뭐가 이렇게 뒤죽박죽이람.”

제이크가 소곤거렸다. 뒤이어 눈을 감고 몇 초 만에 다시 잠들었다. 이번에는 꿈도 꾸지 않았다.

17

이튿날 정오 무렵, 일행은 또 다른 언덕의 꼭대기에 올라 처음으로 다리를 목격했다. 도시 앞을 지나 정남쪽으로 흐르는 센드 강은 다리가 서 있는 지점에서 폭이 좁다래졌다.

“이런 맙소사. 수즈, 저 다리 눈에 익지 않아요?”

에디가 나지막이 말했다.

“그래요.”

“제이크, 너는?”

“맞아요. 꼭 조지 워싱턴 다리처럼 생겼어요.”

“그러게.”

“그런데 왜 중국에 조지 워싱턴 다리가 있죠?”

제이크가 이렇게 묻자 에디가 쳐다보았다.

“너 뭐라고 했냐, 방금?”

제이크는 어리둥절한 표정이었다.

“중간 세계 말이에요, 제 말은. 아저씨도 아시잖아요.”

에디는 제이크를 한층 더 뚫어져라 바라보았다.

“여기가 중간 세계인 줄 어떻게 알았지? 우리가 이정표를 발견했을 때 넌 여기 없었잖아."

제이크는 주머니에 양 손을 꽂은 채로 모카신 끄트머리만 내려다보았다.

"꿈에서 봤어요." 제이크가 짤막하게 대답했다. "내가 여기 어떻게 왔을 것 같아요? 설마 우리 아빠가 거래하는 여행사에 부탁했다고 생각하는 건 아니겠죠?"

롤랜드가 에디의 어깨를 건드리며 말했다.

"지금은 그냥 내버려둬라."

에디는 롤랜드를 슬쩍 쳐다보고 고개를 끄덕였다.

일행은 잠시 그 자리에 머물며 다리를 바라보았다. 도시의 스카이라인은 이미 여러 번 보았기에 익숙했으나 다리는 새로웠다. 아득히 먼 저편에, 아침나절의 푸른 하늘을 배경으로, 다리의 윤곽이 희미하게 보였다. 롤랜드는 비현실적으로 높은 금속 탑 네 개를 알아보았다. 다리 양 끝에 한 개씩, 그리고 한가운데에 두 개가 서 있었다. 탑 사이사이로 어마어마하게 굵은 쇠줄이 기다란 곡선을 그리며 공중에 매달려 있었다. 그 곡선과 다리 기단 사이를 수많은 수직선이 잇고 있었는데 이 또한 쇠줄인지 아니면 금속 기둥인지는 알 수가 없었다. 그러나 균열 또한 눈에 띄었고, 한참 후에 롤랜드는 다리가 완전히 수평은 아님을 눈치챘다.

"내 생각에 저 다리는 머잖아 가라앉을 것 같다."

"뭐, 그럴지도. 근데 내가 보기엔 그리 나쁘지 않은데."

에디가 마지못해 말했다. 롤랜드는 한숨을 내쉬었다.

"에디, 너무 희망에 들뜨지 마라."

"그거 무슨 뜻으로 한 말이야?"

에디는 자기 말에 돋친 가시를 알아차렸으나 어찌하기에는 이미 엎질러진 물이었다.

"네가 눈에 보이는 것만 믿기를 바란다는 뜻으로 한 말이다, 에디. 그게 다다. 내가 어릴 적에 이런 속담이 있었다. '오직 바보들만이 깨어나기도 전에 꿈이라고 믿는다.' 무슨 뜻인지 알겠나?"

에디는 신랄하게 되받아치고 싶은 마음이 굴뚝같았으나 잠시 갈등한 끝에 꾹 참았다. 에디 생각에 롤랜드에게는 그저 남들로 하여금 어린애가 된 기분을 느끼게 하는 구석이 있을 뿐이었다. 고의가 아닌 줄은 에디도 분명히 알았지만, 그럼에도 화를 누그러뜨리기는 쉽지가 않았다.

에디가 마침내 입을 열었다.

"알 것 같아. 우리 엄마가 입에 달고 사시던 말씀이랑 똑같은 내용이니까."

"어머니께서 뭐라고 하셨나?"

"최선을 기대하되 최악에 대비하라."

에디가 부루퉁하게 말했다. 롤랜드의 표정이 웃음으로 밝아졌다.

"난 네 어머님 말씀이 더 마음에 드는구나."

"그래도 아직 서 있잖아!"

에디가 버럭 소리를 질렀다.

"뭐 그렇게 끝내주는 상태가 아니란 건 나도 인정해, 아마 한 1000년 정도는 아무도 점검을 안 한 것 같아. 그치만 서 있기는 하잖아. 온 도시가 그렇잖아! 저기서 도움을 얻을지도 모른다고 기대하는 게 그렇게 잘못이야? 저기 사는 사람들이 총을 갈기는 대신에 강넘이 마을 노인들처럼 음식을 주고 얘기도 들려줄 거라고 기대하는 게? 우리 운이 좋은 쪽으로 풀릴 거라고 기대하는 게 그렇게 잘못이야?"

뒤이어 찾아온 침묵 속에서 에디는 자신이 일장연설을 늘어놓았음을 깨달았고, 당황했다.

"아니. 기대를 갖는 건 잘못이 아니다."

롤랜드의 목소리에는 친절함이 배어 있었다. 에디를 번번이 놀라게 한 그 친절함이었다. 롤랜드는 깊은 잠에서 막 깨어난 사람처럼 에디와 일행을 빙 둘러보았다.

"오늘은 여기서 걸음을 멈추자. 내 생각에 우리가 대화를 나눌 때가 된 것 같다. 아마 꽤 긴 대화가 될 게다."

총잡이는 길에서 벗어난 다음, 뒤도 돌아보지 않고 높다랗게 자란 풀숲으로 걸어갔다. 잠시 후, 세 사람이 그 뒤를 따랐다.

18

강넘이 마을의 노인들을 만나기 전까지, 수재나는 오직 자신이 드물게 보곤 하던 텔레비전 연속극의 관점에서만 롤랜드를 파악했다. 대개는 「샤이엔」이나 「라이플맨」 같은 서부극이었는데 그중에서도 압권은 역시 「건스모크」였다. 「건스모크」가 아직 라디오 드라마였던 시절에 수재나는 아버지와 함께 가끔 듣곤 했다(에디와 제이크가 라디오 드라마라는 말을 듣고 얼마나 낯설어할지 생각하니 수재나는 웃음이 났다. 변질한 것은 롤랜드의 세계만이 아니었던 것이다.). 매회 드라마가 시작할 때마다 해설자가 낭독하던 첫 대사를 수재나는 이때

껏 기억하고 있었다. '이곳에서 사나이는 조심스러워지고…… 또 조금은 쓸쓸해집니다.'

강넘이 마을에 다다르기 전에 수재나는 그 정도 설명으로 롤랜드를 완벽하게 요약할 수 있었다. 「건스모크」의 주인공 마셜 딜런과 달리 롤랜드는 어깨가 떡 벌어지지 않았고 키도 훤칠하다고 할 정도는 아니었다. 생김새 또한 수재나가 보기에는 거친 서부의 보안관보다 피로에 찌든 시인에 더 가까웠다. 그럼에도 수재나는 롤랜드를 현실에 존재하는 가공의 캔자스 주 보안관으로 여겼고, 그 보안관의 삶에 존재하는 유일한 임무는(이따금씩 롱브랜치 술집에서 친구 독과 키티와 함께 한잔 걸치는 일을 빼면) 도지 시티를 범죄 청정구역으로 유지하는 것이었다.

그런데 수재나가 비로소 깨달은 바에 따르면, 롤랜드는 일찍이 살바도르 달리의 그림에나 나올 법한 풍경에서 말을 달리던 보안관보다 훨씬 대단한 존재였다. 그는 외교관이었고, 중재자였으며, 어쩌면 심지어 스승이었는지도 몰랐다. 무엇보다도 롤랜드는 이쪽 세상 사람들이 '순백'으로 부르는 종족의 전사였다. 수재나가 짐작하기에 그 종족은 사람들이 어느 정도 문명을 발전시킬 시간을 벌 수 있도록, 또 이를 위하여 서로 죽이지 않도록 교화하는 무력 집단인 듯싶었다. 전성기의 롤랜드는 현상금 사냥꾼보다 수업 중인 기사에 더 가까웠으리라. 게다가 여러 면에서 그의 전성기는 아직도 끝나지 않았다. 강넘이 마을 사람들도 틀림없이 그렇게 여겼다. 아니라면 어째서 그의 축복을 받으려고 흙바닥에 무릎을 꿇었겠는가?

이처럼 새로이 깨달은 사실에 비추어 보고 나서야 수재나는 예언의 원에서 그 끔찍한 아침나절을 보낸 후로 롤랜드가 얼마나 영리하게 자신들을 다루어 왔는지 알 수 있었다. 일행이 저마다 지닌 단서를 비교하려고 대화를 시작할 때마다(그들이 제각각 경험한 청천벽력 같고 불가사의한 그 '뽑기'를 감안하면 자연스러운 반응이 아닌가?) 그 자리에 롤랜드가 있었다. 슬그머니 끼어든 롤랜드가 대화의 방향을 어찌나 능청스럽게 돌려놓았던지, 아무도(인권 운동에 4년이나 깊이 몸 담았던 수재나조차도) 그가 무슨 짓을 하는지 모를 정도였다.

수재나는 롤랜드의 의도를 이해할 수 있을 것 같았다. 제이크에게 회복할 시간을 주기 위해서였다. 그러나 의도를 이해한다고 해서 기분까지 바뀌지는 않았다. 수재나는 일행을 감쪽같이 농락한 롤랜드에 대해 놀랐고, 흥미로웠으며, 분하기도 했다. 수재나는 롤랜드에게 뽑혀 이쪽 세상으로 오기 직전에 운전사였던 앤드루한테서 들은 이야기를 떠올렸다. 케네디 대통령이 자유 진영의 마지막 총잡이라던가 하는 이야기였다. 당시에는 코웃음을 쳤으나 이제는 이해할 수 있을 듯싶었다. 롤랜드는 마셜 딜런보다 존 F. 케네디다운 면모를 훨씬 더 짙게 풍겼다. 롤랜드에게 케네디 같은 상상력이 있을지 어떨지는 의심스러웠다. 그러나 낭만이라든가…… 헌신…… 또는 카리스마 같은 것이라면…….

'그리고 교활함도. 교활함을 빼놓으면 안 되지.'

수재나는 와락 웃음을 터뜨리고 자기 웃음소리에 스스로도 놀라고 말았다.

롤랜드는 수재나 곁에 양반다리를 하고 앉아 있었다. 그가 눈을 동그랗게 뜨고 수재나를 돌아보았다.

"우스운 일이라도 있소?"

"그럼요. 뭐 좀 물어볼게요, 롤랜드. 당신 할 줄 아는 언어가 몇 가지예요?"

총잡이는 곰곰이 생각하다가 대답했다.

"다섯 가지요. 전에는 셸리아의 방언도 제법 했건만, 이젠 다 잊어버리고 욕밖에 기억이 안 나는구려."

"롤랜드, 당신은 여우예요. 정말로 여우같아요."

수재나가 또 웃었다. 밝고 유쾌한 웃음소리였다.

제이크가 흥미로운 듯 롤랜드에게 말했다.

"그럼 스트렐라 말로 욕 한 번만 해보세요."

"셸리아다."

롤랜드가 바로잡았다. 그러고는 잠시 생각하더니 걸걸한 목소리로 재빨리 뭐라고 중얼거렸다. 에디 귀에는 꼭 걸쭉한 액체로 입을 가시는 소리처럼 들렸다. 이를테면, 1주일 묵은 커피라든가. 롤랜드는 그 말을 하면서 씨익 웃었다.

제이크도 마주 웃어 보였다.

"그 말이 무슨 뜻이에요?"

롤랜드는 잠시 아이의 어깨에 팔을 둘렀다.

"우리한테 할 얘기가 아주 많다는 뜻이란다."

19

"우리는 *카텟*이다. 즉, 숙명에 의하여 하나로 묶인 사람들이다. 내 나라의 현자들이 말한 바에 따르면 카텟은 오직 죽음 아니면 배신으로써만 부서진다. 허나 내 위대한 스승 코트는 죽음과 배신 또

한 카의 바퀴에 달린 바큇살이므로 카텟은 결코 부서지지 않는 결합이라고 했지. 세월이 흐르고 시야가 넓어질수록 나는 코트의 견해 쪽으로 기울게 되더구나.

카텟의 구성원은 저마다 퍼즐의 한 조각과 같다. 조각 하나하나는 그 자체만 놓고 보면 수수께끼이지만, 모두 모이면 그림 한 폭을…… 또는 그림의 한 *부분*을 완성한다. 그림 한 폭을 완성하는 데에 수많은 카텟이 필요할지도 모르지. 그러니 너희 각자의 삶이 이제껏 본 적 없는 방식으로 서로 맞닿아 있다고 해도 놀라지 마라. 우선 첫째로, 너희 셋은 서로의 생각을 알 수가 있는데……"

"뭐가 어째?"

에디가 외쳤다.

"사실이다. 극히 자연스럽게 생각을 공유하는 탓에 그리되는 줄도 모를 테지만, 실은 이제껏 그래왔다. 내 눈에 더욱 잘 보이는 이유는 내가 이 카텟의 정식 구성원이 아니기 때문인데, 어쩌면 너희 세계에서 오지 않았기 때문인지도 모르지. 그런 까닭에 나는 생각을 공유하는 능력을 온전히 나눠받지 못한다. 그러나 내 생각을 보낼 수는 있다. 수재나…… 예언의 원에 있었을 때가 기억나오?"

"기억나요. 당신이 그랬잖아요, 내가 풀어주라고 할 때 풀어주시오라고. 하지만 그리 크게 외치진 않았어요."

"에디…… 곰의 공터에 있었을 때, 기계 박쥐가 너를 덮쳤을 때가 기억나나?"

"그래. 당신이 나보고 수그리라고 했잖아."

"에디, 이 사람은 입도 뻥긋 안 했어요."

수재나가 말했다.

"아냐, 당신이 그랬어! 아예 소리를 질렀잖아! 내가 다 들었어, 이 양반아!"

"그래, 소리를 질렀지. 허나 *의식*으로 질렀다."

총잡이가 제이크 쪽으로 돌아앉았다.

"너도 기억나지? 그 집에서 말이다."

"제가 널빤지를 잡아당겼는데 안 빠졌어요, 그때 아저씨가 반대쪽을 당기라고 했죠. 그치만 롤랜드 아저씨, 아저씬 내 생각을 못 읽는데 나한테 무슨 문제가 생겼는지 어떻게 알았어요?"

"*봤단다*. 아무것도 못 들었지만 보기는 했다. 흐린 창문을 통해 보듯이 조금뿐이기는 해도 말이다."

롤랜드는 일행을 찬찬히 둘러보았다.

"이처럼 친밀하게 생각을 공유하는 작용이 바로 *케프*다. 케프는 구세계의 원래 언어로는 여러 가지 다른 뜻을 지닌다. 물, 탄생, 생명력은 그중 세 가지에 불과하다. 케프를 유념해라. 당장은, 그것만이 내가 바라는 바이다."

"믿지도 않는 걸 유념이고 뭐고 할 수 있겠어?"

에디가 묻자 롤랜드가 빙그레 웃었다.

"그저 마음만이라도 열어둬라."

"그 정도야 할 수 있지."

"저기, 롤랜드 아저씨. 오이도 우리 카텟에 포함될까요?"

제이크였다. 수재나가 빙그레 웃었다. 롤랜드는 웃지 않았다.

"당장은 짐작도 못하겠다만, 이 얘기는 할 수 있을 것 같구나. 제이크, 난 네 털북숭이 친구에 관해 한참 생각했단다. 카가 세상 만물을 관장하는 것은 아니다. 게다가 세상에는 우연도 여전히 존재하지. 허나 내 생각에는…… 사람을 여태껏 기억하는 개너구리가 갑자기 나타난 일을 완전한 우연으로 볼 수는 없을 것 같다.”

롤랜드가 일행을 슥 훑어보았다.

“내가 시작하마. 그다음은 에디가 맡아라, 내가 이야기를 끊은 곳에서 시작하는 거다. 그다음은 수재나 당신이오. 제이크, 넌 마지막에 얘기하려무나. 어떤가?”

일행이 고개를 끄덕였다.

“좋다. 우리는 *카텟*…… 여럿이서 하나 된 자들이다. 이제 대화를 시작하자.”

20

데우지도 않은 음식을 먹느라 잠시 멈췄을 뿐, 일행은 해질녘까지 대화를 이어갔다. 마침내 대화가 끝날 무렵 에디는 슈거 레이 레너드와 12라운드짜리 혈전을 치른 기분이었다. 그는 일행이 케프를 공유한다는 롤랜드의 말에 더 이상 의심을 품지 않았다. 그와 제이크는 실제로 저마다 꿈속에서 상대방의 삶을 살았다. 마치 한 덩어리를 절반으로 쪼갠 것처럼.

롤랜드는 산 지하에서 일어났던 일, 즉 제이크가 이쪽 세상에서 첫 번째 생을 마친 대목부터 이야기를 시작했다. 그는 자신이 검은 옷의 남자와 나누었던 대화를 얘기한 다음 월터가 ‘야수’와 ‘늙지 않는 이방인’에 관하여 들려준 수수께끼 같은 이야기를 털어놓았다. 자신이 꾸었던 기이하고 위압적인 꿈, 즉 온 우주가 환상적인 백색

광선에 뒤덮인 꿈도 얘기했다. 그리고 그 꿈의 끝에 자줏빛 풀잎 한 가닥이 있었다는 얘기도 했다.

에디는 제이크를 곁눈질하다가 깜짝 놀라고 말았다. 아이의 눈에는 이해의 빛이, *알아*들은 기색이 보였다.

21

에디는 일찍이 환각 상태에 빠진 롤랜드가 띄엄띄엄 주절거리는 이야기를 들은 적이 있었지만, 이를 생전 처음 듣는 수재나는 눈을 동그랗게 뜨고 귀를 기울였다. 롤랜드가 월터에게서 들은 것들을 되풀이하여 들려주는 동안 수재나는 자신이 살던 세계의 편린들을 엿보았다. 마치 깨진 거울에 비친 형상들 같았다. 자동차, 암, 달로 쏘아올린 로켓, 인공수정 등등. '야수'가 누구를 가리키는지는 당최 알 길이 없었으나 '늙지 않는 이방인'의 이름은 알 것 같았다. 아서 왕의 생애를 설계했다고 알려진 마법사 멀린의 이름을 변형시킨 것이었다. 이야기가 점점 더 흥미진진해졌다.

롤랜드는 잠에서 깨어난 후에 이미 죽은 지 한참 된 월터를 발견했던 일을 이야기했다. 시간이 100년쯤, 어쩌면 500년쯤 미끄러지듯 흘러가버렸던 것이다. 이야기에 매료된 제이크가 입도 벙긋하지 않고 듣는 가운데 롤랜드는 서쪽 바다 끝자락에 도착한 일과 오른손 손가락 두 개를 잃은 일, 또 세 번째이자 암흑의 자식이었던 잭 모트를 만나기 전에 에디와 수재나를 뽑아온 일 등을 이야기했다.

총잡이가 에디를 보고 손짓을 했고, 그러자 에디는 거대한 곰이

습격한 부분부터 이야기를 시작했다.

"샤딕이라고요?" 제이크가 불쑥 끼어들었다. "그건 책 제목인데! 제가 살던 세상에 그런 제목의 책이 있어요! 토끼가 나오는 유명한 책을 쓴 사람의 작품인데……"

"리처드 애덤스! 그 토끼 나오는 책 제목은 『워터십 다운의 열한 마리 토끼』야! 내 그럴 줄 알았어, 내가 아는 제목이었다고! 근데 롤랜드, 어떻게 그럴 수가 있지? 당신네 세상 사람들이 우리 세상의 것들을 어떻게 알아?"

"문이 있었잖은가, 안 그런가? 벌써 네 개나 보았잖은가? 그런 문이 전에는 없었을 것 같나? 또 나중에도 없으란 법이 있나?"

"그래도……"

"우리 모두 이쪽 세계에 남아 있는 너희 세계의 흔적들을 이미 보았다. 또한 뉴욕 시에 갔을 때 나는 너희 세계에 있는 내 세계의 표식들을 보았다. 총잡이들도 보았지. 대개 얼빠지고 굼뜬 이들이었으나 그럼에도 총잡이들이었다. 틀림없이 그들 나름의 오래된 카텟에 속한 이들이었다."

"롤랜드, 그치들은 그냥 경찰이야. 당신이 묵사발 냈잖아."

"마지막 사람은 그렇지 않았다. 잭 모트와 함께 지하 기차역에 도착했을 때, 나는 하마터면 그 마지막 총잡이의 손에 쓰러질 뻔했다. 다행히 모트의 부싯돌이 있었기에 망정이지 없었더라면 그리됐을 게다. 그 총잡이는…… 나는 그 친구의 눈을 봤다. 그는 아버지의 얼굴을 아는 이였다. 아주 잘 아는 이였을 게다. 그리고 또…… 에디, 발라자르의 나이트클럽 이름을 기억하나?"

"그럼."

대답하는 에디의 목소리는 편치 않았다.

"'사탑'이잖아. 그치만 그건 우연이었는지도 몰라. 당신 입으로 얘기했잖아, 카가 모든 걸 관장하는 건 아니라고."

롤랜드가 고개를 끄덕였다.

"넌 정말로 커스버트를 닮았구나. 내가 어릴 적에 그 친구가 했던 말이 기억난다. 친구들끼리 한밤중에 공동묘지에 가서 장난질을 치기로 했는데, 알레인만 안 가려고 했지. 조상들의 무덤을 건드리기가 겁난다며 말이다. 커스버트는 비웃었다. 한 놈 붙잡아서 깨물기 전에는 유령 따위 믿지 않겠다고 했지."

"거 기특한 놈이로군! 브라보!"

에디가 소리치자 롤랜드가 빙긋 웃었다.

"네가 좋아할 줄 알았다. 어쨌거나 유령 얘기는 이쯤 해두자. 네 얘기를 계속해라, 에디."

에디는 롤랜드가 턱뼈를 불에 던져넣었을 때 자신이 보았던 환상, 즉 열쇠와 장미의 환상에 관하여 이야기했다. 꿈속에서 톰과 제리의 끝내주는 식료품점 문으로 들어갔다가 높다란 잿빛 탑이 굽어보는 장미 들판으로 나오게 된 사연도 이야기했다. 탑의 창문에서 흘러나온 어둠이 머리 위의 하늘에서 형상을 갖추었던 이야기를 할 때에는 제이크를 똑바로 쳐다보았는데, 이는 제이크가 잔뜩 집중한 채로 점점 더 놀라워했기 때문이었다. 에디는 자신의 꿈을 한가득 물들였던 충일감과 공포를 전하려고 기를 쓰다가 그들의 눈을 보고, 특히 제이크의 눈을 보고 깨달았다. 그가 이야기를 스스로 기대했던 것보다 훨씬 더 잘 하는 중이었거나…… 아니면 그들도 저마다 꿈을 꾼 듯싶었다.

에디는 샤딕의 흔적을 되짚어 곰의 관문까지 갔던 사연을 이야기
했다. 또 그 관문에 귀를 댔을 때 오래전 형을 졸라 구경하러 간 더
치힐의 저택이 떠올랐던 일도 이야기했다. 컵과 바늘 이야기도, 그
리고 심지어 하늘의 새조차도 빔의 범위 안에 들어오면 영향을 받
게 된다는 사실을 눈으로 확인한 후에는 그 바늘이 쓸모없게 되었
다는 이야기도 들려주었다.

이 대목에서 수재나가 이야기를 넘겨받았다. 에디가 어쩌다가 자
신만의 열쇠를 깎기 시작했는지 수재나가 얘기할 무렵, 제이크는 깍
지 낀 손으로 머리를 받치고 누워 구름을 바라보았다. 구름은 도시
를 향하여 천천히 흘러가면서도 동남쪽으로 곧게 뻗은 경로에서 벗
어나지 않았다. 구름이 빚은 가지런한 모양은 굴뚝에서 피어오른 연
기가 풍향을 표시하듯 빔의 존재를 또렷이 드러냈다.

수재나는 그들이 마침내 제이크를 이쪽 세상으로 데려오게 된 사
연으로 이야기를 끝맺었고, 그럼으로써 에디가 예언의 원에 있던 문
을 닫을 때처럼 순식간에 그리고 완전하게 제이크와 롤랜드의 두
갈래 난 기억을 하나로 이어주었다. 수재나가 말하지 않고 남겨둔
단 한 가지 사실은 실제로는 사실이 아니었다. 적어도 아직까지는,
아니었다. 어쨌거나 아침에 일어났을 때 속이 메슥거리지도 않았거
니와, 월경을 한 번 건너뛰었다고는 해도 그 자체로는 대수로울 것
이 없었다. 롤랜드도 말했다시피 그런 이야기는 훗날을 기약하며 남
겨두는 것이 최선이었다.

그러나 이야기를 마무리 지으면서, 수재나는 문득 탈리사 아주머
니가 했던 말을 잊고 싶다는 생각이 들었다. 제이크가 이제 여기가
자기 집이라고 말했을 때 아주머니는 이렇게 얘기했다. '저런, 그럼

신들께서 어여삐 여기시기를 바라마. 이제 태양이 세상 아래로 저물고 있으니. 영원히 저물 테니.'

"이제 네 차례다, 제이크."

롤랜드가 말했다.

제이크는 일어나 앉은 다음 러드가 있는 쪽을 바라보았다. 늦은 오후 햇살이 서쪽 탑의 창문에 반사되어 금빛 장막처럼 보였다. 제이크가 중얼거렸다.

"제 이야기는 완전히 미친 소리예요. 그치만 앞뒤는 거의 맞아요. 잠에서 깬 다음에 꿈을 되짚어볼 때처럼 말이에요."

"앞뒤가 맞게 우리가 도와줄 수 있을지도 모르잖니."

수재나가 말했다.

"어쩜 그럴지도 모르죠. 적어도 그 기차에 대해서는 함께 궁리해 볼 수 있을 거예요. 저 혼자 블레인에 관해 생각하는 건 이제 지긋지긋해요." 제이크가 한숨을 쉬었다. "롤랜드 아저씨가 겪은 일은 다 아실 거예요, 두 가지 삶을 동시에 사는 거 말이에요. 그러니까 그 부분은 건너뛸게요. 어떤 기분인지 설명할 자신도 없고 어차피 하고 싶지도 않거든요. 진짜 끔찍해요. 먼저 제 기말 작문 과제부터 시작하는 게 좋겠어요. 왜냐면 모든 게 다 사라질 거란 생각을 버린 게 바로 그때였으니까요."

일행을 둘러보는 제이크의 표정은 침통했다.

"제가 포기한 때가 바로 그때예요."

22

제이크가 이야기하는 사이에 해가 졌다.

아이는 「내가 생각하는 진실」에서 시작하여 문자 그대로 청천벽력처럼 튀어나와 자신을 공격했던 문지기 괴물까지, 기억나는 것을 모조리 이야기했다. 다른 세 사람은 한 번도 끼어들지 않고 귀 기울여 들었다.

제이크가 이야기를 끝냈을 때, 롤랜드가 눈을 반짝이며 에디를 돌아보았다. 에디는 자신을 보는 롤랜드의 눈에서 한데 뒤섞인 여러 가지 감정을 보고 처음에는 그것을 경이로움으로 여겼다. 그러다가 이내 깨달았다. 그의 눈에 비친 것은 강력한 흥분과…… 깊은 공포였다. 에디는 입이 바싹 말라붙었다. 왜냐하면, 만일 롤랜드가 겁을 집어먹을 정도라면……

"에디, 우리 둘의 세계가 서로 겹친다는 말이 아직도 의심스러운가?"

에디가 고개를 저었다.

"물론 아니지. 나도 똑같은 거리를 걸었으니까, *그것도 제이크의 옷을 입고서!* 하지만…… 제이크, 그 책 좀 보여줄래? 『칙칙폭폭 찰리』 말이야."

제이크는 배낭으로 손을 뻗었으나 롤랜드가 말렸다.

"아직 이르다. 제이크, 공터 이야기로 돌아가자꾸나. 그 부분을 한 번 더 들려다오. 전부 기억하려고 노력해 봐."

"어쩌면 아저씨가 저한테 최면을 걸어야 할지도 몰라요. 전에 그랬던 것처럼요, 간이역에서요."

제이크가 주저하며 말했다. 롤랜드는 고개를 저었다.

"그럴 필요 없다. 제이크, 그 공터에서 일어난 일이야말로 네 삶에서 가장 중요한 사건이다. 우리 모두의 삶에서도 마찬가지란다. 넌 전부 다 기억할 수 있을 게야."

그리하여 제이크는 한 번 더 이야기했다. 일행 모두 똑똑히 이해할 수 있었다. 일찍이 톰과 제리 식료품점이 있던 공터에서 제이크가 겪은 일이야말로 그들 일행이 공유한 카텟의 숨은 핵심이었다. 그 끝내주는 식료품점은 에디의 꿈에서는 건재했으나 제이크의 현실에서는 이미 무너지고 없었다. 그러나 두 경우 모두 거대하고 신비로운 힘을 지닌 곳이기는 마찬가지였다. 롤랜드 또한 믿어 의심치 않았다. 벽돌 부스러기와 유리 조각이 널린 그 공터는 수재나의 드로어즈가 다른 형태로 나타난 곳이자, 뼈가 즐비한 무덤에서 롤랜드가 보았던 환상의 마지막 부분에 나오는 장소이기도 했다.

자신의 이야기 가운데 그 부분을 두 번째로, 또 아주 천천히 이야기하는 동안, 제이크는 총잡이가 한 말이 사실임을 깨달았다. 모든 것이 기억났다. 그때 일어났던 일을 다시 경험하는 기분이 들 정도로 생생하게 회상할 수 있었다. 제이크는 일행에게 톰과 제리 식료품점이 서 있던 자리에 터틀베이 콘도미니엄이라는 건물이 들어설 예정이라고 씌어져 있던 간판 이야기를 했다. 울타리에 스프레이 페인트로 휘갈겨 쓴 짧은 시 이야기도 들려주었고, 아예 그 시를 직접 읊어주기도 했다.

"보라, 거북이의 거대한 몸통을!
등딱지에 지고 있네 이 대지를.

너도 함께 뛰어놀고 싶으면
오늘 *빔*의 길을 따라오도록 해."

수재나가 중얼거렸다.

"머리는 느려도 항상 친절해, 모두를 품고 있어 그 마음속에……
롤랜드, 원래는 이런 식으로 이어지지 않았나요?"

"예? 뭐가 어떻게 이어졌다고요?"

제이크가 묻자 롤랜드가 대답했다.

"내가 어릴 적에 배운 시다. 그것 또한 우리에게 무언가를 똑똑히
가르쳐주는 또 하나의 단서지. 그걸 꼭 알아야 하는지는 잘 모르겠
다만…… 하긴, 작은 깨달음이 도움이 될지 어떨지는 누구도 모르는
법이지."

"열두 관문이 빔 여섯 개로 연결되어 있다고 했지. 우리가 출발한
곳은 곰의 관문이었어. 가는 데까지 가봤자 중간에 있는 탑이 고작
일 테지만, 만약에 빔의 반대편 끝까지 가면 거북이의 관문이 나올
거야. 안 그래?"

에디의 말에 롤랜드가 고개를 끄덕였다.

"분명히 그럴 테지."

"거북이의 관문이란 말이죠."

제이크가 골똘히 생각하며 말했다. 마치 그 말을 입속에서 굴리
며 맛을 보는 듯했다. 그러고 나서 제이크는 아름다운 합창 소리를,
그 공터 구석구석에 배어 있던 얼굴과 이야기와 역사를 깨달았던
일을, 또 모든 존재의 핵심과 몹시도 유사한 어떤 것에 맞닥뜨렸다
고 점점 더 확신하게 된 일을 털어놓음으로써 이야기를 마무리 지

었다. 맨 마지막에는 열쇠를 찾고 장미를 발견한 일을 한 번 더 이야기했다. 어찌나 완벽하게 회상했던지 제이크는 자신도 모르는 사이에 흐느끼기 시작했다.

"장미가 피었을 때, 전 봤어요. 장미의 한가운데는 제가 태어나서 본 것 중에 가장 환한 노랑이었어요. 처음에는 꽃가루인 줄 알았어요. 또 장미가 환한 것도 공터에 있는 것들이 전부 다 환하기 때문인 줄 알았죠. 과자 포장지나 맥주병까지도 난생 처음 본 걸작처럼 보였거든요. 그러다 불현듯 깨달았어요, 그건 태양이었어요. 미친 소리인 줄은 알지만 그래도 사실이에요. 다만 한 개가 아니었어요. 그건……"

"온 우주의 모든 태양." 롤랜드가 중얼거렸다. "하나하나가 진짜였을 테지."

"그래요! 그건 옳았어요…… 하지만 동시에 잘못됐어요. 어떻게 잘못됐는지 설명할 수는 없는데, 어쨌든 잘못됐어요. 꼭 심장 두 개가 뛰는 것 같았어요. 한 개 속에 또 한 개가 숨어 있었는데, 안에 숨은 심장은 병들어 있었어요. 아니면 감염되었거나요. 그러고 나서 전 기절했어요."

23

"롤랜드, 당신도 꿈의 마지막에 똑같은 걸 봤댔죠?"

수재나가 물었다. 겁에 질려 나지막한 목소리였다.

"꿈의 끝자락에서 봤던 풀잎…… 그 풀잎에 페인트가 묻어서 자줏빛이었던 것 같다고 그랬잖아요.”

“아줌만 잘 모르시는군요. 그 풀은 *진짜* 자주색이었어요. 전 풀
의 본모습을 봤어요, 자주색이었어요. 그런 풀은 난생 처음 본 것 같
았다고요. 페인트는 그냥 위장일 뿐이에요. 문지기가 오래된 폐가로
위장했던 것처럼 말이에요.”

해는 이미 지평선에 닿아 있었다. 롤랜드가 제이크에게 이제 『칙
칙폭폭 찰리』를 꺼내어 읽어주지 않겠느냐고 물었다. 제이크는 일
행이 돌려보도록 책을 건네주었다. 에디와 수재나 둘 모두 오랫동안
책 표지를 들여다보았다.

“나도 어릴 적에 이 책이 있었어.”

에디가 한참 만에 입을 열었다. 담담하지만 확신에 찬 말투였다.

“근데 퀸스에서 브루클린으로 이사 가는 통에 잃어버렸지. 아직
네 살도 채 안 됐을 무렵이었어. 하지만 표지 그림은 기억이 나. 그
리고 제이크, 나도 너랑 같은 기분이었어. 그림이 마음에 안 들었다
고. 그 웃음을 안 믿었으니까.”

수재나가 눈을 들어 에디를 보았다.

“나한테도 이 책이 있었어요. 내가 어떻게 잊겠어요, 나랑 이름이
똑같은 여자애가 나오는데…… 비록 그 시절엔 수재나가 내 가운데
이름이긴 했지만요. 그 기차에 대해선 나도 똑같은 기분이었어요.
마음에 안 들었죠, 믿지도 않았고.”

수재나는 롤랜드에게 책을 넘기기 전에 손가락으로 책 표지를 톡
톡 두드렸다.

“난 이 웃음이 완전히 사기라고 생각했어요.”

롤랜드는 책 표지를 흘깃 쳐다보고 수재나에게 눈을 돌렸다.

"당신도 책을 잃어버렸소?"

"그래요."

"난 언제 그랬는지 알 것 같은데요."

에디의 말에 수재나가 고개를 끄덕였다.

"내 생각에도 그럴 것 같네요. 잭 모트, 그 인간이 내 머리에 벽돌을 떨어뜨린 다음이었어요. 파랑이 이모의 결혼식에 참석하려고 북부에 갈 때에는 그 책이 있었어요. 기차 안에서도 갖고 있었죠. 기억나요, 아버지한테 계속 물어봤으니까요. 우리가 탄 기차를 끄는 게 칙칙폭폭 찰리냐고 말이에요. 난 찰리가 아니었음 했어요. 왜냐면 우리 가족은 뉴저지 주 엘리자베스로 갈 예정이었는데, 만일 찰리라면 우릴 아무데로나 데려갈 것 같았거든요. 제이크, 마지막에 찰리가 장난감 마을 같은 데서 사람들을 태우고 다니지 않니?"

"놀이공원이에요."

"그래, 당연히 그렇겠지. 책 맨 끝에 아이들을 태우고 놀이공원을 누비는 찰리가 그려져 있어, 맞지? 다들 웃는 표정을 하고 있지만, 난 늘 게네가 내리고 싶어서 비명을 지른다고 생각했어."

"그래요! 그래요, 맞아요! 딱 그거예요!"

"난 찰리가 우리 가족을 어딘지 모를 자기 소굴로 데려갈 거라고 생각했어, 우리 이모의 결혼식 대신에. 그리고 다신 집에 안 보내줄 줄 알았지."

"그대 다시는 고향에 가지 못하리."

에디가 중얼거리더니 불안한 듯 두 손으로 머리를 쓸어넘겼다.

"난 기차를 타고 가는 동안 내내 책을 놓을 수가 없었단다. 이런 생각을 했던 것까지 기억나. '만일 찰리가 우리 식구들을 납치하려

고 하면, 관둘 때까지 이 책을 찢어버릴 거야.' 당연한 얘기지만 우
린 목적지에 도착했어, 그것도 제 시간에. 아버진 기관차 엔진을 확
인시키려고 날 맨 앞으로 데려가기까지 하셨지. 증기기관이 아니라
디젤엔진인 걸 확인하고 나서 기뻐했던 것까지 기억나. 그러고 나서
결혼식이 끝난 후에 그 모트란 작자가 나한테 벽돌을 떨어뜨렸고,
난 오랫동안 의식이 없었어. 그 후론『칙칙폭폭 찰리』를 한 번도 못
봤단다. 방금 전까지는."

수재나는 잠시 망설이다가 말을 덧붙였다.

"잘은 모르겠지만, 어쩜 이게 내 책일 수도 있어…… 아님 에디
책이든가."

"그래요, 십중팔구 그럴 거예요."

에디가 말했다. 그는 창백한 얼굴에 심각한 표정을 짓고 있다
가…… 이내 아이처럼 씩 웃었다.

"'거북이를 보라, 멋지지 않은가? 만물은 그 씨발놈의 빔을 섬기
나니.'"

롤랜드가 서쪽을 흘깃 쳐다보았다.

"해가 지는 중이다. 제이크, 빛이 사라지기 전에 책을 읽어다오."

제이크는 책의 첫 장을 펼쳐 기관사 밥이 찰리의 기관실에 앉아
있는 그림을 일행에게 보여준 다음, 책을 읽기 시작했다.

"'밥 브룩스는 세인트루이스와 토피카 사이를 운행하는 중간 세
계 철도 주식회사의 기관사였어요……'"

24

"……그리고 아이들은 가끔 찰리가 나직하고 걸걸한 목소리로 부르는 예전 그 노래를 듣곤 한답니다.'"

제이크가 이야기를 끝맺었다. 아이는 맨 마지막 그림을, 즉 행복해 보이지만 실제로는 비명을 지르는 중인지도 모를 아이들 그림을 일행에게 보여주고 책을 덮었다. 해는 이미 지고 없었고, 하늘은 자줏빛이었다.

에디가 말했다.

"뭐, *빈틈없이* 들어맞는 건 아니네. 가끔 가다가 물이 위로 흐르는 꿈이랑 더 비슷한 것도 같고…… 그치만 내가 듣기에는 소름이 쪽 끼칠 만큼 무서워. 여긴 중간 세계니까 말이야. 찰리의 세력권이라고. 다만 여기선 찰리라는 이름으로 안 불릴 뿐이야. 여기선 '외줄 블레인'으로 불리지."

롤랜드는 제이크를 보고 있었다. 그가 물었다.

"우리가 도시를 돌아서 가야 할 것 같으냐? 그 기차에 가까이 가지 않도록?"

제이크는 골똘히 생각했다. 고개를 숙이고 오이의 굵고 부드러운 털을 하염없이 어루만졌다. 그러다가 한참 만에 입을 열었다.

"저도 그러고 싶어요. 그치만요, 만약 제가 *카*라는 걸 제대로 이해했다면 말인데요, 우린 그러면 안 될 것 같아요."

롤랜드가 고개를 주억거렸다.

"그것 또한 카라면 우리가 무엇을 하고 안 하고는 그 안에 들어 있지도 않을 게다. 만약 돌아서 가려고 했다가는 우리를 뒤로 밀어내는 상황에 부닥칠 테니 말이다. 그러한 경우에는 피치 못할 상황을 뒤로 미루느니 차라리 제 발로 들어가는 편이 더 낫다. 에디, 네 생각은 어떠냐?"

에디는 제이크가 그러했듯이 한참 동안 곰곰이 생각했다. 저절로 달리며 말을 하는 기차 따위하고는 아예 상대도 하기 싫었거니와 제이크가 이야기해 주고 읽어준 내용에 따르면 이름이 칙칙폭폭 찰리든 외줄 블레인이든 간에 몹시도 골치 아픈 녀석일 듯싶었다. 그러나 일행은 터무니없이 먼 거리를 가야만 했고, 그들이 찾는 것은 그 길 끄트머리 어딘가에 있었다. 그 생각과 함께 에디는 자신이 무슨 생각을 품고 있는지, 또 무엇을 원하는지 똑똑히 깨달았고, 그 깨달음에 경악하고 말았다. 고개를 쳐든 에디는 자신의 연갈색 눈으로, 아마도 이쪽 세상에 건너온 이후 처음으로, 롤랜드의 연청색 눈을 똑바로 마주보았다.

"난 그 장미 들판에 서고 싶어, 그리고 거기 서 있는 그 탑을 보고 싶어. 그다음에 어떻게 될지는 난 몰라. 십중팔구 '장례식장에 화환은 사양합니다' 뭐 그런 꼴이 되겠지, 우리 넷 모두. 그래도 난 상관없어. 난 거기 서고 싶어. 블레인이 악마라고 해도, 그 기차 새끼가 탑까지 가는 길에 지옥을 통과한다고 해도 상관없을 것 같아. 난 가는 쪽에 한 표 던지겠어."

롤랜드를 고개를 주억거리고 수재나를 돌아보았다.

"글쎄요, 난 암흑의 탑이 나오는 꿈은 꾼 적이 없어요. 그래서 그렇게까지는…… 당신 표현대로라면, 갈망하는 정도까지는 아니에요. 하지만 난 이미 *카*가 존재한다고 믿게 됐어요. 게다가 누군가가 주먹으로 머리를 툭툭 치면서 '저쪽 길이라고, 이 바보야' 하는데도 못 알아먹을 만큼 둔하지도 않고요. 당신은요, 롤랜드? 당신 생각은 어때요?"

"내 생각에 이 정도면 하루치 얘기는 다 한 것 같소. 나머지는 내일로 미뤄둡시다."

"『알쏭달쏭 수수께끼』는요? 그 책은 안 보실 건가요?"

"다음에 또 볼 시간이 있을 게다. 이제 눈 좀 붙이자꾸나."

25

그러나 총잡이는 한참 동안 뜬눈으로 누워 있었다. 그러다가 흥겨운 북소리가 또다시 들려오자 자리에서 일어나 도로로 되돌아갔다. 그는 길에 우뚝 서서 다리와 도시를 바라보았다. 그는 수재나가 의심했던 바와 한 치도 어긋나지 않는 외교관이었다. 그래서 기차 이야기를 듣자마자 그것이 앞으로 가야 할 길의 다음 단계임을 알아차렸으면서도…… 곧이곧대로 말하는 것은 어리석은 짓이라고 느꼈다. 특히나 에디는 강요당하는 기분을 싫어했다. 억지로 강요당하는 기분이 들면 에디는 대뜸 고개를 푹 숙인 채 한 걸음도 움직이지 않았고, 실없는 농담이나 해대며 당나귀처럼 어기적거렸다. 이번에야 롤랜드가 원하는 대로 했다지만 그래도 여전히 롤랜드가 밤이라고 하면 낮이라고, 또 낮이라고 하면 밤이라고 할 성싶었다. 살금살금 다가가는 편이, 또 시키기보다는 부탁하는 편이 더 안전했다.

총잡이는 야영지로 돌아가려고 뒤로 돌아서다가…… 권총에 휙 손을 갖다댔다. 어두컴컴한 형상이 길가에 서서 그를 바라보고 있었다. 총을 뽑지는 않았지만 그야말로 간발의 차였다.

"당신이 그런 식으로 쇼를 하고 나서 잠들 수 있을지 궁금했어. 답은 '아니요' 같은데."

"오는 기척이 전혀 안 들렸다, 에디. 너도 무언가 깨우쳐가는구나…… 허나 이번에는 애쓴 보람도 없이 배에 구멍이 뚫릴 뻔했다."

"당신 머릿속이 꽉 차 있어서 못 들은 거야."

에디가 가까이 다가오자 롤랜드는 희미한 별빛 속에서도 알아볼 수 있었다. 에디는 칭찬에 조금도 흔들리지 않았다. 롤랜드는 갈수록 에디가 존경스러웠다. 에디를 보면 커스버트가 떠올랐지만, 그럼에도 에디는 이미 여러 모로 커스버트를 능가하는 사나이였다.

'이 친구를 얕잡아봤다가는 따끔한 꼴을 당하겠군. 혹시라도 실망시키거나 배신으로 보이는 짓거리를 했다가는, 아마 나를 죽이려 들 게야.'

"네 머릿속에는 뭐가 차 있나, 에디?"

"당신 생각. 우리 생각. 당신이 알아둬야 할 게 있어. 난 오늘 저녁까지만 해도 당신이 이미 알 거라고 확신했는데, 지금은 확신이 서질 않아."

"말해봐라, 그럼."

총잡이는 다시금 생각했다. '어쩌면 이리도 커스버트를 닮았단 말인가!'

"우리가 당신하고 함께하는 건 그럴 수밖에 없기 때문이야. 그게 당신의 빌어먹을 *카*니까. 하지만 우리가 당신하고 함께하길 원하기 때문이기도 해. 그 점에 있어선 나랑 수재나는 진심이야. 제이크도 틀림없이 그럴 테고. 이봐, *케*프 메이트 선생. 댁은 정말이지 영리한 양반이야. 근데 난 댁이 그 영리한 머리를 어디 방공호 같은 데다 넣어뒀으면 해. 왜냐면 이따금씩 진절머리가 나니까. 난 그걸 보고 싶어, 롤랜드. 무슨 말인지 알아? *난 그 탑을 보고 싶다고.*"

에디는 롤랜드의 얼굴을 찬찬히 뜯어보았다. 그러다가 자신이 바라던 표정이 전혀 눈에 띄지 않자 답답한 나머지 두 손을 쳐들었다.

"그러니까 이제 그만 내 귀때기를 놔달란 뜻이야, 내 말은."

"네 귀를 놓으라고?"

"그래. 이제 더는 날 끌고 다닐 필요가 없으니까. 나 스스로 갈 거니까. *우리 모두* 스스로 갈 거라고. 만일 당신이 오늘밤 자다가 그대로 죽는다고 해도, 우린 당신을 묻고 계속 나아갈 거야. 오래 버티진 못하겠지, 그래도 우린 빔의 길 위에서 죽을 거야. 이제 무슨 말인지 이해하겠어?"

"그래. 이해한다."

"이해한단 말이지. 그래, 그런 것 같네…… 그런데 내 말을 믿기는 믿는 거야?"

'물론이다.' 총잡이가 생각했다. '에디, 이토록 낯선 세계에서 네가 달리 갈 데가 어디이겠느냐? 또 네가 달리 뭘 할 수 있단 말이냐? 기껏해야 뒷구멍이 째지게 가난한 농사꾼나부랭이일 터.'

그러나 총잡이는 알았다. 그것은 야비하고 비열한 생각이었다. 자유 의지를 *카*와 혼동하여 깎아내리다니, 신성모독보다 더 악한 짓이었다. 성가시고 어리석은 짓이었다.

"그래, 너를 믿는다. 내 영혼을 걸고 믿는다."

"그럼 우리 뒤를 따라오는 양치기 행세는 그만둬. 우리가 꼭 무슨 양 떼 같잖아, 당신은 우리가 멍청하게 길을 벗어나 모래 수렁에 빠질까봐 지팡이를 휘두르는 양치기 같고. 우리한테 마음을 터놓으란 말이야. 만일 저 도시나 아니면 그 기차에서 죽는 한이 있어도, 난 내가 당신 놀이판 위의 말보다는 나은 존재였다고 생각하면서 죽고 싶어."

롤랜드는 뺨을 물들이는 노기를 느꼈다. 그러나 이제껏 그러했듯이 자신을 속일 수는 없었다. 화가 치솟은 까닭은 에디가 틀렸기 때문이 아니라 에디가 그를 꿰뚫어보았기 때문이었다. 롤랜드는 이때껏 꾸준히 앞으로 나아가는 에디를, 자신을 가둔 감옥으로부터 한 걸음 한 걸음 벗어나는 에디를 지켜보았고, 이는 수재나도 마찬가지였다. 그녀 또한 갇혀 있었으므로. 그런데도 롤랜드의 마음은 감각이 파악한 증거를 좀처럼 인정하려 들지 않았다. 그의 마음은 줄곧 그들을 다른 존재로, 열등한 피조물로만 보려고 했고, 이는 부인할 수 없는 사실이었다.

롤랜드는 숨을 깊이 들이마시고 말했다.

"총잡이여, 나 그대에게 울며 용서를 구하오."

에디는 고개를 끄덕였다.

"우린 지금 태풍의 한복판으로 뛰어드는 셈이야…… 난 느낄 수 있어, 그리고 무서워서 죽을 것 같아. 하지만 그건 *당신* 문제가 아냐. 그건 *우리* 문제야. 알았어?"

"그래."

"도시 안의 상황이 얼마나 안 좋을 것 같아?"

"모른다. 다만 기를 쓰고 제이크를 지켜야 한다는 것만 알 뿐이다. 아주머니 말씀대로 그들 양편 모두 제이크를 탐낼 테니 말이다. 어느 정도는 그 기차를 얼마나 빨리 찾느냐에 달렸다. 물론 기차를 찾았을 때 벌어질 일이 더욱 중요하기는 하다만. 우리 편이 둘만 더 있었더라면 제이크를 수레에 태우고 전후좌우에서 총으로 호위할 게다. 그러나 수가 부족하니 일렬종대로 이동한다. 내가 맨 앞에, 제이크는 수재나를 밀며 내 뒤에, 너는 후위를 맡는다.”

“롤랜드, 얼마나 안 좋을 것 같아? 한번 짐작해 봐.”

“못한다.”

“내 생각엔 할 수 있을 것 같은데. 저 도시에 대해선 모른다고 해도 당신네 세계 사람들이 어떤 식으로 행동했는지는 알 거 아냐, 세상이 박살나기 시작했을 때부터 말이야. 얼마나 안 좋을 것 같아?”

롤랜드는 북소리가 쉬지 않고 들려오는 쪽으로 고개를 돌리고 곰곰이 생각했다.

“어쩌면 그렇게까지 나쁘지는 않을지도 모른다. 저곳에서 여태껏 싸우고 있는 이들은 늙고 사기도 꺾였을 게다. 곧장 뚫고 나갈 수 있을지도 모르지. 어쩌면 강넘이 마을 사람들이 그러했듯이 도움을 줄 이들도 있을 게다. 아니면 아예 아무도 안 보일지도 모른다. 저들이 우리를 보면, 우리가 총을 지녔음을 알면, 고개를 처박고 그냥 통과시킬 수도 있다. 만일 그리되지 않으면 몇 놈 쓰러뜨리고 나서 쥐떼처럼 흩어지기를 바랄 밖에.”

“만약 그 사람들이 싸우기로 작정한다면?”

롤랜드의 얼굴에 소름 끼치는 미소가 떠올랐다.

“만일 그렇다면, 에디, 우리는 모두 아버지의 얼굴을 기억하게 될 게다.”

롤랜드는 어둠 속에서 반짝이는 에디의 눈을 보고 다시금 커스버트를 떠올릴 수밖에 없었다. 언젠가 한 놈 붙잡아서 깨물기 전에는 유령의 존재를 못 믿겠다고 했던 커스버트를, 언젠가 교수대에 매달린 사형수 아래에서 함께 빵부스러기를 뿌렸던 커스버트를.

"내가 답할 질문은 그게 다인가?"

"아니…… 그래도 이번엔 솔직했던 것 같아."

"그럼 잘 자라, 에디."

"잘 자."

에디는 돌아서서 그대로 걸어갔다. 롤랜드는 그 뒷모습을 지켜보았다. 이제 귀를 기울인 덕분에 에디의 기척이 들렸으나…… 기껏해야 간신히 들리는 정도였다. 뒤따라 야영지로 돌아가던 롤랜드가 문득 돌아서더니, 러드가 있는 쪽의 어둠을 마주보았다.

'제이크는 노파가 말한 어린둥이다. 양편 모두 그 아이를 원할 거라고 했지.'

〈이번엔 제가 떨어지게 놔두지 않으실 거죠?〉

〈안 그럴 거다. 이번엔 절대 안 그러마, 다시는 그러지 않으마.〉

그러나 총잡이는 일행 중 누구도 모르는 무언가를 알았다. 방금 에디와 나누었던 대화를 생각해 보면 일행에게 밝혀야 하는지도 몰랐으나…… 그러나 총잡이는 당분간 혼자만 알고 있어야겠노라고 생각했다.

일찍이 총잡이 세계에서 공통어로 쓰였던 옛 언어의 어휘들은 대개 *케프*나 *카*처럼 여러 가지 뜻을 지니게 마련이었다. 그러나 칙칙폭폭 찰리(Charlie)에도 들어 있는 '차르(char)'라는 단어는 오직 한 가지 뜻만을 지녔다.

'차르'는 죽음을 뜻했다.

제2장

다리와 도시

1

사흘 후, 일행은 추락한 비행기와 맞닥뜨렸다.

오전이 반쯤 지났을 무렵에 제이크가 비행기를 가리켰다. 15킬로미터쯤 떨어진 곳에서 마치 풀밭에 떨어진 거울처럼 반짝이는 빛이 보였다. 가까이 가서 보니 위대한 길 가장자리에 검고 커다란 물체가 쓰러져 있었다.

"죽은 새 같구나. 아주 커다란 놈이다."

"저건 새가 아냐, 롤랜드. 비행기야. 저 반짝이는 빛은 틀림없이 캐노피에 반사된 햇빛일 거야."

한 시간 후, 일행은 길가에 말없이 서서 오래된 비행기의 잔해를 바라보았다. 통통한 까마귀 세 마리가 얼룩덜룩한 기체 위에 앉아 새로 온 사람들을 건방지게 내려다보았다. 제이크가 길가에서 돌멩이를 주워 까마귀들에게 집어던졌다. 까마귀들은 하늘로 후드득 날아올라 성난 목소리로 까악거렸다.

30미터쯤 떨어진 곳에 비행기가 추락할 때 부러진 날개 한 짝이 보였다. 웃자란 풀에 드리운 날개 그림자가 꼭 다이빙판 같았다. 기체의 나머지 부분은 꽤 멀쩡했다. 캐노피는 조종사의 머리가 부딪힌 자리만 폭죽 모양으로 갈라져 있었다. 그곳에 불그죽죽한 자국이 커다랗게 남아 있었다.

프로펠러 날개 세 짝이 풀 사이로 드러난 곳을 향하여 오이가 총총 뛰어가더니 날개에 코를 박고 쿵쿵거렸고, 이내 부리나케 제이크에게로 되돌아왔다.

조종석에 앉아 있는 남자는 안에 솜을 누빈 가죽조끼와 송곳이 달린 투구 차림이었는데 이미 바싹 마른 미라 신세였다. 입술은 사라지고 없었고 이는 단말마의 경련을 드러내고 있었다. 조종간을 움켜쥔 손가락은 일찍이 소시지처럼 두툼했을 테지만 이제는 가죽에 감싸인 뼈다귀일 뿐이었다. 두개골은 캐노피와 부딪힌 부분이 푹 패어 있었고, 롤랜드가 짐작하기에 남아 있는 뇌라고는 얼굴 왼편을 뒤덮은 암녹색 비늘이 전부인 듯했다. 숨을 거두는 순간까지도 하늘을 탈환할 수 있다고 믿어 의심치 않았던지, 죽은 남자는 머리를 뒤로 젖히고 있었다. 기체의 나머지 날개 한 짝은 빽빽하게 자란 풀 사이로 불쑥 튀어나온 모습 그대로였다. 날개 윗면에는 벼락을 움켜쥔 주먹 문장이 그려져 있었는데 빛이 바래어가는 중이었다.

"결국 탈리사 아주머니가 틀리고 백색증 쌍둥이가 옳았군요."

수재나가 겁먹은 목소리로 말했다.

"저 사람은 분명 데이비드 퀵일 거예요, 그 무법자 두목 말이에요. 롤랜드, 저 사람 덩치 좀 봐요. 조종석에 밀어넣으려면 틀림없이 몸에 기름을 발라야 했을 거예요!"

롤랜드가 고개를 주억거렸다. 기계 새 안에 있는 남자는 열기와 세월 탓에 이미 마른 가죽에 싸인 해골 신세였는데도, 롤랜드는 그 남자의 어깨가 얼마나 넓었을지 짐작할 수 있었다. 일그러진 두개골 또한 거대했다.

"그리하여 퍼스 경은 쓰러졌고, 그 충격으로 온 들판이 뒤흔들렸노라."

롤랜드가 중얼거리자 제이크가 의아한 표정으로 그를 쳐다보았다.

"옛 시에 나오는 얘기다. 퍼스 경은 병사 1000명을 이끌고 전쟁에 나간 거인이었단다. 허나 자기 나라를 벗어나기도 전에 자그마한 소년이 던진 돌멩이에 무릎을 맞았어. 그는 휘청거렸고, 그러다가 자기 갑옷 무게를 못 견디고 쓰러지는 바람에 그만 목이 부러지고 말았다."

"꼭 저희 세계의 다윗과 골리앗 이야기 같네요."

"불탄 흔적은 없는데. 연료가 떨어졌던 게 분명해, 그래서 엔진을 끈 채로 길에 불시착하려고 했던 거야. 무법자에 야만인이었을지도 모르지만 그래도 배짱 하나는 두둑했던 거지."

에디가 말했다. 롤랜드는 고개를 끄덕이고 제이크를 돌아보았다.

"이걸 보고도 괜찮으냐?"

"괜찮아요. 혹시 저 사람이 아직…… 물컹물컹한 상태였다면 속이 안 좋았겠지만요."

제이크는 비행기 안의 죽은 남자로부터 도시 쪽으로 눈을 돌렸다. 이제 러드는 한층 더 가깝고 또렷이 보였고 탑의 부서진 창문 또한 여러 개 눈에 띄었는데도, 제이크는 에디와 마찬가지로 그곳에서 약간의 도움을 얻으리라는 희망을 다 버리지 못했다.

"틀림없이 저 사람이 죽고 나서부터 도시가 엉망이 되기 시작했을 거예요."

"네 생각이 옳을 게다."

"아저씨, 그거 아세요?"

제이크는 다시금 비행기를 자세히 살폈다.

"저 도시를 지은 사람들도 비행기를 만들었을 테지만요, 저건 분명히 저희 세상에서 온 비행기예요. 전 5학년 때 공중전에 관한 작문을 쓴 적이 있어서 저 비행기가 어떤 건지 알 것 같아요. 롤랜드 아저씨, 더 가까이 가서 봐도 돼요?"

롤랜드는 고개를 끄덕였다.

"나도 함께 가마."

둘이 나란히 비행기를 향하여 걸어가는 동안 웃자란 풀이 바지를 스치며 흔들렸다.

"보세요. 날개 아래에 기관총이 있죠? 저건 독일제 공랭식 기관총이에요. 이 기체는 제2차 세계대전 직전에 완성된 포케불프 전투기고요. 틀림없어요. 근데 이게 왜 여기 있을까요?"

"사라지는 비행기는 수도 없이 많아." 에디 목소리였다. "예를 들면, 버뮤다 삼각지대 같은 데가 있지. 그건 우리 세계의 어느 바다 위에 있는 지역이야, 롤랜드. 재수 없는 곳으로 유명하지. 어쩌면 두 세계 사이의 거대한 문인지도 몰라…… 거의 항상 열려 있는 문 말이야."

에디가 어깨를 구부정하게 숙이더니 「환상특급」의 해설자 목소리를 어설프게 흉내 냈다.

"안전띠를 착용하시고 난기류에 대비하여 마음의 준비를 하시기 바랍니다. 여러분이 향하는 곳은…… 롤랜드 지대입니다!"

비행기의 온전한 날개 아래 서 있던 제이크와 롤랜드는 에디를 깨끗이 무시했다.

"아저씨, 저 위로 좀 올려주세요."

롤랜드가 고개를 저었다.

"저 날개는 겉보기에만 튼튼할 뿐이다. 제이크, 이 물건은 여기 오랫동안 버려져 있었어. 올라갔다간 떨어질 게다."

"그럼 발이라도 받쳐주세요."

"내가 할게, 롤랜드."

에디가 말했다. 롤랜드는 손가락이 두 개 줄어든 오른손을 잠시 살피다가 어깨를 으쓱하더니, 두 손을 깍지 끼어 맞잡았다.

"이거면 될 거다. 제이크는 가벼우니까."

제이크는 모카신을 벗고 등자 모양으로 쥔 롤랜드의 손에 발을 디뎠다. 오이가 날카롭게 짖어대는 까닭이 그저 흥분한 탓인지 아니면 경고하려 함인지, 롤랜드는 알 수가 없었다.

제이크는 비행기 날개 뒤쪽의 녹슨 플랩에 가슴을 댄 채로 주먹과 벼락 문장을 똑바로 들여다보았다. 문장의 한쪽 귀퉁이가 살짝 벗겨져 날개 표면 위로 떠 있었다. 제이크가 플랩을 붙잡고 잡아당겼다. 플랩은 날개에서 스르륵 떨어졌고, 제이크는 바로 뒤에 서 있던 에디가 손으로 엉덩이를 받쳐주지 않았더라면 그만 뒤로 나동그라질 뻔했다.

"그럴 줄 알았어요."

제이크가 말했다. 주먹과 벼락 문장 아래에 가려져 있던 또 다른 문장이 이제 또렷이 드러났다. 하켄크로이츠였다.

"그냥 확인하고 싶었을 뿐이에요. 이제 내려주세요."

일행은 다시 길을 나섰다. 그러나 그날 오후 내내 뒤를 돌아볼 때마다, 웃자란 풀 위로 퍼스 경의 묘비처럼 불쑥 솟은 비행기의 꼬리 날개가 눈에 띄었다.

2

그날 밤은 제이크가 불을 피울 차례였다. 총잡이는 자기 성에 찰 만큼 땔나무를 쌓고 나서 제이크에게 부시와 부싯돌을 건넸다.

"어떻게 하는지 한번 보자꾸나."

에디와 수재나는 한쪽에 나란히 앉아 다정하게 허리를 끌어안고 있었다. 날이 저물 무렵, 에디는 길가에 핀 샛노란 꽃을 발견하고 수재나에게 꺾어다주었다. 이날 밤 그 꽃을 머리에 꽂은 수재나는 에디를 볼 때마다 입가에 미소가 어렸고, 눈은 환하게 반짝였다. 롤랜드는 그 마음을 눈치채고 그들 덕분에 흐뭇해졌다. 둘의 사랑이 깊어지고 또 강해지는 중이었다. 다행스러운 일이었다. 앞으로 몇 달 몇 해를 견디고 살아남으려면 더욱 깊고 강해져야만 했다.

제이크가 일으킨 불꽃은 부싯깃에서 몇 센티미터 떨어진 곳에서 반짝였다.

"부싯돌을 더 가까이 대고 단단히 쥐어라. 그리고 부시는 *치*는 게 아니다, 제이크. 돌에 대고 *긁*는 거다."

제이크가 다시 시도하자 이번에는 불꽃이 부싯깃에 똑바로 떨어졌다. 희미한 연기가 피어오르기는 했으나 불은 붙지 않았다.

"전 불 피우는 데 소질이 없나 봐요."

"넌 해낼 게다. 불을 붙이며 이걸 생각해 보렴. 밤이 되면 깨우고 날이 밝으면 잠재우는 게 뭘까?"

"예?"

롤랜드는 제이크의 손을 쥐고 조그만 부싯깃 더미로 더 가까이 끌어당겼다.

"그건 아마 네 책에 안 나와 있을 게다."

"아하, 수수께끼군요!"

제이크가 또다시 불꽃을 일으켰다. 이번에는 부싯깃에 붙은 작은 불똥이 죽지 않고 살아났다.

"아저씨 수수께끼 좀 아시나 봐요?"

롤랜드가 고개를 주억거렸다.

"좀이 아니라 많이 알지. 아이였을 적에는 한 1000개쯤 알았을 게다. 그것 또한 공부의 일부였으니."

"정말요? 수수께끼를 뭐 하러 배우는데요?"

"내 지도교사였던 배니는 수수께끼를 풀 줄 아는 아이가 융통성 있게 생각할 줄 아는 법이라고 하더구나. 학교에서는 매주 금요일 정오가 되면 수수께끼 시합을 벌였는데, 이긴 아이는 그날 일찍 집에 보내줬단다."

"당신은 집에 일찍 가는 편이었나요, 롤랜드?"

수재나가 물었다. 롤랜드는 고개를 젓고 싱긋 웃었다.

"수수께끼를 좋아하기는 했어도 실력은 아주 젬병이었소. 배니 말로는 내가 너무 깊이 생각하기 때문이라더군. 우리 아버지는 내가 상상력이 너무 부족하기 때문이라고 하셨고. 내 생각에 둘 다 옳은 듯하나…… 우리 아버지 말씀이 진실에 더 가까운 듯싶소. 나는 동급생 누구보다도 총을 더 빨리 뽑았고 사격도 정확했지만, 융통성 있게 생각하기는 한 번도 잘해본 적이 없소.”

수재나는 롤랜드가 강넘이 마을 사람들을 어떻게 다루는지 자세히 지켜보았기에 그가 스스로를 과소평가한다고 여겼다. 그러나 아무 말도 입 밖에 내지 않았다.

“겨울밤이면 이따금씩 대연회장에서 수수께끼 대회를 열곤 했소. 아이들끼리 할 때에는 늘 알레인이 우승을 차지했지. 어른들도 함께 할 때에는 늘 코트가 우승했고. 우리가 아는 농담을 다 합해도 코트가 잊어버린 것보다 더 적었을 게요, 또 축제일마다 열리는 수수께끼 시합이 끝나면 거위를 집에 챙겨가는 사람도 늘 코트였소. 원래 수수께끼에는 크나큰 힘이 숨겨져 있는 법이오. 또 누구나 한두 개쯤은 알게 마련이지.”

“나도 알아. 예를 들면, 죽은 아기가 어떻게 차도를 건넜을까?”

“그건 너무 바보 같잖아요, 에디.”

에디의 말에 수재나가 핀잔을 놓았다. 그러나 입가에는 여전히 미소가 걸려 있었다.

“횡단보도를 건너가는 닭 등에 스테이플러로 찍혀 있었거든!”

에디가 외치자 제이크가 부싯깃을 흩뜨리며 깔깔댔고, 이런 제이크를 보며 에디도 씩 웃었다.

“훗, 훗, 훗. 죽은 아기 시리즈라면 또 내가 전문가지!”

그러나 롤랜드는 웃지 않았다. 실은 조금 언짢아 보이기까지 했다.

“에디, 이렇게 말해서 미안하다만, 조금 바보 같구나.”

"맙소사. 미안해, 롤랜드."

에디가 말했다. 얼굴에는 여전히 미소가 가시지 않았으나 목소리는 살짝 약이 오른 듯했다.

"당신은 유머 감각이 총 맞고 죽어버린 사람이란 걸 자꾸 까먹어서 말이지. 그게 소년 십자군 원정 때 일인가 그랬지, 아마."

"난 다만 수수께끼를 진지하게 여길 뿐이다. 수수께끼를 푸는 능력이 곧 건전하고 합리적인 정신의 지표라고 배웠기 때문이다."

"뭐, 그래봤자 셰익스피어의 작품이나 2차 방정식을 대신할 수는 없는 거잖아. 너무 흥분하지 말자는 거지, 내 말은."

제이크는 롤랜드를 유심히 지켜보는 중이었다.

"제 책에는요, 사람들이 오늘날까지도 즐기는 놀이 가운데 가장 오래된 놀이가 바로 수수께끼라고 나와 있어요. 제가 살던 세상에서 말이에요. 또 수수께끼는 단순히 심심풀이가 아니라 정말로 진지한 문제랬어요, 수수께끼 때문에 사람이 죽기도 했대요."

롤랜드는 점점 짙어지는 어둠 속을 바라다보았다.

"그래. 나도 그런 광경을 본 적이 있다."

롤랜드가 머릿속에서 떠올린 축제일 수수께끼 시합은 거위 증정식 대신 방울 달린 모자를 쓴 사팔뜨기 사내가 가슴에 단검을 맞고 흙바닥에 나자빠져 숨을 거둔 광경으로 막을 내렸다. 단검은 코트의 것이었다. 떠돌이 가수 겸 곡예사였던 그 사내는 심판의 수첩을 훔쳐 코트를 속이려 했다. 수첩은 조그마한 나무껍질에 해답을 적어 묶어둔 것이었다.

"어이쿠, 이거 참 죄에에송하게 됐습니다."

에디가 너스레를 떨었다. 한편 수재나는 제이크를 유심히 바라보는 중이었다.

"그러고 보니 네가 수수께끼 책을 가져온 걸 까맣게 잊고 있었네. 지금 좀 봐도 될까?"

"그럼요. 제 배낭에 들어 있어요. 근데 해답편이 없지 뭐예요. 어쩜 그래서 타워 씨가 공짜로 준 걸지도……"

무언가가 제이크의 어깨를 덥석 움켜쥐었다, 아플 만큼 강력하게.

"그 사람 이름이 뭐라고?" 롤랜드가 물었다.

"타워 씨요, 캘빈 타워요. 제가 얘기 안 했나요?"

"그래." 롤랜드는 제이크의 어깨를 스르르 놓아주었다. "허나 막상 듣고 보니 놀랍지도 않구나."

에디가 제이크의 배낭을 열고 『알쏭달쏭 수수께끼!』를 찾아 수재나에게 건넸다.

"저기 말이지, 난 늘 죽은 아기 시리즈가 꽤 재미있다고 생각했어. 격이 떨어지는지는 몰라도 꽤 재미있기는 하잖아."

"품격은 내 알 바 아니다. 의미도 없고 풀 수도 없는 것이기에 바보 같은 거다. 훌륭한 수수께끼는 그 둘 다 해당되지 않는 법이다."

"맙소사! 당신 *진짜*로 진지하게 받아들였던 거야?"

"그렇다."

한편 제이크는 부싯깃을 다시 쌓아올리며 논쟁의 불씨가 되었던 수수께끼를 곰곰히 생각하는 중이었다. 그러던 제이크가 문득 빙그레 웃었다.

"불이에요. 답은 불이에요, 맞죠? 밤에 깨우고 아침에 잠재우는 것. '깨우다'를 '피우다'로 바꿔서 생각하면 간단해요."

"바로 그거다."

롤랜드는 제이크에게 미소로 화답하면서도 눈으로는 수재나를, 작고 너덜너덜한 책을 넘겨보는 그녀를 지켜보았다. 생각에 골몰한 나머지 잔뜩 찌푸린 표정을 보며, 또 머리에 꽂은 노란 꽃이 빠져나오려고 할 때마다 멍하니 바로잡는 손짓을 보며, 롤랜드는 오로지 수재나 한 사람만이 눈치챘으리라고 생각했다. 그 너덜너덜한 수수께끼 책이 『칙칙폭폭 찰리』만큼이나…… 어쩌면 그보다 더 중요할지도 모른다는 사실을. 수재나에게서 눈을 돌려 에디를 본 롤랜드는 에디가 지껄였던 바보 같은 수수께끼 때문에 또다시 언짢아졌다. 이 젊은이에게는 커스버트와 닮은 점이 한 가지 더 있었다. 그리고 그것은 불행에 가까웠다. 롤랜드는 가끔 에디를 붙잡고 뒤흔들고 싶었다. 코피가 줄줄 흐르고 이가 빠질 때까지.

〈살살 해라, 총잡이여. 살살 하란 말이다!〉

웃음기 없는 코트의 목소리가 머릿속에 울려퍼지자 롤랜드는 자신의 감정을 단호히 한쪽으로 제쳐놓았다. 이따금씩 지껄이는 헛소리를 에디 본인도 어쩌지 못한다고 생각하면 감정을 억누르기가 한결 더 수월했다. 사람의 성격 또한 적어도 부분적으로는 카에 의하여 형성되게 마련이었고, 롤랜드는 헛소리가 에디의 전부가 아닌 줄을 잘 알았다. 그렇지 않다는 오해가 고개를 쳐들 때마다 롤랜드는 사흘 전 길가에서 나눈 대화를 떠올리고 꿋꿋이 참아냈다. 그때 에디는 자신들을 게임판의 말로 사용한다며 롤랜드를 비난했다. 롤랜드를 분노케 한 말이었지만…… 동시에 그가 부끄러워할 만큼 진실에 가까운 말이기도 했다.

에디는 롤랜드가 이처럼 복잡한 생각을 하는 줄도 모르고 희희낙락하며 물었다.

“색깔은 초록색, 무게는 수백 톤, 사는 곳은 큰 바다 밑바닥. 이게 뭘까?”

“저 알아요. 커다란 초록색 고래 모비 스노트예요.”

“어리석은 소리.”

제이크가 대답하자 롤랜드가 중얼거렸다.

“맞아, 그치만 그래서 재미있는 거야. 융통성 있는 생각을 길러주기는 농담도 마찬가지라고. 봐, 당신은……”

에디는 롤랜드의 얼굴을 보고 웃음을 터뜨리며 손사래를 쳤다.

“됐어, 관둘게. 댁은 100만 년이 지나도 이해 못할 거야. 그 빌어먹을 책이나 보자고. 나도 진지하게 생각해 볼게. 일단은…… 저녁부터 먹고 나서 말이야.”

“워치 미, 에디.”

총잡이가 슬며시 웃으며 말했다.

“뭔 소리야?”

“이제 네가 카드를 돌릴 차례라는 뜻이다.”

제이크가 부시로 부싯돌을 그었다. 불꽃이 튀었고, 이번에는 부싯깃에 불이 붙었다. 제이크는 흡족한 마음으로 물러앉아 한 팔로 오이의 목을 끌어안고 불이 퍼져나가는 광경을 바라보았다. 아이는 자신이 해낸 일 덕분에 무척 흐뭇했다. 자기 힘으로 저녁 모닥불을 피웠고…… 롤랜드가 낸 수수께끼를 맞혔으므로.

3

"저도 아는 수수께끼가 하나 있어요."

부리토로 저녁을 때우던 도중에 제이크가 말했다.

"그것도 바보 같은 거냐?"

"아뇨. 진짜 수수께끼예요."

"그럼 한번 내보려무나."

"알았어요. 내달릴 수는 있어도 걷지는 못하고, 드나드는 입이 있어도 말은 못하고, 바닥이 있어도 몸을 뉘지 못하고, 머리가 있어도 울지 못하는 것은?"

"훌륭한 수수께끼로구나. 허나 낡았다. 답은 강이야."

롤랜드의 목소리는 다정했지만 제이크는 살짝 맥이 풀렸다.

"아저씨 진짜 강적이네요."

롤랜드가 부리토의 마지막 조각을 던져주자 오이가 냉큼 물었다.

"아니, 난 에디 말에 따르면 왕주먹감이다. 네가 알레인을 봤더라면 좋았을 것을. 알레인은 숙녀가 부채를 모으듯 수수께끼를 모았단다."

"왕주먹감이 아니라 한주먹감이야, 이 양반아."

"고맙다, 에디. 어디 이걸 한번 맞혀보려무나. 제 잠자리에서 눕기도 하고 서기도 하는 것은 무얼까?/ 처음에는 하얗다가 나중에는 빨개지고/ 통통하게 부풀수록 노파가 좋아하는 것은?"

에디가 폭소를 터뜨리더니 큰소리로 외쳤다.

"남자 거시기 아냐! 어이구, 이 저질스러운 양반! 그래도 맘에 들었어! 아아주 좋았어!"

롤랜드가 고개를 저었다.

"틀렸다. 제이크가 낸 강 문제가 그러하듯이, 훌륭한 수수께끼는 가끔 말장난일 때도 있다. 허나 어떤 것은 마술사의 속임수에 더 가깝다. 한쪽을 바라보게 해놓고 실은 반대쪽으로 가는 식이지."

"두 겹이란 말이군요."

제이크가 말했다. 그러고는 애런 디프노가 들려준 삼손의 수수께끼 이야기를 일행에게 설명했다. 롤랜드가 고개를 끄덕였다.

"롤랜드, 답은 딸기죠?" 수재나가 이렇게 묻더니 자기 질문에 스스로 답했다. "당연히 딸기일 거예요, 불 수수께끼하고 같은 이치죠. 안에 은유가 숨어 있는 거예요. 그 은유만 이해하면 풀 수 있어요."

"내 경우에는 섹스를 은유로 깔았는데 여자들한테 뺨 맞고 차이기만 했어."

에디가 구슬프게 말했으나 일행 모두 들은 척도 하지 않았다. 수재나가 말을 이었다.

"'부풀다'를 '자라다'로 바꾸면 간단해요. 처음에는 하얗다가 나중에는 빨개지죠. 통통하게 자랄수록 노파가 좋아하고요."

수재나는 자신이 내놓은 답이 마음에 드는 듯 보였다. 롤랜드가 고개를 주억거렸다.

"내 귀에 익은 답은 혹꽈리이오만, 둘 다 같은 것을 가리키는 듯싶구려."

에디가 『알쏭달쏭 수수께끼!』를 들고 훌훌 넘겼다.

"롤랜드, 이건 어때? 문이 문이 아닐 때는 언제일까?"

롤랜드의 표정이 일그러졌다.

"또 농지거리를 늘어놓을 텐가? 내 인내심도 이제……"

"아냐. 내가 진지하게 한다고 약속했잖아, 진심이야. 적어도 노력은 하고 있다고. 이 책에 나온 수수께낀데 말이지, 마침 나도 답을 알아. 어릴 적에 들었거든."

마찬가지로 답을 아는 제이크가 에디에게 윙크를 했다. 이에 윙크로 화답한 에디는 덩달아 윙크하려고 애쓰는 오이를 보고 기분이 좋아졌다. 개너구리는 자꾸만 두 눈을 다 껌벅거리다가 결국 포기했다.

한편 롤랜드와 수재나는 머리를 싸매고 수수께끼를 풀었다.

"분명히 운과 관련된 것일 게요. 문, 무운(武運). 무운이 무운이 아닐 때라…… 흠……."

"흐음."

오이가 생각에 잠긴 롤랜드의 목소리를 완벽하게 흉내 냈다. 에디가 또 한 번 제이크에게 눈을 찡긋했다. 제이크는 손으로 입을 가려 웃음을 감추었다.

한참 만에 롤랜드가 입을 열었다. "답은 거짓 승리인가?"

"아닙니다."

"창문."

수재나가 단호한 목소리로 불쑥 말했다.

"문이 문이 아닐 때는? 답은 창문일 때죠."

"아닙니다요."

에디는 이제 입이 귀에 걸릴 지경이었다. 그러나 제이크는 두 사람이 내놓은 답이 어찌나 정답과 동떨어졌던지 어안이 다 벙벙할 지경이었다. 눈앞에서 마법이 펼쳐지는 기분이었다. 마법치고는 하늘을 나는 융단도 투명 코끼리도 없으니 꽤 흔해빠진 것이었으나 그래도 마법은 마법이었다. 불현듯 제이크는 자신들이 하는 일을,

즉 모닥불 앞에 둘러앉아 수수께끼를 푸는 단순한 일을 완전히 새로운 관점에서 보게 되었다. 지금 그들은 눈가리개를 쓰고 술래잡기를 하는 형국이었다. 다만 이 놀이에서 쓰는 눈가리개는 말로 지은 것이었다.

"에디, 나 관둘래요."

"나도다. 답을 알거든 가르쳐다오."

"답은 무늬야. 문은 무닐 때 문이 아니거든. 알겠어?"

에디는 깨달음의 빛에 물들어가는 롤랜드의 얼굴을 보고 조금 염려스러운 목소리로 물었다.

"이것도 영 아니야? 나 이번엔 진지하게 하려고 노력했어, 롤랜드. 진짜야."

"전혀 그렇지 않다. 오히려 무척 훌륭했다. 코트였더라면 분명히 맞혔을 터…… 십중팔구 알레인도 맞혔을 테지만, 그래도 훌륭했다. 내가 학창시절에 늘 하던 짓을 또 하고 말았구나. 원래보다 더 어렵게 꼬아 생각하고 정답을 정확히 비껴가는 짓을 말이다."

"수수께끼 속에 진짜 뭔가가 있긴 있나 보네. 안 그래?"

에디가 골똘히 생각하며 중얼거렸다. 롤랜드가 고개를 주억거렸으나 에디는 보지 못했다. 그는 불속 깊숙한 곳을, 숯 더미 속에서 피고 지는 수십 송이 장미를 바라보는 중이었다.

롤랜드가 입을 열었다.

"한 개만 더 풀고 자자꾸나. 단, 오늘밤부터는 불침번을 선다. 에디, 네가 맨 처음이고 그다음은 수재나다. 내가 마지막을 맡으마."

"저는요?"

"나중에는 네 차례도 돌아올 게다, 제이크. 지금 너한테는 잠이 더 중요하다.”

“정말로 보초가 필요할까요?” 수재나가 물었다.

“나도 모르오. 그리고 불침번을 서기에 그보다 더 합당한 이유는 없소. 제이크, 네 수수께끼 책에서 한 문제 골라다오.”

제이크는 에디가 건넨 『알쏭달쏭 수수께끼!』를 훑어보다가 끝부분에 이르러서야 손을 멈췄다.

“우와! 이 문제 진짜 끝내주는데요!”

“어디 들어볼까. 만일 내가 못 맞히면 수즈가 맞힐 거야. 우린 방방곡곡의 장터에서 ‘에디 딘과 수수께끼 여왕님’으로 끗발을 날리는 이인조거든.”

“오늘밤엔 다들 재치가 넘치네요, 안 그래요?” 수재나가 말했다. “새벽까지 길가에서 불침번 서고 나서도 그럴지 어디 한번 보자고요, 잘생긴 총각.”

제이크가 문제를 읽었다.

“아무것도 아닌 어떤 것이 있습니다, 그런데도 이름은 있네요. 키가 클 때도 있고 작을 때도 있습니다. 우리가 이야기할 때에도 함께하고, 운동할 때에도 함께하고, 놀이를 할 때에도 늘 함께합니다.”

일행은 거의 15분간 이 수수께끼의 답을 궁리했으나 어림짐작조차도 내놓는 사람이 없었다.

“어쩌면 우리 중에 아무나 꿈속에서 답을 찾을지도 몰라요. 저도 강 수수께끼의 답을 그렇게 찾았거든요.” 제이크가 말했다.

“싸구려 책이야, 해답도 찢겨나가고 없잖아.”

에디가 말했다. 그는 자리에서 일어나 가죽 모포를 망토처럼 어깨에 둘렀다.

"진짜 싸구려예요. 타워 씨가 공짜로 주셨으니까요."

"롤랜드, 보초 서면서 뭘 조심해야 돼?"

에디가 묻자 롤랜드는 어깨를 으쓱하고 드러누웠다.

"나도 모른다, 허나 네가 직접 보거나 들으면 알 게다."

"슬슬 졸리면 날 깨워요." 수재나가 말했다.

"마음 푹 놔요, 수재나."

4

길가를 따라 나 있는 도랑에 풀이 무성했다. 에디는 어깨에 모포를 두르고 그 도랑 건너편에 자리를 잡았다. 이날 밤에는 새털구름이 달을 가려 별빛도 희미했다. 서풍이 강하게 불어왔다. 바람 부는 쪽으로 얼굴을 돌리면 초원을 차지하고 있는 들소 떼의 냄새가 또렷이 느껴졌다. 후끈한 털가죽 냄새와 뜨뜻한 똥 냄새가 한데 섞여 있었다. 에디는 지난 몇 달 동안 예민해진 감각 덕분에 가끔 놀라곤 했는데…… 가끔은 이날 밤처럼 조금 오싹할 때도 있었다.

몹시도 희미하게, 새끼 들소 울음소리가 들려왔다.

에디는 도시 쪽으로 눈을 돌렸다. 이윽고 아스라이 명멸하는 불빛이, 쌍둥이 노인의 이야기에 나왔던 전기 양초 같은 것이 보이는가 싶었으나 에디는 익히 알고 있었다. 눈에 보이는 것은 다만 그 자신의 낙관적인 희망인지도 몰랐다.

'인마, 넌 지금 42번가에서 까마득히 멀리 떨어져 있어. 물론 희망은 멋진 거야, 누가 뭐라고 하든 간에 멋져. 하지만 너무 간절히 희망하지는 마. 그랬다간 네가 42번가에서 까마득히 먼 곳에 있다는 생각을 깜박 잊어버릴지도 모르니까. 네가 아무리 간절히 바라봤자 저 앞에 있는 건 뉴욕이 아냐. 저긴 러드야, 지금도 그렇고 앞으로도 그래. 그것만 명심하면 아마 넌 잘 해낼 거야.'

에디는 그날 저녁에 마지막으로 들은 수수께끼의 답을 궁리하며 보초 서는 시간을 보냈다. 그는 죽은 아기 농담을 했다가 롤랜드한테 꾸중을 듣고 이때껏 꽁해 있었고, 그러다 보니 이튿날 아침 일행 앞에 그럴싸한 대답을 내놓고 하루를 시작하면 기분이 흐뭇할 것 같았다. 책 뒤에 붙은 해답을 확인할 길은 없었지만 에디 생각에 훌륭한 수수께끼의 훌륭한 답은 그 자체로 진위가 명확히 드러날 듯싶었다.

'키가 클 때도 있고 키가 작을 때도 있습니다.' 에디는 이 부분이 관건이고 나머지는 필시 거짓 단서이리라고 짐작했다. 키가 클 때도 있고 작을 때도 있는 것이 뭐더라? 바지? 아니었다. 바지는 짧은 것도 있고 긴 것도 있지만 키 큰 바지는 들어본 적도 없었다. 이야기인가? 바지와 마찬가지로 이야기 역시 딱 들어맞는 표현은 둘 중 하나뿐이었다.(키 큰 이야기(tall tale)는 허풍을 의미한다. ─옮긴이) 술이라면 키 큰 잔에 내올 때도 있고 키 작은 잔에 내올 때도……

"주문인가."

에디는 이렇게 중얼거리고 나서 잠깐 동안 답을 찾았다고 생각했다. 주문이라면 두 가지 표현 모두 안성맞춤이었다. 키 큰 주문(tall order)은 무리한 요구를 의미했고 키 작은 주문(short order)은 햄버거나 참치 샌드위치처럼 식당에서 바로 내오는 간단한 먹을거리를 뜻했다. 다만 무리한 요구나 참치 샌드위치는 이야기도 놀이도 함께할 수 없었다.

물밀듯이 덮쳐온 좌절감 속에서 에디는 저도 모르게 스스로를 비웃었다. 아이들 책에 나오는 순진한 말장난에 온 정신이 팔린 신세라니. 한편으로는 사람들이 수수께끼 때문에 살인도 불사했다는 말에 조금은 신빙성이 있다는 생각이 들었다. 만약 걸려 있는 상이 큰데다 속임수까지 끼어든다면…….

'떨쳐버려. 지금 네가 하는 짓은 롤랜드가 한 말하고 똑같아. 답을 정확히 비껴가고 있다고.'

하지만 달리 생각할 것이 뭐가 있단 말인가?

그러다가 도시 쪽에서 또다시 북소리가 들려왔고, 그러자 에디 머릿속에 달리 생각할 무언가가 떠올랐다. 북소리는 서서히 커지지 않았다. 한순간 안 들리다가 다음 순간에는 마치 볼륨을 끝까지 올리기라도 한 듯 최고 출력으로 커지는 식이었다. 에디는 길 가장자리로 걸어간 다음, 도시 쪽으로 돌아서서 귀를 기울였다. 잠시 후에 다른 사람들도 북소리를 듣고 일어났는지 보려고 주위를 두리번거렸으나 여전히 혼자였다. 그는 다시 러드 쪽을 향하고 서서 손을 동그랗게 말아 귀를 감쌌다.

둥…… 두둥…… 두둥두둥…… 두둥둥둥둥…….
둥…… 두둥…… 두둥두둥…… 두둥둥둥둥…….

에디는 그 소리를 제대로 알아들었다는 생각에 점점 더 확신을 갖게 되었다. 적어도 그 수수께끼 하나는 제대로 푼 셈이었다.

둥…… 두둥…… 두둥두둥…… 두둥둥둥둥…….

거의 텅 비다시피 한 세상의 버려진 길 한편에, 지금은 사라진 찬란한 문명이 세운 도시로부터 약 300킬로미터 떨어진 곳에 서서 로

큰롤 북소리를 듣고 있다는 생각은 정말이지 터무니없는 생각이었지만…… 그래봤자 종이 울린 다음에 녹슨 초록색 *가시오* 표지판이 떨어지는 신호등보다 더 터무니없을까? 1930년대에 만들어진 독일군 전투기를 발견하는 것보다 더?

에디는 지지 톱의 노랫말을 속삭이듯 읊조려보았다.

> "딱 붙는 청바지를 이어붙일 만큼만
> 끈끈이 테이프는 딱 그만큼만 있으면 돼
> 예이 예, 예이 예……"

노랫말이 북소리의 박자와 완벽하게 들어맞았다. 디스코 풍으로 연주한 「벨크로 청바지」의 북소리였다. 에디는 확신할 수 있었다.

잠시 후, 북소리가 시작할 때와 마찬가지로 갑작스럽게 그쳤다. 들리는 것은 바람소리와 그보다 더 희미한 강물 소리뿐이었다. 바닥이 있어도 몸을 뉘지 못하는 센드 강의 소리였다.

5

그로부터 나흘 동안은 이렇다 할 일이 없었다. 일행은 걸었다. 점점 커지고 또렷해지는 다리와 도시를 유심히 살폈다. 야영을 했다. 음식을 먹었다. 수수께끼를 풀었다. 차례대로 보초를 섰다(제이크는 동트기 직전 두 시간 동안만 보초를 서게 해달라고 롤랜드를 졸라댔다.). 잠을 잤다. 눈여겨볼 만한 사건은 오직 벌 소동뿐이었다.

추락한 비행기를 발견한 지 사흘째 되던 날 정오 무렵, 앵앵거리는 소리가 들리기 시작하더니 온 사방을 뒤덮을 만큼 커졌다. 마침내 롤랜드가 걸음을 멈추었다.

"저기다."

롤랜드는 유칼리나무 숲 쪽을 가리켰다.

"벌 소리 같은데요."

수재나가 말하자 롤랜드의 연청색 눈이 번득였다.

"잘하면 오늘 저녁에는 후식을 먹을 수 있겠구나."

"저기, 롤랜드. 이 얘기를 어떻게 꺼내야 좋을지 모르겠는데 말이지, 난 벌침에 쏘이는 건 딱 질색이야."

"누군들 안 그렇겠나. 헌데 오늘은 바람 한 점 없으니, 연기를 피워 놈들을 잠재우면 요란 떨지 않고도 꿀을 훔쳐낼 수 있을 게다. 한번 둘러보자."

롤랜드는 그 자신만큼이나 모험심에 들뜬 수재나를 안아들고 숲으로 향했다. 에디와 제이크는 느릿느릿 그 뒤를 따랐고, 오이는 틀림없이 신중함이야말로 한층 더 고결한 용기라고 판단한 듯 위대한 길의 가장자리에 웅크리고 앉아 개처럼 헐떡거리며 그들을 주의 깊게 지켜보기만 했다.

롤랜드가 숲 언저리에서 걸음을 멈추더니 에디와 제이크에게 소곤소곤 얘기했다.

"거기 그대로 있어라. 우리가 가서 살펴볼 거다. 아무 문제도 없으면 전진 신호를 보내마."

롤랜드는 에디와 제이크가 양달에 남아 지켜보는 가운데 수재나를 안아들고 얼룩덜룩한 숲 그늘 속으로 들어섰다.

응달은 한결 서늘했다. 앵앵거리는 벌 떼 소리가 멈추지 않고 몽롱하게 들려왔다.

"수가 너무 많소. 지금은 늦여름이니 벌들이 나가서 일을 해야 할 터인데. 도대체 어찌된……"

중얼거리던 롤랜드가 벌집을 발견했다. 벌집은 공터 한복판의 나무에 있는 구멍으로부터 혹처럼 불룩하게 튀어나와 있었고, 부서진 채였다.

"벌들이 왜 그러는 거예요?"

소곤거리는 수재나의 목소리는 겁에 질려 있었다.

"롤랜드, 뭐가 잘못된 거냐고요?"

10월의 말파리처럼 통통하고 굼뜬 벌 한 마리가 머리를 스치고 날아갔다. 수재나는 움찔 몸을 숙여 벌을 피했다.

롤랜드가 나머지 일행에게 이쪽으로 오라고 손짓을 보냈다. 한데 모인 일행은 말없이 서서 벌집을 바라다보았다. 벌통 내부의 방들은 똑 떨어지는 육각형이 아니라 모양도 크기도 제각각인 구멍이었다. 벌집 자체도 화염방사기로 지져놓은 듯 기괴하게 녹아내린 형상이었다. 벌집 위로 뒤뚱뒤뚱 기어다니는 벌 떼는 눈처럼 새하얬다.

"오늘 저녁엔 꿀이고 뭐고 없다. 저 벌집의 꿀은 달콤하긴 해도 독이 있을 게다. 그건 날이 저물면 밤이 오듯 자명한 이치다."

소름 끼치는 흰색 벌 한 마리가 제이크의 머리 위로 몹시도 느릿느릿 날아갔다. 제이크는 진절머리를 내며 고개를 숙였다.

"왜 저래? 롤랜드, 뭐 땜에 저 꼴이 된 거야?"

"이 땅 전체를 황폐하게 만든 바로 그것 때문이지. 그것 때문에 지금도 새끼를 못 낳는 돌연변이 들소가 여럿 태어난다. 내가 듣기

로 그것은 옛전쟁, 대화재, 대격변, 대중독 같은 이름으로 불리더구
나. 정체가 무엇이건 간에 우리가 겪는 모든 고난의 근원인 그것은
아주 오래전에 일어났다. 강넘이 마을 노인들의 고조부 세대보다
1000년은 앞서 일어났을 게다. 세월이 흐르면서 대가리 두 개 달린
들소나 하얀 벌 같은 외관상의 효과는 점점 엷어지는 중이지. 이는
내가 직접 봐서 안다. 허나 더욱 커다란 다른 변화는 눈에 잘 띄지
않거니와, 지금도 계속 일어나는 중이다."

일행은 새하얀 벌 떼가 멍하니, 또 기운 없이 벌집 위로 기어다니
는 광경을 지켜보았다. 몇몇은 분명 일하려고 기를 쓰는 중이었으나
대개는 서로 머리를 들이받고 몸뚱이를 타넘으며 방황할 뿐이었다.
에디는 언젠가 봤던 뉴스 화면을 떠올렸다. 거대한 가스관이 터진
지역의 생존자들을 보여주는 뉴스 영화였다. 캘리포니아 주의 어느
도시에서 한 구역이 송두리째 날아가다시피 한 사고였다. 눈앞의 벌
떼를 보고 있노라니 그때 보았던 생존자들이, 폭발의 충격으로 멍해
진 그들이 떠올랐다.

"핵전쟁이 일어났구나, 맞지?"

에디가 물었다. 말투가 거의 비난하는 듯했다.

"당신이 입에 달고 사는 그 위대한 선인들…… 그 양반들이 자기
네 위대한 궁둥짝을 지옥까지 날려버린 거야. 안 그래?"

"무슨 일이 벌어졌는지 나는 모른다. 아무도 모르지. 그 시대의
기록은 소실되었고, 몇 안 남은 이야기는 모호하고 혼란스럽다."

"얼른 여기서 나가요. 저것들을 보고 있으니까 토할 것 같아요."

"그래, 나도 동감이야."

제이크가 떨리는 목소리로 말했고, 수재나도 동의했다.

　그리하여 롤랜드 일행은 벌 떼가 맹목적이고 절망적인 삶을 이어 가도록 내버려둔 채 오래된 숲을 떠났고, 그날 저녁에는 꿀이고 뭐고 없었다.

6

　"당신이 아는 거 말인데, 우리한테 언제 가르쳐줄 작정이야?"

　이튿날 아침에 에디가 물었다. 날씨는 화창하고 하늘도 푸르렀으나 공기가 제법 쌀쌀했다. 이쪽 세계에서 처음 맞는 가을이 그들 앞에 성큼 다가와 있었던 것이다.

　롤랜드가 에디를 흘깃 쳐다보았다.

　"무슨 소리냐?"

　"난 당신 얘기를 통째로 듣고 싶어. 처음부터 끝까지, 길르앗 시절부터 시작해서. 당신이 거기서 어떻게 자랐는지, 또 그곳이 어쩌다 끝장났는지도. 암흑의 탑은 어쩌다가 알게 됐고 애초에 왜 그걸 찾아 나섰는지도 알고 싶어. 당신 원래 친구들에 대해서도 알고 싶고. 또 그 사람들이 어떻게 됐는지도."

　롤랜드는 모자를 벗어들고 팔로 이마의 땀을 훔친 다음 모자를 도로 썼다.

　"네게는 그 모든 것을 알 권리가 있다. 또 나도 네게 얘기해 줄 생각이다. 허나…… 지금은 때가 아니다. 그건 무척이나 긴 이야기다. 누군가에게 들려줄 거란 생각은 해본 적도 없고, 들려준다 해도 단 한 번뿐일 게다."

"그러니까 언제 들려줄 거냐고?"

에디가 고집을 부렸다.

"때가 무르익으면."

롤랜드가 대답했다. 두 사람은 이것으로 만족해야 했다.

7

롤랜드는 제이크가 흔들어 깨우기 직전에 잠에서 깨어났다. 일어나 앉은 다음 주위를 둘러보니 에디와 수재나는 여태 잠든 채였고, 희끄무레한 새벽 햇살 속에 잘못된 것은 하나도 보이지 않았다.

"무슨 일이냐?"

롤랜드가 가라앉은 목소리로 제이크에게 물었다.

"저도 모르겠어요. 싸우는 소리 같은데, 와서 한번 들어보세요."

롤랜드는 담요를 걷고 제이크를 따라 길로 나왔다. 그가 얼추 계산하기에 지금 있는 곳에서 사흘 동안 걸어가면 센드 강이 도시 앞을 통과하는 지점에 도착할 듯싶었다. 지평선 가득히 빔의 길과 정확히 일치하게 지어진 다리가 보였다. 심하게 기울어진 다리의 모습이 어느 때보다도 또렷이 보였고, 쇠줄이 격심한 하중을 못 견디고 하프의 현처럼 끊어진 자리가 여남은 곳은 되었다.

둘이 도시를 향하여 고개를 돌리자 새벽바람이 얼굴에 똑바로 불어왔다. 그 바람에 실려온 소리는 작지만 또렷했다.

"싸우는 소린가요?"

제이크가 물었다. 롤랜드는 고개를 끄덕이고 손가락을 펴 입술에 갖다댔다.

희미한 고함소리, 거대한 물체가 쓰러져 부서지는 소음, 그리고 물론, 북소리도 들렸다. 이어서 부서지는 소리가 또 들렸는데 이번에는 좀 더 낭랑한 소리였다. 유리 깨지는 소리였다.

"세상에."

제이크가 소곤거리더니 총잡이 곁으로 바짝 다가섰다.

뒤이어 롤랜드가 듣지 않았으면 하고 바랐던 바로 그 소리가 들려왔다. 빠르게 타닥거리는 소구경 화기의 발사음이 작렬하더니, 뒤이어 둔중한 굉음이 들려왔다. 틀림없이 무언가가 폭발하는 소리였다. 폭발음은 마치 투명한 볼링공이 평원을 가로질러 굴러오듯 그들을 덮쳐왔다. 그러고 나서 고함소리와 굉음과 깨지는 소리는 순식간에 북소리에 묻혀 사라졌고, 몇 분 후에 북소리도 여느 때와 마찬가지로 갑작스럽게 그치자 도시는 다시 조용해졌다. 그러나 이제 도시의 침묵은 깨지기를 기다리는 듯 불쾌한 느낌을 풍겼다.

롤랜드가 팔로 제이크의 어깨를 감쌌다.

"지금이라도 돌아서 갈 수 있단다."

제이크가 롤랜드를 올려다보았다.

"그러면 안 돼요."

"그 기차 때문이냐?"

제이크는 고개를 끄덕이고 담담하게 말했다.

"블레인은 골칫덩이예요, 하지만 우린 꼭 그걸 타야만 해요. 우리가 블레인에 탈 수 있는 곳은 저 도시뿐이고요."

롤랜드는 제이크를 유심히 바라보았다.

"왜 *타야만 한다*고 말하는 게냐? 그것이 *카*라서? 제이크, 넌 아직

카에 관하여 잘 모른다는 사실을 이해해야 한다. 그건 사람이 평생을 바쳐 연구해야 하는 것이야."

"그게 카인지 아닌지는 몰라요, 하지만 보호장비 없이 황무지에 들어가면 안 된다는 건 확실히 알아요. 그 보호장비가 바로 블레인이에요. 그게 없으면 우린 죽어요, 전에 봤던 그 벌 떼가 겨울이 오면 죽을 것처럼요. 우리한텐 보호가 필요해요. 황무지에는 독이 있으니까요."

"네가 그걸 어떻게 알지?"

"저도 몰라요!" 제이크는 거의 성난 목소리로 말했다. "그냥 안단 말이에요."

"알았다."

롤랜드가 부드럽게 말하고 다시 러드 쪽을 바라보았다.

"허나 무척 조심해야 할 게다. 불행히도 저들한테 아직 화약이 남아 있으니 말이다. 화약이 있으면 필시 그보다 훨씬 강력한 것도 있겠지. 그들이 사용법을 알지 의심스럽기는 하다만, 그래서 오히려 더 위험하다. 흥분한 나머지 우리 모두 날려버릴 수도 있으니."

"으니."

그들 뒤쪽에서 침울한 목소리가 들려왔다. 뒤를 돌아보니 오이가 길가에 앉아 그들을 바라보는 중이었다.

8

그날 느지막이 일행이 마주친 새 길은 서쪽에서 뻗어와 그들이 원래 가던 길과 합류했다. 두 길이 합류하는 지점부터 위대한 길은 내리막으로 바뀌었고(이제 훨씬 넓어진 길 한가운데에 반들거리는 검은 돌이 늘어서서 중앙분리대 역할을 했다.), 길 양편을 가로막고 부서져가는 콘크리트 장벽 때문에 일행은 좁은 곳에 갇힌 듯 답답한 기분이었다. 일행은 콘크리트 장벽의 부서진 틈새로 들판이 훤히 보이는 곳에 멈춰 간단히 끼니를 때웠다.

"에디 아저씨, 길을 왜 이렇게 내리막으로 만들었을까요? 누군가가 일부러 이렇게 만든 것 같아요. 안 그래요?"

제이크가 말했다. 에디는 부서진 틈새 사이로 더없이 잔잔하게 펼쳐진 평원을 내다보고 고개를 끄덕였다.

"왜 그랬을까요?"

"나도 몰라, 이 친구야."

대답은 이렇게 했지만, 에디는 까닭을 알 것 같았다. 롤랜드를 흘깃 쳐다보니 그도 아는 눈치였다. 다리로 이어지는 내리막길은 방어진이었다. 콘크리트 장벽 위에 부대를 배치하면 세심하게 설계된 사각형 보루 두 개를 통제하는 셈이었다. 만일 위대한 길을 따라 러드로 진입하는 이들이 마음에 안 든다 싶으면, 방어 부대는 그들 머리 위로 공격을 퍼부을 수 있었다.

"*정말로 모르시는 거예요?*"

에디는 제이크에게 미소로 화답하고 머릿속에 떠오른 상상을 지우려고 애썼다. 에디의 상상 속에서는 바로 지금 저 위에 웬 미치광이가 숨어 있었고, 부서진 콘크리트 비탈 위로 녹슨 대형 폭탄을 굴리려고 준비하는 중이었다.

"전혀 모르겠는데."

수재나는 지겹다는 듯이 이 사이로 휘파람을 불었다.

"길이 점점 개판이 돼가네요, 롤랜드. 그 망할 놈의 멜빵을 더 쓸 일이 없으면 했는데, 다시 꺼내는 게 좋겠어요."

롤랜드는 고개를 주억거리고 묵묵히 멜빵을 찾아 걸낭을 뒤졌다.

개울이 큰 강에 합류하듯 좁은 길 여러 줄기가 하나둘 합쳐지면서 위대한 길의 상태는 더욱 지독해졌다. 일행이 다리에 가까워지는 동안 노면의 자갈이 다른 소재로 바뀌었는데 롤랜드가 보기에는 금속 같았고, 다른 이들이 보기에는 아스팔트나 콜타르 같았다. 자갈만큼 단단한 소재는 아니었다. 그렇게 부서진 데에는 세월 탓도 있거니와 무수히 많은 말과 마차가 지나가는 동안 보수 공사를 하지 않은 탓이 더욱 컸다. 노면은 위태로울 만큼 자잘하게 부서져 있었다. 걷기도 힘들 만큼 부서진 그 길로 수재나의 휠체어를 밀고 간다니, 생각만 해도 가소로웠다.

길 양편의 장벽은 점점 더 가팔라졌고 이제 장벽 너머 하늘에 가느다랗고 뾰족한 물체가 보였다. 롤랜드는 화살촉이라고 생각했다. 거대한 화살촉, 흡사 거인족이 만든 무기 같았다. 동행들이 보기에는 로켓 아니면 유도탄 같았다. 수재나는 플로리다 주 케이프커내버럴 공군기지에서 쏘아올린 레드스톤 로켓을 떠올렸다. 에디는 트럭 발사대에 실려 유럽 전역에 배치된 지대공미사일을 떠올렸다. 제이크는 대륙간탄도탄을 떠올렸다. 캔자스 주 평원과 인적 없는 네바다 주 산맥 지하의 강화 콘크리트 사일로에 숨어 있다가 핵전쟁이 벌어지면 중국이나 소련에 보복공격을 감행하도록 설정된 것들이었다. 일행 모두 음울하고 비참한 암흑지대로, 아니면 긴 세월 동안 강력한 저주 아래 발버둥치는 산골 마을로 들어서는 기분이었다.

제이크가 '긴 장갑'이라고 이름 붙인 이 지대에 들어선 지 몇 시간 만에 일행은 진입로 대여섯 줄기가 거미줄처럼 합류한 곳에 이르렀다. 콘크리트 장벽은 이곳에서 끝이 났고 다시 탁 트인 땅이 보였다. 그 사실에 모두 안도했으면서도…… 안도감을 말로 표현하는 사람은 아무도 없었다. 교차로 상공에 또다시 신호등이 보였다. 이번 것은 에디와 수재나와 제이크의 눈에 익숙했다. 한때는 전등 네 개를 뒤덮고 있었을 렌즈가 보였으나 이미 깨진 지 오래였다.

"옛날에는 이 길이 틀림없이 세계 여덟 번째 불가사의였을 거예요. 그런데 지금 꼴을 좀 봐요, 아주 지뢰밭이에요."

"때로는 낡은 길이 가장 좋은 길인 법이지."

수재나의 말에 롤랜드가 맞장구를 쳤다. 에디가 서쪽을 가리켰다.

"저길 봐."

이제 콘크리트 장벽이 사라진 덕분에 일행은 강넘이 마을에서 쓰디쓴 커피를 마시는 동안 사이가 무엇을 이야기하려 했는지 똑똑히 알 수 있었다. 사이는 이렇게 얘기했다. '철로는 한 줄뿐인데, 철로를 떠받친 높다란 기둥은 사람 손으로 만든 돌로 되어 있단다. 옛사람들이 만든 거리나 벽처럼 말이야.' 철로는 서쪽에서부터 가느다란 직선처럼 일행 쪽으로 뻗어오다가 좁다란 금색 구름다리를 따라 센드 강 위를 지나 도시로 이어졌다. 구름다리는 단순하고 우아했으며 일행이 이때껏 본 구조물 가운데 유일하게 녹슨 곳이 전혀 없었으나, 지독하게 망가지기는 매한가지였다. 다리 중간쯤 되는 곳의 널찍한 구간이 쏜살같이 흐르는 강물 속으로 꺼져 있었다. 그 자리에 남은 것이라고는 맞은편을 비난하는 손가락처럼 길게 툭 불거진 양쪽의 다리 몸통뿐이었다. 구멍 난 자리 아래의 수면 위로 기다랗고 날렵하게 생긴 금속 관 같은 것이 튀어나와 있었다. 한때는 환한 파란색이었을 테지만 이제는 점점 퍼져가는 녹에 가려 색이 바랜 상태였다. 일행이 있는 곳에서는 몹시도 조그맣게 보였다.

"블레인은 이걸로 끝장이군. 그 양반들이 아무 소리 못 들은 것도 당연해. 강을 건너는 사이에 다리 기둥이 기어이 무너져버렸어, 그래서 물에 처박힌 거지. 사고가 일어날 때 틀림없이 속도를 줄였을 거야. 안 그랬으면 똑바로 날아갔을 테고, 지금 우리 눈앞에 보이는 건 강둑 저편에 포탄 자국처럼 남은 거대한 구덩이뿐일 테니까. 뭐, 운행하는 동안에는 꽤 편리하긴 했겠네."

"머시는 기차가 또 한 대 있다고 했잖아요."

수재나가 에디에게 일깨워주었다.

"그랬죠. 기차 소리를 7, 8년째 못 들었다는 말도 했고요. 탈리사 아주머니 말로는 10년도 더 됐다죠. 제이크, 네 생각은…… 제이크? 제이크 나와라, 제이크 나와라, 오버."

제이크는 강에 처박힌 기차의 잔해를 뚫어지게 바라보다가 그저 어깨만 으쓱했다.

"그래, 참 큰 도움이 됐다, 제이크. 아주 귀중한 정보였어…… 내가 그래서 널 좋아해. 그게 바로 우리 모두 널 좋아하는 이유야."

제이크는 들은 척도 하지 않았다. 제이크는 자신이 무엇을 보고 있는지 알았다. 그것은 블레인이 아니었다. 수면 위로 튀어나온 모노레일의 잔해는 파란색이었다. 꿈속에서 본 블레인은 탁하고 달콤해 보이는 분홍색이었다. 야구카드에 딸려오는 풍선껌처럼.

한편 롤랜드는 가슴 위로 멜빵끈을 조여매고 수재나를 업으려고 준비했다.

"에디, 아가씨를 이리 모셔라. 가서 살펴볼 때가 됐다."

제이크는 눈을 돌려 마침내 모습을 드러낸 다리를 불안한 눈으로 바라보았다. 저 멀리서 스산하게 윙윙거리는 소리가 들려왔다. 다리 상공의 쇠줄과 콘크리트 상판을 연결하는 부식된 버팀줄 사이로 바람이 스쳐가며 내는 소리였다.

"아저씨 생각엔 건너가도 안전할 것 같아요?"

"내일 알아보자꾸나."

제이크의 말에 롤랜드가 대답했다.

9

이튿날 아침, 롤랜드가 이끄는 여행단은 길고 녹슨 다리 끝자락에 서서 강 맞은편의 러드를 건너다보았다. 난쟁이 현자들이 여행자들을 위하여 쓸 만한 기술을 보유하고 있으리라는 에디의 꿈은 사라져갔다. 이만큼 가까이서 본 도시의 전경은 군데군데 구멍이 나 있었다. 블록 전체가 통째로 불타거나 파괴당한 자국 같았다. 스카이라인을 보고 있으니 병으로 이가 숭숭 빠진 잇몸이 생각났다.

사실 건물들은 대개 멀쩡하게 서 있었지만 버려진 채 황량해진 모습이었고, 에디는 거기서 딱히 표현하기 힘든 울적함을 느꼈다. 또한 쇠와 콘크리트로 지은 그 꽉 막힌 미로를 향하여 건너가야 할 다리는 연약하기 짝이 없었다. 왼쪽의 수직 버팀줄은 힘없이 축 늘어져 있었다. 오른쪽에 남아 있는 버팀줄은 거의 비명을 지를 듯이 바짝 당겨져 있었다. 다리의 상판은 속이 빈 사다리꼴 콘크리트 상자를 연결하여 만든 것이었다. 그중 몇 구간은 위로 튀어나와 시커먼 안을 내보였고, 몇 구간은 비스듬히 기울어 있었다. 기운 구간은 대부분 금이 간 정도였지만 심하게 부서진 곳은 대형 트럭도 빠질 만큼 커다랗게 갈라져 있었다. 상자형 구간의 위쪽과 아래쪽이 둘 다 터진 곳에서는 진흙투성이 강둑과 그 너머로 흐르는 센드 강의 암녹색 물이 내려다보였다. 에디는 다리 한복판에 이르면 상판에서 수면까지 90미터쯤 되리라고 짐작했다. 그나마 박하게 잡은 높이가 그 정도였다.

에디는 다리의 간선 쇠줄이 묶여 있는 콘크리트 잠함(기초 공사를 할 때 수중에 가라앉히는 속이 빈 구조물 — 옮긴이)을 가만히 바라보다가, 다리 오른편이 강바닥으로부터 조금 떠 있는 것이 아닌가 하고 생각했다. 다른 사람들에게는 이 사실을 말하지 않는 편이 낫겠다 싶었다. 다리는 천천히 그러나 눈에 띌 만큼 이쪽저쪽으로 흔들리고 있었고, 그것만으로도 충분히 불안했다. 보고만 있는데도 멀미가 날 지경이었다.

"그래서, 당신 생각은 어때?"

에디가 롤랜드에게 물었다. 롤랜드는 다리 오른편을 손가락으로 가리켰다. 그쪽에 폭이 1.5미터쯤 되는 비스듬한 보도가 있었다. 보도는 조금 작은 콘크리트 상자를 이어붙인 것이었기에 사실상 차도와 분리된 상판이었다. 외따로 떨어진 이 상판을 떠받치는 것은 아래쪽의 쇠줄 아니면 굵다란 철근이었는데, 이는 다시 거대한 활 모양 죔쇠로 간선 쇠줄에 연결되어 있었다. 에디는 마치 이제 곧 목숨을 걸어야 할 물건을 연구하는 사람처럼 가까이 있는 죔쇠를 열심히 뜯어보았다. 금속 표면에 *라머크 주조공업*이라고 찍혀 있었다.

에디는 이제 그 이름이 귀족어인지 영어인지조차도 알 수가 없었고, 그런 자신이 신기할 지경이었다.

"내 생각에 저 길은 쓸 만할 것 같다. 부서진 곳은 저기 한 군데뿐이다, 보이나?"

"그래…… 못 보고 넘어가기가 더 힘들겠어."

길이가 최소한 1킬로미터 남짓 되어 보이는 다리는 기나긴 세월 동안 전혀 손질한 적이 없는 듯했으나, 롤랜드가 짐작하기에 다리가 본격적으로 손상된 기간은 최근 50년 동안이었다. 오른편의 버팀줄이 끊어진 탓에 다리는 왼편으로 갈수록 심하게 기울었다. 쇠줄이 뻗어나온 탑 두 개가 다리 한복판 양쪽에 나란히 서 있었는데 높이가 100미터도 더 되는 그 탑 사이가 가장 심하게 뒤틀려 있었다. 뒤틀리는 압력을 가장 격심하게 받은 지점에는 눈처럼 생긴 길쭉한 구멍이 상판을 가로질러 뚫려 있었다. 보도에 난 구멍은 그보다 더 작았지만 그렇다고는 해도 이어진 콘크리트 상자가 최소한 두 개는 센드 강으로 추락하고 없는 상태였고, 빈 틈새가 7, 8미터는 되어 보였다. 상자가 빠진 자리에 보도를 떠받치는 녹슨 철근과 쇠줄이 또렷이 보였다. 틈새를 건너려면 그것을 밟아야만 했다.

"건널 수 있을 게다."

롤랜드가 조용히 손을 뻗어 다리를 가리켰다.

"저 빈 틈새가 불편하긴 할 테지만, 난간이 남아 있으니 붙잡고 건너면 될 게다."

에디는 고개를 끄덕였으나 가슴이 두방망이질하는 소리가 들리는 듯했다. 겉으로 드러난 보도 버팀대는 강철을 연결하여 만든 커다란 배수관 같았고, 윗면 폭이 1미터 조금 더 되어 보였다. 에디는 천천히 다리를 건너는 자신들의 모습이 머릿속에 선히 보였다. 두 발로는 널찍하지만 살짝 휜 버팀대를 밟고, 손으로는 난간을 꽉 움켜쥐어야 했다. 그러는 동안에도 다리는 얌전한 파도를 만난 배처럼 천천히 흔들리리라.

"맙소사."

에디는 침을 뱉으려고 했지만 아무것도 나오지 않았다. 입 안이 바싹 말라 있었다.

"롤랜드, 당신 진심이야?"

"내가 보기에 길은 그것뿐이다."

롤랜드가 강 아래를 가리켰다. 에디는 그곳에 있는 다른 다리를 보았다. 그 다리는 오래전에 센드 강에 처박힌 상태였다. 수면 위로 솟은 다리의 잔해는 녹슨 쇳덩이였다.

"제이크, 넌 어떠니?"

"문제없어요."

수재나가 묻자 제이크가 제꺽 대답했다. 아이는 실제로 빙그레 웃기까지 했다.

"얄미운 녀석."

에디가 중얼거렸다. 롤랜드는 그런 에디를 조금 걱정스러운 듯 바라보았다.

"못하겠거든 지금 얘기해라. 반절 건너간 후에 얼어붙지 말고."

에디는 뒤틀린 다리 상판을 한참 바라보다가 고개를 끄덕였다.

"할 수 있을 것 같아. 높은 데라면 전부터 질색이었지만, 그래도 해볼게."

"좋다." 롤랜드는 일행을 유심히 살펴보았다. "시작이 빠를수록 끝도 빠른 법. 내가 맨 먼저 간다, 수재나도 함께. 그다음은 제이크, 에디가 후미를 맡는다. 휠체어를 맡을 수 있겠나?"

"문제없어, 이 양반아."

"그럼 출발하자."

10

에디는 보도에 발을 딛자마자 냉수 같은 공포가 빈속에 차오르는 기분을 느꼈고, 자신이 아주 위험한 실수를 저지르지는 않았나 하고 고민하기 시작했다. 평지에서 본 다리는 아주 조금 흔들리는 듯 보였지만, 일단 실제로 올라오고 보니 세상에서 제일 큰 괘종시계의 시계추 위에 서 있는 기분이었다. 흔들림은 몹시 느렸지만 규칙적이었고 진폭도 예상보다 훨씬 더 컸다. 심하게 갈라진 보도의 노면이 왼쪽으로 10도쯤 기울어 있었다. 발밑에서는 느슨하게 쌓인 콘크리트 조각들이 버석거렸고, 상자 모양 구간이 서로 비벼대며 내는 나지막한 끼익 소리가 쉬지 않고 들려왔다. 다리 너머에서 도시의 스카이라인이 천천히 흔들리는 풍경은 흡사 세상에서 제일 느려터진 비디오 게임 화면 같았다.

머리 위에서는 굵직한 버팀줄 사이로 지나가는 바람이 쉼 없이 윙윙거렸다. 저 아래에 보이는 지면은 서북쪽의 진흙투성이 강둑을 향하여 깎아지른 듯 낮아졌다. 에디는 10미터…… 20미터…… 이제 30미터 위까지 올라왔다. 곧 수면 위로 나갈 참이었다. 걸음을 옮길 때마다 휠체어가 왼쪽 다리를 때렸다.

털이 북슬북슬한 무언가가 다리 사이를 스쳐가자 에디는 오른손을 뻗어 녹슨 난간을 정신없이 붙들었고, 터져나오는 비명을 간신히 억눌렀다. 오이가 종종걸음으로 그를 지나쳐가며 슬쩍 위를 올려다보았다. 이렇게 말하기라도 하듯이. '실례, 좀 지나갈게요.'

"멍청한 짐승 새끼가." 에디가 이를 갈며 중얼거렸다.

그러다가 문득 깨달았다. 에디는 아래를 내려다보기 싫었지만, 그보다는 여태껏 다리의 상판과 위쪽 쇠줄을 간신히 잇고 있는 버팀줄을 보고 싶은 마음이 훨씬 더 컸다. 버팀줄은 녹으로 뒤덮여 있었고 대개 철사 가닥이 튀어나와 있었다. 버팀줄과 위쪽 쇠줄은 무수히 많은 철사를 '꼬아' 만든 것이었다. 에디는 조지워싱턴 다리와 트라이버러 다리 공사에서 페인트공으로 일했던 레그 삼촌한테서 익히 들어 알고 있었다. 그런데 이 다리의 쇠줄은 마침내 꼬임이 풀리는 중이었다. 버팀줄이 말 그대로 낱낱이 풀리는 중이었고, 그 결과 철사가 한 가닥씩 한 가닥씩 끊어지는 중이었다.

'이렇게 오래 버텼으니 조금 더 버틸 수 있을 거야. 너 하나 올라왔다고 해서 무너질 것 같아? 자신을 과대평가하지 마, 인마.'

그래도 마음이 놓이지는 않았다. 에디가 아는 한 이 다리를 건너려고 시도한 사람은 그들 일행이 *수십 년* 만에 처음이었다. 게다가 다리는 언젠가 결국 무너져야 할 운명이었고, 상태를 보아하니 그 언젠가가 머지않은 듯싶었다. 일행의 체중을 다 합하면 마지막 결정타가 될지도 몰랐다.

모카신이 콘크리트 덩어리를 건드렸고, 에디는 보고야 말았다. 보고 있으려니 속이 울렁거렸지만 눈을 돌릴 기력조차 없었다. 덩어리가 아래로 아래로 또 아래로 떨어지며 돌고 또 돌았다. 수면에 닿는 순간 첨벙 하는 소리가 조그맣게, 아주 조그맣게 들렸다. 상쾌한 바람이 몰아치자 땀이 흥건한 살갗에 셔츠가 들러붙었다. 다리가 신음을 흘리며 흔들렸다. 에디는 난간을 놓으려고 기를 썼지만, 구멍이 숭숭 난 쇠난간을 죽어라 움켜쥔 손은 얼어붙은 것만 같았다.

에디는 잠시 눈을 감았다. '얼지 마, 인마. 얼지 마. 그…… 그건 내가 용납 못해. 뭔가 눈길을 줄 게 필요하다면, 저 껑충하고 못생긴 화상을 쳐다봐.' 에디는 눈을 뜨고 총잡이를 뚫어져라 바라보았고, 두 손을 억지로 편 다음, 다시 나아가기 시작했다.

11

롤랜드는 다리 한복판의 갈라진 틈새에 이르러 뒤를 돌아보았다. 제이크가 1.5미터쯤 뒤에 있었다. 아이의 발치에 오이가 보였다. 목을 앞으로 쭉 빼고 납작 웅크린 모습이었다. 강 한복판에서 훨씬 거세진 바람 탓에 오이의 보드라운 털이 휘날렸다. 에디는 제이크 뒤로 7미터 남짓 떨어진 곳에 있었다. 표정은 잔뜩 얼어 있었지만 접어놓은 수재나의 휠체어를 왼손으로 붙든 채 꿋꿋이 따라오는 중이었다. 오른손은 죽을 둥 살 둥 난간을 붙잡고 있었다.

"수재나?"

"예. 괜찮아요." 수재나가 냉큼 대답했다.

"제이크?"

제이크가 고개를 들었다. 여전히 씩 웃는 제이크의 얼굴을 보고 총잡이는 문제없으리라고 생각했다. 아이는 생애 최고의 시간을 보내는 중이었다. 앞머리가 뒤로 흩날리자 잘생긴 이마가 드러났고, 눈에는 생기가 반짝였다. 제이크가 엄지손가락을 쳐들었다. 롤랜드도 빙그레 웃으며 똑같은 손짓을 했다.

"에디?"

"난 걱정 마."

얼핏 보면 에디는 롤랜드를 보고 있는 듯했지만 총잡이는 그가 자신 너머를, 즉 다리 맞은편의 강둑에 늘어선 창문 없는 벽돌 탑들을 보는 중이라고 판단했다. 그래도 괜찮았다. 의심할 바 없는 고소 공포증을 감안하면 고개를 들려고 노력한다 해도 필시 그 정도가 최선일 터였다. 롤랜드가 중얼거렸다.

"알았다, 걱정 안 하마. 이제 저 구멍을 건널 거요, 수재나. 편히 앉으시오. 급히 움직이면 안 되오, 알았소?"

"알았어요."

"자세를 고쳐 앉고 싶으면 지금 하시오."

"괜찮아요. 난 그저 에디만 무사했으면 좋겠어요."

"에디는 이제 총잡이요. 그에 걸맞게 행동할 거요."

롤랜드는 오른편으로 돌아서서 아래의 강을 똑바로 내려다보며 난간을 붙잡았다. 뒤이어 구멍 위로 살금살금 걸음을 옮겼다. 녹슨 쇠줄 위로 장화 바닥이 스쳤다.

12

제이크는 롤랜드와 수재나가 구멍을 반쯤 지나가고 나서야 움직이기 시작했다. 바람이 몰아치자 다리가 이리저리 흔들렸지만, 제이크는 추호도 겁나지 않았다. 실은 완전히 들떠 있었다. 에디와 달리 제이크는 높은 곳이 전혀 두렵지 않았다. 점점 흐려지는 하늘 아래 강철 리본처럼 흘러가는 강이 내려다보이는 이곳이 오히려 마음에 들었다.

제이크는 다리를 가로질러 난 구멍을 반쯤 건넌 후에(롤랜드와 수재나는 이미 울퉁불퉁한 보도가 다시 시작되는 곳에 도착하여 일행을 지켜보았다.) 뒤를 돌아보았고, 가슴이 철렁 내려앉았다. 그들 일행이 다리를 어떻게 건널지 논의하는 동안 구성원 하나를 빼놓았던 것이다. 겁먹은 빛이 뚜렷한 오이가 구멍 건너편에 웅크리고 앉아 있었다. 오이는 콘크리트 상판이 부서져 녹슬고 둥그스름한 버팀대가 튀어나온 곳에 코를 박고 킁킁댔다.

"이리 와, 오이!"

"오이!"

제이크에게 화답하는 개너구리의 목소리는 갈라지고 떨리는 음색이 사람과 별 다를 바 없었다. 기다란 목을 제이크 쪽으로 쭉 뺄 뿐, 움직일 생각은 하지 않았다. 금테가 둘러진 눈은 휘둥그렇고 멍하기만 했다.

또다시 바람이 휘몰아치자 다리가 흔들리며 비명을 질렀다. 제이크의 머리 옆에서 무언가가 티잉 하는 소리를 냈다. 기타 현을 끊어져라 튕길 때 나는 소리였다. 바로 곁에 있던 수직 버팀줄에서 철사 한 가닥이 튀어올랐고, 하마터면 제이크의 뺨을 긁을 뻔했다. 3미터 저편에 오이가 처량하게 웅크리고 앉아 제이크를 뚫어지게 바라보는 중이었다.

"서둘러라! 바람이 또 불어온다! 서둘러라, 제이크!"

"오이를 두고 갈 순 없어요!"

제이크는 발을 질질 끌며 왔던 길을 돌아가기 시작했다. 두 걸음도 떼기 전에, 오이가 버팀대 위로 조심스레 올라섰다. 발을 꼿꼿이 버티고 선 탓에 발톱이 둥그런 금속 표면을 긁어댔다. 이제 오이 뒤편에 서 있는 에디는 힘이 쭉 빠진 상태였고, 죽을 만큼 무서웠다.

"잘했어, 오이! 나한테로 와!"

제이크가 용기를 북돋워주었다.

"오이, 오이! 에이크, 에이크!"

개너구리는 울부짖고 나서 재빨리 종종거리며 버팀대 위로 달려갔다. 제이크가 있는 곳에 거의 도착한 순간, 또다시 변덕스러운 바람이 불어왔다. 다리가 휘청거렸다. 오이는 발톱으로 버팀대를 미친 듯이 긁어댔으나 붙잡을 곳이 없었다. 오이의 뒤꽁무니가 버팀대 모서리로 미끄러지더니 허공으로 떨어졌다. 앞발로 매달리려고 기를 썼으나 붙잡을 곳이 없었다. 뒷다리가 허공을 필사적으로 걷어찼다.

제이크는 난간을 놓고 오이를 향하여 몸을 날렸다. 보이는 것이라고는 오로지 금테가 둘러진 오이의 두 눈뿐이었다.

"제이크, 안 돼!"

롤랜드와 에디가 구멍 양쪽에서 동시에 외쳤다. 둘 다 너무 멀리 있었기에 지켜보는 것 말고는 아무것도 할 수 없었다.

제이크는 쇠줄에 가슴과 배를 부딪쳤다. 등 한복판에는 배낭이 떨어졌고, 머릿속에서는 이가 맞부딪치는 소리가 들렸다. 야무지게 모아놓은 당구공을 큐 공으로 때리는 소리 같았다. 바람이 거듭 휘몰아쳤다. 제이크는 오른손으로 버팀대를 움켜잡은 다음 허공으로 몸을 쭉 펴서 오이에게 왼손을 내뻗었다. 이미 추락하기 시작한 오이가 제이크의 손을 덥석 물었다. 순식간에 격렬한 통증이 엄습했다. 제이크는 비명을 질렀지만 굳게 버텼다. 고개를 숙이고 오른팔로는 버팀대를 부여잡은 채로, 무릎은 가증스러울 만큼 반질거리는 금속 표면에 꾹 붙인 채로 굳게 버텼다. 왼손에 매달린 오이는 서커스 곡예사처럼 대롱거리며 금테가 둘러진 눈으로 제이크를 올려다보았고, 제이크는 개너구리의 주둥이 양쪽으로 가느다랗게 흘러내리는 자신의 피를 내려다보았다.

뒤이어 바람이 또다시 휘몰아치자 제이크가 허공으로 미끄러지기 시작했다.

13

에디는 겁을 상실했다. 겁이 사라진 자리를 채운 것은 예의 그 낯설지만 반가운 냉기였다. 그는 수재나의 휠체어를 갈라진 콘크리트 바닥에 철커덩 소리가 나도록 팽개치고 버팀대를 따라 재빨리 달려갔다. 난간은 아예 거들떠보지도 않았다. 제이크는 고개를 숙인 채 구멍 위에 매달려 있었고, 오이는 제이크의 왼손 끝에서 털이 북슬북슬한 시계추처럼 대롱거렸다. 그리고 제이크의 오른손은 미끄러지는 중이었다.

에디는 다리를 벌리고 기마자세 그대로 털퍼덕 내려앉았다. 무방비 태세였던 고환이 사타구니에 짓이겨졌지만, 그 순간만큼은 이 격심한 고통조차도 먼 나라에서 들려온 소식이나 다름없었다. 에디는 한 손으로 제이크의 머리카락을 움켜쥐고 다른 손으로는 배낭끈을 붙잡았다. 바깥쪽으로 미끄러지는 기분이 들자 에디는 한순간 그들 셋 모두 줄줄이 추락하리라는 끔찍한 생각을 떠올렸다.

제이크의 머리카락을 놓고 배낭끈을 더욱 단단히 움켜쥐며, 에디는 그 배낭이 싸구려 할인매장에서 산 것이 아니었으면 하고 간절히 바랐다. 자유로워진 손으로는 머리 위쪽을 애타게 휘저으며 난간을 찾았다. 한 덩어리로 뭉쳐 끝없이 미끄러지는 듯한 순간이 지나고 나서, 에디의 손이 난간을 찾아 붙들었다.

"롤랜드! 이리 와서 좀 도와줘!"

그러나 롤랜드는 수재나를 업은 채로 이미 그곳에 와 있었다. 롤랜드가 몸을 숙이자 수재나는 멜빵에서 거꾸로 떨어지지 않으려고 팔로 그의 목을 끌어안았다. 총잡이가 제이크의 가슴을 안고 끌어올렸다. 두 발이 다시 버팀대에 닿자 제이크는 오른팔로 오이의 떨리는 몸뚱이를 감쌌다. 왼손이 뜨겁고 시린 통증으로 이글거렸다.

"놔, 오이. 이제 놔도 돼, 우린 이제 안전해."

제이크가 헐떡거렸다. 오이가 놓지 않으리라는 생각에 잠시 정신이 아찔했다. 뒤이어 오이가 천천히 입을 벌린 덕분에 손을 빼낼 수 있었다. 피가 흥건한 손에 시커먼 이빨 자국이 점점이 나 있었다.

"오이."

개너구리가 시무룩하니 중얼거렸다. 제이크는 눈물이 그렁그렁한 짐승의 눈을 신기한 듯 들여다보았다. 짐승이 목을 쭉 뻗더니 피 묻은 혀로 제이크의 얼굴을 핥았다.

"괜찮아."

제이크는 따뜻한 털에 얼굴을 부비며 말했다. 울고 있는 아이의 얼굴은 경악과 고통을 새긴 가면 같았다.

"걱정 마, 괜찮아. 어쩔 수 없었잖아. 난 괜찮아."

에디가 천천히 일어섰다. 얼굴은 사색이 되어 있었고, 뱃속은 누가 집어던진 볼링공에 맞은 듯 아팠다. 왼손이 천천히 사타구니로 내려와 피해 상황을 점검했다.

"공짜로 정관수술 받을 뻔했네, 젠장."

에디가 쉰 목소리로 중얼거렸다.

"에디, 기절할 것 같으냐?"

롤랜드가 물었다. 새로 불어온 강풍 탓에 그의 모자가 벗겨져 수재나의 얼굴을 덮었다. 수재나가 모자를 쥐고 롤랜드의 귀 바로 위까지 푹 눌러 씌우자 롤랜드는 마치 반쯤 넋이 나간 시골뜨기처럼 보였다.

"아니. 차라리 기절했으면 좋겠어, 근데……"

"롤랜드, 제이크 좀 봐줘요. 피를 철철 흘리잖아요."

"전 괜찮아요."

제이크는 이렇게 말하며 다친 손을 감추려고 했다. 그러기 전에 롤랜드가 먼저 그 손을 부드럽게 잡았다. 손등, 손바닥, 손가락 할 것 없이 물린 자국이 적어도 여남은 개는 되었다. 대부분 깊이 패어 있었다. 뼈가 부러지거나 힘줄이 끊어졌는지 알려면 손을 쭉 펴봐야 했지만, 그런 실험을 하기에는 때도 장소도 마땅치 않았다.

롤랜드가 오이를 바라보았다. 그를 마주보는 개너구리의 눈에 슬픔과 두려움이 그득했다. 개너구리는 주둥이에 묻은 제이크의 피를 조금도 핥으려 하지 않았다. 자신이 속한 야생의 세계에서는 지극히 자연스러운 일일 텐데도 그랬다.

"혼내지 마세요."

제이크는 오이를 바짝 감싸안았다.

"오이 잘못이 아니에요, 제가 잊어버려서 그렇게 된 거예요. 바람 때문에 떨어졌잖아요."

"때리려는 게 아니다."

롤랜드가 말했다. 그는 오이가 광견병에 걸리지 않았다고 확신했지만, 그래도 제이크의 피를 그 이상 맛보게 할 생각은 없었다. 오이의 피 속에 들어 있을지도 모르는 다른 병에 대해서는…… 글쎄, 그것은 *카*가 결정할 일이었고, 카는 늘 그리하는 법이었다. 롤랜드는 목수건을 풀어 오이의 입과 주둥이를 닦았다.

"옳지. 그래, 착하다."

"아다."

오이가 풀죽은 목소리로 말했다. 롤랜드의 어깨 너머로 내려다보던 수재나는 그 목소리에 감사하는 마음이 배어 있다고 확신했다.

또다시 돌풍이 일행을 덮쳤다. 날씨가 흐려지는 중이었다, 그것도 급속히.

"다리에서 내려가야 한다, 에디. 걸을 수 있겠나?"

"아니요, 나리. 어기적어기적 가야겠는뎁쇼."

사타구니와 아랫배의 통증이 여전히 지독했지만 그래도 방금 전보다는 훨씬 나았다.

"좋다. 움직이자, 가능한 한 서둘러야 한다."

뒤로 돌아선 롤랜드가 걸음을 내딛다가, 우뚝 멈췄다. 구멍 맞은편에 웬 남자가 서서 무덤덤하게 일행을 지켜보는 중이었다.

새로 나타난 남자는 일행이 제이크와 오이한테 정신을 쏟는 사이에 다가왔다. 남자는 등에 석궁을 메고 있었다. 머리에 두른 샛노란 스카프의 끄트머리가 거센 바람에 깃발처럼 나부꼈다. 양쪽 귀에서는 가운데에 십자가가 들어 있는 금빛 귀고리가 대롱거렸다. 한쪽 눈은 하얀 비단 가리개로 덮인 채였다. 얼굴에는 검붉은 종기가 우둘투둘 돋아 있었고 군데군데 곪아서 터져 있었다. 나이는 서른, 마흔, 어쩌면 예순 살인지도 몰랐다. 남자는 머리 위로 한쪽 손을 높이 치켜든 채였다. 롤랜드는 그가 손에 쥔 것이 무엇인지 알아보지 못했으나 돌멩이 치고는 너무 똑떨어진 생김새였다.

이 유령 같은 사내 뒤로, 노을에 비친 도시가 기이할 만큼 또렷이 모습을 드러냈다. 맞은편 기슭의 벽돌 건물들은 틀림없이 오래전에 노략질당한 창고 같았다. 그 창고 너머로 도시의 어두컴컴한 계곡과 미로를 바라보며, 에디는 처음으로 깨달았다. 그곳에서 구원을 바랐던 자신의 꿈이 얼마나 끔찍한 오해였는지를, 얼마나 어리석었는지를. 박살난 건물 입구와 부서진 지붕이 그제야 보였다. 유리가 깨진 채 방치된 창문과 처마의 부스스한 새둥지가 그제야 보였다. 이제 에디는 도시의 냄새를 맡을 수 있었다. 어머니가 가끔 자바 식당에서 가져오곤 하던 향긋한 음식 냄새가 아니었다. 활활 타는 매트리스에 시궁창 물을 부어 불을 끌 때 날 법한 냄새였다. 에디는 불현듯 러드가 어떤 곳인지를 깨달았다, 그것도 확연히. 필시 이 파괴당한 채 죽어가는 도시에서 만날 수 있는 난쟁이 현자는, 일행이 딴데 정신을 판 사이에 나타나 씩 웃고 있는 저 해적이 고작이리라.

롤랜드가 리볼버를 뽑아들었다.

"저리 치워, 이 사람아."

노란 스카프를 입은 남자의 억양이 어찌나 강했던지 무슨 뜻인지 거의 알아듣기도 힘들었다.

"그것 치우란 말이야, 이 친구야. 자네 꽤 세 보이기는 해. 아무렴, 그럴 테지. 헌데 이번엔 상대가 안 될 게야."

14

새로 나타난 남자는 누덕누덕 기운 초록색 우단 바지 차림이었다. 다리의 구멍 가장자리에 서 있으니 마치 노략질로 얼룩진 인생의 황혼기를 맞은 해적처럼 보였다. 병들고 초라했지만, 그래도 여전히 위험했다.

"그리하지 않겠다면? 네놈의 부스럼투성이 대가리를 이대로 꿰뚫어버리겠다면 어쩔 테냐?"

"그렇다면 이 몸께서 한 발 일찍 지옥으로 가 너희를 위해 문을 붙들어줘야겠지."

노란 스카프의 남자가 롤랜드에게 대꾸하고 살갑게 킬킬거렸다. 남자가 머리 위에 쳐든 손을 흔들었다.

"이러든 저러든 끝장나기는 마찬가지야, 나한테는."

롤랜드가 짐작하기에 그 말은 진실 같았다. 남자는 살날이 기껏해야 1년쯤 남은 듯 보였고…… 마지막 몇 개월은 몹시도 고통스러울 듯했다. 남자의 얼굴에서 고름을 질질 흘리는 종기는 방사능 때문에 생긴 것이 아니었다. 롤랜드가 턱없이 착각하지 않았다면, 이 남자의 증상은 의사들이 만드러스로 칭하고 다른 이들은 모두 갈보꽃이라고 부르는 병의 마지막 단계였다. 위험한 자와 맞상대하기는 늘 골치 아픈 일이었지만, 그러한 경우에도 최소한 승산을 따져볼 수는 있는 법이었다. 그러나 곧 죽을 이와 상대할 때에는 상황이 전혀 달랐다.

"이보게 친구들, 내가 들고 있는 게 뭔지 아나? 자네들의 늙은 친구 개셔 님께서 때마침 손에 뭘 들고 있는지, 알아보겠나? 수류탄일세, 옛사람들이 남긴 거야. 수류탄 뚜껑은 벌써 열어놨네. 아직 소개도 안 했는데 모자를 쓰고 있으면 예의에 아주 어긋나니까 말이지, 아무렴!"

잠시 흐뭇하게 킬킬거리던 개셔의 얼굴이 다시금 엄숙하게 바뀌었다. 썩어가는 두뇌 속 어딘가에서 스위치를 내리기라도 한 듯, 장난기가 싹 사라지고 없었다.

"이제 안전핀을 지탱하는 건 내 손가락 하나뿐일세. 자네가 날 쏘면 아주 거하게 폭발하겠지. 자네와 자네 등에 업힌 그 원숭이 암컷은 증발해 버릴 걸세. 꼬맹이도 마찬가지고. 뒤에서 장난감 총으로 내 머리를 겨눈 저 애송이는 살지도 모르지만, 그것도 물에 처박힐 때까지만일세. 암, 처박히고말고…… 이 다리는 지난 40년간 실 한 가닥에 매달린 신세였으니, 살짝만 밀어도 끝장이야. 자, 이제 그 총을 치울 텐가? 아니면 다 함께 한 수레를 타고 지옥으로 떠날 텐가?"

롤랜드는 잠깐 동안 개셔가 수류탄이라고 밝힌 물건을 총으로 쏘아 떨어뜨릴까 하고 생각했다. 그러나 그가 수류탄을 얼마나 꽉 움켜쥐고 있는지 확인하고 나서 총을 총집에 꽂았다.

"옳거니, 그래야지!"

개셔가 또다시 흥겹게 외쳤다.

"난 자넬 보자마자 제대로 된 친구인 줄 알았어! 아무렴! 그렇고

말고!"

개셔는 아무것도 안 든 손을 쳐들고 더러운 손가락으로 제이크를 가리켰다.

"그 꼬맹이. 꼬맹이를 내놓으면 나머지는 가도 좋아."

"가서 좆이나 까시지."

수재나가 득달같이 대꾸했다. 해적이 킬킬거렸다.

"암, 그래야지. 거울 조각 하나만 줘봐, 그럼 내 물건을 똑 따가지고 뒷구멍에 쑤셔넣을 테니. 고것이 요 근래 하는 짓을 보면 당연히 그래야 마땅해, 소피만 봐도 아주 오줌보까지 화끈화끈하거든."

개셔의 두 눈은 기이한 회색빛 그늘에 덮인 채로 내내 롤랜드의 얼굴만 쳐다보았다.

"나이 든 친구, 자넨 어쩔 텐가?"

"아이를 넘겨주고 나면 우릴 어쩔 셈이지?"

"어쩌다니, 자네들은 그저 갈 길을 가면 돼!"

노란 스카프를 두른 남자가 대뜸 대꾸했다.

"똑딱맨의 이름으로 약속하겠네. 이건 그의 입에서 내 입을 통해 자네 귀로 들어가는 말일세, 아무렴. 똑딱맨도 제대로 된 친구이다 보니 한 번 맺은 약속은 어기지 않아. 어린둥이 패거리한테 걸리면 어찌될지 보장 못하겠네만, 적어도 똑딱맨의 백발이 패거리는 자네들을 건들지 않을 걸세."

"롤랜드, 그게 무슨 *개소리야*? 설마 진심은 아니겠지, 그렇지?"

에디가 으르렁거렸다. 롤랜드는 제이크를 내려다보지 않은 채로, 입술도 움직이지 않은 채로 중얼거렸다.

"네게 한 약속은 꼭 지키마."

“그래요. 저도 알아요.” 그러고 나서 제이크가 소리 높여 말했다. “에디 아저씨, 총 치우세요. 제가 결정할 거예요.”

“제이크, 너 미쳤구나!”

해적은 신이 나서 킬킬거렸다.

“천만에, 애송이! 내 말을 못 믿겠다면 너야말로 미친 게다. 꼬맹이는 우리랑 함께 있으면 최소한 저 북소리 걱정은 안 해도 돼, 안 그런가? 게다가 생각을 해봐, 내가 진심이 아니라면 맨 먼저 너한테 총부터 내던지라고 했을 게야! 세상에서 제일 간단한 이치지! 헌데 내가 그랬던가? 천만에!”

수재나는 제이크와 롤랜드가 주고받은 대화를 들었다. 또한 지금 자신들에게 주어진 선택의 폭이 얼마나 좁은지도 눈치챘다.

“에디, 그 총 치워요.”

“네가 아이를 넘겨받고 수류탄을 던질지 안 던질지 우리가 어떻게 알아!”

에디가 소리치자 롤랜드가 말했다.

“놈이 던지려고 하면 내가 쏘아맞힐 게다. 난 할 수 있다, 그리고 놈도 그것을 안다.”

“어쩌면 내가 던질지도 모르지. 자네 꽤 정이 가는 구석이 있구먼, 정말로 그래.”

“놈의 말이 사실이라면 내가 저 장난감을 빗맞힌다 해도 놈은 지옥행이다. 왜냐면 이 다리가 무너져 모두 함께 추락할 테니.”

“아주 영리하구먼, 나이 든 친구! 아주 마음에 들어, 정말일세!”

껄껄거리며 웃던 개셔의 표정이 신중해졌다.

“얘기는 이만 마치세, 나이 든 친구. 결정하게. 꼬맹이를 내놓을 텐가, 아니면 다 함께 저승길 동무가 될 텐가?”

롤랜드가 입을 열기도 전에 제이크가 그를 지나 버팀대 위로 걸어갔다. 오른팔에는 아직도 오이가 안겨 있었다. 제이크는 피투성이 왼손을 앞으로 꼿꼿이 내밀었다.

“제이크, 안 돼!”

에디가 다급하게 외쳤다.

“내가 데리러 가마.”

롤랜드가 아까와 마찬가지로 나직이 말했다.

“저도 알아요.”

제이크가 아까와 똑같이 대답했다. 또다시 바람이 휘몰아쳤다. 다리가 흔들리며 신음했다. 이제 센드 강의 수면에 하얀 물거품이 점점이 보였고, 상류 쪽에 툭 튀어나온 파란 기차의 잔해 주위로 강물이 밀려와 허옇게 부서졌다.

“잘한다, 우리 꼬맹이!”

개셔가 나직이 흥얼거렸다. 입이 귀밑에 가서 걸리자 희뿌연 잇몸에 몇 개 안 남은 이가 드러났다. 썩은 묘비 같았다.

“잘한다, 우리 기특한 꼬맹이! 계속 그렇게 오너라.”

“롤랜드, 저 새끼가 뺑치는 건지도 모르잖아! 저건 그냥 불발탄일 수도 있어!”

에디가 악을 썼으나 롤랜드는 대꾸하지 않았다.

제이크가 보도에 난 구멍의 반대편에 가까이 다가가자 오이가 개셔를 향해 이를 드러내고 으르렁거렸다.

“그 말하는 가죽부대는 옆으로 던져버려.”

“닥쳐요.”

제이크가 차분한 목소리로 개셔에게 대꾸했다.

해적은 잠시 놀란 듯했으나 이내 고개를 끄덕였다.

"녀석을 아끼는구나, 그렇지? 그래, 거 잘됐다."

개셔가 두 걸음 뒤로 물러서서 말을 이었다.

"콘크리트에 닿자마자 그 녀석을 내려놔라. 만약에 녀석이 나한테 달려들면 골통을 걷어차서 똥구멍으로 튀어나오게 해주마."

"우마!"

오이가 이를 드러낸 채로 따라 말했다.

"조용히 해, 오이."

제이크가 중얼거렸다. 이때껏 분 바람 중에 가장 강력한 돌풍이 휘몰아친 찰나, 제이크가 맞은편 콘크리트에 발을 디뎠다. 이번에는 버팀줄 끊어지는 소리가 사방에서 들려오는 듯했다. 제이크가 뒤를 돌아보니 난간에 달라붙은 롤랜드와 에디가 보였다. 수재나는 롤랜드의 어깨 너머로 제이크를 지켜보는 중이었다. 그녀의 곱슬머리가 바람에 나부꼈다. 제이크는 일행에게 손을 들어 보였다. 롤랜드도 손을 들어 화답했다.

'이번엔 제가 떨어지게 놔두지 않으실 거죠?' 제이크는 앞서 이렇게 물었다. '안 그럴 거다, 다시는 그러지 않으마.' 롤랜드는 그렇게 대답했다. 제이크는 그를 믿었으나…… 롤랜드가 데리러 오기 전에 벌어질지도 모르는 일이 몹시도 두려웠다. 제이크가 오이를 내려놓았다. 손을 놓기가 무섭게 개셔가 달려오더니 오이를 향해 발길질을 했다. 오이는 한쪽으로 잽싸게 물러나 장화 신은 발을 피했다.

"도망가!"

제이크가 외쳤다. 오이는 제이크의 말을 따라 그들을 지나 러드

쪽의 다리 입구를 향하여 총알 같이 튀어갔다. 고개를 푹 숙인 채로, 보도에 난 구멍을 요리조리 피하고 갈라진 틈을 뛰어넘었다. 그렇게 뒤도 돌아보지 않고 달렸다. 다음 순간, 개셔가 제이크의 목에 팔을 감았다. 흙내와 살 썩는 내가 풍겼고, 두 가지 냄새가 한데 뒤엉켜 퍽퍽하고 지독한 악취가 되었다. 제이크는 속이 메슥거렸다.

개셔가 제이크의 엉덩이에 사타구니를 문질러댔다.

"어쩌면 내가 아직 생각만큼 안 죽었는지도 모르겠구나. 사람들이 말하길, 청춘이야말로 노인을 취하게 하는 술이라지 않더냐? 한바탕 즐겨보자꾸나, 꼬맹아, 응? 천사들의 노랫소리가 들릴 게다."

'하느님, 맙소사.' 제이크는 생각했다.

개셔가 다시금 목청을 높였다.

"이보게, 백전노장 친구. 우린 이만 가보겠네. 해야 할 멋진 일이 있고 만나야 할 멋진 사람들도 있으니까 말일세, 아무렴 그렇고말고. 허나 약속은 지킬 걸세. 만약 자네가 현명하다면, 지금 그 자리에 15분간 가만히 서 있게. 움직이는 낌새가 보이면 다 함께 천국으로 가는 게야. 알아들었나?"

"오냐."

"잃을 게 아무것도 없다는 내 말을 믿나?"

"그래."

"아주 좋아. 자, 가자, 꼬맹아! 영차!"

개셔는 숨통이 막힐 정도로 세게 제이크의 목을 끌어안았고, 이와 동시에 뒤로 물러섰다. 두 사람이 그 모습 그대로 후퇴하는 동안 구멍 맞은편의 롤랜드는 수재나를 업은 채로, 또 그 뒤의 에디는 개셔가 장난감이라고 부른 루거 권총을 쥔 채로 가만히 서 있었다. 제이크는 풀무처럼 귀에 쏟아지는 개셔의 뜨거운 숨결을 느꼈다. 심지어는 그 냄새까지 맡았다.

"허튼 수작은 꿈도 꾸지 마라, 꼬맹아." 개셔가 소곤거렸다. "안 그랬다가는 네 풋고추를 똑 따서 주둥이에 처박아주마. 구멍에 한번 담가보기도 전에 잃어버리면 애석한 일 아니야, 안 그러냐? 참으로 애석할 게야."

둘은 다리 어귀까지 도착했다. 제이크는 개셔가 수류탄을 던질 거라고 생각하고 긴장했으나 그는 던지지 않았는데…… 적어도 당장은, 안 던졌다. 개셔는 제이크를 끌고 오랜 옛날에는 요금 정산소로 쓰였을 법한 상자 모양 건물 두 채 사이로 물러섰다. 그 너머로 감옥처럼 생긴 벽돌 창고가 모습을 드러냈다.

"자, 이제 네 목을 풀어주마. 그래야 숨을 들이마시고 달릴 테니까 말이다. 허나 네 팔은 꼭 붙들고 있을 테니 바람처럼 뛰어라, 안 그랬다가는 그 팔을 뚝 잘라서 네놈을 뒈지게 두들겨 패주마. 내 말 알아들었느냐?"

제이크는 고개를 끄덕였다. 그러자 숨통을 조르고 있던 무시무시한 압력이 순식간에 사그라졌다. 목이 편해지기가 무섭게 왼손의 통증이 다시 고개를 쳐들었다. 손이 온통 불타오르는 듯 화끈거리고 욱신거렸다. 뒤이어 개셔의 쇠고리 같은 손이 위팔을 붙잡자 제이크는 왼손의 고통을 까맣게 잊어버렸다.

"이제 작별이구먼! 잘 있게나, 친구들!"

개셔가 기괴할 만큼 흥겨운 가성으로 외치더니 롤랜드 일행을 향하여 수류탄을 흔들어댔다. 그러고는 제이크를 보고 으르렁거렸다.

"이제 달려라, 이 오입쟁이 꼬맹아! *달려!*"

제이크는 휙 돌려세워졌고, 뒤이어 더럭 잡아당겨진 채로 뛰기 시작했다. 둘은 거리로 이어진 곡선 진입로를 날듯이 뛰어 내려갔다. 제이크가 맨 처음 떠올린 생각은 뉴욕에 기묘한 뇌 돌림병이 퍼져 제정신을 가진 사람들이 깡그리 죽고 한 이삼백 년쯤 지나면 이스트리버 드라이브 도로가 꼭 이 길처럼 보이겠구나 하는 것이었다.

한때는 틀림없이 자동차였을 법한 녹슨 고철더미가 곡선 길 양쪽에 드문드문 늘어서 있었다. 대개는 제이크가 한 번도 본 적 없는 물방울 모양 로드스터였는데(어쩌면 월트 디즈니 만화책에서 흰 장갑을 낀 주인공이 모는 장면을 본 적이 있는 듯도 했는데) 그 가운데 구형 폭스바겐 비틀이 한 대, 시보레 콜베어 같은 차도 한 대, 에이 형 포드 같은 차도 한 대 있었다. 으스스한 차체들 가운데 타이어가 붙어 있는 것은 한 대도 없었다. 도둑맞았거나 오랜 세월이 흐른 끝에 삭아 없어진 듯싶었다. 차창은 모조리 깨진 채였다. 마치 도시에 남은 주민들이 자신들의 모습을 비춰 보여줄 만한 것이라면, 심지어 우연히라도 그리할 만한 것이라면 무엇이든 혐오하기라도 한 듯이.

버려진 차들의 바로 아래쪽과 주변에 도랑이 나 있었다. 도랑 안은 형체를 알아볼 수 없는 금속 조각과 유리 조각으로 가득했다. 보도를 따라 일정한 간격으로 서 있는 가로수들은 지금보다 행복했던 오래전에 심은 것들일 터였으나, 이제는 완전히 시든 나머지 흐린 하늘을 배경으로 마치 다 벗은 금속 조각상처럼 보였다. 창고 몇 채는 폭격을 맞았거나 저절로 허물어진 듯했다. 남은 것이라고는 벽돌 더미뿐인 그 창고 너머로 제이크는 강을, 또 서서히 꺼져가는 센드 다리의 버팀기둥을 보았다. 눅눅한 썩은 냄새가, 콧속을 찌르듯 지독한 그 냄새가 전에 없이 강하게 풍겨왔다.

제이크는 빔의 길에서 벗어나 정동쪽으로 이어지는 거리를 보고 눈치챘다. 거리를 차지한 파편과 잡동사니가 점점 더 많이 눈에 띄었다. 예닐곱 블록만 더 내려가면 완전히 막힐 텐데도 개셔는 한결같이 제이크를 그쪽으로만 끌고 갔다. 처음에는 따라잡을 만했지만 개셔가 달리는 속도는 무섭도록 빨랐다. 제이크는 숨을 헐떡이며 슬슬 뒤처졌다. 쓰레기와 콘크리트와 녹슨 철근이 뒤섞인 장애물 쪽으로 끌려가는 동안 제이크는 두 발이 땅에서 떠 있다시피 했다. 장애물은 전면이 먼지 낀 대리석으로 된 커다란 건물 두 채 사이를 가로막고 있었는데 제이크가 보기에는 고의로 쌓아올린 듯했다. 왼쪽 건물 앞의 동상을 제이크는 즉시 알아보았다. '정의의 여신'으로 불리는 여인상이었고, 따라서 여인이 지키는 건물은 십중팔구 법원이었다. 그러나 지켜본 시간은 한순간뿐이었다. 개셔는 제이크를 가차 없이 끌고 가며 조금도 속도를 늦추지 않았다.

'저기로 들어갔다간 죽고 말 거야!' 제이크는 생각했다. 그러나 개셔는 병들었노라고 광고하는 낯짝에도 불구하고 바람처럼 내달렸고, 아이의 팔을 더욱 힘주어 잡아끌었다. 이제 결코 아무렇게나 쌓아놓지 않은 콘크리트와 부서진 가구와 녹슨 배관설비와 트럭과 자동차 차체 사이로, 가느다랗게 이어진 길이 제이크의 눈에 들어왔다. 제이크는 불현듯 깨달았다. 롤랜드라면 이 미로 속에서 몇 시간 동안 헤맬 테지만…… 개셔에게는 뒷마당이나 다름없는 곳이었고, 그래서 어디로 가야 할지를 *정확히* 알았다.

아슬아슬하게 쌓인 쓰레기 더미 왼쪽에 조그마한 입구가 시커먼 입을 벌리고 있었다. 그쪽으로 다가가던 개셔가 초록색 물체를 어깨 너머로 집어던졌다.

"수그리는 게 좋을 게다, 깜찍아!"

개셔는 이렇게 외치고 나서 발작 같은 끔찍한 웃음소리를 길게 흘렸다. 몇 초 후에 거대한 폭발음이 우지끈 하고 거리를 뒤흔들었다. 물방울 모양 차 한 대가 공중으로 5미터 넘게 날아올랐다가 지붕부터 추락했다. 우박 같은 벽돌 파편이 휘잉 소리를 내며 제이크의 머리 위로 날아가는가 싶더니, 무언가가 왼쪽 어깻죽지를 세게 때렸다. 제이크는 앞으로 고꾸라졌고 하마터면 그대로 나동그라질 뻔했지만, 개셔가 똑바로 잡아당겨 쓰레기 더미 틈새의 좁은 입구로 끌고 갔다. 두 사람이 앞에 펼쳐진 통로로 들어서자마자 음산한 그늘이 쑥 뻗쳐나와 그들을 뒤덮었다.

그들이 사라지고 나서, 털이 북슬북슬한 작은 물체가 콘크리트 덩이 뒤에서 기어나왔다. 오이였다. 오이는 한동안 통로 입구에 서 있다가 목을 쭉 내밀고 눈을 반짝였다. 그러고는 코를 땅에 바짝 대고 조심스레 쿵쿵대며 그들의 뒤를 밟기 시작했다.

15

"가자."

개셔가 돌아서자마자 롤랜드가 말했다.

"당신 어떻게 그럴 수가 있어? 어떻게 저 괴물한테 애를 내줄 수가 있냐고?"

"다른 길이 없었기 때문이다, 에디. 가서 휠체어를 가져와라. 필요할 게다."

일행이 구멍 맞은편 콘크리트 위에 도착했을 때, 폭발의 충격으로 다리가 흔들렸다. 어두워져가는 하늘에 쓰레기가 흩날렸다.

"맙소사!"

에디가 외치며 롤랜드를 돌아보았다. 절망한 나머지 얼굴이 하얗게 질려 있었다. 그러나 롤랜드는 차분하게 말했다.

"걱정하긴 이르다. 개셔 같은 부류는 고성능 폭약을 함부로 다루지 않는 법이니."

일행은 다리 끝의 요금 정산소에 도착했다. 롤랜드는 정산소 바로 뒤편의 곡선 진입로에서 걸음을 멈췄다.

"당신은 그 새끼 말이 뻥이 아닌 걸 알았지, 안 그래? 내 말은 당신이 추측하지 않았다는 뜻이야. 당신은 *알았어*."

"놈은 걸어다니는 시체나 다름없다. 그런 부류는 허풍을 떨지 않는 법이다." 롤랜드의 목소리는 차분했으나 그 아래 깊숙이 깔린 감정은 회한과 고통이었다. "이 비슷한 일이 일어날 줄은 이미 알고 있었다. 허나 놈을 더 일찍 발견했더라면, 그 달걀 모양 폭탄의 유효 거리 바깥에서 발견했더라면 멈춰 세울 수 있었을 게다. 그런데 제이크가 떨어지는 바람에 그만 너무 가까이 오게 내버려두고 말았지. 놈은 우리가 애초에 이 도시를 무사히 통과하기 위한 제물로서 아이를 데려왔다고 생각했는지도 모른다. 빌어먹을! 이런 빌어먹을 불운이!"

롤랜드는 주먹으로 자기 다리를 찍었다.

"그럼 구하러 가면 되잖아!"

롤랜드가 고개를 저었다.

"우리는 여기서 헤어진다. 놈이 향한 곳으로 수재나를 데려갈 수는 없다, 그렇다고 홀로 내버려둘 수도 없으니.”

“하지만……”

“에디, 군말하지 말고 잘 들어라, 제이크를 구하고 싶으면 말이다. 우리가 여기서 늑장을 피울수록 제이크의 흔적은 더 엷어진다. 흔적이 엷어지면 쫓기가 힘든 법. 네게는 따로 해야 할 일이 있다. 만일 제이크가 확신하는 대로 저곳에 블레인이 또 한 대 있다면, 너와 수재나가 그것을 찾아야 한다. 분명히 기차역이 있을 게다. 예전 먼 땅에서는 요람이라고 불리기도 했던 곳이다. 내 말 알아듣겠나?”

다행히도 이번만은 에디가 군말을 하지 않았다.

“알았어, 우리가 찾을게. 그다음엔?”

“30분마다 한 발씩 총을 쏴라. 제이크를 찾으면 가마.”

“총소리가 나면 다른 사람들까지 모여들 거예요.”

수재나가 말했다. 그녀는 에디가 멜빵에서 내리도록 거든 덕분에 다시 휠체어에 앉아 있었다.

롤랜드가 두 사람을 차갑게 훑어보았다.

“놈들을 처리해라.”

“알았어.”

에디가 손을 내밀자 롤랜드가 잠깐 동안 맞잡았다.

“롤랜드, 제이크를 꼭 찾아야 해.”

“아, 물론 찾을 게다. 그저 늦지 않게만 찾을 수 있도록 네가 믿는 신께 기도해다오. 그리고 두 사람 다 기억하시오, 그대들 아버지의 얼굴을.”

수재나가 고개를 끄덕였다.

“애써볼게요.”

롤랜드는 돌아서서 재빨리 진입로를 내려갔다. 그가 시야에서 사라졌을 때 에디는 수재나를 돌아보았고, 그녀가 울고 있었는데도 그리 놀라지 않았다. 에디 자신도 울고 싶었다. 30분 전까지만 해도 그들은 굳게 뭉친 친구들이었다. 그토록 아늑하던 연대감이 고작 몇 분 만에 산산이 부서지고 말았다. 제이크는 납치당했고, 롤랜드는 제이크를 찾으러 사라지고 없었다. 오이마저도 달아나버렸다. 에디는 평생 이토록 외로웠던 적이 없었다.

"둘 다 다시는 못 볼 것 같은 기분이 들어요."

"천만에요, 다시 만날 거예요!"

거칠게 쏘아붙이기는 했지만 에디는 수재나의 마음을 이해했다. 그 자신 또한 같은 심정이었으므로. 자신들의 원정이 제대로 시작되지도 못하고 끝장났다는 예감이 마음을 무겁게 짓눌렀다.

"만약 아틸라가 이끄는 훈 족 떼거리하고 싸운다고 해도 난 3대 2로 롤랜드가 이기는 쪽에 걸 거예요. 가요, 수즈. 이러다 기차 시간에 늦겠어요."

"하지만 어디로 가잔 말이에요?"

수재나가 침통한 목소리로 물었다.

"나도 몰라요. 어쩌면 가장 가까이 있는 난쟁이 현자를 찾아서 물어봐야 할지도 모르죠, 안 그래요?"

"에드워드 딘 씨, 지금 무슨 소릴 하는 거예요?"

"아무것도 아녜요."

에디가 대답했다. 그 말이 어찌나 진실에 가까웠던지 눈물이 터져나올 것만 같았다. 에디는 휠체어 손잡이를 꽉 움켜쥔 다음, 갈라지고 유리 조각이 널린 진입로를 따라 러드 시내로 향했다.

제이크가 삽시간에 빠져든 안개 자욱한 세계에서 길을 알려주는 표지판은 오로지 고통뿐이었다. 오이에게 물려 욱신거리는 왼손, 개셔의 손이 쇠못처럼 파고든 위팔, 불타는 듯 화끈거리는 허파까지. 오래지 않아 이 모든 고통에 옆구리를 쑤셔대는 아픔이 가담하더니, 이내 깊숙이 화끈거리며 모든 고통을 압도했다. 제이크는 롤랜드가 아직도 자신을 따라오고 있을지 궁금했다. 또한 이제껏 들판과 숲밖에 모르고 살아온 오이가 이토록 낯선 세상에서 얼마나 오래 버틸지도 궁금했다. 그러다가 개셔한테 얼굴을 얻어맞고 코피를 흘리고 보니 시뻘겋게 밀려든 고통 속에 온 생각이 지워졌다.

"서둘러, 이 망할 꼬맹아! 얼른 움직여!"

"달리잖아요…… 있는 힘껏, 달리는 거예요."

제이크는 헐떡거리며 훌쩍 뛰어올랐고, 왼편의 쓰레기 더미에 투명한 이빨처럼 튀어나온 굵직한 유리 조각을 간신히 피했다.

"더 서두르는 게 좋을 게다, 안 그랬다가는 네놈을 기절할 때까지 팬 다음에 머리털을 쥐고 끌고 갈 테니까! 서둘러, 이 망할 꼬맹아!"

제이크는 갖은 애를 쓰며 속도를 높였다. 샛길로 들어설 때만 해도 머잖아 대로가 나오리라고 생각했지만 이제 아쉽게도 그런 일은 일어나지 않을 것 같았다. 이 길은 샛길이 아니라 위장된 요새였고, 백발이들의 나라로 더욱 깊숙이 이어졌다. 길 양편에 두 사람을 덮칠 듯 위태롭게 서 있는 벽은 갖가지 물건을 층층이 쌓아 만든 것이었다. 벽 속에는 화강암과 쇳덩어리로 짓눌러 일부 또는 전체를 찌그러뜨린 차체도 보였고, 대리석 기둥도 보였으며, 시커먼 윤활유로 뒤덮이지 않은 곳은 온통 시뻘건 녹이 슨 이름 모를 공장 기계도 보였다. 크롬과 수정으로 만든 물고기상은 크기가 자가용 비행기만 했는데 비늘이 반짝이는 몸통 한쪽에 뜻 모를 귀족어 한 단어(환희)가 정교하게 새겨져 있었다. 그들 머리 위에 어지럽게 쌓인 채 균형을 잡고 있는 가구 더미는 마치 조그마한 쇠받침대에 올라선 서커스단의 코끼리처럼 보였고, 이를 지그재그로 묶은 쇠사슬은 고리 한 개가 제이크의 머리통만큼이나 커다랬다.

이 정신 나간 길이 갈라지는 곳에 이르렀을 때, 개셔는 주저 없이 왼쪽 길을 택했다. 조금 더 가고 나서 길이 세 갈래로 갈라졌다. 이 길들은 어찌나 좁았던지 구불구불 뻗어나간 터널 같았다. 이번에는 개셔가 오른쪽 길을 택했다. 새 길은 썩은 상자와 오래된 책 아니면 잡지로 보이는 폐지를 높다랗게 쌓아 벽을 쳤는데 두 사람이 나란히 걷지도 못할 만큼 좁았다. 개셔가 제이크를 앞으로 몰아세우더니 더 빨리 달리라며 등을 사정없이 후려쳤다. '도살장에 끌려가는 소가 꼭 이런 심정이겠지.' 제이크는 이렇게 생각했다. 그리고 살아서 이곳을 나갈 수만 있다면 다시는 스테이크를 안 먹겠노라고 맹세했다.

"달려라, 이 암사내 자식아! 달려!"

얼마 지나지 않아 제이크는 이제껏 굽이굽이 돌아온 길을 모조리 잊어버렸다. 개셔에게 떠밀려 너덜너덜한 쇳덩이와 부서진 가구와 버려진 기계 더미 틈으로 깊이 더욱 깊이 들어가다 보니 구출받으리라는 희망 또한 점점 포기하게 되었다. 이제는 제아무리 롤랜드라고 해도 자신을 못 찾을 듯싶었다. 구하러 왔다가는 총잡이 자신마저도 길을 잃고 이 악몽 같은 세상의 답답한 길을 죽을 때까지 헤맬

것만 같았다.

　이제 두 사람은 내리막길을 달려가는 중이었다. 종이를 빽빽하게 쌓아올려 만든 벽은 이미 사라지고 대신 서류 캐비닛, 계산기, 컴퓨터 부속을 쌓아 만든 벽이 이어졌다. 흡사 악몽에나 나올 법한 전자 제품 양판점에서 뛰어다니는 기분이었다. 제이크 왼편으로 오직 텔레비전 수상기와 비디오 단말기만을 아무렇게나 쌓아 만든 듯 보이는 벽이 거의 1분 동안이나 흘러갔다. 브라운관들이 시체의 눈처럼 번들거리며 제이크를 바라보았다. 한편 보도가 점점 낮아짐에 따라 제이크는 자신들이 *실제로* 터널 속에 있음을 깨달았다. 머리 위로 보이던 널빤지 너비의 하늘이 밧줄처럼 가느다래지더니 밧줄이 다시 띠로 좁아졌고, 띠는 다시 실이 되었다. 이곳은 저승이었고, 그들은 거대한 쓰레기장 틈새로 발발거리는 쥐새끼 신세였다.

　'저게 다 무너져내리면 어떻게 될까?' 제이크는 문득 궁금해졌지만, 당장은 아프고 지친 상태였기에 그런 가능성조차 두렵지 않았다. 저 지붕이 무너져내리면 최소한 쉴 수는 있기 때문이었다.

　개셔는 나귀를 모는 농부처럼 왼쪽으로 돌 때에는 왼쪽 어깨를, 오른쪽으로 돌 때에는 오른쪽 어깨를 때리는 식으로 제이크를 몰았다. 길이 똑바로 이어지면 뒤통수를 때렸다. 제이크는 불쑥 튀어나온 파이프를 잽싸게 피하려 했으나 실패했다. 엉덩이가 파이프에 걸리는 바람에 좁은 길 저편의 유리 조각과 날카로운 판자를 향하여 고꾸라지고 말았다. 개셔가 제이크를 붙잡고 다시 앞으로 떠밀었다.

　"달리란 말이다, 이 덜떨어진 꼬맹아! 넌 달릴 줄도 모르냐? 똑딱맨만 아니었으면 이 자리에서 네놈 뒷구멍을 따먹고 모가지도 따버렸을 거다, 아무렴 그렇고말고!"

제이크는 눈앞이 벌겋게 흐려진 가운데 달리고 또 달렸다. 느껴지는 것이라고는 오로지 왼손의 격통, 그리고 개셔가 자꾸만 후려치는 양어깨와 뒤통수의 아픔뿐이었다. 마침내 더는 못 달린다는 확신이 들었을 때 개셔가 목을 틀어잡고 휙 끌어당겨 세웠다. 어찌나 세게 당겼던지 제이크는 목이 졸려 컥 소리를 내며 개셔에게 부딪혔다. 개셔는 헐떡거리면서도 유쾌하게 말했다.

"여기가 바로 재밌는 부분이지! 앞을 똑바로 봐라, 그럼 땅바닥 가까이에 가위표처럼 쳐놓은 철사 두 가닥이 보일 게다. 보이냐?"

제이크는 처음에는 알아보지 못했다. 이곳이 무척이나 어둡기 때문이었다. 왼쪽에는 커다란 구리 주전자가 쌓여 있었고 오른쪽은 스쿠버다이빙 장비처럼 보이는 강철 탱크를 쌓은 더미였다. 제이크가 보기에 강철 탱크 더미는 숨만 크게 내쉬어도 무너져내릴 듯싶었다. 팔뚝으로 눈을 문질러 머리칼을 걷어내면서, 제이크는 16톤은 될 법한 탱크 더미가 자기 머리 위로 쏟아져 내리면 어떤 꼴이 될지 상상하지 않으려고 애썼다. 제이크는 개셔가 가리킨 쪽을 곁눈질로 쳐다보았다. 말 그대로였다. 간신히 알아볼 수 있었다. 기타줄 아니면 밴조 줄처럼 가느다란 은색 선 두 가닥이 보였다. 저마다 통로 맞은편에서 뻗어내려온 선이 길바닥 50센티미터 위쯤에서 교차했다.

"아래로 기어가라, 꼬맹아. 그리고 아주아주 조심해라, 왜냐하면 한 가닥이라도 건드렸다가는 온 도시의 쇠와 시멘트 절반이 네 조그만 대갈통 위로 무너질 테니까. 물론 나도 같은 꼴이 되겠지만 그거야 네 알 바 아니겠지, 안 그러냐? 자, 이제 기어가!"

제이크는 배낭을 벗어 바닥에 내려놓고 철사 아래로 먼저 밀어놓았다. 그러고 나서 가늘고 팽팽한 철사 아래를 천천히 기어가며, 제이크는 마침내 깨달았다. 좀 더 살고 싶었다. 머리 위로 무너져 내리기만 기다리며 아슬아슬하게 균형을 잡고 있는 저 쓰레기 더미의 무게가 실제로 느껴지는 듯했다. '균형점을 신중하게 골라서 이 철사로 묶어놨을 거야.' 제이크는 생각했다. '한 가닥이라도 끊어졌다가는…… 와르르, 와르르, 끝장이겠지.' 한쪽 철사에 제이크의 등이 쏠리자 저 높은 곳에서 무언가가 삐걱거렸다.

"조심해, 이놈아! 조심 또 조심!"

개셔가 거의 신음하다시피 말했다.

제이크는 팔꿈치와 발로 포복하다시피 하며 엇갈린 철사 아래를 통과했다. 땀에 젖은 머리칼이 또다시 냄새를 풍기며 눈을 찔렀으나 치울 엄두도 내지 못했다.

"이제 됐다."

개셔가 마침내 구시렁거리더니 오래 연습한 사람답게 철사 아래를 가뿐히 통과했다. 땅에서 일어선 개셔는 제이크에게 고쳐멜 틈도 주지 않고 배낭을 빼앗았다.

"이 안에 뭐가 들었냐, 꼬맹아?" 배낭의 끈을 풀고 안을 들여다보며 개셔가 물었다. "이 늙은 친구한테 줄 까까는 없냐? 왜냐면 이 개셔맨 님께선 까까를 아주 좋아하시거든, 아무렴!"

"거긴 아무것도 없어요, 그냥……"

개셔의 손이 번쩍 하는가 싶더니 제이크의 머리가 홱 돌아갔다. 아이의 코에서 또다시 피거품이 튀었다.

"왜 때리고 그래요?"

제이크는 아프고 성이 난 나머지 울부짖었다.

"내 눈깔에도 다 보이는데 짱알거리니까 그러지!"

개셔가 소리를 지르더니 배낭을 옆으로 휙 내던졌다. 그러고는 제이크를 향하여 몇 개 안 남은 이를 드러내며 위험스럽고 징그럽게 씩 웃어 보였다.

"하마터면 함정이 떨어지게 할 뻔한 것도 그렇고!"

말을 멈춘 개셔가 잠시 후에 목소리를 낮추어 한마디 덧붙였다.

"또 솔직히 말하면…… 때리고 싶어서 때렸다. 양처럼 멍청한 네 놈 낯짝을 보고 있으면 때리고 싶어서 안달이 나거든, 아무렴!"

개셔의 웃음이 더욱 커지자 침이 흐르는 허연 잇몸이 드러났다. 제이크가 굳이 볼 것까지는 없는 광경이었다.

"네 야무진 친구놈이 여기까지 우릴 따라오면 아마 저 함정에 걸려서 깜짝 놀랄 게다, 안 그러냐?"

개셔가 웃음을 머금고 위를 올려다보았다.

"내가 기억하기론 저 위 어디쯤에 시내버스가 한 대 디룽거리고 있을 게야."

제이크는 훌쩍거리기 시작했다. 피로와 절망을 담은 눈물이 먼지로 얼룩진 볼에 가느다란 길을 그리며 흘러내렸다.

개셔가 손을 확 펴더니 위협하듯 들어올렸다.

"나까지 따라 울기 전에 움직여라, 꼬맹아…… 왜냐하면 이 늙은 친구는 아주 감정이 풍부하거든, 암. 게다가 이 친구는 한번 질질 짜기 시작하면 누굴 후려갈기는 것 말고는 다시 웃게 할 방법이 없어. 그러니 달려!"

둘은 달렸다. 냄새 나고 삐걱거리는 미로 속으로 더욱 깊이 들어가는 동안 개셔는 제이크의 어깨를 세게 후려갈겨 방향을 지시했고, 아무렇게나 길을 택하는 듯 보였다. 어느 새 북소리가 들리기 시작했다. 어딘지 모를 곳에서, 그러나 동시에 사방에서 들려오는 그 북소리가 제이크에게는 마지막 결정타였다. 제이크는 희망하기와 생각하기를 동시에 포기하고 악몽 속으로 완전히 빠져들었다.

17

롤랜드는 거리의 양 옆과 위아래를 온통 틀어막은 장애물 앞에서 걸음을 멈추었다. 제이크와 달리 그는 장애물 건너편에서 열린 공간으로 나갈 수 있으리라고 기대하지 않았다. 그곳에서부터 동쪽으로 늘어선 건물들은 쓰레기와 연장과 고물의 바다 위에 떠 있는 섬이나 다름없었고, 그 섬은 보초들이 점령하고 있을 터였으며…… 그 바다에는, 의심할 여지 없이 함정도 있을 터였다. 롤랜드 생각에 잔해들 가운데 일부는 500년이나 700년, 어쩌면 1000년 전에 틀림없이 바로 지금 있는 그 자리에서 무너졌을 테지만, 대부분은 백발이들이 하나하나 끌어다 여기까지 옮겨놓은 듯했다. 러드의 동쪽 구역은 사실상 백발이들의 성으로 전락했고, 이제 롤랜드는 그 성벽 바깥에 서 있었다.

롤랜드는 앞을 향하여 천천히 걷다가 울퉁불퉁한 시멘트 덩어리 뒤쪽에 반쯤 감춰진 입구를 알아보았다. 고운 먼지가 깔린 땅바닥에 발자국이 남아 있었다. 하나는 크고 하나는 작은 것으로 보아 두 사람 몫의 흔적이었다. 롤랜드는 몸을 일으키려다 다시 땅을 내려다보았고, 한 번 더 쪼그리고 앉았다. 둘이 아니라 셋이었다. 셋째 발자국에는 작은 동물의 발톱 자국이 보였다.

"오이냐?"

롤랜드가 부드럽게 불러보았다. 잠깐 동안 대답이 없다가 이내 그늘 속에서, 나지막이 짖는 소리가 딱 한 번 들려왔다. 롤랜드가 통로에 발을 들여놓고 보니 첫 번째 모퉁이 너머 구석에서 테두리가 금색인 눈 한 쌍이 그를 바라보는 중이었다. 롤랜드는 개너구리 쪽으로 재빨리 걸어갔다. 오이는 그때껏 제이크 말고는 아무에게도 다가가지 않았기에 한 걸음 뒤로 물러났고, 그 자리에 머문 채 근심하는 눈으로 총잡이를 올려다보았다.

"나를 돕고 싶은 게냐?"

롤랜드가 물었다. 그는 의식의 끝자락에서 버석거리는 핏빛 커튼을 느꼈다. 투지였다. 그러나 지금은 때가 아니었다. 곧 때가 올 터였으나, 당장은 그 형용할 길 없는 안도감에 몸을 맡길 수 없었다.

"제이크를 찾도록 도와줄 테냐?"

"에냐!"

근심이 밴 눈으로 롤랜드를 올려다보며, 오이가 짖었다.

"그럼 가라. 가서 제이크를 찾아."

오이는 냉큼 돌아서서 코를 땅에 대고 통로를 재빨리 달려갔다. 롤랜드는 그 뒤를 따르며 어쩌다 한 번씩만 눈을 들어 오이의 뒷모습을 힐끔거렸다. 줄곧 땅바닥만 뚫어지게 내려다보며, 그는 남아 있는 단서를 찾았다.

"맙소사. 뭐 이런 인간들이 다 있어?"

에디가 중얼거렸다.

두 사람은 진입로 아래로 내려와 두세 블록쯤 가다가 앞을 가로막은 장애물을 보고(반쯤 가려진 입구로 들어간 롤랜드를 채 1분도 안 되는 차이로 놓친 탓에 그만) 북쪽으로 방향을 틀었다. 뒤이어 접어든 길을 보고 에디는 뉴욕 시의 5번 대로를 떠올렸다. 그러나 수재나에게 말할 엄두가 나지 않았다. 악취와 쓰레기가 가득한 이 도시의 폐허를 보고 너무나 실망한 나머지 희망이 담긴 말은 단 한마디도 꺼낼 수가 없었다.

두 사람은 5번 대로를 따라 나아가다가 커다란 흰색 석조 건물이 모여 있는 구역에 도착했다. 에디는 그 건물들을 보고 어릴 적 텔레비전에서 본 검투사 영화 속의 로마를 떠올렸다. 건물들은 외관이 소박했고 대개는 상태도 멀쩡했다. 에디는 틀림없이 공공건물이라고, 미술관, 도서관, 어쩌면 박물관일 거라고 확신했다. 금이 간 돌계란처럼 생긴 돔 지붕을 얹은 건물은 천문대인지도 몰랐으나, 에디는 전에 천문학자들이 대도시를 멀리한다는 글을 읽은 적이 있었다. 수많은 전등 불빛이 천문 관측을 엉망으로 만들기 때문이었다.

이 위풍당당한 건물들 사이사이에 탁 트인 공간이 있었다. 한때 잔디와 꽃이 우거졌던 이 공간들은 이미 잡풀과 떨기나무 덤불로 뒤덮인 지 오래였으나 여전히 장엄한 분위기를 간직하고 있었고, 그래서 에디는 그곳이 예전 러드의 문화생활 중심지가 아니었을까 하고 생각했다. 물론 그 시절은 이미 오래전에 지나버렸다. 에디가 보기에 개셔와 그의 친구들이 발레나 실내악 공연에 관심이 있을지는 미심쩍었다.

에디와 수재나는 큰길 네 줄기가 바퀴살처럼 뻗어나간 커다란 교차점에 이르렀다. 바퀴의 축에 해당하는 지점은 바닥을 포장한 광장이었다. 대형 확성기를 떠받친 10미터 높이의 쇠기둥이 광장을 빙 둘러싸고 있었다. 광장 한복판에 자리 잡은 받침대에는 동상의 잔해가 붙어 있었다. 초록색으로 녹이 슨 거대한 군마의 동상이 하늘로 앞발을 뻗친 채 서 있었던 것이다. 한때 그 말에 타고 있었을 전사는 부식된 어깨를 땅에 대고 옆으로 쓰러진 채 한쪽에 누워 있었다. 한쪽 손에는 기관총 비슷한 것을, 다른 손에는 검을 쥐고 휘두르는 모양새였다. 두 다리는 예전의 기마 자세 그대로 구부러진 채였으나, 장화 두 짝은 모두 철마의 몸통에 붙어 있었다. 받침대에는 흐릿한 주황색으로 이렇게 씌어져 있었다. *뒈져라 백발이들아!*

에디가 바퀴살처럼 뻗어나간 거리를 훑어보니 더욱 많은 확성기 기둥이 눈에 띄었다. 쓰러진 것도 몇 개 있었으나 대부분 아직 서 있었고, 기둥마다 시체들이 소름 끼치는 화환처럼 매달려 있었다. 그 결과 '5번대로'의 끝자락에 있는 이 광장과 거기서 뻗어나간 거리들은 죽은 이들 몇몇이 지키고 있는 형국이었다.

"뭐 이런 인간들이 다 있지?"

에디가 또다시 물었다.

대답을 바라고 한 질문이 아니었고 수재나 역시 대꾸하지 않았으나…… 하려면 할 수도 있었다. 수재나는 전에도 롤랜드의 세계가 과거에 어떤 모습이었는지 상상 속으로 본 적이 있었지만, 지금처럼 명확히 본 적은 없었다. 이전에 본 상상 속의 모습들은 강넘이 마을에서와 마찬가지로 하나같이 꿈처럼 흐릿하기만 했다. 그러나 이때 번쩍 떠오른 모습은 마치 번갯불에 비친 위험스러운 미치광이의 일 그러진 표정을 보는 듯했다.

확성기…… 매달린 시체들…… 북소리. 강넘이 마을을 지나 짐타운으로 향하던 육중한 짐마차들을 나귀나 말이 아니라 황소가 끌고 갔으리라고 꿰뚫어보았듯이, 수재나는 이 세 가지가 서로 어떻게 연결되는지 또한 명확히 꿰뚫어보았다.

"이 쓰레기는 신경 쓰지 마요." 수재나가 말했다. 목소리가 아주 조금 떨렸다. "우리가 찾는 건 기차잖아요…… 에디, 당신 생각엔 어느 쪽 같아요?"

에디는 어두워지는 하늘을 올려다보고 사방에서 몰려드는 구름 속에서 빔의 길을 쉽사리 찾아냈다. 다시 땅으로 눈을 돌린 에디는 빔의 길과 가장 가까이 겹치는 거리 어귀에 커다란 거북이 석상이 마치 지킴이처럼 서 있는 광경을 보고도 그리 놀라지 않았다. 입술처럼 생긴 화강암 등껍질 아래로 거북이의 머리가 튀어나와 있었다. 깊숙한 두 눈은 호기심을 띠고 두 사람을 지켜보는 듯했다. 에디는 그쪽을 보며 고개를 끄덕이고 덤덤하게나마 웃으려고 애썼다.

"거북이의 거대한 몸통이 보이죠?"

수재나도 흘깃 쳐다보고 고개를 끄덕였다. 에디는 수재나의 휠체어를 밀며 광장을 지나 '거북이 거리'로 들어섰다. 거리에 늘어선 시체에서 계피향 비슷한 퍽퍽한 냄새가 풍기자 에디는 속이 메슥거렸으나…… 실은 악취가 아니라 오히려 기분 좋은 냄새였기 때문이었다. 어린 애가 아침 식탁에서 토스트에 즐겨 뿌려먹을 법한 달콤하고 향긋한 무언가의 냄새였다.

거북이 거리는 다행히 널찍했고 확성기 기둥에 매달린 시체들도 거의 다 미라나 다름없는 상태였다. 그러나 수재나는 비교적 생생한 시체 몇 구를 목격했다. 그런 시체들은 시커멓게 부어오른 얼굴 위로 파리 떼가 바삐 기어다녔고, 썩은 눈구멍에서는 아직도 구더기가 꿈틀거리며 기어나왔다.

그리고 기둥 아래마다 뼈다귀가 소복이 쌓여 있었다.

"수천 명은 죽었을 거예요. 남자, 여자, 애들까지."

"그러게요."

에디의 말에 수재나가 차분하게 대꾸했다. 그녀 자신에게조차도 아득하고 낯선 목소리였다.

"죽일 시간은 넉넉했겠죠. 그래서 서로 죽이는 데 그 시간을 다 썼을 테고요."

"빌어먹을 난쟁이 현자들은 다 어딨는 거야!"

에디가 뇌까렸고, 뒤이어 터져나온 웃음소리는 흐느낌이 아닌지 의심스러웠다. '세상이 변질했다'는 무미건조한 말이 실제로 무엇을 뜻하는지, 에디는 마침내 이해할 것만 같았다. 그 말에 가려진 무지와 악이 얼마나 광활한지도.

또한 얼마나 깊은지까지도.

'확성기는 전시 통제 수단으로 쓰였을 거야.' 수재나는 속으로 생각했다. '당연히 그랬겠지. 그게 어떤 전쟁이고 얼마나 오래전에 일어났는지는 하느님만 아실 테지만, 틀림없이 엄청났을 거야. 러드의 지배층은 도시 전역에 방송을 내보내면서 정작 자기들은 방탄처리된 중앙 방공호에 틀어박혀 있었겠지. 2차 세계대전 말기에 히틀러가 최고 참모부를 이끌고 틀어박혔던 벙커 같은 곳에.'

수재나의 귀에는 확성기에서 흘러나오는 권력자들의 목소리가 들렸다. 강넘이 마을을 지나가며 덜커덩거리던 수레의 바퀴 소리처럼, 그 수레 앞에서 끙끙대는 황소의 등을 후려치던 채찍 소리처럼 또렷이 들렸다.

〈배급소 A와 배급소 D는 오늘 문을 열지 않습니다. 유효한 배급표를 지참하시고 B, C, E, F 배급소로 가십시오.〉

〈민병대 제9, 10, 12분대는 센드 강변에 집결하십시오.〉

〈8시부터 10시 사이에 공습이 예상됩니다. 비전투원들은 지정 방공호로 집결하십시오. 방독면을 지참하십시오. 반복합니다, 방독면을 지참하십시오.〉

그랬다, 공지사항이었다. 그리고…… 각양각색으로 왜곡한 뉴스도. 조지 오웰이라면 '이중화법'으로 불렀음 직한 호전적인 선전 방송이었다. 또한 뉴스와 공지사항 사이사이에 귀청을 울리는 군가와 함께 이미 전사한 이들을 기리기 위하여 더 많은 남자들과 여자들을 시뻘건 도살장으로 보내자고 호소하는 방송이 끼어들었으리라.

그러다가 전쟁이 끝나고 침묵이 내려앉았으리라…… 잠시 동안이나마. 그러나 어느 시점에 이르러 확성기가 다시 방송을 시작했다. 얼마나 오래전에? 100년 전? 50년 전? 그런데 시간이 중요하기는 할까? 수재나 생각에는 그렇지 않았다. 중요한 것은 확성기가 다시 작동했을 때 재생할 테이프가 딱 한 개뿐이었는데…… 그 테이프가 하필이면 북소리를 녹음한 것이라는 점이었다. 그리고 원래부터 도시에 살던 이들의 후손들은 그 북소리를 무엇으로 여겼을까……? 거북이 목소리? 아니면 빔의 의지?

수재나는 일찍이 아버지에게 했던 질문을 떠올렸다. 과묵하면서도 뼛속까지 냉소적인 사람이었던 아버지에게 수재나는 하느님께서 천국에 거하시며 인간사의 방향을 결정지으신다고 믿느냐고 물었다. '글쎄다.' 그때 아버지는 이렇게 대답했다. '오데타, 내 생각엔 반반 같구나. 하느님은 틀림없이 계시지만, 요즘은 우리한테 통 관심이 없으신 것 같아. 우리가 당신의 아들을 죽이고 나서야 비로소 아담의 아들들이나 하와의 딸들은 어떻게 할 도리가 없다는 걸 깨달으셨겠지. 그래서 우리 쪽으로는 완전히 손을 씻으신 거고. 하여튼 똑똑한 양반이라니까.'

수재나는 이렇게 말하는 아버지에게 대답하는 대신 그 지역 신문에 실린 동네 교회의 단신을 보여주었다(아버지가 그렇게 말할 줄은 익히 예상한 바였다. 그때 수재나는 열한 살이었고, 아버지의 속을 훤히 들여다보았다.). 거기에는 은총 감리교회의 머독 목사가 오는 일요일에 '하느님은 날마다 우리 한 사람 한 사람에게 말씀을 건네신다.'를 주제로 설교할 예정이라고 적혀 있었다. 고린도 전서에 나오는 구절이었다. 수재나의 아버지는 이 기사를 보고 어찌나 정신없이 웃었던지 눈물이 줄줄 흐를 정도였다. 그는 한참 웃고 나서 이렇게 말했다. '하긴, 우리 모두 *누군가*의 목소리를 듣게 마련이지. 얘야, 이거 하나는 확실하단다. 우리는 저마다 자기가 듣고 싶어 하는 목소리만을 듣는단다. 여기 이 머독 목사도 마찬가지야. 그렇게 하는 게 훨씬 편리하거든.'

이곳 사람들이 녹음된 북소리에서 듣고자 했던 것은 틀림없이 살인 의식에 참가하라는 부름이었으리라. 그리고 이제 수백 수천 개나 되는 확성기에서 북소리가, 에디 말이 옳다면 지지 톱의 노래 「벨크로 청바지」에 들어가는 시끄러운 북소리가 흘러나오면, 그들은 그

소리를 신호 삼아 교수형 밧줄을 푼 다음 가장 가까운 확성기 기둥에 사람 몇을 목매다는 것이다.

'얼마나 많이?' 수재나는 에디가 미는 휠체어를 타고 가며 생각했다. 그러는 동안 휠체어의 울퉁불퉁한 고무바퀴는 깨진 유리를 밟고 잘그락거렸고, 여기저기 흩어진 폐지에 스쳐 사박거렸다. '그 긴 세월 동안 도시 지하의 전자회로가 딸꾹질을 해댔다는 이유만으로 얼마나 많은 사람들이 살해당했을까? 이 사람들은 그 음악이 본질적으로 다르다는 걸 깨달았기 때문에 그랬을까? 우리처럼, 또 그 비행기나 저 길에 널린 차들처럼 어딘가 다른 세상에서 왔다는 걸 깨달았기 때문에?'

수재나는 알 길이 없었다. 그러나 자신이 다시금 하느님에 대한 아버지의 냉소적인 관점을 떠올리는 것만은 알 수 있었다. 또 그분께서 아담의 아들들과 하와의 딸들에게 상관하지 않기로 했을지도 모른다던 이야기도 떠올랐다. 이곳 사람들은 서로 살육할 구실을 찾았을 뿐이었다. 그것이 전부였다. 그리고 북소리는 아무래도 상관없는 핑계거리일 뿐이었다.

그러고 보니 전에 본 그 벌집이 생각났다. 만일 그들 일행이 어리석게도 그 기괴하게 생긴 벌집의 꿀을 먹었더라면 필시 중독되고 말았으리라. 센드 강 이쪽 기슭에도, 바로 이곳에도, 죽어가는 벌집이 또 한 개 있었다. 훨씬 더 심한 돌연변이를 일으킨 이곳의 벌들은 자신들이 처한 혼돈과 상실과 난국 못지않게 치명적인 독침을 지니고 있었다.

'얼마나 많은 사람이 더 죽어야 그 테이프가 끊어질까?'

마치 수재나의 이러한 생각이 스위치를 켜기라도 한 듯이, 확성기에서 별안간 엇박자로 이어지는 북소리가 사정없이 터져나왔다. 에디는 놀란 나머지 악을 질렀다. 수재나도 비명을 지르며 두 손으로 귀를 막았지만, 미처 다 틀어막기 전에 노래의 나머지 부분이 어렴풋이 들려왔다. 수십 년 전에 누군가가(십중팔구 우연히) 이퀄라이저를 건드리는 바람에 북소리만 남고 기타와 사람 목소리의 음역은 최소 음량으로 줄어들었던 것이다.

에디는 거북이 거리와 빔의 길을 따라 수재나의 휠체어를 계속 밀고 갔고, 동시에 사방으로 고개를 돌려 썩는 냄새를 맡지 않으려고 기를 썼다. '바람이 불어서 천만다행이야.' 에디는 생각했다.

휠체어를 더욱 빨리 밀면서, 에디는 커다란 흰색 건물 사이로 난 잡풀투성이 입구들을 훑어보며 도시 상공에 우아하게 뻗어나간 모노레일의 선로를 찾았다. 끝없이 이어진 이 죽음의 통로에서 나가고 싶어 죽을 것만 같았다. 또다시 그 기만적일 만큼 달콤한 계피 향을 한가득 들이마셨을 때, 에디는 무언가를 이토록 간절히 원하기는 평생 처음인 것만 같았다.

19

제이크는 몽롱하던 상태에서 후다닥 깨어났다. 개셔가 질주하는 말을 무자비하게 잡아세우는 기수처럼 제이크의 셔츠 목깃을 낚아챘을 때의 일이었다. 이와 동시에 개셔가 발을 내딛는 바람에 제이크는 그 발에 걸려 뒤로 자빠지고 말았다. 길바닥에 머리를 부딪친 제이크는 한순간 눈앞이 캄캄해졌다. 인정머리 없는 개셔는 제이크의 아랫입술을 붙들고 위로 잡아당겨 정신을 차리도록 재촉했다.

제이크는 비명을 지르며 일어나 앉았고, 막무가내로 두 주먹을 휘둘러댔다. 주먹을 간단히 피한 개서가 다른 손으로 제이크의 겨드랑이를 붙들고 훌쩍 일으켜 세웠다. 제이크는 그 자리에 서서 술 취한 사람처럼 휘청거렸다. 이제는 대들 기운도 없었다. 뭐가 뭔지도 통 알 수가 없었다. 확실히 아는 것이라고는 온몸의 근육이 후들거리고 다친 손이 덫에 걸린 짐승처럼 울부짖는다는 것뿐이었다.

개서에게는 틀림없이 숨 돌릴 틈이 필요했다. 이번에는 숨을 고르는 속도가 전보다 느렸다. 그는 초록색 바지 무르팍에 손을 짚고 구부정하게 서서 짧은 숨을 바삐 몰아쉬며 쌕쌕 소리를 냈다. 노란 머릿수건이 비뚜름하게 내려와 있었다. 성한 눈은 가짜 다이아몬드처럼 번들거렸다. 하얀 비단 눈가리개는 주름져 있었고 그 아래로 징그럽기 짝이 없는 싯누런 고름이 흘러내렸다.

"네 머리 위를 봐라, 꼬맹아. 그럼 내가 왜 그리도 서둘러 데려왔는지 알 게다. 자, 한번 보란 말이다!"

제이크는 고개를 들고 위를 보았고, 충격을 받았다. 충격이 어찌나 깊었던지 트레일러하우스만큼이나 커다란 대리석 분수대가 머리 위 20여 미터에서 디룽거리는 광경을 보고도 전혀 놀라지 않았다. 그들 둘은 거의 분수대 바로 아래에 있었다. 분수대를 지탱하는 쇠줄 두 가닥은 기다란 교회 의자를 아무렇게나 쌓아올린 거대한 더미에 가려 거의 보이지 않았다. 정신이 몽롱한 와중에도 제이크는 그 쇠줄이 다리에 남아 있는 버팀줄보다 훨씬 심하게 해진 상태인 줄을 알아보았다.

"봤느냐?"

개셔가 씩 웃으며 물었다. 그는 왼손 손가락을 눈가리개 아래에 집어넣어 고름을 푹 퍼내더니 한쪽에 아무렇게나 떨어버렸다.

"아름답지, 안 그러냐? 어휴, 똑딱맨은 참 영리해. 아무렴, 실수하는 법이 없어('염병할 북소리는 왜 안 들리는 거지? 들릴 때가 됐는데…… 코퍼헤드 이 자식이 잊어버린 거라면 궁둥짝에 막대기를 꽂아서 나무 맛을 보여줘야겠군.'). 자, 이제 앞을 봐라, 맛좋게 생긴 꼬맹아."

제이크가 앞을 보자 개셔가 제꺽 후려쳤다. 어찌나 세게 쳤던지 제이크는 휘청거리다가 그만 자빠질 뻔했다.

"건너편이 아니야, 등신 같은 놈아! *아래야!* 검은색 자갈 두 개가 보이냐?"

잠시 후에, 제이크는 돌을 알아보았다. 그러고는 멍하니 고개를 끄덕였다.

"저걸 밟으면 안 된다, 꼬맹아. 밟았다가는 온 함정이 네 대가리 위로 떨어질 테고, 다음에 오는 사람이 널 꺼내려면 휴지로 닦아내야 할 게다. 알아들었냐?"

제이크는 다시 고개를 끄덕였다.

"좋아."

개셔가 마지막으로 숨을 깊이 들이마시더니 제이크의 어깨를 후려쳤다.

"그럼 갈 것이지 뭘 기다리고 있어? 얼른 가!"

제이크는 앞쪽의 검은 자갈을 넘어가며 눈치챘다. 그것은 사실 자갈이 아니라 자갈처럼 보이도록 둥글게 갈아놓은 금속판이었다. 뒤의 것은 앞의 것 바로 뒤에 교묘하게 설치되어 있었다. 혹시라도 침입자가 아무 생각 없이 첫째 자갈을 그냥 지나친다고 해도 꼼짝

없이 둘째 자갈을 밟을 수밖에 없었다.

'그럼 해버려, 밟아버려.' 제이크는 생각했다. '당연한 거 아냐? 총잡이 아저씨는 이 미로 속에서 날 절대 못 찾아, 그러니까 함정이 무너지게 밟아버려. 개셔 패거리가 날 위해 준비해 둔 것보단 훨씬 깨끗할 거야. 물론 더 빠르기도 할 테고.'

제이크의 더러운 모카신이 함정 위에서 머뭇거렸다.

개셔가 제이크의 등 한복판을 주먹으로 쳤다. 그러나 세게 치지는 않았다.

"꽃상여 한번 타고 싶은 게로구나. 안 그러냐, 꼬맹아?"

개셔가 물었다. 비정한 웃음기 대신 단순한 호기심이 깃든 목소리였다. 거기서 굳이 또 다른 감정을 찾자면, 눈에 띄는 것은 두려움이 아니라 즐거움이었다.

"그래, 정 하고 싶으면 어서 해봐라. 내 상여는 벌써 맞춰졌으니까. 조금 일찍 타는 것뿐이다, 이 썩어 문드러질 놈아."

제이크의 발이 함정 건너편의 땅을 밟았다. 제이크가 조금 더 살기로 마음먹은 까닭은 롤랜드가 찾으러 오리라고 생각했기 때문이 아니었다. 그저 롤랜드라면 이렇게 했으리라고 생각했기 때문이었다. 누군가가 멈춰 세울 때까지는 계속 나아가는 것, 그리고 멈춘 후에도 할 수만 있으면 몇 걸음 더 나아가는 것. 그것이야말로 롤랜드의 방식이었다.

만일 지금 자살을 저지르면 개셔를 저승길 동무로 삼을 수도 있었지만, 개셔 하나로는 성에 차지 않았다. 자신이 이미 죽어가고 있다는 개셔의 말은 그를 언뜻 보기만 해도 알 수 있는 진실이었다. 버티기만 하면 개셔 패거리 한둘쯤은, 어쩌면 그가 똑딱맨이라고 부르는 인물까지 한꺼번에 해치울 기회가 생길지도 몰랐다.

'저 사람이 말하는 꽃상여가 뭔지는 모르지만, 어차피 탈 거라면……' 제이크는 속으로 생각했다. '차라리 여럿이서 같이 타는 게 나을 거야.'

아마도 롤랜드는 이해했으리라.

20

제이크는 롤랜드가 미로 속에서 자신들의 뒤를 쫓지 못하리라고 판단했으나 이는 잘못이었다. 그들이 남긴 단서 가운데 분명한 것은 제이크의 배낭뿐이었지만, 롤랜드는 단서를 찾으려고 걸음을 멈출 필요가 없음을 금세 깨달았다. 오이의 뒤만 따라가면 그만이었다.

그럼에도 교차로가 나오면 신중을 기하려고 몇 번인가 걸음을 멈추었고, 오이는 그때마다 뒤를 돌아보고 걸걸한 목소리로 조급하게 짖어대는 모양새가 마치 이렇게 말하는 듯했다. '서둘러! 놓치고 싶어서 그래?' 롤랜드는 스스로 찾아낸 단서 세 개, 즉 발자국과 제이크의 셔츠에서 떨어진 실과 개셔의 스카프에서 찢어진 노란 천 조각이 오이가 택한 길과 모두 일치하는 것을 알고 나서 그저 오이 뒤만 따라갔다. 단서 찾기를 포기하지는 않았으나 일부러 찾으려고 멈춰 서지는 않았다. 그러는 사이에 북소리가 들리기 시작했고, 참견하기 좋아하는 개셔가 제이크의 배낭을 뒤진 덕도 있었지만, 결국 그날 오후에 롤랜드의 목숨을 구한 것은 바로 그 북소리였다.

롤랜드는 먼지 낀 장화를 미끄러뜨리며 우뚝 멈춰 섰다. 리볼버는 그가 소리의 정체를 미처 알아차리기도 전에 이미 손에 쥐어져 있었다. 무슨 소리인지 깨닫고 나서 롤랜드는 조바심이 난 듯 구시렁거리며 총을 다시 총집에 꽂아넣었다. 그러고는 다시 걸음을 떼려고 하다가 우연히 제이크의 배낭을 보았고…… 뒤이어 배낭 왼쪽에서, 공중에 뜬 채로 희미하게 반짝이는 선 두 줄을 발견했다. 롤랜드는 눈을 가늘게 뜨고서야 알아보았다. 앞쪽으로 1미터도 안 되는 곳의 무릎 높이에 가느다란 철사 두 줄이 엇갈리게 설치되어 있었다. 몸통이 자그마한 오이는 벌써 철사 아래의 뒤집힌 브이 자 모양 틈새로 가볍게 빠져나간 후였지만, 롤랜드는 북소리를 듣고 제이크의 버려진 배낭을 발견하지 못했더라면 그 철사에 발이 걸릴 뻔했다. 롤랜드는 결코 아무렇게나 쌓은 것이 아닌 길 양쪽의 쓰레기더미를 훑어보며 시선을 위쪽으로 향했고, 입가의 표정이 굳어졌다. 간발의 차였다. 오로지 카 덕분에 목숨을 구한 것이었다.

오이가 안달하듯 짖어댔다.

롤랜드는 땅에 배를 깔고 엎드린 다음 천천히, 또 조심스럽게 기어서 철사 밑을 통과했다. 그는 제이크나 개셔보다 덩치가 컸고, 그가 생각하기에 정말로 우람한 사람이라면 머리 위에 세심하게 준비된 산사태를 일으키지 않는 한 이 아래로 빠져나갈 수 없었다. 귓속에서 북소리가 쿵쾅거렸다. '이곳 사람들이 다 돌아버린 건 아닌지 궁금하군.' 롤랜드는 속으로 생각했다. '저 소리를 날마다 들어야 한다면 난 아마 돌아버렸을 텐데.'

철사 건너편에 도착한 롤랜드는 제이크의 배낭을 집어들고 안을 살폈다. 책과 몇 안 되는 옷가지가 그대로 있었다. 여기까지 오는 길에 발견한 보물들도 마찬가지였다. 노랗게 반짝이는 얼룩을 금으로 잘못 알고 주워온 돌멩이. 제이크가 이쪽 세상으로 뽑혀온 다음 날 숲에서 발견한, 필시 숲의 옛사람들이 남겼을 화살촉 한 개. 원래 살던 세상의 동전 몇 개. 제이크 아버지의 선글라스. 그리고 이제 막 십대가 된 소년만이 진심으로 아끼고 이해할 만한 것들이 몇 가지 더 있었다. 제이크는 나중에 그 물건들을 되찾고자 할 테지만…… 다만 그것도 롤랜드가 개셔와 그 패거리에게서 제이크를 늦지 않게 구해냈을 때의 일이었다. 놈들이 아이를 바꾸어놓기 전에, 아직 사춘기도 되지 않은 소년 특유의 순진한 동경과 호기심을 잃어버릴 만큼 상처 입히기 전에, 제이크를 구해야만 했다.

롤랜드의 머릿속에서 씩 웃는 개셔의 얼굴이 마치 악마의 낯짝처럼, 또는 병에서 튀어나온 거인의 얼굴처럼 스르륵 떠올랐다. 비뚤배뚤한 치열, 공허한 눈, 두 뺨을 지나 투실투실한 턱 아래까지 퍼진 갈보꽃. '제이크를 해치기만 해봐라……' 총잡이는 머릿속에 떠오른 생각을 지워버렸다. 그 생각이 막다른 골목이기 때문이었다. 개셔가 소년을 해친다면(〈제이크다!〉 총잡이의 의식이 단호히 주장했다. 〈그냥 소년이 아니라 제이크다! 제이크란 말이다!〉) 롤랜드는 물론 놈을 죽여버릴 작정이었다. 그러나 아무 의미 없는 짓이었다. 개셔는 이미 죽은 인간이었으므로.

총잡이는 배낭끈에 붙은 편리한 쬠쇠에 신기해하며 끈을 길게 늘여 자기 등에 멘 다음, 자리에서 일어섰다. 오이는 돌아서서 출발하려다가 총잡이가 제 이름을 부르자 뒤를 돌아보았다.

"이리 와라, 오이."

롤랜드는 오이가 알아들을지(또 알아듣는다고 해도 자기 말을 따를지) 알 길이 없었으나 오이를 곁에 가까이 두는 편이 더 나았다. 더 안전했다. 함정이 한 번 눈에 띈 이상 또 있을 공산이 컸다. 오이가 다음번에도 운이 좋을 것 같지는 않았다.

"에이크!"

오이가 꼼짝하지 않은 채 짖었다. 짖는 소리는 사나웠지만 롤랜드는 오이의 눈에 드러난 감정이야말로 진실에 더욱 가깝다고 생각했다. 개너구리의 두 눈은 두려움으로 짙게 물들어 있었다.

"그래, 하지만 위험하다. 이리 와라, 오이."

그들이 지나온 길 뒤쪽에서 무언가 무거운 것이 떨어진 듯 쿵 하는 소리가 들렸다. 필시 사정없이 울려대는 북소리 때문에 허물어진 듯했다. 이제 여기저기 서 있는 확성기 기둥이 롤랜드의 눈에 띄었다. 꼭 폐허 속에서 기다란 모가지를 내민 기괴한 짐승들 같았다.

오이가 종종거리며 다가오더니 그를 올려다보며 헐떡거렸다.

"내 곁에 있어라."

"에이크! 에이크, 에이크!"

"그래. 제이크를 찾으러 가자꾸나."

롤랜드는 다시 달리기 시작했고, 오이는 롤랜드가 그때껏 본 어떤 개보다도 충직하게 그를 따라 달렸다.

21

에디가 또다시 맞닥뜨린 상황은 유식한 말로 하면 '기시감'이었다. 그는 촌각을 다투어 휠체어를 밀며 질주했다. 서쪽 바다의 모래톱만 거북이 거리로 바뀌었을 뿐 나머지는 모두 똑같았다. 아, 이와 관련하여 바뀐 점이 또 하나 있었다. 이제 그가 찾는 것은 바닷가에 저절로 서 있는 문이 아니라 기차역(또는 요람)이었다.

휠체어에 꼿꼿이 앉은 수재나의 머리카락이 뒤로 휘날렸다. 수재나가 오른손에 쥔 롤랜드의 리볼버는 총구를 구름 낀 하늘로 향한 채였다. 북소리가 두 사람을 윽박지르듯 쿵쾅거렸다. 거리 양편에 늘어선 고풍스러운 건물들을 보고 마음이 위축된 탓인지, 에디는 정면에 놓인 거대한 접시 모양 물체를 보고 신들의 왕 유피테르와 천둥의 신 토르가 프리스비를 주고받는 상상을 떠올렸다. 유피테르가 멀리 던진 프리스비를 토르가 그만 놓치는 바람에 구름 사이로 떨어졌다거나…… 맙소사, 올림포스 산의 즐거운 한때라니.

'신들이 프리스비를 갖고 논다, 이거지.' 부서지고 녹슨 차 두 대 사이로 수재나의 휠체어를 밀고 빠져나가며, 에디는 생각했다. '거 참 멋진데.'

에디는 그 물체를 빙 돌아가려고 보도 위로 휠체어를 밀어올렸다. 이제 바로 앞에서 보니 일종의 통신용 안테나 접시처럼 보였다. 휠체어를 길턱 위로 올린 에디는 보도에 널린 쓰레기를 보고 빨리 달리지 못하리라고 생각했고, 다시 차도로 내려오려고 했다. 그러는 도중에 갑자기 북소리가 그쳤다. 메아리가 사그라지고 새로이 침묵이 깔렸으나 에디는 그것이 절대로 침묵이 아님을 깨달았다. 저 앞쪽, 거북이 거리와 다른 큰길이 교차하는 곳에 대리석 건물의 아치 모양 입구가 보였다. 건물은 덩굴식물과 측백나무 이파리 같은 초록색 풀로 뒤덮여 있었으나 지금도 웅장했고, 어딘가 우아하기까지 했다. 그 너머의 모퉁이에서 사람들이 왁자지껄하게 웅성대고 있었다.

"멈추면 안 돼요!" 수재나가 소리쳤다. "그럴 틈이……"

웅성대는 소리를 뚫고 발작 같은 비명소리가 울려퍼졌다. 비명소리를 따라 맞장구치는 함성이 들려왔고, 놀랍게도 박수소리가 이어졌다. 에디가 듣기에 애틀랜틱 시의 호텔 카지노에서 공연이 끝난 후에 터져나온 박수소리와 비슷했다. 찢어질 것 같던 비명소리가 매미 소리처럼 그르렁거리는 단말마의 흐느낌으로 바뀌었다. 에디 목덜미의 잔털이 바짝 곤두섰다. 그는 가장 가까이 서 있는 확성기 기둥을 보고 깨달았다. 유흥을 사랑하는 러드의 '어린둥이'들이 또다시 공개 처형을 집행하는 중이었다.

'끝내주는구나.' 에디는 속으로 생각했다. '이제 토니 올랜도와 돈 밴드가 「세 번 노크해줘」만 부르면 다들 행복하게 눈감을 수 있겠는데.'

에디는 길모퉁이의 석조 건물을 흥미롭게 살펴보았다. 이만큼 가까이 있으니 덩굴의 풀냄새가 지독하게 풍겨왔다. 눈물이 찔끔 날 정도로 독했지만 미라가 된 시체의 달큼한 계피향보다는 훨씬 나았다. 한때는 아치 모양 입구가 죽 이어졌을 법한 곳에 지금은 덩굴에서 뻗어나온 터럭이 초라한 다발이 되어 초록색 폭포처럼 드리워졌다. 그 폭포 가운데 한 줄기를 뚫고 사람 형상 하나가 튀어나오더니, 두 사람 쪽으로 달려왔다. 에디가 보기에는 어린애였고 몸집으로 보아 기저귀를 벗은 지 얼마 안 된 듯했다. 소설에 나오는 소공자 세드릭처럼 주름 장식이 달린 흰 셔츠에 우단 반바지를 입은 기묘한 차림새였다. 머리에는 리본도 달고 있었다. 문득 터무니없는 생각이 에디를 강렬하게 사로잡았다. 머리 위로 두 손을 흔들며 이렇게 외치고 싶었던 것이다. '이야, 러드는 정말 멋진 곳이군요!'

"빨리 와요!"

아이가 날카로운 목소리로 외쳤다. 머리에 초록색 덩굴 몇 가닥이 들러붙어 있었다. 아이는 뛰어오면서 왼손으로 그 덩굴을 아무렇게나 떨어냈다.

"다 같이 스팽커를 처리할 거예요! 이번엔 스팽커가 북소리 나라에 갈 차례거든요! 빨리 안 오면 재밌는 구경 다 놓쳐요!"

수재나 역시 아이의 차림새를 보고 놀라기는 마찬가지였다. 그러나 아이가 가까워지자, 수재나는 리본으로 묶은 머리에서 덩굴 부스러기를 떨어내는 아이의 손짓이 어쩐지 몹시도 이상하고 어색하다는 사실에 놀랐다. 시종 한쪽 손만 사용하고 있었기 때문이었다. 나머지 한 손은 아이가 초록색 폭포에서 뛰어나올 때부터 내내 등 뒤에 감추어져 있었다.

'저렇게 어색할 수가!' 수재나는 속으로 생각했다. 뒤이어 그녀 머릿속에서 테이프가 돌아가기 시작했고, 롤랜드가 다리 끝에서 했던 말이 떠올랐다. '이 비슷한 일이 일어날 줄은 이미 알고 있었다…… 놈을 더 일찍 발견했더라면, 그 달걀 모양 폭탄의 유효 거리 바깥에서 발견했더라면…… 이런 빌어먹을 불운이!'

수재나는 롤랜드의 총을 들고 아이를 겨누었다. 모퉁이에서 튀어나와 이쪽으로 똑바로 달려오는 아이를 겨누며, 수재나가 외쳤다.

"멈춰! 거기 서!"

"수즈, 뭐 하는 짓이에요?"

에디가 소리쳤으나 수재나는 무시했다. 엄밀히 따지자면, 수재나는 이제 그 자리에 없었다. 지금 휠체어에 앉아 있는 사람은 데타 워커였고, 데타의 두 눈에 이글거리는 것은 의혹의 불길이었다.

"안 멈추면 *쏴버릴 테다!*"

소공자 세드릭은 데타의 무시무시한 경고를 듣고도 귀머거리인 양 신이 나서 소리쳤다.

"얼른요! 재미난 구경을 다 놓친단 말이에요! 지금 다 함께 스팽커를……"

아이가 마침내 등 뒤에 감추고 있던 오른손을 꺼내들었다. 에디는 그제야 깨달았다. 그들 눈앞의 어린애는 사실 어린 시절을 까마득히 오래전에 벗어난 징그러운 난쟁이였다. 에디가 천진난만한 환희로 여겼던 표정은 알고 보니 증오와 분노가 한데 섞인 냉혹한 표정이었다. 난쟁이의 두 볼과 이마는 롤랜드가 갈보꽃으로 불렀던 칙칙한 딱지로 뒤덮여 고름이 흘렀다.

수재나는 난쟁이의 얼굴을 보지 않았다. 오직 난쟁이가 꺼내든 오른손과 그 손이 쥐고 있는 암녹색 구체에 정신을 집중했다. 수재나가 보아야 할 것은 그것뿐이었다. 롤랜드의 총이 불을 뿜었다. 난쟁이가 뒤로 나가떨어졌다. 보도 위로 자빠지는 난쟁이의 자그마한 입에서 고통과 분노의 비명이 날카롭게 터져나왔다. 손에서 벗어난 수류탄이 난쟁이가 나왔던 아치 모양 입구로 다시 굴러들어갔다. 데타는 꿈처럼 사라져버렸고, 수재나는 경악과 공포와 절망이 담긴 눈으로 연기가 피어오르는 총구를, 또 보도 위에 널브러진 자그마한 몸뚱이를 쳐다보았다.

"하느님 맙소사! 내가 쐈어요! 에디, 내가 쐈어요!"

"백발이들…… 뒈져버려!"

소공자 세드릭은 의기양양하게 외치려 했지만, 피거품과 함께 흘러나온 그의 마지막 말은 주름 달린 셔츠의 얼마 안 남은 흰 부분을 붉게 물들이는 데 그쳤다. 덤불로 뒤덮인 모퉁이 건물의 입구 안쪽에서 둔중한 폭발음이 들리더니 입구를 가린 초록빛 양탄자가 돌풍을 만난 깃발처럼 바깥쪽으로 나부꼈다. 이와 동시에 코를 찌르는 매캐한 연기가 구름처럼 몰려왔다. 에디가 수재나를 지키려고 그녀 위로 몸을 날렸다. 콘크리트 파편이 샤워 물줄기처럼 에디의 등과 목과 정수리에 쏟아졌다. 다행히 파편은 하나같이 작은 것들뿐이었다. 왼편에서 무언가가 철퍽거리는 불쾌한 소리가 들려왔다. 에디가 눈을 가느다랗게 뜨고 그쪽을 보니 때마침 소공자 세드릭의 머리가 하수구에 굴러 떨어져 멈춰 섰다. 난쟁이의 두 눈은 부릅뜬 채 그대로였고, 입은 단말마의 고통으로 으르렁대듯 굳어 있었다.

이윽고 다른 이들의 목소리와 악쓰는 소리와 고함소리가 들렸다. 하나같이 분노에 젖은 소리였다. 에디는 수재나의 휠체어를 밀며(휠체어는 한쪽 바퀴로 비틀거리다가 비로소 똑바로 섰다.) 난쟁이가 나타난 방향을 바라다보았다. 스무 명쯤 되는 남녀 한 무리가 누더기를 걸친 꼴로 나타났다. 몇몇은 길모퉁이를 돌아왔고, 나머지는 모퉁이 건물의 아치 모양 입구를 가린 덩굴을 뚫고 튀어나왔다. 난쟁이가 터뜨린 수류탄의 연기 속에서 모습을 드러내는 광경이 마치 악령들 같았다. 대개는 파란 머릿수건을 두르고 있었고 하나같이 녹슨 검, 무딘 칼, 울퉁불퉁한 곤봉 같은 각양각색의(왠지 애처롭기도 한) 무기를 들고 있었다. 기세등등하게 망치를 휘두르는 사내가 에디의 눈에 띄었다. '어린둥이들이구나.' 에디는 생각했다. '우리가 넥타이 파티를 방해한 거야, 그래서 기분을 잡친 거지.'

"백발이들을 죽여!" "둘 다 죽여버려!" "저것들이 러스터를 죽였어, 눈깔을 뽑아버려!" 이 매력적인 무리는 휠체어에 앉은 수재나와 그녀 앞에서 한쪽 무릎을 꿇고 있는 에디를 발견하고 아우성을 쳤다. 맨 앞에 서 있던 사내는 킬트 비슷한 치마 차림으로 넓적한 단검을 휘두르고 있었다. 사내는 단검을 휙 쳐들고(바로 뒤에 서 있던 육덕 푸짐한 여인의 목을 뎅겅 자를 뻔했다, 여인이 몸을 푹 수그리지 않았더라면) 이쪽으로 돌진했다. 다른 이들도 유쾌하게 함성을 지르며 뒤를 따랐다.

바람 불고 구름 낀 하늘 아래서 롤랜드의 총이 눈부신 번개를 내뿜는가 싶더니, 킬트를 걸친 어린둥이의 머리 위쪽이 날아가버렸다. 그 어린둥이의 칼에 목이 달아날 뻔했던 여인은 누리끼리한 살갗에 별안간 핏빛 비를 뒤집어쓰고 절망의 비명을 질러댔다. 다른 이들은 여인과 죽은 사내 곁을 지나 고함을 지르고 눈을 번득이며 계속 달려왔다.

"에디!"

수재나가 외치며 또다시 총을 발사했다. 실크로 안감을 댄 망토와 무릎까지 오는 장화 차림의 사내가 거리에 나동그라졌다.

루거 권총을 더듬더듬 찾던 에디는 한순간 총을 잃어버린 줄 알고 경악했다. 어찌된 일인지 총손잡이가 허리춤 안으로 들어가 있었던 것이다. 에디는 총손잡이를 움켜쥐고 세게 잡아당겼다. 빌어먹을 놈의 총이 빠져나올 생각을 하지 않았다. 총구 위쪽에 달린 가늠쇠가 어쩌다 그만 속옷에 걸렸기 때문이었다.

수재나가 세 발을 연거푸 발사했다. 총알이 모두 표적에 가서 박혔는데도 어린둥이들은 걸음을 늦추지 않았다.

"에디, 도와줘요!"

에디는 싸구려 슈퍼맨 영화의 주인공이 된 기분으로 바지를 북 찢은 끝에 마침내 루거를 꺼냈다. 그는 왼손바닥으로 안전장치를 푼 다음, 무릎 바로 위쪽에 팔꿈치를 대고 총을 쏘기 시작했다. 생각할 필요는 없었다. 심지어 겨냥할 필요도 없었다. 롤랜드는 그들에게 전투에 임한 총잡이의 손은 저절로 움직이는 법이라고 말했다. 에디는 그 말이 진실임을 비로소 깨달았다. 어차피 장님이라고 해도 빗맞히기 힘들 만큼 가까운 거리이기는 했지만. 수재나는 돌진해 오는 어린둥이들의 머릿수를 열다섯도 안 될 만큼 줄여놓았다. 에디는 밀밭에 몰아치는 폭풍처럼 나머지를 휩쓸었고, 2초도 안 되는 사이에 넷이 더 쓰러졌다.

맹목적인 열정으로 똘똘 뭉쳐 번들거리던 무리의 표정이 드디어 산산이 쪼개지기 시작했다. 망치를 들고 있던 사내는 별안간 제 무기를 옆으로 던져버리더니 관절염에 걸려 비틀어진 다리로 우스꽝스럽게 절뚝거리며 그것을 주우러 갔다. 두 명이 그의 뒤를 따라갔다. 나머지는 거리에 서서 우왕좌왕했다.

"어서 덤벼, 이 바보들아!"

비교적 젊은 사내가 윽박질렀다. 그는 파란색 스카프를 자동차 경주선수처럼 목에 두르고 있었다. 머리 양쪽에 한 가닥씩 땋은 가느다란 곱슬머리 말고는 훤히 벗어진 대머리였다. 수재나가 보기에는 어릿광대 클라라벨 같았고 에디가 보기에는 맥도널드의 상징인 광대 로널드 같았지만, 골칫거리로 여기기는 둘 다 마찬가지였다. 사내가 원래 탁자의 쇠다리였던 것을 손수 고쳐 만든 듯 보이는 창을 던졌다. 창은 아무 보람도 없이 수재나와 에디 오른편의 거리에 떨어져 덜그럭거렸다.

"어서 덤비란 말이야! 모두 힘을 합치면 이길 수……"

"미안해, 친구."

에디가 중얼거리며 사내의 가슴을 쏘았다.

클라라벨/로널드는 뒤로 주춤거리다가 한 손으로 셔츠를 짚었다. 휘둥그레진 두 눈에는 그가 에디에게 하고자 하는 말이 가슴 아프도록 또렷하게 씌어져 있었다. '이럴 리가 없는데'였다. 흐린 하늘 탓에 놀랄 만큼 새빨개 보이는 피 한 줄기가 입가에서 흘러내렸다. 사내가 무릎을 꿇는 동안 얼마 안 남은 어린둥이들은 말없이 지켜보았고, 그중 한 명은 달아날 생각으로 등을 돌렸다.

"어림도 없지. 꼼짝 마, 이 바보 새끼들아. 움직이기만 해봐라, 묏자리 구경을 시켜주마."

에디가 말했다. 그러고 나서 목소리를 더욱 높였다.

"모두 무기를 버려! 전부 다! 얼른!"

"당신…… 설마…… 총잡이……?"

죽어가던 사내가 속삭였다.

"그래."

에디가 대답했다. 그러면서도 눈으로는 어린둥이들을 냉혹하게 뜯어보았다.

"울며 용서를…… 비나이다."

곱슬머리 사내가 헐떡거리며 말했다. 그러고는 앞으로 쓰러져 얼굴을 처박았다.

"총잡이라고요?"

남은 무리 가운데 한 명이 물었다. 두려움과 깨달음이 밴 목소리였다.

"어리석긴 해도 귀머거리는 아니구나. 그거 하난 다행이네."

수재나가 총을 휘두르며 말했다. 에디는 그 총에 총알이 다 떨어졌으리라고 확신했다. 그렇게 따지자면 루거에는 몇 발이나 남아 있을까? 에디는 스스로 탄창에 몇 발이 들어가는지 전혀 모르고 있음을 깨닫고 바보 같은 자신을 욕했으나…… 상황이 이렇게 되리라고 실제로 믿기나 했던가? 그랬던 것 같지는 않았다.

"이 사람 말 들었지? 무기를 버려. 놀이는 끝났어."

한 명씩 한 명씩, 어린둥이들이 명령을 따랐다. 검과 킬트로 무장한 사내의 피를 얼굴에 한 양동이 뒤집어쓴 여인이 입을 열었다.

"윈스턴을 죽일 것까진 없었잖아요, 마님. 오늘이 그 사람 생일이었다고요. 정말이에요."

"그럼 집에서 얌전히 생일 케이크나 먹지 그랬어."

에디가 말했다. 지금 겪고 있는 일을 대강 생각해 보니 여인이 한 말도 자신이 한 대답도 그다지 초현실적으로 들리지 않았다.

남아 있는 어린둥이들 중에 여인이 한 명 더 있었다. 깡마른 체격에 옴이라도 걸렸는지 기다란 금발머리가 뭉텅이로 빠진 여인이었다. 에디는 여인이 죽은 난쟁이를 향하여, 또 그 난쟁이 너머의 덩굴이 우거진 안전지대를 향하여 게걸음으로 살금살금 다가가는 모양새를 가만히 바라보다가, 여인 발치의 갈라진 시멘트 바닥에 총알을 박아넣었다. 여인을 어떻게 할 생각은 없었으나 한 명이 나머지에게 꾀를 가르쳐주는 상황은 일어나지 않았으면 했다. 무엇보다 에디는 눈앞에 있는 이 징그럽고 부루퉁한 인간들이 달아나기라도 하면 자신의 손이 무슨 짓을 저지를지 두려웠다. 에디가 깨달은 바에 따르면 그의 머리가 어떻게 생각하든 간에 그의 두 손은 총질을 무척이나 좋아했다.

"그 자리에 가만히 있어, 예쁜이. 이 친절한 보안관님께선 안전한 걸 좋아하신다고."

에디는 수재나를 흘긋 쳐다보고 잿빛이 된 그녀의 안색에 마음이 언짢아졌다. 그가 나지막이 물었다.

"수재나, 괜찮아요?"

"괜찮아요."

"기절하거나 그러진 않겠죠, 설마? 왜냐면……"

"안 해요."

수재나는 동굴처럼 어두운 눈으로 에디를 돌아보았다.

"사람을 처음 쏴봐서 그런 것뿐이에요…… 됐어요?"

'흠, 그럼 익숙해지는 게 좋을걸요.' 이 말이 입술 바로 뒤까지 올라왔다. 에디는 그 말을 꾹 눌러 삼키고 눈앞에 남아 있는 다섯 명에게로 눈길을 돌렸다. 에디와 수재나를 바라보는 그들의 표정에는 우울함과 두려움이 섞여 있었지만, 그럼에도 겁에 질린 기색은 조금도 없었다.

'젠장, 이것들 중에 태반은 공포가 뭔지도 잊어버렸겠지.' 에디는 생각했다. '기쁨, 슬픔, 사랑…… 다 마찬가지야. 더는 아무것도 못 느낄 거야. 이 연옥에서 너무 오래 살았으니까.'

그러다가 이내 그들의 웃음소리와 흥에 겨운 고함소리와 공연 관객 같은 박수소리를 떠올렸고, 생각을 바꾸었다. 그들의 가슴을 두근거리게 하는 것, 그들을 도발하는 것이 적어도 한 가지는 남아 있었다. 스팽커라면 아마도 증언할 수 있었으리라.

"여기서 제일 높은 사람이 누구지?"

에디가 물었다. 그는 다른 패거리가 다시 용기 있게 들이닥칠 경우에 대비하여 몇 안 되는 무리 뒤편의 교차로를 유심히 살폈다. 아직은 그쪽에서 경계할 만한 낌새가 들리지도 보이지도 않았다. 에디 생각에 다른 패거리는 필시 이 초라한 무리를 저희 나름의 운명에 맡긴 듯했다.

그들은 잘 모르겠다는 듯 서로 두리번거렸다. 그러다가 얼굴에 피를 뒤집어쓴 여인이 마침내 입을 열었다.

"스팽커였어요. 하지만 이번에 신의 북소리가 시작됐을 때 모자에서 나온 건 스팽커의 돌이었죠, 그래서 우리 손에 춤추게 된 거고요. 다음은 윈스턴 차례였지 싶은데 나리가 그 썩어 문드러질 총으로 윈스턴을 보내버렸어요. 아무렴요."

"근데 윈스턴은 저 썩어 문드러질 창으로 나한테 무슨 짓을 하려고 했을까? 내 구레나룻이라도 깎아줄 생각이었을까?"

에디가 물었다. 그는 여인의 말 때문에 자신이 방금 한 짓에 실제로 죄책감을 느꼈고, 이에 역겨워했다. 그러나 여인은 끈덕지게 물고 늘어졌다.

"그리고 프랭크랑 러스터도 죽였어요. 나리들은 정체가 뭐예요? 나쁜 백발이 놈들도 아니고, 그보다 더 나쁜 썩어 문드러질 외지 사람도 아니잖아요. 도시 북쪽에 어린둥이들을 챙겨줄 사람이 있기나 해요? 톱시라면 챙겨주겠죠, 아마도. 뱃사람 톱시 말이에요. 하지만 여기 없잖아요, 안 그래요? 배를 타고 강 아래쪽으로 떠나버렸으니까요, 암요. 썩어 문드러질 톱시!"

수재나는 더 듣기를 포기했다. 여인이 앞서 말한 무언가 때문에 끔찍한 상상에 사로잡혀 있었던 것이다. '모자에서 나온 건 스팽커의 돌이었죠, 그래서 우리 손에 춤추게 된 거고요.' 수재나는 대학생 때 읽었던 셜리 잭슨의 단편소설 「제비뽑기」를 떠올렸다. 그제야 이 사람들이, 즉 원래 어린둥이들의 타락한 후손들이 셜리 잭슨의 악몽 속에서 살아가고 있음을 이해했다. 그토록 끔찍한 제비뽑기를 소설에서처럼 1년에 한 번이 아니라 하루에 두세 번씩 하는 사람들이라면, 가슴 벅찬 감정을 못 느낀다고 해도 이상할 것이 없었다.

"어째서?"

수재나가 피 칠갑 여인에게 겁먹은 목소리로 물었다.

"왜 그런 짓을 하는 거지?"

여인은 세상에서 제일가는 바보를 보듯 수재나를 쳐다보았다.

"왜냐고요? 그래야 기계 속에 사는 유령들이 죽은 이의 송장을 가져가지 못하잖아요. 유령들은 어린둥이도 백발이도 다 가져가요, 그런 다음에 길에 뚫린 구멍으로 송장을 올려보내 우릴 잡아먹게 한다고요. 바보들도 그 정도는 다 알아요."

"세상에 유령 같은 건 없어."

수재나가 말했다. 그녀 자신이 듣기에도 의미 없이 지껄이는 소리 같기만 했다. 물론 유령은 있었다. 이쪽 세계에는 어디에나 유령이 존재했다. 그럼에도 수재나는 꿋꿋이 밀고 나갔다.

"네가 신의 북소리로 부르는 건 기계에 달린 테이프일 뿐이야. 그게 다라고."

그러고는 문득 떠오른 생각을 덧붙였다.

"아니면 백발이들이 일부러 그러는 건지도 몰라. 그럴 거란 생각은 한 번도 안 해봤어? 그치들은 도시 반대편에 살잖아, 그렇지? 그리고 지하에 살겠지. 그치들은 늘 너휠 쫓아내고 싶었을 거야. 어쩌면 자기들이 할 일을 너희한테 대신 시키려고 꽤나 효율적인 방법을 생각해냈는지도 모르지."

피 칠갑이 된 여인 바로 곁에는 세상에서 제일 오래되어 보이는 중산모자에 헤진 카키색 반바지 차림을 한 나이 든 신사가 서 있었다. 이제 그가 앞으로 나서서 수재나에게 말했다. 고풍스러운 예의를 갖추어 말한 탓에 그 아래 깔린 경멸이 더욱 날카롭게 들렸다.

"아주 잘못 알고 계시군요, 총잡이 마님. 러드의 지하에는 수많은 기계가 있고 그 기계에는 하나같이 유령이 깃들어 있습니다. 필멸의 운명을 타고 난 인간에게 오로지 악의만을 품은 악령들이지요. 이 악령들은 송장을 깨우는 데 아주 능합니다. 그리고 러드에는…… 깨울 송장이 무척이나 많이 있고요."

"어이, 집사 양반. 그 좀비를 한 번이라도 직접 본 적 있어? 너희들 중 아무라도 말이야."

에디가 물었다. 집사처럼 보이는 사내는 입술만 삐죽 내밀 뿐 아무 말이 없었지만…… 삐죽 내민 입술에 모든 답이 들어 있었다. 그 입술은 묻고 있었다. '서로 이해를 구하는 대신 총을 휘두르는 외지 사람들한테 내가 무엇을 더 기대하겠소?'

에디는 지루한 토론을 그만 끝장내는 것이 최선이라고 결론지었다. 어쨌거나 그는 선교 활동의 재능을 타고난 사람이 아니었다. 에디는 피 칠갑 여인을 향하여 루거를 흔들었다.

"댁이 저 친구랑 같이 우릴 기차역으로 데려다줘, 비번날 놀러온 영국인 집사처럼 생긴 저 양반 말이야. 그다음엔 다 함께 작별인사를 하자고. 솔직히 말하는데 말이지, 그렇게 하는 게 최선이야."

"기차역이라니요? 기차역이 뭡니까?"

워드하우스의 소설에 나오는 집사 지브스처럼 생긴 사내가 에디에게 물었다.

"요람에 데려다줘. 블레인이 있는 곳 말이야."

수재나의 이 말이 마침내 지브스를 뒤흔들었다. 이때껏 세상만사에 싫증난 듯 경멸을 담아 이들을 대하던 지브스의 표정에 충격과 공포가 대신 자리 잡았다.

"거기 가면 안 됩니다! 요람은 금단의 땅이에요, 블레인은 러드의 온 유령들 중에서도 최고로 위험합니다!"

'금단의 땅?' 에디는 속으로 생각했다. '멋진데. 그게 사실이라면 최소한 지겨운 네놈들 걱정은 안 해도 되겠네.' 아직 블레인이 있다는 소식 또한 멋지기는 마찬가지였으나…… 어차피 이 사람들의 상상에 불과한지도 몰랐다.

다른 이들은 이해를 못 하겠다는 듯 경악한 표정으로 에디와 수재나를 물끄러미 바라보고 있었다. 마치 불쑥 쳐들어온 이방인들한테서 자신들이 언약의 궤를 찾고 있는데 그것을 찾으면 유료 화장실로 개조하겠노라는 이야기를 들은 회개한 기독교인들 같았다.

에디는 루거를 쳐들고 지브스의 이마 한가운데를 겨누었다.

"우린 갈 거야. 만약 지금 당장 여기서 네 조상들 품에 안기고 싶지 않거든, 질질 짜는 건 그만두고 우릴 그곳으로 안내해."

지브스와 피 칠갑 여인은 어쩔 줄 모르겠다는 눈빛을 주고받았다. 그러나 중산모자를 쓴 그 사내가 에디와 수재나 쪽을 돌아보았을 때, 그의 표정은 단호했다.

"쏠 테면 쏘십시오. 저는 거기 가서 죽느니 차라리 지금 여기서 죽겠습니다."

"이놈이고 저놈이고 죽을 생각밖에 못하는 바보 천치뿐이군! 아무도 죽을 필요 없어! 그냥 우리가 원하는 데로 데려다주면 그만이라고, 젠장할!”

수재나가 악을 쓰자 여인이 숙연하게 말했다.

“하지만 마님, 블레인의 요람에 들어가는 것 자체가 죽음이에요. 아무렴요. 왜냐면 블레인은 잠들어 있으니까요. 그 잠을 깨우는 사람은 아주 큰 대가를 치러야 해요.”

“이러지 마, 예쁜 아가씨. 궁둥짝에 머리를 처박은 채로 커피 향기를 맡을 수는 없는 거잖아.”

“무슨 말인지 모르겠군요.”

여인은 이상하게도 위엄 있는 말투로 에디에게 대꾸했다.

“내 말은 댁들이 우리를 요람으로 데려다주고 블레인의 분노를 사거나, 아니면 여기 이 자리에서 에디의 분노를 사야 한다는 뜻이야. 잘 알겠지만 머리에 한 방 쏘고 깨끗이 끝낼 생각은 없어. 한 번에 한 조각씩 날려버릴 거야, 지금 난 충분히 그리고도 남을 만큼 흉악해졌으니까. 댁들의 도시에서 아주 고된 하루를 보내는 중이거든. 음악은 좆같지, 인간들 몸냄새는 하나같이 코를 쑤시지, 게다가 처음에 만난 자식은 우리한테 수류탄을 던지고 친구를 납치해 갔어. 자, 이제 어쩔 거야?”

“블레인한테는 도대체 왜 가는 건데요?”

무리 가운데 한 명이 물었다.

“블레인은 이제 날뛰지 않고 요람에 얌전히 있어요. 벌써 몇 년째 그래요. 여러 가지 목소리로 말하고 웃는 짓도 이젠 그만뒀단 말이에요.”

‘여러 가지 목소리로 말하고 웃는 짓도 그만뒀다고?’ 에디는 속으로 생각하고 수재나를 쳐다보았다. 수재나도 에디를 보며 어깨를 으쓱했다.

"마지막으로 블레인 가까이 갔던 건 아디스였어요."

피 칠갑 여인의 말에 지브스가 숙연히 고개를 끄덕였다.

"아디스는 술에 취하면 늘 멍텅구리가 됐습니다. 블레인이 그 친구에게 몇 가지 질문을 했지요. 저도 들었습니다. 큰까마귀 떼의 어머니가 어쩌고 했던 것 같은데, 당최 말이 안 되는 소리더군요. 그런데 아디스가 질문에 답을 못 하자 블레인이 파란 불로 그를 죽여버렸어요."

"전기 말이야?"

에디가 묻자 지브스와 피 칠갑 여인이 나란히 고개를 끄덕였다.

"맞아요, 전기예요. 옛날엔 그렇게 불렀죠. 암요."

"우리랑 같이 안 타도 돼."

여인의 말에 수재나가 불쑥 제안했다.

"그냥 요람이 보이는 곳까지만 안내해 줘. 나머지는 우리가 알아서 찾아갈게."

여인은 미심쩍은 듯 수재나를 바라보았다. 이내 지브스가 여인의 머리를 입 가까이로 잡아당기더니 귀에 대고 뭐라고 중얼거렸다. 다른 어린둥이들은 두 사람 뒤에 옹기종기 서서 마치 공습을 견디고 살아남은 사람들처럼 멍한 눈으로 에디와 수재나를 바라보았다.

마침내 여인이 주위를 둘러보았다.

"알았어요, 요람 근처까지 데려다드릴게요. 악연은 거기서 끝내는 걸로 해요."

"내 말이 그 말이야. 당신하고 지브스가 앞장서고, 나머지는 꺼져." 에디는 무리의 나머지를 슥 훑어보았다. "하지만 명심해. 숨어 있다가 창 한 자루라도, 화살 한 개나 돌멩이 한 개라도 던졌다가는 이 둘은 죽는 거야.”

위협이 어찌나 미약하고 막연하게 들렸던지 에디는 차라리 하지 말았으면 하고 생각했다. 그들이 이 둘을, 아니 저희 패거리의 누군가를 걱정할 리가 있을까? 날마다 한둘씩 목매달아 해치우는 그들이? 그러나 뒤도 돌아보지 않고 줄행랑치는 그들을 보며 에디는 걱정하기에는 이미 늦었다고 생각했다.

“가요. 나리들하고 얼른 헤어지고 싶으니까요.”

“동감이야.”

여인의 말에 에디가 대꾸했다.

그러나 여인이 지브스와 함께 앞장서기 전에 한 일을 보고 에디는 모질게 먹었던 마음을 조금이나마 누그러뜨렸다. 여인이 킬트 차림의 사내 곁에 무릎을 꿇고 머리를 쓸어 넘겨준 다음, 사내의 더러운 뺨에 입을 맞추었던 것이다. 여인은 죽은 사내에게 말했다.

“잘 가, 윈스턴. 깨끗한 나무와 달콤한 물이 있는 그곳에서 날 기다려줘. 너한테 갈게, 새벽이 어둠을 서쪽으로 쫓아버리듯이, 틀림없이 그렇게 할게.”

“그 사람을 죽일 생각은 없었어, 그건 알아줬으면 해. 하지만 안 그랬으면 내가 죽었을 거야.”

“아무렴요.”

수재나를 돌아본 여인의 표정은 단호했다. 얼굴에 눈물도 흐르지 않았다.

“하지만 블레인의 요람에 들어갈 작정이라면 어차피 죽을 거예요. 어쩌면 가엾은 윈스턴을 부러워하며 죽을걸요. 잔인한 놈이에

요, 블레인은요. 이 잔인하고 잔인한 땅의 온 악마들 중에서도 제일
잔인하죠.”

“가자, 모드.”

지브스가 말하며 여인을 일으켜세웠다.

“그래. 얼른 데려다주고 끝내자.”

모드가 다시금 수재나와 에디를 찬찬히 뜯어보았다. 단호한 눈빛
이었으나 혼란스러워하기는 마찬가지였다.

“신들이 제 눈에 저주를 내린 거예요, 애초에 나리들을 보게 됐으
니 말이에요. 그리고 나리들이 지닌 총에도 신들의 저주가 내릴 거
예요. 저희가 받은 재앙은 늘 총구에서 나왔으니까요.”

‘그리고 당신들의 글러먹은 태도도.’ 수재나는 생각했다. ‘앞으로
도 1000년은 더 재앙에 시달려야 할 거야, 예쁜 아가씨.’

모드는 거북이 거리를 따라 잰걸음으로 나아갔다. 수재나가 탄
휠체어를 밀고 가던 에디는 이윽고 모드를 따라잡느라 숨을 헐떡거
렸다. 길가에 대궐 같은 건물들이 죽 이어지다가 이윽고 담쟁이로
뒤덮인 장원 비슷한 건물들이 나타났다. 건물에는 잔디가 웃자란 드
넓은 정원이 딸려 있었다. 에디는 자신들이 들어온 곳이 일찍이 매
우 부유했던 동네임을 깨달았다. 일행 앞쪽 저 멀리에 그중 가장 높
은 건물이 서 있었다. 얼핏 보면 단순한 사각형으로 보이는 하얀 석
조 건물이었는데 수많은 기둥이 지붕을 떠받치고 있었다. 에디는 어
린 시절 그토록 즐겨보던 검투사 영화를 다시금 떠올렸다. 에디보다
격식 있는 학교에서 교육받은 수재나가 떠올린 것은 파르테논 신전
이었다. 우아하게 조각한 동물상을 보고 감탄하기는 두 사람 다 마
찬가지였다. 건물 꼭대기 가장자리에 곰과 거북이, 물고기와 쥐, 말

과 개 같은 동물 조각상이 둘씩 짝을 지어 빙 둘러서 있었다. 두 사람은 이곳이 바로 자신들이 찾던 곳임을 알아보았다.

증오와 경이감이 똑같이 담긴 수많은 눈에 감시당하는 불쾌한 느낌은 결코 사라지지 않았다. 마침내 모노레일 선로가 시야에 들어온 순간, 천둥이 내리쳤다. 선로는 폭풍과 마찬가지로 남쪽에서부터 달려와 거북이 거리에 합류했고, 러드의 요람을 향하여 똑바로 뻗어 있었다. 그리고 일행이 요람으로 다가가는 동안, 길 양편에 매달린 시체들은 점점 거세지는 바람에 휘날려 빙빙 돌며 춤을 추기 시작했다.

22

오직 하느님만이 아실 만큼 오랫동안 달린 후에(제이크가 확실히 안 것이라고는 북소리가 다시금 멈춘 것뿐이었다.) 개셔가 또다시 제이크를 잡아당겨 세웠다. 이번에는 제이크가 간신히 넘어지지 않고 두 발로 버텼다. 제이크는 한숨을 돌리고 두 번째 숨을 쉬었다. 그러나 두 번 다시 열한 살 시절로 돌아가지 못할 개셔는 그러지 못했다.

"휴! 내 늙은 허파가 곡예를 부리는구나, 꼬맹아."

"거 참 안됐네요."

제이크는 무심코 대꾸했다가 개셔의 옹골진 손에 뺨을 얻어맞고 주춤 물러섰다.

"옳거니, 내가 이 자리서 자빠져 뒈지면 아주 펑펑 울겠구나, 안 그러냐? 퍽이나 그럴 테지! 헌데 그런 행운은 안 올 게다, 귀여운 꼬맹아. 이 늙은 개셔는 산전수전 다 겪은 몸이야, 너처럼 맛좋은 꼬맹이 발치에 자빠져 뒈지려고 태어난 몸이 아니란 말씀이지.”

제이크는 개셔가 두서없이 지껄이는 소리를 무덤덤하게 들었다. 제이크는 날이 저물기 전에 개셔가 죽는 꼴을 볼 작정이었다. 개셔에게 끌려가기는 할 테지만 더 이상 거기에 연연할 생각은 없었다. 방금 막 터진 입술에서 피를 닦아내고 그것을 유심히 내려다보며, 제이크는 살의가 얼마나 빨리 사람의 마음을 파고들어 장악하는지를 깨닫고 경이로워했다.

개셔는 피 묻은 손을 내려다보는 제이크를 찬찬히 뜯어보다가 씩 웃었다.

“피가 질질 흐르지, 응? 이 늙은 친구가 네 싱싱한 몸뚱이에서 뽑아낼 피는 그게 다가 아니야, 네가 빠릿빠릿하게 굴지 않으면 말이야. 그러니 아주 빠릿빠릿하게 굴어야 할 게다.”

개셔가 손을 뻗어 자신들이 지나가고 있는 골목의 울퉁불퉁한 돌바닥을 가리켰다. 바닥에는 녹슨 맨홀 뚜껑이 있었다. 그 뚜껑을 보고 제이크는 쇳덩이에 새겨진 글씨가 얼마 전에 본 것임을 깨달았다. ‘라머크 주조공업’이었다.

“옆에 손잡이가 달렸다. 보이냐? 그걸 잡고 들어올려. 자, 잽싸게 움직여라. 그럼 이빨이 온전한 채로 똑딱맨을 만날 수 있을 게다.”

제이크는 쇳덩이 뚜껑을 붙잡고 잡아당겼다. 세게 당기기는 했으나 있는 힘껏은 아니었다. 개셔에게 붙들린 채 달려온 미로 같은 거리와 골목은 힘들기는 했어도 최소한 볼 수는 있었다. 그러나 도시의 지하가 어떤 꼴을 하고 있을지는 상상할 수도 없었다. 아래는 탈출할 수 있으리라는 꿈조차 암흑이 집어삼켜 버린 곳이었기에, 피치 못할 경우가 아니라면 들여다보고 싶지도 않았다.

개셔는 금세 들여다보고 싶은 마음이 들게 해주었다.

"저한텐 너무 무거워서……"

해적은 이렇게 말하는 제이크의 목을 틀어쥐고 얼굴이 맞닿는 높이로 들어올렸다. 개셔의 두 뺨은 골목길을 한참 동안 달려온 탓에 살짝 발개졌고, 땀이 흘렀다. 살을 파먹은 종기들이 누렇고 벌겋게 달아올라 징그럽기 짝이 없었다. 터진 종기에서는 탁한 고름과 피가 질질 흘렀다. 목을 틀어쥔 손 때문에 숨이 막히기 직전, 제이크는 개셔의 구역질나는 입구린내를 한순간이나마 맡고야 말았다.

"잘 들어라, 이 멍청한 꼬맹아. 똑바로 들어, 왜냐면 경고는 이걸로 끝이니까. 저 염병할 뚜껑을 당장 치우지 않으면 네놈 주둥이에 손을 넣고 나불거리는 혓바닥을 뽑아버릴 테다. 물어뜯고 싶거든 얼마든지 그렇게 해. 내 피를 먹었다간 일주일도 안 돼서 네놈 낯짝에 갈보꽃이 필 테니까. 그때까지 살아 있다면 말이지만. 자, 이제 알아들었냐?"

제이크는 미친 듯이 고개를 끄덕였다. 점점 흐려지는 잿빛 장막 속으로 개셔의 얼굴이 멀어져갔고, 목소리는 아득히 멀리서 들려오는 듯했다.

"좋았어."

개셔가 제이크를 뒤로 밀쳤다. 제이크는 맨홀 뚜껑 옆에 허물어지듯 쓰러져 콜록거리며 헛구역질을 했다. 한참 만에 가까스로 들이마신 긴 숨은 마치 용암 같았다. 제이크는 피로 얼룩진 가래를 토했고, 그것을 보고 하마터면 토할 뻔했다.

"자, 뚜껑을 당겨라, 귀염둥아. 더는 따지지 말자꾸나."

제이크는 맨홀 뚜껑 쪽으로 기어가 손잡이를 쥐고 이번에는 있는 힘껏 잡아당겼다. 한순간 그래도 뚜껑을 움직이지 못하리라는 끔찍한 생각이 머릿속을 스쳤다. 뒤이어 개셔의 손이 입 안으로 파고들어 혀를 붙잡는 상상이 떠오르자 힘이 조금 더 솟아났다. 허리에서 부러지는 듯 둔한 통증이 퍼져나가기는 했지만 둥그런 뚜껑은 돌에 갈리며 천천히 옆으로 움직였고, 지하의 어둠이 초승달처럼 씩 웃으며 입을 드러냈다.

"잘했다, 꼬맹아, 잘했어!"

개셔가 신이 나서 외쳤다.

"나귀새끼처럼 힘이 좋구나! 멈추지 말고 계속 당겨!"

검은 초승달이 반달이 되고 허리의 통증이 풀무처럼 뜨거워졌을 때, 개셔가 제이크의 엉덩이를 걷어차 큰대 자로 자빠뜨렸다.

"아주 잘했다!"

개셔가 맨홀 안을 들여다보며 말했다.

"자, 꼬맹아, 이제 옆에 달린 사다리를 빠릿빠릿하게 타고 내려가라. 손을 놓치고 바닥으로 떨어지지 않게 조심해라, 왜냐면 사다리의 단이 겁나게 미끌미끌하거든. 내 기억으론 한 스무 단쯤 될 게야. 다 내려가면 꼼짝 말고 서서 기다려. 물론 이 늙은 친구한테서 달아나고 싶을 테지. 헌데 네가 보기엔 그게 영리한 생각 같으냐?"

"아뇨. 아닌 것 같아요."

"이 녀석, 아주 똑똑하구나!"

개셔의 입이 징그러운 웃음을 지으며 헤벌쭉 벌어지자 몇 안 남은 이가 또 한 번 드러났다.

"저 아래는 컴컴한 데다 터널이 천 갈래 만 갈래로 뻗어 있어. 네 늙은 친구 개셔야 제 손등처럼 훤히 알지, 아무렴. 허나 너는 금세 길을 잃을 게야. 게다가 쥐도 있단다. 아주 큼지막하고 아주 굶주린 놈들이야. 그러니 꼼짝 말고 기다려라."

"그럴 게요."

개셔는 제이크를 찬찬히 뜯어보았다.

"그래, 너 꼭 어딘가의 도련님처럼 말하는구나. 헌데 어린둥이는 아니야. 그건 내가 장담할 수 있어. 너 어디서 왔냐, 꼬맹아?"

제이크는 대꾸하지 않았다.

"개너구리가 혀를 먹어버렸냐, 응? 그래도 괜찮아, 똑딱맨이 다 불게 해줄 테니까, 아무렴. 그 양반은 나름의 방식이 있거든, 암. 사람들이 털어놓게 만드는 재주는 아주 타고났어. 일단 그 양반한테 걸리면 하도 빨리 떠들고 하도 크게 소리를 지르는 탓에 가끔은 대가리를 후려쳐서 진정시켜야 할 정도지. 개너구리도 똑딱맨 앞에선 함부로 혀를 못 먹는단다, 너처럼 영리한 도련님이라고 해도 말이야. 자, 이제 저 염병할 사다리를 타. 얼른!"

개셔가 발을 날렸다. 이번에는 제이크가 몸을 숙여 그 발을 간신히 피했다. 반쯤 열린 맨홀을 들여다본 제이크는 사다리를 찾아 발을 딛고 내려가기 시작했다. 가슴 높이까지 내려갔을 때, 바위가 무너지는 굉음이 대기를 뒤흔들었다. 2킬로미터쯤 떨어진 곳에서 들려왔으나 제이크는 설명을 들을 것도 없이 무슨 소리인지 알아차렸다. 순전히 절망만이 담긴 울음소리가 제이크의 입에서 터져나왔다.

개셔의 입가에 잔인한 웃음이 번졌다.

"야무진 친구놈이 네 생각보다는 멀리까지 따라왔나 보구나, 응? 헌데 꼬맹아, 내 생각보다는 못한 것 같다. 왜냐면 난 그 친구 눈을 봤거든. 아주 건방지고 교활한 눈이었어. 난 그 녀석이 제 쫄깃한 잠자리 친구를 찾으러올 작정이라면 빠릿빠릿하게 해낼 줄 알았다, 정말로 그랬고 말이야. 허나 철사 함정은 피했는데 그만 분수대에 잡혔구나. 그거면 됐어. 자, 가라, 꼬맹아.”

개셔는 맨홀 위로 나와 있는 제이크의 머리를 겨누고 발길질을 했다. 제이크는 몸을 숙여 피했으나 하수구 벽의 사다리를 딛고 있던 발이 그만 미끄러지고 말았고, 딱지로 뒤덮인 개셔의 발목을 붙잡아 간신히 떨어지지 않고 버텼다. 제이크가 애원하는 표정으로 위를 올려다보았다. 그러나 병으로 죽어가는 개셔의 얼굴은 전혀 누그러지지 않았다.

“제발요.”

제이크는 흐느낌으로 변해가는 자신의 목소리를 들었다. 거대한 분수대 아래 곤죽이 되어 누워 있을 롤랜드가 자꾸만 눈에 선했다. 개셔가 뭐라고 했더라? 꺼내려면 휴지로 닦아내야 할 거라고 했다.

“애걸하고 싶으면 해봐라, 귀염둥아. 그런다고 무슨 보람이 있을 거란 기대는 갖지 마. 왜냐면 다리 이쪽에선 자비란 게 씨가 말랐거든, 아무렴. 이제 내려가라, 안 그럼 골통을 뭉개서 귀로 질질 흘러나오게 해주마.”

그리하여 제이크는 아래로 내려갔고, 물이 고인 바닥에 도착했을 즈음에는 울고 싶은 충동도 사라지고 없었다. 제이크는 어깨를 축 늘어뜨리고 고개도 푹 숙인 채로 기다렸다. 개셔가 내려와 자신을 운명으로 이끌고 가기를.

23

쓰레기 눈사태를 일으키도록 장치된 철사 함정에는 하마터면 걸려들 뻔했지만, 허공에서 디룽거리는 분수대는 롤랜드가 보기에 당치도 않았다. 덜떨어진 어린애가 설치한 함정이 아닌가 싶을 정도였다. 코트는 일찍이 제자들에게 적지에서 이동할 때에는 모든 방위를 끊임없이 살피라고 가르쳤고, 거기에는 후방과 지면은 물론 상공도 포함되었다.

"오이, 멈춰."

롤랜드는 오이가 듣도록 북소리보다 크게 말했다.

"엄춰!"

오이가 따라하더니 앞을 보며 냉큼 한마디 덧붙였다.

"에이크!"

"그래."

롤랜드는 허공에 매달린 대리석 분수대를 다시 한 번 쳐다본 다음, 함정의 방아쇠를 찾으려고 거리를 살폈다. 두 개가 눈에 띄었다. 한때는 포장용 자갈로 위장한 효과를 톡톡히 봤을 테지만 그 한때가 지난 지는 이미 오래였다. 롤랜드는 몸을 숙이고 손으로 무릎을 짚은 다음, 위로 쳐든 오이의 얼굴을 내려다보며 말했다.

"널 잠깐만 품고 있어야겠다. 버둥대지 마라, 오이."

"오이!"

롤랜드가 두 팔로 개너구리를 끌어안았다. 처음에는 긴장했는지 벗어나려고 했지만 이윽고 고분고분해지는 낌새가 느껴졌다. 제이크가 아닌 누군가에게 이토록 가까이 있으려니 기분이 언짢을 텐데도 꾹 참고 버티려는 낌새가 역력했다. 롤랜드는 오이가 도대체 얼마나 영리한지 새삼 궁금해졌다.

롤랜드는 오이를 안고 좁은 길을 따라 러드의 공중 분수대 아래 있는 가짜 자갈 위를 조심스레 통과했다. 그는 함정을 무사히 지나고 나서 오이를 땅에 내려놓으려고 몸을 숙였다. 그러는 사이에 북소리가 그쳤다.

"에이크!" 오이가 조바심이 나서 외쳤다. "에이크! 에이크!"

"그래. 허나 그보다 앞서 처리할 일이 있단다."

롤랜드는 오이를 길 저편으로 5미터쯤 데려간 다음, 허리를 굽히고 콘크리트 덩어리 한 개를 주워들었다. 그가 골똘히 생각하며 양손으로 콘크리트 덩어리를 던지고 받는 사이에 동쪽에서 총소리가 들려왔다. 에디와 수재나가 누더기를 걸친 어린둥이 패거리에 맞서 싸운 소리는 쿵쿵대는 북소리에 묻혀 들리지 않았다. 그러나 롤랜드는 방금 그 총소리를 또렷이 들었고, 빙그레 웃었다. 그 소리는 딘 부부가 요람에 도착했다는 거의 확실한 의미이자, 벌써 일주일은 흐른 듯 길기만 한 그날 처음으로 들려온 희소식이었다.

롤랜드는 돌아서서 콘크리트 덩어리를 던졌다. 겨냥 실력이 강냉이 마을에서 오래된 신호등을 맞혔을 때와 다름없이 정확했다. 날아간 덩어리가 칙칙한 자갈 한 개를 정통으로 맞히자 녹슨 쇠줄 한 가닥이 퉁 소리를 내며 거칠게 끊어졌다. 대리석 분수대는 남은 쇠줄 한 가닥이 조금 더 버틴 덕분에 아래로 추락하다가 빙글빙글 돌았다. 롤랜드 생각에 반사신경이 뛰어난 사람 같으면 위험지대를 벗어나고도 남을 만큼 긴 시간이었다. 이내 남은 한 가닥마저 끊어지자 분수대가 기괴하게 생긴 분홍색 바위처럼 떨어졌다.

롤랜드는 녹슨 철근 더미 뒤로 뛰어들었고, 분수대가 우르릉 소리를 내며 길바닥에 부딪히자 오이도 롤랜드의 무릎 위로 냉큼 뛰어들었다. 공중으로 튀어오른 분홍색 대리석 조각 중에는 수레만큼 커다란 것도 있었다. 자잘한 조각 몇 개가 롤랜드의 얼굴을 때렸다. 롤랜드는 오이의 털에 붙은 조각들을 떨어냈다. 그러고 나서 임시로 만든 장벽 너머를 건너다보았다. 분수대가 거대한 접시처럼 둘로 쪼개져 있었다. '이 길로는 못 돌아오겠구나.' 롤랜드는 속으로 생각했다. 처음부터 비좁았던 길이 이제 완전히 막혀 있었다.

롤랜드는 분수대가 추락하는 소리를 제이크가 들었을지, 또 들었다면 무슨 생각을 할지 궁금했다. 개셔는 굳이 생각할 필요도 없었다. 개셔는 롤랜드가 분수대에 깔려 곤죽이 되었으리라고 생각할 터였고, 그것이야말로 롤랜드가 바라는 바였다. 제이크도 같은 생각을 했을까? 아이는 총잡이가 그토록 간단한 함정에 목숨을 잃으리라고 생각할 만큼 어리석지 않았다. 그러나 개셔 때문에 겁을 먹었다면, 사리판단이 흐려졌을지도 모를 일이었다. 어쨌거나 걱정하기에는 이미 늦었고, 롤랜드는 만약 다시 해야 한다고 해도 똑같이 할 작정이었다. 죽어가는 인간이든 아니든 간에 개셔는 용기와 짐승 같은 교활함을 함께 보여준 바 있었다. 그런 개셔가 이제 방심하게 되었다면 함정을 망가뜨린 가치는 있는 셈이었다.

롤랜드는 바닥에서 일어섰다.

"오이, 제이크를 찾아다오."

"아오!"

오이가 기다란 목에 달린 머리를 앞으로 뻗어 반원을 그리며 킁킁댔다. 제이크의 냄새를 찾고 걸음을 옮기는 오이의 뒤를 롤랜드가 따라갔다. 10분 후, 오이는 길에 있는 맨홀 뚜껑 앞에서 발을 멈추고 뚜껑 주위를 돌며 킁킁거리다가, 이내 롤랜드를 올려다보며 날카롭게 짖어댔다.

총잡이는 한쪽 무릎을 꿇고 앉아 어지럽게 흩어진 발자국과 돌바닥에 난 긁힌 자국을 유심히 살폈다. 이 맨홀 뚜껑은 꽤나 자주 열었다 닫은 듯싶었다. 근처의 자갈 사이에 있는 핏빛 가래를 보고 롤랜드는 눈을 가느다랗게 떴다.

"그 망할 놈이 아이를 계속 패는구나."

롤랜드는 맨홀 뚜껑을 열고 아래를 내려다보았고, 뒤이어 셔츠 앞섶을 여민 가죽끈을 풀었다. 그러고는 개너구리를 안아들고 셔츠 품 안에 넣었다. 오이는 이를 드러내고 으르렁거렸고, 롤랜드는 한순간 작고 날카로운 칼처럼 가슴과 배를 긁어대는 오이의 발톱을 느꼈다. 이윽고 발톱을 거두어들인 오이는 셔츠 바깥에 초롱초롱한 눈만 내놓은 채 증기기관처럼 씩씩거렸다. 총잡이는 셔츠 구멍에서 가죽끈을 뽑아낸 다음 걸낭을 뒤져 더 기다란 끈 한 가닥을 꺼냈다.

"네 목에 줄을 매야겠구나. 나도 원치 않는 일이고 너는 더욱 께름칙하겠지만, 저 아래는 무척이나 어두울 게야."

롤랜드는 가죽끈 두 가닥을 잇고 한쪽 끄트머리를 둥그런 고리로 만들어 오이의 목에 걸었다. 그는 오이가 또다시 으르렁대리라고, 어쩌면 물기까지 하리라고 생각했으나 오이는 그러지 않았다. 오이는 그저 금색 테두리가 둘러진 눈으로 롤랜드를 올려다보며 다급한 목소리로 "에이크!" 하고 짖을 따름이었다.

롤랜드는 임시변통으로 만든 목줄의 반대쪽 끄트머리를 입에 물고 하수구 가장자리에 걸터앉았다. 물론…… 그것이 단순한 하수구

일 때의 얘기였다. 안을 더듬던 그의 손에 사다리의 첫째 단이 느껴졌다. 그는 천천히, 조심스럽게 아래로 내려갔다. 한쪽 손의 절반이 날아가고 없는 데다, 쇠사다리가 기름과 이끼인 듯싶은 두툼한 무언가 때문에 미끄러웠기에 전에 없이 주의를 기울여야 했다. 셔츠와 배 사이에서 쉬지 않고 거칠게 헐떡이는 오이가 묵직하고 뜨끈하게 느껴졌다. 희미한 빛 속에서 눈가의 금색 테두리가 커다란 메달처럼 빛났다.

마침내, 더듬더듬 길을 찾던 총잡이의 발이 하수구 바닥에 고인 물을 밟고 첨벙거렸다. 총잡이는 고개를 슬쩍 들고 저 높은 곳의 동전만 한 빛을 올려다보았다. '여기서부터 어려워지겠군.' 총잡이는 생각했다. 터널은 뜨뜻하고 눅눅했고 오래된 납골당 같은 냄새가 났다. 근처 어딘가에서 물방울 떨어지는 소리가 희미하고 단조롭게 들려왔다. 그보다 먼 어딘가에서, 기계 돌아가는 소리가 롤랜드의 귀에 들려왔다. 롤랜드는 기특하기 짝이 없는 오이를 셔츠에서 꺼낸 다음, 하수도 터널을 따라 느리게 흘러가는 얕은 물에 내려놓았다.

"이제 모두 너한테 달렸다."

롤랜드가 개너구리의 귀에 대고 중얼거렸다.

"제이크한테 가는 거다, 오이. 제이크한테!"

"안테!"

오이는 이렇게 짖고 나서 기다란 목에 달린 머리를 시계추처럼 흔들며 물을 박차고 어둠 속으로 쏜살같이 달려갔다. 롤랜드는 반토막이 된 오른손에 오이의 목줄을 감고 그 뒤를 따랐다.

24

에디와 수재나의 머릿속에서 고유명사의 자리를 차지하기에 충분할 만큼 커다란 '요람'은 광장 한복판에 자리 잡고 있었고, 그 광장은 앞서 부서진 동상이 있던 광장보다 다섯 배는 더 넓었다. 그리고 마침내 그곳을 제대로 보게 되었을 때, 수재나는 러드의 다른 곳이 얼마나 낡고 우중충하고 태생부터 불결한지를 깨달았다. 요람은 어찌나 깨끗한지 눈이 부실 지경이었다. 건물 측면에는 덩굴 한 줄기 자라지 않았다. 눈이 시리도록 새하얀 벽과 계단과 기둥에는 낙서 한 점 없었다. 다른 곳은 온통 들판에서 불어온 누런 흙먼지로 뒤덮였으나 이곳만은 그렇지 않았다. 가까이 다가가고 나서야 수재나는 그 까닭을 알았다. 요람 측면의 구리로 덮인 처마 그늘에 노즐이 감추어져 있고 거기서 물줄기가 쉬지 않고 흘러내리기 때문이었다. 다른 곳에 감추어진 노즐에서도 이따금씩 물보라가 뿜어나와 계단을 씻었고, 그 물이 간간히 폭포가 되어 흘렀다.

"우와. 여기에 비하면 그랜드 센트럴 역도 네브래스카 두메산골의 시외버스 터미널처럼 보이겠는데."

"시인 한 명 나셨군요."

수재나가 에디의 말을 무덤덤하게 받았다.

계단은 건물 전체를 둘러싸고 위로 올라가 탁 트인 로비로 이어졌다. 시야를 가린 두둑한 덩굴은 없었으나 에디와 수재나의 눈에는 건물 안이 제대로 보이지 않았다. 건물 위쪽 지붕이 너무나 캄캄한 그림자를 드리웠기 때문이었다. 건물 가장자리를 따라 빔을 상징하는 동물이 둘씩 짝을 지어 빙 둘러서 있었다. 그러나 건물의 네 귀퉁이는 수재나가 이따금씩 꾸는 악몽 속에서가 아니라면 결코 보고 싶지 않은 생물이 차지했다. 오싹하게 생긴 용의 석상이, 몸뚱이는 비늘로 뒤덮이고 발톱을 꽉 움켜쥔 용들이 심술궂게 쏘아보고 있었던 것이다.

에디가 수재나의 어깨를 툭 건드리고 위쪽을 가리켰다. 수재나는 그쪽을 보았고…… 목구멍에서 숨이 턱 막히는 기분이 들었다. 지붕 맨 꼭대기에 두 다리를 떡 벌린 채로, 빔을 상징하는 동물과 용을 닮은 이무깃돌보다 훨씬 높은 곳에, 마치 그들 위에 군림하듯이, 높이가 20미터는 되어 보이는 황금 전사상이 서 있었다. 찌그러진 카우보이모자가 뒤로 젖혀진 탓에 주름지고 수심 어린 이마가 드러났다. 가슴 위에 비스듬히 걸린 목수건은 오랫동안 먼지막이로 쓰이다가 힘든 임무를 막 끝마친 듯했다. 치켜든 한쪽 손에는 리볼버를, 다른 손에는 올리브나무 가지로 보이는 것을 들고 있었다.

길르앗의 롤랜드가 금빛 옷을 차려입고 러드 요람의 지붕 위에 서 있었다.

'아니야.' 수재나가 생각했다. 숨을 쉬어야 한다는 사실이 그제야 떠올랐다. '롤랜드가 아니야…… 하지만 어떻게 보면 롤랜드가 맞아. 저 남자는 총잡이였어. 그리고 죽은 지 천 년도 넘은 저 남자와 롤랜드가 닮았다는 것, 그것만 알면 *카텟*의 진실에 대해 알아야 할 건 다 안 셈이야.'

남쪽에서 천둥소리가 진동했다. 하늘에서 질주하는 구름을 번개가 짓찢었다. 수재나는 요람 꼭대기에 서 있는 황금상과 그 주위에 둘러선 동물들을 더 자세히 살펴보고 싶었다. 동물상에는 글씨가 새겨진 듯했는데 알아두면 유용한 정보일 것 같았다. 그러나 당장은 한시가 급한 상황이었다.

거북이 거리가 끝나고 요람 광장이 시작되는 곳의 길바닥에 폭이 널찍한 빨간색 띠가 그어져 있었다. 모드는 에디가 '지브스 집사'로 부르는 사내와 함께 그 띠로부터 멀찌감치 떨어진 곳에서 걸음을 멈추고 단호하게 말했다.

"여기까지예요, 더는 못 가요. 우릴 죽이고 싶거든 죽이세요. 하지만 사람은 누구나 신들께 죽음을 빚지고 있는 법이에요, 그러니 난 무슨 일이 있어도 저 사선 이쪽에서 죽겠어요. 외지 사람들을 위해서 블레인을 건드리지는 않을 거예요."

"저도 마찬가집니다."

지브스가 말했다. 그는 먼지 낀 중산모자를 벗어 맨 가슴에 대고 있었다. 얼굴에는 외경심이 가득했다.

"좋아. 여기서 그만 사라져, 너희 둘 다."

"우리가 돌아서면 등을 쏠 거지요? 틀림없어요, 아무렴요."

지브스가 떨리는 목소리로 말했다. 모드는 고개를 저었다. 얼굴에 말라붙은 피가 적갈색 점묘화처럼 기괴했다.

"총잡이는 등 뒤에서 쏘지 않는 법이야. 그것만은 내가 장담해."

"총잡이라고 해봐야 저 사람들 말일 뿐이야."

모드는 수재나가 쥐고 있는 닳아빠진 백단향 손잡이가 달린 큼지막한 리볼버를 가리켰다. 지브스는 그 총을 바라보다가…… 이윽고 모드에게 손을 내밀었다. 모드가 그 손을 잡았을 때, 이때껏 위험한 살인자로 그려졌던 그들의 모습이 수재나의 머릿속에서 산산이 부서졌다. 둘의 모습은 보니와 클라이드보다 핸젤과 그레텔에 더 가까웠다. 지쳤고, 겁먹었고, 혼란스러워했으며, 숲에서 너무 오랫동안 헤맨 나머지 그곳에서 그만 늙고 말았다. 수재나가 그들에게 느끼던 증오와 공포는 사라졌다. 그 자리를 대신 채운 것은 침통한 슬픔이었다.

"두 사람 모두 잘 가요. 가고 싶은 곳으로 가세요. 나와 내 남편이 해칠 거라는 걱정은 안 해도 돼요."

수재나가 부드럽게 말했다. 모드는 고개를 끄덕였다.

"해치지 않을 거라는 말씀을 믿어요. 그리고 윈스턴을 쏜 것도 용서해 드릴게요. 하지만 제 말 들으세요. 잘 들어야 해요. *요람에 가까이 가지 마세요.* 그곳에 가려는 목적이 뭐든 간에 아무 보람도 없을 거예요. 블레인의 요람에 들어갔다간 죽음뿐이에요."

"우린 달리 선택할 여지가 없어."

에디가 말했고, 뒤이어 머리 위 하늘에서 천둥이 울렸다. 마치 맞장구치기라도 하듯이.

"이번엔 내가 한마디 할 테니까 들어봐. 이 러드 지하에 뭐가 있고 뭐가 없는지 난 몰라, 하지만 너희를 조종하는 저 북소리가 녹음된 노랫소리라는 건 알아. 그건 나랑 내 아내가 살던 세계에서 만들어진 노래야."

에디는 두 사람의 아리송한 표정을 보고 말이 안 통한다는 듯 두 팔을 쳐들었다.

"미치고 환장하겠네, 무슨 말인지 모르겠어? 너흰 고작 노래 때문에 서로 죽이고 있단 말이야, 그것도 싱글로 발매된 적도 없는 노래 때문에!"

수재나는 에디의 어깨에 손을 얹고 그의 이름을 중얼거렸다. 에디는 잠시 수재나를 젖혀둔 채 지브스에게서 모드로, 다시 지브스에게로 눈을 희번덕거렸다.

"괴물을 보고 싶어? 그럼 너희끼리 서로 찬찬히 마주보면 돼. 그리고 너희가 집이라고 부르는 유령 소굴로 돌아가거든 친구랑 친척들도 한번 살펴보도록 해."

"나리는 몰라요."

모드가 말했다. 그녀의 두 눈은 어둡고 침울했다.

"하지만 알게 되겠죠. 암요, 알게 될 거예요."

"그만 가세요." 수재나가 조용히 말했다. "우리 사이에 대화는 아무 소용도 없어요. 그저 죽은 말일 뿐이에요. 갈 길을 가요, 그리고 아버지의 얼굴을 기억하려고 애쓰도록 하세요. 당신들은 그 얼굴을 잊은 지 오래된 것 같으니까요."

둘은 더 이상 아무 말도 남기지 않고 왔던 방향으로 되돌아갔다. 그러나 이따금씩 어깨 너머를 돌아보기는 했다. 손은 맞잡은 채 그대로였다. 깊고 캄캄한 숲 속에서 길을 잃은 헨젤과 그레텔처럼.

"여기서 벗어나고 싶어요."

에디가 무거운 목소리로 말했다. 그는 루거의 안전장치를 다시 걸고 허리춤에 꽂은 다음, 발개진 눈을 손바닥으로 문질렀다.

"그냥 벗어났으면 좋겠어요, 내 소원은 그것뿐이에요."

"나도 무슨 말인지 알아요, 미남 아저씨."

수재나는 분명히 겁에 질렸으면서도 대들듯이 고개를 삐딱하게 기울이고 있었다. 그것이야말로 에디가 인정하고 사랑하게 된 모습이었다. 에디는 수재나의 어깨에 손을 올리고 몸을 숙여 입을 맞추었다. 살벌한 주변 풍경도 다가오는 폭풍도 아랑곳하지 않고 오로지 입맞춤에만 몰입했다. 에디가 마침내 고개를 들었을 때, 수재나는 휘둥그레진 눈을 반짝이며 그를 뜯어보았다.

"와! 방금 뭐 한 거예요?"

"당신을 얼마나 사랑하는지 보여주려고요. 내 생각엔 딱 그만큼인 것 같아요. 어때요, 그 정도면 충분해요?"

수재나의 눈가에 웃음이 번졌다. 한순간 그녀는 자신이 지니고 있을지도 모르는 비밀을 에디에게 털어놓을까 하고 생각했지만, 그러기에는 시간도 장소도 마땅치가 않았다. 관문을 상징하는 동물상에 새겨진 글씨를 살펴볼 시간이 없었듯이, 에디에게 자신이 임신했을지도 모른다고 털어놓을 시간도 없었던 것이다.

"그거면 충분해요, 에디."

수재나는 대신 에디에게 이렇게 말했다. 에디의 연갈색 눈은 오로지 수재나만을 향하고 있었다.

"수재나, 내 평생 가장 행복한 일은 바로 당신을 만난 거예요. 사실 난 이런 얘기 하는 데 아주 젬병이에요. 헨리 형이랑 살다 보니까 그렇게 된 것 같은데, 그래도 그건 내 진심이에요. 처음에는 당신이 롤랜드가 나한테서 뺏어간 전부였기 때문에 당신한테 끌렸던 것 같아요. 그러니까, 뉴욕 말이에요. 하지만 지금은 그보다 훨씬 더 소중해요, 왜냐면 난 이제 뉴욕으로 돌아가기 싫으니까요. 당신은 어때요?"

수재나는 요람을 바라다보았다. 그곳에서 무엇을 발견하게 될지 두려웠지만, 그럼에도 결국은…… 다시 에디에게로 눈을 돌렸다.

"아뇨, 나도 돌아가고 싶지 않아요. 난 남은 평생 동안 오로지 앞으로만 나아갈 거예요. 당신이 내 곁에 있는 한, 그럴 거예요. 그러고 보니 우습네요, 당신이 날 사랑하게 된 이유가 롤랜드에게 빼앗긴 것 때문이라니 말이에요."

"뭐가 우스워요?"

"내가 당신한테 끌린 이유는 당신이 날 데타 워커한테서 해방시켜줬기 때문이니까요."

수재나는 말을 멈추고 생각하더니 살짝 고개를 저었다.

"아니에요, 그게 다가 아니에요. 당신이 나를 그 두 망할 년들 모두한테서 해방시켜줬기 때문이에요. 한 명은 욕쟁이에다 남자나 후리고 다니는 년이었죠, 또 한 명은 독불장군에다 제 잘난 맛에 사는 년이었고요. 내가 보기엔 그년이 그년이지만요. 난 그 둘 중 어느 쪽보다도 수재나 딘이 마음에 들어요. 그리고…… 날 그토록 자유롭게 해준 사람은 바로 당신이에요."

이번에 팔을 뻗은 사람은 수재나였다. 그녀는 수염이 부숭부숭한 에디의 뺨을 감싸고 아래로 당겨 부드럽게 입을 맞추었다. 에디의 손이 살며시 가슴에 올라오자 그녀는 한숨을 내쉬고 그 손을 감쌌다.

"이제 움직이는 게 좋겠어요. 이러다가 길에 눕기라도 하면…… 봐요, 비에 젖을 거 아녜요."

에디는 말없이 서 있는 탑과 부서진 창문과 덩굴로 뒤덮인 벽을 마지막으로 둘러보았다. 그러고 나서 고개를 끄덕였다.

"알았어요. 어차피 이 도시에 미래 같은 게 있을 것 같진 않으니까요."

에디는 수재나의 휠체어를 밀었다. 모드가 '사선'으로 부른 붉은 띠를 휠체어 바퀴가 밟고 지나가는 동안 두 사람은 함께 바짝 얼어붙었고, 태곳적에 설치된 방어 장치를 건드리고 둘이 함께 죽지는 않을까 하고 두려워했다. 그러나 아무 일도 일어나지 않았다. 에디는 휠체어를 밀고 광장으로 들어섰다. 두 사람이 요람의 계단을 향하여 다가가는 사이에 차가운 비바람이 쏟아지기 시작했다.

비록 두 사람 중 누구도 깨닫지 못했지만, 중간 세계의 첫 번째 가을 폭풍은 이렇게 도착했다.

25

일단 냄새 나고 어두운 하수도로 들어서자 개셔는 땅 위에서와 달리 살인적인 속도로 달리지 않았다. 제이크가 생각하기에 어둡기 때문은 아니었다. 개셔가 앞서 장담했던 대로 꼬불꼬불 흰 길을 훤히 아는 듯 보였기 때문이었다. 제이크 생각에 이 납치범은 틀림없이 롤랜드가 분수대에 깔려 곤죽이 된 데 만족한 나머지 걸음을 늦춘 듯싶었다.

그러나 제이크 자신은 슬슬 의심을 품기 시작했다.

만약 롤랜드가 두 번째 함정보다 훨씬 더 감쪽같이 설치된 첫 번째 철사를 발견했다면, 분수대를 못 보고 놓쳤을 리가 있을까? 있음직한 일이었으나 제이크가 보기에는 별 설득력이 없었다. 오히려 개셔를 속여 걸음을 늦추게 하려고 롤랜드가 일부러 분수대를 건드렸을 공산이 더 컸다. 이토록 완벽한 어둠 속에서는 총잡이의 추적 솜씨마저도 무릎을 꿇을 것이기에, 제이크는 롤랜드가 이 지하 미로를 헤치고 자신들을 따라오리라고 믿지 않았다. 그럼에도 롤랜드가 약속을 지키려고 애쓰다가 죽지 않았을지도 모른다는 생각을 하면 기운이 솟았다.

두 사람은 오른쪽으로, 왼쪽으로, 다시 오른쪽으로 돌았다. 제이

크는 시력이 힘을 못 쓰는 대신 다른 감각이 점점 예민해진 덕분에
주위에 있는 여러 터널의 존재를 희미하게 감지했다. 오래된 기계의
작동음은 나지막이 들려오다가 갑자기 커졌고, 도시를 떠받치는 암
석층에 가까워질 때면 다시 작아졌다. 이따금씩 살갗을 스친 바람은
온풍일 때도 있었고 냉풍일 때도 있었다. 구린내 나는 바람이 불어
오는 터널을 따라 꼬불꼬불 돌아가는 동안 첨벙거리는 발소리가 짧
은 여운을 남기며 메아리쳤다. 한 번은 천장에서 아래로 쑥 튀어나
온 금속 물체 때문에 제이크의 머리가 깨질 뻔한 적도 있었다. 제이
크가 그 물체를 손으로 턱 붙잡고 더듬어 보니 큼지막하고 둥그런
밸브 손잡이 같은 것이 느껴졌다. 그다음부터 제이크는 앞에 무엇이
있는지 알아보려고 두 손을 휘휘 저으며 바삐 걸어갔다.

　개셔는 황소를 모는 마부처럼 제이크의 어깨를 두드려 길을 가리
켰다. 두 사람은 서둘러 걸었으나 총총걸음일 뿐 뛰지는 않았다. 개
셔는 숨을 충분히 돌렸는지 콧노래를 흥얼거리더니 이내 나지막이,
그러나 성량만큼은 놀랍도록 풍부한 테너 목소리로 노래를 부르기
시작했다.

"리블 티 티블 티 팅 팅 팅,
일자리를 구해 반지를 사주리다,
그러니 좀 만지게 해주오
그대 풍만한 가슴 말이오,
리블 티 티블 티 팅 팅 팅!

오 리블 티 티블,

나 연주하리 그대를,
그대가 가진 그것을 팅 팅 팅!"

대여섯 소절을 더 부르고 나서야 개셔는 노래를 멈췄다.

"이번엔 네가 한 곡조 불러봐라, 꼬맹아."

"아는 노래가 없는데요."

제이크는 숨을 헐떡거렸다. 실제보다 더 숨찬 듯 보이고 싶었다. 그렇게 해서 득이 될지 안 될지는 모를 일이었지만 이 캄캄한 지하에서는 아무리 미약한 가능성이라도 시도해 볼 가치가 있을 듯싶었다.

개셔가 팔꿈치로 제이크의 등 한복판을 내리찍었다. 어찌나 세게 찍었던지 제이크는 하마터면 터널에 느릿느릿 흘러가는 발꿈치 깊이의 물에 거꾸러질 뻔했다.

"네가 알아둬야 할 게 있다, 꼬맹아. 등골을 잡아뽑히기 싫거든 명심하는 게 좋아."

개셔는 잠시 말을 끊었다가 이렇게 덧붙였다.

"이 아래엔 유령이 나온단다. 빌어먹을 놈의 기계 속에 사는 유령이지, 암. 놈들을 쫓으려면 노래를 불러야 해…… 알아듣겠냐? 응? 자, 이제 불러!"

제이크는 개셔의 애정 어린 주먹질을 또 한 차례 받을까 봐 필사적으로 머리를 굴렸다. 그러다가 일고여덟 살 무렵 여름 캠프에 갔다가 배운 노래를 떠올렸다. 캄캄한 허공을 향하여 입을 벌리고, 제이크는 큰소리로 노래를 부르기 시작했다. 흐르는 물 소리와 떨어지는 물 소리와 쿵쿵거리는 낡은 기계 소리를 비집고 노랫소리가 메아리쳤다.

"우리 애인은 멋쟁이, 그녀는 뉴욕 아가씨,

그녀가 예뻐 보이게 난 뭐든 사서 바치지

우리 애인은 엉덩이도 빵빵해

아주 그냥 전함처럼 빵빵해,

아, 내 돈이 다 저기로 들어갔구나.

우리 애인은 예쁜이, 그녀는 필라델피아 아가씨,

그녀가 예뻐 보이게 난 뭐든 사서 바치지

우리 애인은 눈도 커

아주 그냥 피자처럼 커,

아, 내 돈이 다 저……"

개서가 제이크의 양쪽 귀를 주전자 손잡이처럼 잡아당기며 멈춰 세웠다.

"바로 앞에 구멍이 있다, 꼬맹아. 네놈 목소리를 들으니 그냥 빠지도록 놔두는 게 세상에 이바지하는 일 같다만, 그랬다가는 똑딱맨이 절대로 안 봐줄 테니 좀 더 살려두마."

개서는 불타는 듯 화끈거리는 제이크의 귀를 놓고 대신 셔츠 뒤 꽁무니를 잡았다.

"이제 앞으로 수그리고 구멍 건너편의 사다리를 찾아봐라. 미끄러져서 나까지 끌고 떨어지지 않게 조심해!"

보이지 않는 구덩이로 빠질까봐 두려워 팔을 쭉 뻗은 채로, 제이크는 조심스레 몸을 앞으로 수그렸다. 사다리를 찾아 앞을 더듬다 보니 따뜻한 공기가, 깨끗하고 거의 향기롭기까지 한 공기가 얼굴을 스쳤고, 아래쪽에서는 장미 색깔 불빛이 희미하게 비쳐왔다. 제이크는 손끝에 닿은 강철 사다리의 단을 움켜쥐었다. 오이에게 물린 왼손의 상처가 또다시 벌어져 손바닥에 피가 흐르는 느낌이 들었다.

"찾았냐?"

"예."

"그럼 내려가! 뭘 꾸물거리고 있어, 빌어 처먹을!"

개셔가 셔츠 자락을 놓자 제이크의 머릿속에 발을 뒤로 빼는 개셔의 모습이 훤히 그려졌다. 엉덩이를 걷어차 재촉할 속셈이었던 것이다. 제이크는 희미한 빛이 올라오는 구멍 건너편에 발을 디딘 다음, 다친 손을 가능한 한 조금만 쓰면서 사다리를 내려가기 시작했다. 이번에 내려가는 사다리는 이끼도 기름도 없었고 녹도 거의 슬지 않았다. 몹시도 긴 수직 통로를 내려가면서 제이크는 개셔의 투박한 장화 바닥에 손을 찍히지 않으려고 서둘렀고, 그러다 보니 어느새 오래전 텔레비전에서 본 영화가 떠올랐다. 그 영화의 제목은 「지구 속 여행」이었다.

쿵쿵대는 기계 소리가 점점 커졌고, 장미 색깔 불빛도 점점 환해졌다. 제대로 돌아가는 기계의 소리가 아니기는 마찬가지였으나 위에 있던 것들보다는 상태가 더 나은 듯 들렸다. 마침내 맨 밑에 도착해 보니 그곳의 바닥은 보송보송하게 말라 있었다. 눈앞에 새로 펼쳐진 수평 통로는 네모꼴이었고 높이가 1.8미터 정도였으며, 벽은 대갈못으로 연결한 스테인리스 강판이었다. 통로는 시야 한쪽 끝에서 다른 쪽 끝까지 일직선으로 뻗어 있었다. 제이크는 생각해 볼 것도 없이 본능적으로 깨달았다. (러드의 지표면에서부터 최소한 20미터는 아래에 있을) 이 터널 또한 빔의 길을 따라 지어져 있었다. 그리고 제이크는 왜인지는 몰라도 확신할 수 있었다. 저 위 어딘가에, 그들이 찾는 열차가 이 통로와 나란히 누워 있었다.

양쪽 벽이 천장과 만나는 모서리를 따라 창살이 달린 통풍구가 쭉 이어졌다. 깨끗하고 건조한 바람은 거기서 흘러나왔다. 군데군데 푸른 수염 같은 이끼가 대롱거렸지만 대개는 깨끗했다. 통풍구 아래에 한 칸 건너 한 개씩 소문자 티(t) 자처럼 생긴 기호와 함께 노란색 화살표가 그려져 있었다. 화살표가 가리키는 방향은 개셔와 제이크가 향하는 쪽이었다.

장미 색깔 불빛은 통로 천정에 줄줄이 붙어 있는 유리관이 비추고 있었다. 셋 중 하나 꼴로 불이 나갔고 애처롭게 깜박거리는 것도 있었으나 절반 정도는 아직 불이 들어왔다. ‘네온관이잖아.’ 제이크는 어리둥절했다. ‘이럴 수가.’

개셔가 제이크 옆으로 뛰어내렸다. 그는 제이크의 놀란 표정을 보고 씩 웃었다.

“멋지지, 그렇지? 여름에는 시원하고 겨울에는 뜨뜻하고, 식량은 500명이 500년간 먹어도 남을 만큼 많아. 제일 멋진 게 뭔지 아냐, 꼬맹아? 이 아늑한 기지에서 제일 좋은 게 뭔지 알아?”

제이크는 고개를 저었다.

“빌어 처먹을 어린둥이 놈들은 이런 데가 있는 줄도 모른다는 거다. 놈들은 이 아래에 괴물이 사는 줄 알지. 괴물이 하수구 뚜껑 근처에 얼쩡거리는 어린둥이를 잡아가는 줄 알아, 그러니 피치 못할 사정이 아닌 한은 얼씬도 안 한단 말이야!”

개셔는 고개를 젖히고 마음껏 웃어젖혔다. 제이크는 따라 웃지 않았다. 머릿속 깊숙한 곳의 냉정한 목소리가 현명하게 굴라고 말했는데도 그러지 않았다. 어린둥이들의 기분을 뼈저리게 공감했기 때문에 웃지 않았다. 도시 지하에는 *실제로* 괴물이 살았다. 거인, 난쟁이, 오크 같은 괴물들이. 제이크 자신 또한 바로 그런 괴물에게 납치당하지 않았던가?

개셔가 제이크를 왼쪽으로 떠밀었다.

"가라. 거의 다 왔다, 서둘러!"

두 사람이 달리는 동안 발소리는 메아리가 되어 그들의 뒤를 쫓았다. 이렇게 15분쯤 달린 끝에 200미터쯤 앞의 방수용 해치가 눈에 들어왔다. 가까이 가서 보니 해치에 큼지막한 바퀴 모양 밸브 손잡이가 달려 있었다. 그 오른쪽 벽에 상자모양 인터폰이 보였다.

"어이구, 숨차."

터널 끝의 해치에 도착하자 개셔가 숨을 헐떡였다.

"이 늙은이한테는 너무 힘든 임무야, 아무렴!"

개셔가 인터폰의 단추를 누르고 큰소리로 말했다.

"잡아왔어요, 똑딱맨님! 멀쩡하게 데려왔으니 마음에 쏙 드실 겁니다! 터럭 하나 안 건드렸습니다요! 제가 말씀드렸잖습니까, 이 개셔맨이 빠릿빠릿하게 받들 테니 믿으시라고 말입니다! 자, 이제 들어가게 문을 열어주세요!"

개셔는 단추에서 손을 떼고 초조한 듯 문을 쳐다보았다. 바퀴 모양 손잡이가 돌아가지 않았다. 그 대신 인터폰의 스피커에서 무덤덤하고 느릿느릿한 목소리가 흘러나왔다.

"암호를 대라."

개셔의 표정이 끔찍하게 일그러졌다. 그는 기다랗고 지저분한 손톱으로 턱을 긁다가 눈가리개를 들어올리더니 또다시 누리끼리한 고름을 훔쳐냈다.

"똑딱맨이 암호를 대라고 하는구나!"

개서가 말했다. 걱정뿐 아니라 짜증도 함께 밴 목소리였다.

"영리한 양반이긴 해, 헌데 나한테 그런 걸 다 묻다니 이건 좀 심한데. 아무렴."

개서는 인터폰의 단추를 누르고 소리를 질렀다.

"좀 봐줘요, 똑딱맨님! 제 목소리도 못 알아듣겠으면 보청기를 끼세요!"

"아, 그야 물론 알아들었지."

느릿느릿한 목소리가 대답했다. 제이크가 듣기에는 영화 「빅 턴」에서 버트 레이놀즈의 조수로 나왔던 제리 리드의 목소리 같았다.

"헌데 네가 누구랑 같이 있는지 내가 알 게 뭐냐, 안 그래? 너 설마 입구의 카메라가 작년에 박살난 걸 잊은 게냐? 암호를 대라, 개서. 아니면 거기서 뒈지든가!"

개서는 손가락으로 코를 후비다가 박하 젤리 색깔이 나는 코딱지를 파내어 스피커 망에 문질렀다. 제이크는 이 유치한 심술보가 신기한 나머지 말없이 지켜보기만 했다. 속에서는 발작 같은 웃음이 터져나오려고 부글거려 성가실 정도였다. 함정이 설치된 미로와 칠흑 같은 터널을 지나 기껏 여기까지 왔건만, 이 밀폐문 앞에서 무릎을 꿇어야 한단 말인가? 고작 개서가 똑딱맨의 암호를 잊어버렸다는 이유 하나 때문에?

개서가 제이크를 험상궂게 쏘아보더니 땀에 전 머릿수건을 벗어 들었다. 그 아래 드러난 머리는 고슴도치 가시처럼 부숭부숭한 검은 머리카락 몇 가닥을 빼면 훤히 벗어진 대머리였고, 왼쪽 관자놀이 위에 깊숙이 팬 흉터가 보였다. 머릿수건을 들여다보던 개셔가 종이 쪽지 한 장을 꺼내들고 중얼거렸다.

"기특한 후츠 녀석. 녀석한테 톡톡히 신세를 졌구먼."

개셔는 쪽지를 이리저리 돌려가며 살펴보다가 제이크에게 내밀고 나지막이 말했다. 인터폰의 송신 단추를 누르지 않았으면서도 똑딱맨에게 들릴까봐 두려워하는 듯했다.

"넌 본때 있게 자란 아이야, 그렇지? 그런 애들은 이유식을 떼고 구석에서 오줌 갈기는 법을 익힌 다음엔 맨 먼저 글 읽기를 배우는 법이지. 그러니 여기 적힌 걸 읽어다오, 꼬맹아. 내가 그만 까먹어버렸지 뭐냐. 암, 그랬지."

제이크는 쪽지를 받아들고 들여다보았다. 그러고 나서 다시 개셔를 올려다보며 차갑게 물었다.

"안 읽겠다면 어쩔 건데요?"

이 말에 개셔는 한순간 멈칫했으나…… 이내 재미있다는 듯, 위험스럽게 씩 웃으며 말했다.

"그러겠다면야, 네 모가지를 움켜잡고 대갈통으로 문을 노크해야겠지. 그런다고 똑딱맨이 들여보내준다는 보장은 없어. 왜냐면 네 야무진 친구를 무서워하거든, 암. 허나 네 골이 저 손잡이에 박살 나서 질질 흐르는 꼴을 보면 적어도 내 마음은 흐뭇할 게야."

제이크가 머릿속에서 이 말을 곱씹는 동안에도 마음속에서는 음침한 웃음소리가 부글거렸다. 똑딱맨은 무척이나 영리한 인간이었다. 개셔가 롤랜드에게 포로로 붙잡힌다고 해도 이미 죽어가는 인간인 그를 구슬려 암호를 얻어내기는 쉽지 않았다. 똑딱맨이 미처 계산에 넣지 않았던 것은, 바로 개셔의 모자란 기억력이었다.

‘웃으면 안 돼. 웃었다간 정말로 머리가 박살날 거야.’

방금 늘어놓은 호언장담과 달리 개셔는 정말로 걱정스러운 표정으로 제이크를 살펴보는 중이었다. 제이크는 어쩌면 유용하게 써먹을 수 있을지도 모르는 사실을 깨달았다. 개셔는 죽음은 겁내지 않을지 몰라도…… 창피당하는 것만은 틀림없이 두려워했다. 제이크는 차분한 목소리로 말했다.

“알았어요, 개셔. 쪽지에 적힌 말은 ‘한가득’이에요.”

“이리 내놔.”

개셔는 쪽지를 빼앗아 다시 머릿수건에 넣고 그것을 머리에 둘렀다. 그가 인터폰의 단추를 눌렀다.

“똑딱맨님? 거기 계세요?”

“아니면 어디 있을 것 같으냐? 세상의 서쪽 끝에?”

이제 느릿느릿한 목소리가 조금 흥겨워하는 듯 들렸다.

개셔는 스피커를 향하여 백태가 낀 혀를 날름거리면서도 알랑거리다 못해 비굴하기까지 한 목소리로 말했다.

“암호는 ‘한가득’입니다요. 거 참 듣기도 좋네요! 자, 이제 열어주세요, 얼른요!”

“물론이지.”

똑딱맨이 말했다. 근처 어딘가에서 기계가 작동하기 시작하자 제이크가 놀라서 펄쩍 뛰었다. 방수문 한가운데의 둥그런 밸브 손잡이가 돌아갔다. 손잡이가 멈추자 개셔는 그것을 붙들고 잡아당겨 문을 열었다. 그러고는 제이크의 팔을 붙들고 높다란 문턱을 지나 난생처음 보는 기괴한 방으로 아이를 끌고 들어갔다.

26

롤랜드는 흐릿한 분홍색 불빛 속으로 내려왔다. 브이 자 모양으로 파인 셔츠 앞섶에서 오이가 반짝이는 눈을 내밀었다. 통풍구에서 따뜻한 바람이 흘러나오자 오이는 기다란 목을 한껏 내밀고 쿵쿵거렸다. 롤랜드는 오로지 오이의 코에 의지한 채 위쪽의 컴컴한 터널을 지나왔다. 그러는 동안 흐르는 물 속에서 오이가 제이크의 체취를 잃어버릴까 몹시도 두려워했으나…… 처음에는 개서의 노랫소리가, 나중에는 제이크의 소리가 하수로 저편에서 메아리치자 조금 마음을 놓았다. 오이가 제대로 따라왔기 때문이었다.

오이도 그 노랫소리를 들었다. 그때껏 조심스레 움직이며 이따금씩 신중을 기하려고 왔던 길을 돌아가기도 하던 오이가 제이크의 목소리를 듣더니 줄이 끊어져라 달리기 시작했다. 롤랜드는 오이가 앙칼진 목소리로 '에이크! 에이크!' 하고 외치지나 않을까 두려워했으나 그러지는 않았다. 이윽고 이 미로 같은 터널 아래로 이어지는 수직 통로에 이르렀을 때, 펌프 비슷한 기계 소리에 이어 금속 문을 쾅 하고 닫는 소리가 들려왔다.

롤랜드는 네모난 터널 바닥으로 내려온 다음, 천장에 두 줄을 지어 양쪽 방향으로 길게 이어진 유리관들을 슥 훑어보았다. 뉴욕 시에서 본 발라자르 소유의 나이트클럽 간판처럼 불빛을 비추는 유리관이었다. 롤랜드는 양쪽 벽 꼭대기를 따라 나 있는 크롬 통풍구와 그 아래의 화살표를 좀 더 자세히 살펴보고 나서 오이의 목줄을 풀러주었다. 오이는 줄을 벗어서 기쁜지 고개를 정신없이 흔들어댔다.

"거의 다 왔다."

쫑긋 선 개너구리의 귀에 대고 롤랜드가 중얼거렸다.

"그러니 조용히 있어야 한다. 알아들었느냐, 오이? 아주 조용히 있어야 해."

"야아해."

오이가 다른 때였더라면 우스꽝스럽게 들릴 법한 걸걸한 목소리로 롤랜드를 따라 했다.

오이는 롤랜드가 내려놓자마자 목을 쭉 내밀고 바닥을 쿵쿵대며 터널을 따라 달렸다. 숨소리 아래로 '에이크, 에이크! 에이크, 에이크!' 하고 중얼거리는 소리가 들렸다. 롤랜드는 총을 뽑아들고 그 뒤를 따랐다.

27

하늘이 뚫린 듯 비가 억수같이 쏟아지는 동안, 에디와 수재나는 블레인의 거대한 요람을 올려다보았다.

"이렇게 큰 건물에 장애인용 진입로가 없다니!"

빗소리와 천둥소리를 뚫고 에디가 악을 썼다. 수재나는 휠체어에서 내려오며 서둘러 말했다.

"상관없어요. 어서 저 위로 올라가서 비나 피해요."

에디는 높다란 계단을 걱정스러운 눈빛으로 올려다보았다. 한 단 한 단은 야트막했지만…… 개수가 너무 많았다.

"진심이에요, 수즈?"

"누가 먼저 가나 보자고요, 흰둥이 총각."

수재나는 이 말을 남기고 불가사의할 정도로 가뿐하게 계단을 오르기 시작했다. 그녀는 두 손과 탄탄한 팔과 짤따란 다리를 이용하여 꿈틀거리며 올라갔다.

그리하여 에디를 *거의* 이길 뻔했다. 에디는 쇳덩이 휠체어를 들고 뛰느라 속도가 느릴 수밖에 없었다. 계단 꼭대기에 이르렀을 때에는 두 사람 모두 숨을 헐떡거렸고 젖은 옷에서는 김이 모락모락 피어올랐다. 에디는 수재나의 겨드랑이에 팔을 넣고 그녀를 들어올렸다. 그리고는 원래 마음먹은 대로 휠체어에 앉히는 대신 허리를 두 손으로 꽉 끌어안았다.

왜 그런지는 짐작도 할 수 없었지만 그는 반쯤은 욕정에, 반쯤은 광기에 들떠 있었다.

'야, 야, 진정해.' 에디는 속으로 생각했다. '여기까지 잘도 살아서 왔잖아. 그래서 지금 호르몬이 미쳐 날뛰는 거야.'

수재나가 자신의 도톰한 아랫입술을 핥더니 에디의 머리카락을 그악스럽게 감아쥐었다. 그러다가 잡아당겼다. 아팠지만…… 근사한 기분이 들었다.

"봐요, 내가 이긴다고 했죠, 흰둥이 총각."

수재나의 목소리는 나지막하고 거칠었다.

"무슨 소리, 내가 이겼어요…… 반걸음 차이로."

에디는 실제보다 숨이 덜 찬 듯 보이려고 기를 썼지만 어림도 없는 일이었다.

"그럴지도…… 하지만 숨이 차서 쓰러질 지경이죠?"

수재나의 한쪽 손이 에디의 머리카락을 놓고 아래로 미끄러지더니, 무언가를 살며시 움켜쥐었다. 두 눈에 웃음기가 반짝였다.

"그런데도 이 녀석은 쓰러질 기미가 안 보이네요."

천둥소리가 하늘을 뒤흔들었다. 둘은 움찔 놀랐고, 뒤이어 함께 웃음을 터뜨렸다.

"수재나, 말도 안 돼요. 지금 이럴 때가 아니잖아요."

에디가 말했다. 수재나는 그 말에 토를 달지는 않았지만, 손을 다시 어깨로 올리기에 앞서 한 번 더 그를 움켜쥐었다. 수재나를 휠체어에 앉히고 처마 아래의 커다란 포석 위를 달려가는 동안 에디 마음속에서는 아쉬움이 치밀었다.

그가 생각하기에 수재나의 눈에도 마찬가지로 아쉬워하는 빛이 보인 듯했다.

에디는 퍼붓는 빗속에서 벗어난 후에 걸음을 멈추었고, 수재나와 함께 뒤를 돌아보았다. 요람 광장, 거북이 거리, 그 너머의 온 도시 풍경이 나부끼는 회색 커튼에 가려 빠르게 사라져갔다. 에디는 조금도 안타깝지 않았다. 그의 기억 속에서 러드가 즐거웠던 곳으로 남을 가능성은 전혀 없었다.

"봐요."

수재나가 중얼거렸다. 그녀의 손이 근처의 빗물 홈통을 가리키고 있었다. 홈통 아래에는 큼지막한 물고기 대가리 장식이 붙어 있었는데 비늘로 뒤덮인 모양새가 요람의 네 귀퉁이를 장식한 용 모양 이무깃돌과 꽤 비슷해 보였다. 빗물은 물고기 주둥이에서 은빛 격류가 되어 쏟아져나왔다.

"그냥 지나가는 소나기가 아닌 것 같죠?" 에디가 물었다.

"그럼요. 아마 제풀에 지칠 때까지 퍼붓다가 지치고 나서도 조금 더 내릴 거예요, 심술궂게 말이죠. 어쩌면 일주일쯤, 어쩌면 한 달쯤. 어차피 우리하곤 상관없는 일이에요. 블레인이 우리 꼴을 보고 마음에 안 든다 싶으면 전기로 구워버릴 테니까요. 에디, 총을 쏴서 롤랜드한테 우리가 도착했다고 알려요, 그다음에 한 바퀴 돌기로 해요. 뭐가 있는지 봐야죠."

에디는 루거 권총을 회색빛 하늘로 향하고 방아쇠를 당겼다. 롤랜드가 2킬로미터쯤 떨어진 곳에서 제이크와 개셔의 뒤를 쫓아 함정이 깔린 미로를 지나며 들은 바로 그 총소리였다.

에디는 그 자리에 우두커니 선 채 그래도 일이 잘 풀릴 거라고, 이제 다시는 총잡이와 제이크를 못 보리라고 고집스레 주장하는 자신의 마음이 틀렸다고 스스로를 설득하려 애썼다. 그러고 나서 권총의 안전장치를 다시 채운 다음 허리춤에 찔러 넣고 수재나에게 돌아갔다.

그는 휠체어를 밀고 계단참을 벗어나 기둥이 늘어선 통로를 따라 건물 안쪽으로 향했다. 그러는 동안 수재나는 롤랜드의 리볼버 탄창을 열고 새 총알을 재었다.

지붕 아래로 들어오자 빗소리는 비밀처럼 아련해졌고, 우렁차던 천둥소리조차도 잠잠해졌다. 건물을 떠받치는 기둥들은 지름이 어림잡아 3미터는 되는 데다 맨 꼭대기는 흐릿한 어둠에 묻혀 잘 보이지도 않았다. 그 위쪽의 어둠 속에서 구구거리는 비둘기 소리가 에디 귀에 들려왔다.

이윽고 크롬을 입힌 듯 반짝이는 사슬에 매달린 간판이 어둠 속에서 디룽거리며 모습을 드러냈다.

> 노스 센트럴 양자공학 주식회사가
>
> 러드의 요람에 오신 여러분을 환영합니다
>
> ← 동남쪽 선로(블레인 호)
>
> 서북쪽 선로(퍼트리샤 호) →

"강에 처박힌 기차의 이름이 뭔지 이제야 알겠군. 그게 퍼트리샤였어요. 근데 색을 잘못 칠했네. 원래 분홍색은 여자애들 거고 파란색은 남자애들 건데, 반대로 칠했어요."

"어쩌면 둘 다 파란색인지도 모르잖아요, 에디."

"아뇨. 블레인은 분홍색이에요."

"그걸 당신이 어떻게 알아요?"

에디는 혼란스러운 표정을 지었다.

"어떻게 아는지는 모르지만…… 그래도 알아요."

둘은 블레인의 정류장을 가리키는 화살표를 따라 예전에는 커다란 홀이었을 법한 곳으로 들어섰다. 에디는 수재나와 달리 선명하게 번쩍이는 환상 속에서 과거를 보는 능력이 없었지만, 그럼에도 기둥이 늘어선 이 널따란 공간에서 수많은 사람들이 바삐 오가는 광경을 머릿속에 떠올렸다.

철컹거리는 바퀴 소리와 웅성거리는 목소리가 들렸고, 마중 나온 사람과 귀향하는 사람이 서로 포옹하는 광경이 눈에 선히 보였다. 그리고 무엇보다도, 스피커에서 서로 다른 여남은 가지 안내방송이 한꺼번에 들려왔다.

〈북서쪽 소국으로 가실 승객께서는 지금 퍼트리샤 호에 탑승하시

기 바랍니다……〉

〈킬링턴 승객님, 킬링턴 승객님, 아래층의 안내대로 와 주시기 바랍니다.〉

〈지금 2번 정류장에 블레인 호가 들어오고 있습니다, 기차가 곧 출발할 예정이오니……〉

그러나 이제는 비둘기 소리뿐이었다.

에디는 소름이 오싹 돋았다.

"저 얼굴들 좀 봐요, 에디. 당신은 어떤지 몰라도 난 소름이 쫙 끼치네요."

수재나가 중얼거렸다. 그녀는 오른쪽을 가리키고 있었다. 벽 위쪽 높다란 곳에, 대리석으로 보이는 두상들이 어둠 속에 죽 늘어서서 두 사람을 굽어보고 있었다. 행복한 마음으로 생업에 임하는 사형 집행인처럼 무시무시한 표정을 지은 사내들이었다.

얼굴 몇 개는 20미터 아래의 바닥에서 산산조각이 나 뒹구는 중이었다. 제자리에 남은 것들은 금이 간 채로 거미줄과 비둘기 똥에 뒤덮여 있었다.

"틀림없이 대법관이나 그 비슷한 인간들일 거예요."

두상들의 얇은 입술과 금이 간 텅 빈 눈을 언짢은 듯 훑어보며, 에디가 말했다.

"저렇게 영리하면서도 동시에 재수 없는 상판은 법관밖에 없어요. 이건 경험자가 하는 말이니까 믿어도 돼요. 저 중에 절름발이한테 목발 하나 건네줄 인간은 한 명도 없을걸요."

"부서진 우상들의 산, 땡볕 두들기는 곳, 죽은 나무 그늘 드리우지 않고,'"

수재나가 중얼거렸다. 에디는 그 말을 듣고 팔과 가슴과 다리에 소름이 춤추듯 돋아올랐다.

"그게 무슨 소리예요, 수즈?"

"시예요. 아마 그 시를 쓴 사람은 틀림없이 꿈에서 러드를…… 아녜요, 에디. 잊어버려요."

"그게 어디 말처럼 쉬워야죠."

그러나 에디는 다시 휠체어를 밀기 시작했다.

앞쪽의 어둠 속에서 성의 철문처럼 웅장하기 그지없는 창살 벽이 드러났고…… 그 너머에서, 블레인이 처음으로 모습을 드러냈다. 에디가 말한 그대로 분홍색이었다. 요람의 대리석 기둥을 감싼 핏줄 무늬와 어울리는 살짝 탁한 분홍색이었다. 널따란 승강장 너머에 기다랗게 엎드려 있는 블레인의 차체는 총알처럼 미끈한 유선형이었고, 재질은 금속이 아니라 마치 살처럼 보였다. 차체 표면에 트인 곳은 단 한 군데, 커다란 와이퍼가 달린 세모꼴 유리창뿐이었다. 에디는 기관차 앞머리의 반대편에 세모꼴 유리창이 한 개 더 있으리라고, 따라서 블레인을 정면에서 보면 마치 사람 얼굴처럼 보이리라고 생각했다. 칙칙폭폭 찰리가 그러했듯이. 와이퍼 한 쌍은 살짝 내리 감은 눈꺼풀처럼 보이리라.

요람의 동남쪽 통로에서 비쳐든 하얀 빛이 기다란 사다리꼴을 그리며 블레인 위로 쏟아졌다. 에디가 보기에 블레인의 차체는 마치 수면을 가르고 올라온 근사한 분홍색 고래의 등 같았다. 몹시도 조용한 고래였다.

"우와." 에디의 목소리가 속삭이는 소리로 가라앉았다. "수즈, 드디어 찾았어요."

"그래요. 외줄 블레인이에요."

"어때요, 죽은 것 같아요? 죽은 것처럼 보이는데."

"아뇨. 아마 잠들었을 거예요. 죽었을 리가 없어요."

"확신할 수 있어요?"

"에디, 당신은 저게 분홍색일 거라고 확신했나요?"

대답할 필요가 없는 질문이었기에 에디는 대답하지 않았다. 그를 올려다보는 수재나의 얼굴은 긴장과 공포로 잔뜩 굳어 있었다.

"잠들어 있어요. 게다가 난, 저걸 깨우기가 두려워요."

"그럼 롤랜드와 제이크가 올 때까지 기다리죠, 뭐."

에디의 말에 수재나는 고개를 저었다.

"내 생각에 두 사람이 도착할 때쯤엔 준비를 끝내고 있어야 할 것 같아요……. 왠지, 쫓기면서 도착할 것 같거든요. 창살에 달린 저 상자 쪽으로 좀 데려다줘요. 저 상자가 꼭 인터폰 같아요. 보여요?"

에디는 상자를 발견하고 수재나를 천천히 그쪽으로 밀고 갔다. 인터폰은 요람의 축을 따라 기다랗게 늘어선 쇠창살 벽 중앙의 닫힌 문 한쪽에 설치되어 있었다. 기다란 수직 창살은 스테인리스강처럼 보였다. 닫힌 문의 창살은 문양이 새겨져 있었고 아래쪽 끄트머리가 쇠 테두리를 두른 구멍 속에 박혀 있었다. 에디가 보기에 둘 중 누구도 창살을 비집고 들어갈 수 없었다. 창살 사이의 틈은 겨우 10센티미터였다. 오이조차도 빠져나가기 버거울 듯싶었다.

머리 위에서 비둘기 떼가 푸드덕거리며 구구거렸다. 수재나가 탄 휠체어의 왼쪽 바퀴가 단조롭게 삐걱거렸다. '윤활유 한 깡통만 내려주소서.' 에디는 속으로 생각하다가 문득 깨달았다. 그는 그저 겁먹은 정도가 아니었다. 이토록 무서웠던 적은 헨리 형과 함께 더치

힐의 라인홀드 가 보도에 서서 푹 꺼진 저택의 폐허를 본 그날 이후 처음이었다.

1977년 그날, 형제는 그곳에 들어가지 않았다. 귀신 나오는 집 앞에서 등을 돌리고 그냥 돌아갔다. 에디는 그 집에 다시는, 절대로, 결코 가지 않겠노라고 스스로에게 다짐하던 기억이 떠올랐다. 그 다짐을 지켰던 그가 이제 이곳에, 이 또 다른 흉가에 와 있었고, 귀신은 바로 저 너머에 있었다. 외줄 블레인. 한쪽 눈을 슬그머니 뜨고, 잠든 척하는 위험스러운 짐승처럼 한쪽 유리창으로 그를 쏘아보는, 납작하고 기다란 분홍색 형상.

'블레인은 이제 날뛰지 않고 요람에 얌전히 있어요…… 여러 가지 목소리로 말하고 웃는 짓도 이젠 그만뒀단 말이에요…… 마지막으로 블레인 가까이 갔던 건 아디스였어요…… 그런데 아디스가 질문에 답을 못 하니까 블레인이 파란 불로 죽여버렸어요.'

'만약 저게 말을 걸어오면, 난 분명히 미쳐버릴 거야.'

에디는 속으로 생각했다.

바깥에서 세찬 바람이 몰아치자 건물 벽의 높다란 입구에서 분무 같은 빗방울이 흩날려 들어왔다. 블레인의 유리창에 부딪혀 그대로 매달린 빗방울이 에디의 눈에 띄었다.

에디는 문득 오한을 느끼고 재빨리 주위를 둘러보았다.

"누군가 우릴 감시하고 있어요. 느껴져요."

"전혀 놀랄 일이 아닌걸요. 에디, 문 쪽으로 가까이 데려다줘요. 저 상자를 좀 더 자세히 보고 싶어요."

"알았어요, 하지만 건드리진 마요. 만약 전기라도……"

"블레인이 우릴 구워버릴 작정이라면 어차피 그렇게 할 거예요."

수재나는 창살 사이로 블레인의 등을 바라보았다.

"그건 당신도 알잖아요. 나도 마찬가지고요."

에디는 말이 없었다. 그 역시 그 말이 진실임을 알았으므로.

상자는 인터폰과 도난 방지용 경보장치를 합쳐놓은 장치처럼 보였다.

위쪽 절반을 차지한 스피커 옆에 **송신/** 수신 단추가 보였다. 그 아래는 마름모꼴로 배치된 숫자판이었다.

1

2 3

4 5 6

7 8 9 10

11 12 13 14 15

16 17 18 19 20 21

22 23 24 25 26 27 28

29 30 31 32 33 34 35 36

37 38 39 40 41 42 43 44 45

46 47 48 49 50 51 52 53 54 55

56 57 58 59 60 61 62 63 64

65 66 67 68 69 70 71 72

73 74 75 76 77 78 79

80 81 82 83 84 85

86 87 88 89 90

91 92 93 94

95 96 97

98 99

100

숫자판 아래에 귀족어가 적힌 단추 두 개가 더 있었다. 각각 명령과 입력이었다.

수재나는 어리둥절하면서도 의심스러워하는 눈치였다.

"당신 생각엔 뭐 같아요, 에디? 내가 보기엔 꼭 에스에프 영화에 나오는 장치 같은데요."

에디 생각에도 물론 그렇게 보였다. 수재나는 비록 이웃들에게 열렬히 환영받지는 못했어도 맨해튼 부촌에 살던 사람이었던 만큼, 그 시대의 가정용 경보장치를 보았을 터였다. 그러나 그녀는 1963년에서, 또 에디는 1987년에서 왔고, 두 시대의 전자 장비는 천지차이였다. '그러고 보니 서로 다른 점에 대해 얘기해 본 적이 없구나.' 에디는 속으로 생각했다. '내가 롤랜드한테 납치당했을 때 로널드 레이건이 미국 대통령을 해먹고 있었다고 얘기하면, 수재나가 뭐라고 할까? 분명히 미쳤다고 하겠지.'

"저건 보안장치일 거예요."

에디가 말했다. 뒤이어 정신과 본능이 그러지 말라고 아우성을 치는데도 불구하고, 에디는 오른손을 뻗어 **송신/ 수신** 단추를 누르고야 말았다.

파지직 하는 전기는 흐르지 않았다. 팔을 타고 솟구치는 죽음의 푸른 불꽃도 보이지 않았다. 인터폰이 연결되어 있는 기미조차 보이지 않았다.

'블레인이 죽은 건지도 몰라. 끝내 죽었는지도 몰라.'

그러나 에디 자신조차도 그 생각을 믿지 않았다.

"여보세요?"

이렇게 말한 에디의 머릿속에 불쌍한 아디스가 선연히 떠올랐다.

온 얼굴과 몸뚱이에 푸른 불꽃이 춤추는 가운데 비명을 지르는 아디스, 두 눈알이 녹아내리고 머리카락이 불타는 아디스.

"여보세요…… 블레인? 아무도 없어요?"

에디는 단추에서 손을 떼고 바짝 긴장한 채로 기다렸다. 수재나의 손이 그의 손 안으로 파고들었다. 차갑고 조그마한 손이었다. 대답이 여전히 들리지 않자 에디는 더욱 께름칙한 기분으로 다시 단추를 눌렀다.

"블레인?"

에디는 단추에서 손을 뗐다. 대답을 기다렸다. 그래도 대답은 들리지 않았고, 그 결과 긴장과 공포에 사로잡힐 때면 으레 그랬듯이, 에디는 마침내 위험한 경솔함에 휩쓸리고 말았다. 일단 그런 경솔함에 휩쓸리면 에디는 더 이상 앞뒤 재는 짓 따위는 하지 않았다. 아무것도 아랑곳하지 않았다. 나소에 가서 얼굴이 누리끼리한 발라자르의 접선책을 만나 콧대를 꺾어놓았을 때에도 그러했고, 지금 이곳에서도 그러했다. 그리고 미친 듯이 조급해하는 에디를 롤랜드가 보았더라면 아마도 에디와 커스버트가 단지 닮은 정도가 아님을 알아차렸으리라. 아마도 에디가 바로 커스버트라고 맹세했으리라.

에디는 엄지손가락으로 단추를 꾹 누른 다음 스피커에 대고 지독한(게다가 사이비인) 영국식 억양으로 고래고래 외치기 시작했다.

"여보세요, 블레인 씨! 축하해, 이 양반아! 난 「골 빈 부자처럼 살기」의 진행자 로빈 리치요, 댁이 출판 기금협회 복권에 당첨됐단 걸 알려주러 왔소이다. 당첨금 60억 달러하고 신형 포드 에스코트 승용차가 전부 다 당신 거야!"

비둘기 떼가 나지막이 푸드득거리며 두 사람 위로 날아올랐다.

수재나는 숨을 몰아쉬었다. 그녀의 표정은 방금 막 성당에서 신성모독을 저지른 남편을 보는 아내처럼 절망적이었다.

"그만해요, 에디! 그만!"

에디는 그만할 수가 없었다. 입가에는 미소가 어려 있었으나 두 눈은 공포와 광기와 풀 길 없는 분노로 번득였다.

"댁의 애인 기차인 퍼트리샤랑 함께 아름다운 짐타운에서 한 달 동안 호오화아스럽게 지내게 됐단 말이오! 거기 가면 끝내주는 와인을 마시고 끝내주는 처녀들을 따먹을 수 있어! 어이, 블레인……"

"……*쉬이잇*……"

에디는 말을 멈추고 수재나를 돌아보았다. 그는 자신을 말린 사람이 수재나였다고 대뜸 확신했다. 그녀가 이미 한 차례 말렸기 때문만이 아니라 이곳에 그녀 말고는 아무도 없기 때문이기도 했다. 그러나 동시에, 수재나가 아님을 알고 있었다. 그것은 다른 *누군가*의 목소리였다. 몹시 어리고 몹시 겁먹은 아이의 목소리였다.

"수즈? 방금 당신이……"

수재나는 고개를 젓는 동시에 손을 쳐들었다. 에디는 그녀가 가리킨 인터폰을 보았다. 명령 단추가 몹시도 희미한 분홍빛으로 빛나고 있었다. 창살 벽 건너편의 정차장에 잠들어 있는 모노레일 열차와 똑같은 색깔이었다.

"*쉬잇…… 깨우면 안 돼요.*"

어린아이의 구슬픈 목소리가 들렸다. 스피커에서 흘러나오는 그 소리는 저녁 바람처럼 가냘팠다.

"뭐……"

에디가 말을 하려다가 고개를 젓고 **송신/ 수신** 단추를 살짝 눌렀다. 그가 다시 입을 열었을 때에는 로빈 리치의 우렁찬 고성 대신 모사꾼처럼 속닥거리는 소리가 흘러나왔다.

"뭐야? 누구야, 너?"

에디가 단추에서 손을 떼었다. 눈을 휘둥그레 뜨고 서로 마주본 에디와 수재나는 마치 자신들이 위험한(그리고 필시 미쳤을) 어른과 한 집에 사는 줄을 이제야 알아차린 아이들 같았다. 그 사실을 어떻게 알게 되었을까? 물론 다른 아이가 얘기해 준 덕분이었다. 그 미친 어른과 오랫동안 함께 살아온 아이, 구석에 숨어 살다가 어른이 잠들었을 때에만 몰래 나오는 아이. 남의 눈에는 거의 보이지 않게 된 겁에 질린 아이.

인터폰에서는 아무 대답도 들리지 않았다. 에디는 몇 초 더 기다렸다. 1초 1초가 마치 소설책 한 권을 다 뗄 것처럼 길게 느껴졌다. 에디가 다시 단추로 손을 뻗었을 때, 희미한 분홍 불빛이 또다시 떠올랐다.

"전 작은 블레인이에요." 아이의 목소리가 속삭였다. "그 녀석은 저를 못 봐요. 절 잊어버렸거든요. 그 녀석은 자기가 저를 폐허의 방과 사자(死者)의 홀에 버려두고 온 줄 알아요."

에디는 멈출 수 없이 떨리는 손으로 다시 단추를 눌렀다. 목소리 또한 떨리기는 마찬가지였다.

"그 녀석이라니? 누가 널 못 본다는 거야? 혹시 곰?"

아니, 곰은 아니었다. 곰일 리가 없었다. 샤딕은 이미 죽은 채로 머나먼 숲에 누워 있었다. 이미 세상이 변질하고 남을 만큼 오래전 일이었다. 에디는 기괴한 비밀의 문에 귀를 갖다댔을 때의 기분이 불현듯 떠올랐다. 샤딕이 짧고 난폭한 생을 마친 공터에 서 있던, 왠

지 끔찍해 보이는 노란색과 검은색 사선이 그어져 있던 그 문. 에디
는 비로소 깨달았다. 그 하나하나가 조각이었다. 모두가 끔찍하게
썩어가는 너덜너덜한 거미줄의 일부분이었고, 그 한가운데에 정체
모를 거미 석상처럼 자리 잡은 것은 바로 암흑의 탑이었다. 이 기괴
한 말세에는 중간 세계 전체가 하나의 거대한 흉가였다. 중간 세계
전체가 드로어즈였다. 온 중간 세계가 황무지였고, 그 자체가 유령
인 동시에 유령이 출몰하는 곳이기도 했다. 인터폰의 목소리가 대답
하기도 전에, 에디는 수재나의 입 모양에서 정답을 읽었다. 그 입술
에 떠오른 말은 이미 답을 아는 수수께끼의 풀이처럼 명징했다.

"큰 블레인 말이에요."

보이지 않는 아이의 목소리가 소곤거렸다.

"큰 블레인은 *기계에 깃든 유령이에요. 모든 기계에 그 유령이 살
아요.*"

수재나는 손으로 목을 감싸고 힘껏 움켜쥐었다. 마치 스스로 목
을 졸라 자살하려는 듯한 모양새였다. 두 눈은 공포로 가득했으나
멍하지도, 얼어붙지도 않았다. 오히려 깨달음의 빛이 날카롭게 번득
였다. 어쩌면 수재나는 이 비슷한 목소리를 직접 들어 아는 듯싶었
다. 서로 싸우는 데타와 오데타의 인격에 쫓겨 한쪽으로 물러나기
전, 온전히 수재나였을 때 들었는지도 몰랐다. 아이의 목소리를 듣
고 놀라기는 수재나 역시 마찬가지였으나 그녀의 괴로워하는 눈빛
은 방금 그 말이 무슨 뜻인지 익히 안다는 의미였다.

수재나는 이중인격의 광기에 관한 한 전문가였다.

"에디 우리 가야 돼요."

수재나는 겁에 질린 나머지 제대로 떼지도 않고 말했다. 에디는

수재나의 숨통에서 새어나온 횡 하는 소리를, 굴뚝을 맴도는 찬 공기 같은 그 소리를 들었다.

"에디 우리 도망가야 돼요 에디 우리 도망가야 돼요 에디 우리"

"너무 늦었어요."

조그맣고 구슬픈 목소리가 속삭였다.

"그 녀석이 일어났어요. 큰 블레인이 일어났어요. 당신들이 여기 있는 걸 알아요. 지금 오고 있어요."

갑자기 불빛이, 샛노란 나트륨 아크등이 두 개씩 짝지어 깜박거리기 시작했다. 맹렬한 불빛은 거대한 기둥이 늘어선 요람 안을 순식간에 물들이고 모든 그림자를 내쫓았다. 겁에 질린 비둘기 수백 마리가 높다란 곳에 얼기설기 지어둔 둥지를 박차고 허둥지둥 날아올랐다.

"잠깐만!" 에디가 외쳤다. "제발, 잠깐만 기다려!"

에디는 흥분한 나머지 인터폰 단추 누르는 것도 잊어버렸지만 어차피 상관없는 일이었다. 작은 블레인의 대답이 들려왔다.

"안 돼요! 잡히면 안 돼요! 그 녀석한테 죽을 순 없어요!"

인터폰 단추의 불이 다시 꺼졌지만 잠시뿐이었다. 이번에는 명령과 입력 단추에 함께 불이 켜졌고, 색깔은 분홍색이 아니라 대장간의 풀무처럼 소름 끼치는 암적색이었다.

"너희는 누구냐?"

으르렁거리는 목소리가 들려왔다. 인터폰의 스피커뿐만 아니라 아직 작동하는 온 도시의 확성기에서 동시에 들려왔다. 확성기 기둥에 매달려 썩어가던 시체들이 강력하게 울리는 목소리 때문에 부들부들 떨었다. 시체들조차도 할 수만 있으면 블레인으로부터 달아나고 싶은 듯 보였다.

수재나는 휠체어에 앉은 채 뒤로 흠칫 물러나며 두 손으로 귀를 꽉 막았다. 얼굴은 절망으로, 입은 소리 없는 비명으로 일그러져 있었다. 에디는 몸이 쪼그라들어 열한 살 그 시절의 생생하고 끔찍한 환각 속으로 돌아가는 기분이었다. 그가 헨리 형과 나란히 *저택* 바깥에 서 있을 때 두려워했던 것이 바로 이 목소리였던가? 어쩌면 이 목소리인 줄 *이미 알고 있지*는 않았던가? 에디는 알 길이 없었으나…… 옛날이야기에 나오는 잭이 콩나무를 너무 자주 올라간 나머지 결국 거인을 깨웠을 때 어떤 기분이었을지는 알 것 같았다.

"감히 내 잠을 깨우다니. 누군지 당장 말하라, 아니면 그 자리에서 죽을 것이다."

에디는 그 자리에 딱 얼어붙은 채로 블레인이(큰 블레인이) 아디스에게 했던 짓을(어쩌면 더욱 끔찍한 짓을) 자신들에게도 저지르게 내버려둘 수도 있었다. 어쩌면 토끼굴에 빠진 앨리스처럼 겁에 질려 얼어붙어야 마땅한지도 몰랐다. 그러나 앞서 들었던 조그마한 목소리가 떠오른 덕분에 움직일 수 있었다. 고작해야 겁에 질린 아이의 목소리였지만, 겁에 질렸는데도 불구하고 그들을 도우려고 애쓰지 않았던가.

'이젠 네가 너 자신을 도울 차례야.' 에디는 생각했다. '네가 깨웠 잖아, 그러니까 네가 책임져야 할 거 아냐, 빌어먹을!'

에디는 다시 인터폰으로 손을 뻗어 단추를 눌렀다.

"내 이름은 에디 딘이야. 나랑 같이 있는 여자는 내 아내 수재나고. 우린……"

에디가 돌아보자 수재나는 계속하라며 고개를 끄덕이고 필사적으로 손을 흔들어댔다.

"우린 원정을 하는 중이야. 빔의 길 끝에 있는 암흑의 탑을 찾고 있어. 동료가 둘 더 있는데 한 명은 길르앗의 롤랜드고, 그리고……한 명은 뉴욕의 제이크야. 우리도 뉴욕에서 왔어. 혹시 네가……"

에디는 말을 멈추고 *큰 블레인*이라는 이름을 집어삼켰다. 만일 그 이름을 말했더라면 목소리 뒤에 숨은 지성체에게 자신들이 들었던 다른 목소리의 존재를 들키고 말았으리라. 이를테면 유령 속에 깃든 유령 같은 그 아이의 존재를.

수재나는 두 손을 다 흔들며 계속하라고 재촉했다.

"혹시 네가 외줄 블레인이라면…… 그…… 우리를 좀 태워줬으면 하는데."

에디가 단추에서 손을 떼었다. 묵묵부답인 채로 흐른 시간은 몹시도 길게 느껴졌고, 그동안 들린 것이라고는 겁 먹은 비둘기들이 머리 위에서 요란하게 푸드득거리는 날개 소리뿐이었다. 블레인이 다시 입을 열었을 때 들려온 목소리는 입구에 달린 인터폰 스피커에서만 흘러나왔고, 거의 사람 목소리와 다를 바 없었다.

"내 인내심을 시험하지 마라. 네가 말한 곳으로 가는 문은 모두 닫혔다. 길르앗은 이제 없다. 또한 총잡이로 알려진 이들은 모조리 죽었다. 자, 내 물음에 답하라. 너희는 누구냐? 이것이 마지막 기회다."

파지직 하는 소리가 났다. 눈부시게 파란 빛 한 가닥이 천장에서 내리꽂히는가 싶더니, 수재나의 휠체어에서 왼쪽으로 1.5미터도 안 되는 곳의 대리석 바닥에 골프공만 한 구멍이 뚫렸다. 벼락이 떨어진 자리에서 날 법한 냄새가 구멍에서 천천히 피어올랐다. 수재나와 에디는 겁에 질려 말도 못한 채로 잠시 마주보았다. 이내 에디가 인터폰에 달려들어 **송신/** 수신 단추를 눌렀다.

"네가 착각한 거야! 우린 정말로 뉴욕에서 왔다고! 문을 통과해서 왔어, 바닷가에 서 있는 문, 겨우 몇 주밖에 안 됐어!"

"이 사람 말은 사실이야! 내가 맹세할게!"

침묵이 흘렀다. 기다란 창살 벽 너머에서, 블레인의 분홍색 등이 부드럽게 솟아올랐다. 앞유리창은 마치 생기 없는 의안처럼 그들을 물끄러미 바라보는 듯했다. 와이퍼는 음흉한 윙크를 보내려고 반쯤 감은 눈꺼풀인지도 몰랐다.

"증명해 봐라."

마침내 블레인이 말했다.

"맙소사. 수재나, 그걸 어떻게 증명하죠?"

"나도 몰라요."

에디가 다시 인터폰의 단추를 눌렀다.

"자유의 여신상! 어때, 뭔가 감이 잡혀?"

"계속하라."

블레인의 목소리가 이제는 생각에 잠긴 듯 들렸다.

"엠파이어 스테이트 빌딩! 증권 거래소! 세계 무역 센터! 코니아일랜드의 특제 핫도그! 라디오시티 뮤직홀! 이스트빌리지……"

블레인이 에디의 말을 끊었다. 그런데 이번에 스피커에서 흘러나온 목소리는…… 놀랍게도, 존 웨인의 질질 끄는 목소리였다.

"알았다, 순례자여. 그대의 말을 믿으마."

에디와 수재나는 다시 한 번 눈길을 주고받았다. 이번에는 당혹감과 안도감이 뒤섞인 눈빛이었다. 그러나 블레인이 다시 말을 시작했을 때, 그것의 목소리는 또다시 차갑고 무감정했다.

"뉴욕의 에디여, 내게 질문을 해봐라. 질문을 잘 고르는 게 좋을 게다."

잠시 말이 없던 블레인이 이내 한마디 덧붙였다.

"왜냐하면, 만일 어리석은 질문을 했다가는 너와 네 아내 모두 죽을 것이기 때문이다. 너희가 어디서 왔든 상관없이."

인터폰을 보고 있던 수재나가 에디 쪽으로 눈을 돌렸다.

"저게 지금 무슨 소릴 하는 거예요?"

수재나가 조그맣게 속삭였다. 에디는 고개를 저었다.

"무슨 소린지 감도 못 잡겠는데요."

28

제이크가 개셔에게 붙잡혀 들어간 방은 꼭 정신병자들이 실내 장식을 담당한 대륙간탄도탄 사일로처럼 보였다. 박물관 같기도 했고, 응접실 같기도 했으며, 히피 소굴 같기도 했다. 위쪽으로는 텅 빈 공간이 둥그런 천장으로 이어졌고 아래쪽으로는 30미터쯤 내려간 지점에 천장과 마찬가지로 둥그런 바닥이 보였다. 둥그런 통짜 벽을 따라 네온관이 수직으로 빙 둘러쳐져 있었다. 빨강, 파랑, 초록, 노랑, 주황, 연분홍, 분홍색 등 울긋불긋한 네온관들이 사일로의 천장과 바닥에서 한데 모여 무지개 같은 매듭을 지었는데…… 물론, 이곳이 사일로일 때의 얘기였다.

방은 거대한 캡슐 모양 공간의 4분의 3 높이에 펼쳐져 있었다. 바닥은 바둑판 모양으로 구멍이 뚫린 녹슨 철판이었다. 바닥 이곳저곳에 터키제로 보이는 바닥깔개가 깔려 있었다(제이크가 나중에 들은 바에 따르면 실제로는 카시민이라는 소국에서 만든 깔개였다.). 깔개 귀퉁이는 놋쇠로 모서리를 댄 트렁크나 기다란 전등, 또는 불룩하게 속을 채운 의자의 짜리몽땅한 다리로 고정되어 있었다. 아래쪽에서 따뜻한 바람이 쉬지 않고 올라온 탓에 고정시키지 않으면 선풍기에 매단 종이 쪼가리처럼 펄럭거릴 터였다. 제이크의 머리 위 1미터 남짓 되는 높이에서 또 다른 바람이 불어왔다. 이제껏 지나온 터널의 통풍구와 비슷하게 생긴 원형 통풍구에서 흘러나오는 바람이었다. 방 건너편에는 제이크와 개셔가 들어온 문과 똑같이 생긴 문이 한 개 더 있었다. 제이크는 빔의 길을 따라 지어진 지하 통로가 그쪽으로 이어지리라고 생각했다.

방 안에는 사람이 여섯 명 있었는데 남자가 넷, 여자가 둘이었다. 제이크가 짐작하기에 이들이 바로 백발이들의 최고사령부인 듯싶었는데…… 물론, 최고사령부를 유지할 만큼 백발이들이 많이 남아 있을 때의 얘기였다. 젊은이는 한 명도 없었지만 다들 한창때로 보였다. 제이크는 호기심이 가득한 눈으로 그들을 보았고, 그들 역시 마찬가지였다.

방 한복판에 놓인 왕좌처럼 커다란 의자에 앉아 굵직한 다리 한 짝을 의자 팔걸이에 아무렇게나 걸치고 있는 사람은, 흡사 바이킹 전사와 동화에 나오는 거인을 합쳐놓은 듯한 사내였다. 근육이 우락부락한 웃통은 벗은 채였고 한쪽 위팔에는 은색 띠가, 한쪽 어깨에는 단검 칼집이, 그리고 목에는 기묘하게 생긴 목걸이가 걸려 있었다. 부드러운 가죽 바지의 밑단은 목이 높다란 장화 속으로 들어가 있었다. 장화 한 짝에 동여맨 노란 스카프가 보였다. 희끗희끗하고 지저분한 금발머리는 떡 벌어진 등 한복판까지 물결치듯 흘러내렸다. 호기심이 어린 초록색 눈은 수컷 고양이 같았다. 나이 들어 현명해진, 그러나 장난질을 즐기는 고양잇과 동물 특유의 잔인성은 아직 그대로 살아 있는 고양이였다. 의자 등판에 걸린 멜빵끈 끄트머리에는 몹시 낡은 기관총처럼 보이는 물건이 달려 있었다.

제이크가 바이킹의 가슴에 놓인 목걸이를 좀 더 자세히 살펴보았다. 목걸이는 알고 보니 은줄에 달린 관짝 모양 유리 상자였다. 상자 안에 들어 있는 작은 시계의 문자판이 3시 5분을 가리켰다. 문자판 아래에서 자그마한 황금 시계추가 이쪽저쪽으로 흔들렸고, 방 위아래에서 바람소리가 쉭쉭대는데도 불구하고 시계추 똑딱거리는 소리가 들려왔다. 시곗바늘은 정상보다 빠른 속도로 돌아갔다. 그리고 제이크는 그 시곗바늘이 거꾸로 돌아가는 것을 보고도 그리 놀라지 않았다.

제이크는 『피터 팬』에 나오는 악어가 생각났다. 시계를 삼키고 늘 후크 선장을 쫓아다니는 악어를 떠올리자 입가에 슬며시 미소가 어렸다. 개셔가 그 미소를 보고 손을 치켜들었다. 제이크는 두 손으로 얼굴을 가리고 움찔 피했다.

똑딱맨은 신바람이 난 여선생처럼 개셔를 향하여 손가락을 까딱거렸다.

"아서라, 아서…… 그럴 것 없다, 개셔."

똑딱맨의 말에 개셔가 냉큼 손을 내렸다. 표정마저 완전히 바뀌었다. 그때까지는 분별없는 분노와 교활하고 거의 본능적인 장난기가 번갈아 드러나는 표정이었다. 이제는 고분고분하게 떠받드는 표정이었다. 방에 있는 다른 이들과 마찬가지로(제이크도 포함하여) 개셔는 똑딱맨에게서 오랫동안 눈을 떼지 못했다. 저절로 그쪽으로 향하는 눈길을 스스로도 어쩌지 못했다. 그리고 제이크는 그 이유를 이해했다. 똑딱맨은 그 방 안에서 유일하게 온전히 생기 있는 사람이었고, 온전히 건강한 사람이자, 온전히 살아 있는 사람이었다.

"똑딱맨님께서 없다고 하시면 없는 거죠."

말은 이렇게 했지만, 개셔는 왕좌에 앉은 거인에게 눈을 돌리기 전에 제이크를 불길하게 쏘아보았다.

"그런데 똑딱맨님, 이 녀석 굉장히 건방져요. 아주 건방지더라고요. 정말이지 너무 건방져서, 제 생각엔 훈련을 꽤 열심히 시켜야 할 것 같아요!"

"네 생각이 궁금하면 물어보마. 그러니 그 문이나 닫아라, 개셔. 외양간에서 태어나기라도 했느냐?"

똑딱맨의 말에 검은 머리 여인이 까마귀처럼 깍깍거리며 웃어댔다. 똑딱맨의 눈이 흘깃 여인 쪽을 향했다. 여인은 대번에 입을 다물더니 눈을 내리깔고 바닥의 철판을 내려다보았다.

개셔가 제이크를 데리고 들어온 문은 사실 이중문이었다. 제이크는 문의 구조를 보고 꽤 잘 만든 에스에프 영화에 나오는 에어록을 떠올렸다. 개셔가 문 두 짝을 다 닫고 똑딱맨을 향하여 돌아선 다음, 엄지손가락을 치켜들었다. 똑딱맨은 고개를 끄덕이고 미적미적 몸을 일으켜 연설대처럼 생긴 가구에 붙은 계기판의 단추를 눌렀다. 벽 속에서 펌프가 쉭쉭거리며 돌아가는가 싶더니 네온관의 밝기가 눈에 띄게 어두워졌다. 공기 빠지는 소리가 희미하게 들리고 나서 안쪽 문의 밸브 손잡이가 회전하며 닫혔다. 제이크는 바깥쪽 문도 똑같이 움직였으리라고 생각했다. 역시 이곳은 일종의 방공호였다. 의심할 여지가 없었다. 펌프가 작동을 멈추자 네온관이 전처럼 다시 밝아졌다.

"그렇지."

똑딱맨이 흐뭇한 듯 말했다. 그의 두 눈이 제이크를 아래위로 훑었다. 빈틈없이 분류당하고 정리당하는 듯한 불쾌한 기분이 제이크를 엄습했다.

"이제 우리 모두 무사하구나. 걸레 속의 벌레처럼 편안해졌어. 안 그러냐, 후츠?"

"그럼요!"

검은 양복 차림에 키가 훌쭉하고 깡마른 남자가 제꺽 대답했다. 그는 얼굴에 잔뜩 나 있는 뾰루지 비슷한 것을 집요하게 긁어댔다.

"제가 데려왔어요. 믿으셔도 된다고 했잖아요, 안 그래요?"

"그래, 데려왔지. 잘했다, 개셔. 막판에는 네가 암호를 못 댈 거라고 의심하기도 했지만……"

검은 머리 여인이 또다시 깍깍거리는 웃음소리를 터뜨렸다. 똑딱맨이 여인 쪽으로 반쯤 몸을 틀었다. 입가에 나른한 미소가 어리는가 싶더니, 제이크가 무슨 일이 일어나고 있는지(또 이미 일어났는지) 미처 깨닫기도 전에, 여인이 비틀비틀 뒷걸음질을 쳤다. 두 눈은 경악과 고통으로 툭 불거졌고, 두 손은 방금 전까지만 해도 없었던 가슴 한복판의 이상한 덩어리를 더듬거리고 있었다.

제이크는 똑딱맨이 몸을 틀면서 무언가 동작을 취했음을 깨달았다. 눈 깜박할 새보다 더 빠른 동작이었다. 똑딱맨 어깨의 칼집에 튀어나와 있던 가느다란 흰색 칼자루가 사라지고 없었다. 단검은 이제 방 건너편에, 검은 머리 여인의 가슴팍에 꽂혀 있었다. 똑딱맨이 단검을 뽑아 던진 속도는 말도 안 될 만큼 빨랐다. 제이크는 롤랜드라고 해도 그처럼 빨리 던질 수 있을지 어떨지 확신이 서지 않았다. 마치 사악한 마술 같았다.

여인이 두 손으로 단검을 느슨하게 거머쥐고 숨을 몰아쉬며 똑딱맨 쪽으로 비틀비틀 걸어가는 동안, 다른 이들은 숨죽여 지켜보고 있었다. 여인의 한쪽 엉덩이가 기다란 전등에 부딪히자 후츠로 불렸던 사내가 전등이 쓰러지기 전에 잡으려고 앞으로 튀어나왔다. 똑딱맨 본인은 미동도 하지 않았다. 그저 왕좌의 팔걸이에 한쪽 다리를 걸치고 앉아 나른한 미소를 띤 채 여인을 바라볼 뿐이었다.

여인은 바닥깔개에 한쪽 발이 걸려 앞으로 고꾸라졌다. 똑딱맨이 또다시 말도 안 될 만큼 빠른 속도로 움직였다. 팔걸이에서 디룽거리던 다리를 당겨 피스톤처럼 힘껏 내질렀던 것이다. 똑딱맨의 발이 여인의 배에 파묻히는가 싶더니, 여인의 몸뚱이가 뒤로 휙 날아갔다. 입에서 터져나온 피가 가구에 흩뿌려졌다. 벽에 부딪힌 여인은 그대로 미끄러져 가슴에 턱을 괴고 움직임을 멈추었다. 제이크 눈에는 마치 벽돌 벽에 등을 기대고 낮잠을 즐기는 멕시코인처럼 보였다. 그토록 순식간에 이승에서 저승으로 건너갔으리라고는 믿기조차 힘들었다. 네온관의 불빛에 물든 머리카락이 절반은 빨갛고 절반은 파랬다. 번들거리는 두 눈은 단말마의 충격을 아로새긴 채 똑딱맨을 응시했다.

“그렇게 웃지 말라고 경고했거늘.”

똑딱맨이 말했다. 그의 시선이 다른 여인에게로 향했다. 장거리 트럭 운전사처럼 육덕 푸짐한 빨강머리 여인이었다.

“안 그러냐, 틸리?”

“그럼요.”

틸리로 불린 여인이 냉큼 대답했다. 두 눈은 공포와 흥분으로 번들거렸고, 혀는 집요하게 입술을 핥아댔다.

"그러셨죠, 몇 번이나 몇 번이나 말씀하셨어요. 제가 장담해요."

"그럴 테지. 뒤룩뒤룩 살찐 엉덩이를 쳐들고 장담이란 걸 찾을 수만 있다면 말이지만. 브랜든, 내 단검을 가져와라. 내 손에 올려놓기 전에 저 년의 냄새 나는 피를 닦아내도록."

작달막한 안짱다리 사내가 명령을 좇아 튀어나왔다. 단검은 불운한 검은 머리 여인의 가슴뼈에 꽂혔는지 잘 뽑히지 않았다. 브랜든은 겁에 질린 눈초리로 어깨 너머의 똑딱맨을 힐끔 돌아보고 더 세게 잡아당겼다.

그러나 정작 똑딱맨은 브랜든과 말 그대로 죽도록 웃어젖힌 여인 둘 다 잊어버린 듯 보였다. 그의 반짝이는 초록색 눈은 죽은 여인보다 훨씬 더 흥미로운 무언가를 뚫어져라 응시하고 있었다.

"이리 오너라, 꼬마야. 더 자세히 보고 싶구나."

개셔가 제이크를 밀쳤다. 제이크는 앞으로 고꾸라졌다. 똑딱맨이 우악스러운 손으로 어깨를 붙잡지 않았더라면 넘어질 뻔했다. 제이크가 균형을 잡았다고 확신한 똑딱맨은 아이의 왼쪽 손목을 쥐고 위로 쳐들었다. 그의 흥미를 끈 것은 제이크가 찬 세이코 시계였다.

"이게 내가 생각하는 바로 그것이라면, 확실하고 진실된 것의 징표일 게야. 얘기해 봐라, 꼬마야. 네가 차고 있는 이 *시결*이 뭐냐?"

*시결*이 뭔지 당최 알 길이 없었던 제이크는 다만 행운을 바랄 수밖에 없었다.

"이건 시계예요. 하지만 고장났어요, 똑딱맨 씨."

그 말을 듣고 킬킬거리던 후츠는 똑딱맨이 고개를 돌리자 두 손으로 자기 입을 틀어막았다. 잠시 후, 제이크를 돌아본 똑딱맨의 얼굴은 찌푸리는 대신 환히 웃고 있었다. 그 웃음을 보고 있노라니 자칫하면 저쪽 벽에 기대어 있는 여인이 영화 속에서 낮잠을 자는 멕시코인이 아니라 시체임을 잊어버릴 것만 같았다. 자칫하면 이 사람들이 미치광이이며, 이 정신병원을 통틀어 가장 지독하게 미친 환자는 바로 똑딱맨이라는 사실조차도 잊어버릴 것만 같았다.

"*시계*란 말이지." 똑딱맨이 고개를 주억거리며 말했다. "옳거니, 거 참 걸맞은 이름이로구나. 어쨌거나 시간을 표시하는 물건으로 할 일은 시간을 계산하는 것뿐이니 말이야. 안 그러냐, 브랜든? 안 그래, 틸리? 어때, 개셔?"

패거리는 열심히 고개를 끄덕이며 동의했다. 똑딱맨은 그들에게 승자의 미소로 답한 다음, 다시 제이크에게 고개를 돌렸다. 제이크는 그제야 알아차렸다. 승자의 것이건 아니건, 그 미소는 똑딱맨의 초록빛 눈 아래에서 멈추어 있었다. 그의 눈은 시종일관 똑같았다. 차가웠고, 잔인했고, 호기심으로 반짝였다.

똑딱맨이 세이코 전자시계로 손을 뻗었다. 오전/ 오후 7시 91분을 가리키고 있는 시계의 액정 유리에 손가락이 닿기 직전, 똑딱맨이 손을 뒤로 뺐다.

"말해다오, 귀염둥아. 네 '시계'에 함정이 장치되어 있느냐?"

"예? 아! 아뇨, 아뇨. 함정 같은 건 없어요."

제이크가 제 손가락으로 시계 유리를 짚었다.

"그건 무의미한 짓이야. 함정이 네 몸의 주파수에 맞춰져 있는지도 모르잖느냐."

똑딱맨이 말했다. 그 날카로운 경멸조의 말투는 제이크 아버지가 자신이 전혀 모르는 것에 관하여 얘기할 때 사람들에게 무지를 들키지 않으려고 사용하던 바로 그 말투였다. 똑딱맨이 브랜든을 힐긋 쳐다보았고, 그러자 제이크는 그가 저 안짱다리 사내에게 시계를 만져보도록 시킬까 말까 궁리하는 중임을 눈치 챘다. 똑딱맨은 이내 그 생각을 접고 다시 제이크의 눈을 들여다보았다.

"꼬마야, 내가 이 물건을 만졌다가 놀라기라도 하면, 넌 30초 만에 네 고추를 물고 숨이 막혀 뒈질 게야."

제이크는 침만 꿀꺽 삼킬 뿐 아무 말도 못했다. 똑딱맨이 다시금 손가락을 뻗었고, 이번에는 세이코 전자시계의 유리에 손가락을 갖다댔다. 그 순간 문자판의 숫자가 모조리 0으로 바뀌더니 다시 숫자를 더해가기 시작했다.

똑딱맨은 시계 유리에 손가락을 댈 때 아플지도 모른다는 생각에 눈을 잔뜩 찡그리고 있었다. 그런데 이제 그의 눈가에 제이크가 처음으로 본 진정한 미소가 어려 있었다. 제이크 생각에 기뻐서 그러기도 했을 테지만, 그보다는 단순히 놀랍고 흥미롭기 때문인 듯했다.

"나한테 주지 않으련?" 똑딱맨이 부드러운 목소리로 물었다. "말하자면, 네 호의의 표시로서 말이다. 난 이를테면 시계 애호가란다, 귀여운 꼬마야. 아무렴, 그렇지."

"기꺼이요, 아무쪼록 받아주세요."

제이크는 부리나케 시계를 풀어 똑딱맨이 내민 큼지막한 손에 올려놓았다. 개셔는 제이크를 보고 흐뭇한 목소리로 말했다.

"꼬마 신사답게 알랑방귀도 참 잘 뀐다니까요. 안 그렇습니까, 똑딱맨님? 예전에는 이런 물건을 받으면 답례를 아주 후하게 치르곤 했지요, 아무렴요. 그 왜, 저희 아버지도……"

"네 애비는 만드러스에 걸려 뒈지지 않았더냐. 시체가 어찌나 지독하게 썩어 문드러졌던지 개도 먹으려들지 않았지. 그러니 그 주둥이 다물어라, 이 등신 같은 놈아."

똑딱맨이 개셔의 말을 끊었다. 개셔는 불끈 성을 낼 것처럼 보였으나…… 이내 당혹한 표정을 지을 뿐이었다. 그는 근처의 의자에 털퍼덕 주저앉아 아무 말도 하지 않았다.

한편 똑딱맨은 놀라워하는 표정으로 세이코 전자시계의 신축성 있는 시계줄을 살펴보는 중이었다. 그는 시계줄을 벌렸다가 놓았고, 또다시 넓게 벌렸다가 도로 놓았다. 벌어진 시계줄 안에 머리카락 한 타래를 넣어놓고 줄어드는 모양을 보며 껄껄 웃기도 했다. 그러다가 마침내 손목에 시계를 차더니 팔뚝 중간 높이까지 끌어올렸다. 제이크는 똑딱맨의 팔뚝에 올라간 뉴욕의 기념품을 보고 이상하다고 생각했지만 입 밖에 내지는 않았다.

"이것 참 멋지구나! 어디서 난 거냐, 꼬마야?"

"엄마 아빠가 생일 선물로 주셨어요."

제이크가 말했다. 이 말을 들은 개셔는 아마도 답례 얘기를 또 꺼낼 생각이었던지 몸을 앞으로 내밀었다. 그러나 시계에 잔뜩 열중한 똑딱맨의 표정을 보고 생각이 바뀌었던지 아무 말 없이 뒤로 몸을 젖혔다.

"그래?"

똑딱맨이 눈을 휘둥그레 뜨며 놀라워했다. 똑딱맨은 시계 문자판에 불을 밝히는 조그만 단추를 찾고 나서 그것을 계속 누르며 켜졌다 꺼졌다 하는 불빛을 구경하는 중이었다. 그러다가 제이크에게 눈을 돌렸다. 똑딱맨의 눈은 다시 가느다랗게 째진 초록색 틈새로 바

꿰어 있었다.

"말해봐라, 꼬마야. 이건 이극 회로로 가는 거냐, 아니면 단극 회로로 가는 거냐?"

"둘 다 아닌데요."

제이크가 대답했다. 실은 똑딱맨이 제시한 두 단어 중 아무것도 몰랐지만, 그 사실을 숨겼다가 장차 어떤 불행을 초래할지는 모르고 한 대답이었다.

"이건 니켈 카드뮴 전지로 가는 시계예요. 제가 알기론 틀림없이 그래요. 지금까진 전지를 갈아끼울 필요가 없었어요, 설명서는 오래전에 잃어버렸고요."

똑딱맨은 말없이 한참 동안 제이크를 바라보았고, 제이크는 이 금발 남자가 무슨 생각을 하는지 깨닫고 가슴이 철렁 내려앉았다. 제이크가 자신을 골탕 먹이려 하는지 간파하려고 머리를 굴리는 중이었다. 만일 그가 제이크한테 골탕 먹었다고 판단했다가는…… 제이크가 여기까지 오는 동안 개셔한테 당한 구타는 똑딱맨이 하려 하는 짓에 비하면 간지럼 태우기에 불과할 터였다. 제이크는 문득 똑딱맨의 생각을 다른 쪽으로 돌리고 싶었다. 세상 무엇보다도 간절히 그러기를 원했다. 똑딱맨을 홀리려고 제이크는 머릿속에 맨 먼저 떠오른 생각을 대뜸 말했다.

"그분이 아저씨 할아버지시죠, 맞죠?"

똑딱맨의 눈썹이 마치 따져묻듯이 쓰윽 올라갔다. 그의 두 손이 다시 제이크의 어깨를 붙들었고, 그리 꽉 붙들지 않았는데도 제이크는 무지막지한 손아귀 힘을 느꼈다. 만일 똑딱맨이 손에 힘을 주고 앞으로 확 잡아당기면 제이크의 빗장뼈는 연필처럼 부러질 판이었다. 뒤로 밀면 등이 부러질 터였다.

"누가 내 할아버지란 말이냐, 꼬마야?"

제이크는 다시금 큼지막하고 귀티 나는 똑딱맨의 머리와 떡 벌어진 어깨를 훑어보았다. 수재나가 했던 말이 떠올랐다. '롤랜드, 저 사람 덩치 좀 봐요. 조종석에 밀어넣으려면 틀림없이 몸에 기름을 발라야 했을 거예요!'

"비행기 안에 계신 분 말이에요. 데이비드 퀵 씨요."

똑딱맨의 눈이 충격으로 휘둥그레졌다. 이내 그가 고개를 젖히고 껄껄 웃어대자 높다란 돔 천장에까지 웃음소리가 메아리쳤다. 다른 패거리들도 불안한 듯 슬며시 웃었으나…… 검은 머리 여인이 무슨 꼴을 당했는지 본 이상, 감히 소리 내어 웃는 이는 아무도 없었다.

"꼬마야, 네가 누구고 어디서 왔는지는 모르겠다만, 이 똑딱맨이 근 몇 년간 본 녀석들 중에 가장 영리하구나. 퀵은 내 할아버지가 아니라 증조할아버지셨다만, 거의 비슷하게 맞췄다. 어이, 개셔. 안 그러냐?"

"그렇고말고요. 아주 아주 영리한 놈입니다요, 저도 앞서 말씀드릴까 했습지요. 헌데 또 아주 건방진 구석이 있어요."

"그래."

똑딱맨이 생각에 잠긴 목소리로 말했다. 그는 제이크의 어깨를 더욱 세게 쥐고 자신의 희희낙락하는, 잘생긴, 그러나 광기가 흐르는 얼굴 쪽으로 가까이 당겼다.

"이 녀석이 건방진 줄은 나도 안다. 눈을 보면 다 알거든. 허나 그건 우리가 고쳐줄 게야. 안그러냐, 개셔?"

'개셔한테 하는 말이 아니야.' 제이크는 속으로 생각했다. '나한

테 하는 말이야. 이 사람은 나한테 최면을 걸 작정인데…… 어쩌면
진짜 걸릴지도 몰라.'

"그렇고말고요." 개셔가 중얼거렸다.

제이크는 똑딱맨의 커다란 초록색 눈에 빠져드는 기분이 들었다.
어깨를 쥔 손이 아직 세게 조여들지도 않았건만, 숨을 들이쉬기가
힘들었다. 제이크는 온 힘을 끌어모아 똑딱맨의 최면에 맞서는 데
집중했고, 다시금 머릿속에 떠오른 첫 번째 생각을 입 밖에 냈다.

"그리하여 퍼스 경은 쓰러졌고, 그 충격으로 온 들판이 뒤흔들렸
노라."

똑딱맨에게 그 말은 따귀를 후려치듯 강력한 충격이었다. 그는
뒤로 움찔 물러나 초록색 눈을 가늘게 뜨고 제이크의 어깨를 아프
도록 꽉 움켜잡았다.

"방금 뭐라고 했느냐? 그 말을 어디서 들었지?"

"작은 새한테 들었어요."

제이크는 일부러 건방지게 대답했다. 그리고 다음 순간, 제이크
는 방을 가로질러 날아가고 있었다.

만일 둥그렇게 휜 벽에 머리부터 부딪혔더라면 기절하거나 죽었
으리라. 그러나 제이크는 엉덩이부터 부딪혔고, 벽에서 튕겨나와 철
판 바닥에 털퍼덕 쓰러졌다. 빙빙 도는 머리를 흔들며 주위를 두리
번거리다 보니 바로 코앞에 낮잠 대신 다른 잠에 빠진 여인의 얼굴
이 마주보고 있었다. 놀란 제이크는 비명을 지르며 엉금엉금 기어
도망쳤다. 그러다가 후츠의 발길질에 가슴을 얻어맞고 벌렁 드러누
웠다. 제이크는 그 자리에 누워 씨근거리며 네온관이 무지개 모양으
로 얽혀 있는 천장을 바라보았다. 잠시 후, 똑딱맨이 제이크의 시야

를 가득 채웠다. 입술은 한일자로 굳게 다문 채였고, 두 뺨은 붉으락 푸르락했으며, 두 눈에는 공포가 배어 있었다. 목에 건 관 모양 유리 상자가 제이크 눈 바로 앞까지 내려와 은사슬 끝에서 앞뒤로 흔들렸다. 안에 든 조그마한 괘종시계의 시계추를 흉내 내듯이.

"개셔 말이 옳구나."

똑딱맨이 제이크의 멱살을 틀어잡고 들어올렸다.

"건방진 녀석이었어. 허나 꼬마야, 내 앞에서는 건방을 안 떠는 게 좋을 게다. 건방 떨 생각은 꿈에도 안 하는 게 좋아. 세상에는 짧은 퓨즈가 달린 사람들이 있다는 말 혹시 들어봤느냐? 헌데 나는 아예 퓨즈라는 게 없단다. 증인을 대려면 1000명도 댈 수 있지만, 모조리 다시는 주둥이를 못 열게 만들어버렸으니 그러지는 못하겠구나. 만약 또 퍼스 경 이야기를 꺼내면…… 단 한 번이라도, *한 번만이라도 꺼냈다가는……* 네 머리통을 따서 골을 파먹어버릴 테다. 이 백발이들의 요람에서 그딴 재수 없는 소리는 용납 못한다. *내 말 알아들었느냐?*"

똑딱맨이 누더기처럼 흔들어대는 바람에 제이크는 그만 울음을 터뜨리고 말았다.

"*알아들었느냐?*"

"이, 이, 예에!"

"좋아."

똑딱맨의 손에서 풀려나 똑바로 선 제이크는 멍하니 비틀거리며 눈물이 줄줄 흐르는 눈을 닦았다. 두 볼에 번진 먼지 자국이 마스카라처럼 새까맸다.

"자, 귀여운 꼬마야, 이제 우리 문답 시간을 갖기로 하자꾸나. 내가 묻고 네가 답하는 거다. 알아들었느냐?”

제이크는 대답하지 않았다. 대신 방 위쪽을 빙 둘러싼 통풍구의 덮개를 건너다보았다.

똑딱맨이 두 손가락으로 제이크의 코를 쥐고 확 잡아당겼다.

“내 말 알아들었느냐?”

“예에!”

제이크가 울부짖었다. 똑딱맨을 돌아본 제이크의 눈에서 물이 흐른 까닭은 이제 두려움만이 아니라 고통 때문이기도 했다. 제이크는 통풍구 덮개를 다시 보고 싶었다. 아까 거기서 본 그것이 단지 못 견딜 만큼 겁에 질린 자기 정신이 빚어낸 헛것이 아님을 확인하고 싶어 안달이 날 지경이었다. 그러나 감히 그러지 못했다. 다른 누군가가, 필시 똑딱맨 본인이 시선을 따라 고개를 돌릴 것 같았고, 앞서 본 그것을 발견할 것만 같았다.

“좋아.”

똑딱맨은 제이크의 코를 쥔 채 의자로 돌아가 앉은 다음, 다시 팔걸이에 다리 한 짝을 걸쳤다.

“그럼 담소를 나눠보자꾸나. 우선 네 이름부터 시작해 볼까? 너 이름이 뭐냐, 꼬마야?”

“제이크 체임버스예요.”

코를 꽉 잡힌 탓에 대답은 불분명한 콧소리가 되어 나왔다.

“그래, 제이크 체임버스. 넌 ‘낫시(NotSee, ‘못 본다’라는 뜻―옮긴이)’냐?”

잠시 동안 제이크는 혹시 장님이냐는 질문을 자기네 식으로 표현한 걸까 하고 생각했으나…… 장님이 아닌 줄은 패거리 모두 당연히 알 터였다.

"무슨 말씀인지 잘……"

똑딱맨은 코를 쥔 채로 제이크를 마구 흔들어댔다.

"낚시 말이다! 낚시! 나랑 장난칠 생각 마라, 꼬마야!"

"무슨 말씀인지 도저히……"

제이크는 말을 꺼내다 말고 똑딱맨의 의자 등받이에 걸린 낡은 기관총을 보았고, 부서진 포케불프 전투기를 다시금 떠올렸다. 머릿속에서 작은 조각들이 하나로 합쳐졌다.

"아니에요, 전 나치가 아니에요. 전 미국인이에요. 나치는 제가 태어나기 한참 전에 끝장났어요!"

똑딱맨이 제이크의 코를 놓았다. 그러자 대번에 코피가 후두둑 쏟아졌다.

"처음부터 그렇게 말했으면 아프지 않았을 것 아니냐, 제이크 체임버스야…… 허나 이제 적어도 여기서 어떻게 처신해야 할지는 알았겠지, 안 그러냐?"

제이크가 고개를 끄덕였다.

"그래. 아주 좋아! 우리 간단한 것부터 시작하자꾸나."

제이크의 눈이 다시 통풍구 덮개 쪽으로 향했다. 아까 보았던 것이 그 자리에 그대로 있었다. 헛것이 아니었다. 크롬으로 도금한 창살 뒤편에 금테를 두른 눈 한 쌍이 둥둥 떠 있었다.

오이였다.

똑딱맨이 제이크의 뺨을 갈겨 개서 앞으로 날려버렸고, 개셔는 자기 앞으로 벌렁 자빠진 제이크를 다시 앞으로 밀쳤다.

"수업 시간이다, 귀염둥아. 자, 정신 차리고 배워! 똑바로 배우란 말이야!"

개셔가 소곤거렸다. 뒤이어 똑딱맨이 말했다.

"내가 얘기할 땐 나를 봐라. 내게 존경을 바치란 말이다, 제이크 체임버스. 아니면 불알을 바치게 될 게야."

"예, 알겠습니다."

똑딱맨의 초록색 눈이 위험스럽게 번득였다.

"뭘 알았다는 게냐?"

제이크는 올바른 대답을 떠올리려고 더듬더듬 생각했다. 얽히고 설킨 의문과 불쑥 솟아난 희망을 한쪽으로 젖혀두었다. 그러다가 떠오른 답은 제이크 자신이 속한 어린둥이들의 요람에서…… 다른 이름으로는 파이퍼스쿨로 알려진 곳에서 통할 법한 대답이었다.

"알겠습니다, 어르신."

똑딱맨이 빙그레 웃었다.

"그게 첫걸음이다, 꼬마야."

똑딱맨은 몸을 앞으로 숙이고 넓적다리에 팔뚝을 괴었다.

"자, 그럼…… '미국인'이란 게 뭐냐?"

통풍구 덮개 쪽으로 눈을 돌리지 않으려고 기를 쓰면서, 제이크 는 이야기를 시작했다.

29

롤랜드는 총을 총집에 꽂은 다음, 두 손으로 바퀴 모양 손잡이를 잡고 돌리려고 애썼다. 손잡이는 돌아가지 않았다. 그리 놀랄 일은 아니었으나 심각한 문제였다.

　오이는 롤랜드의 왼쪽 발치에 서서 걱정스러운 표정으로 올려다보며 문이 열리기를, 그리하여 제이크를 찾으러 계속 나아가기를 기다렸다. 총잡이는 일이 그토록 쉽게 풀리면 좋겠다고 바랄 따름이었다. 그저 거기 서서 누군가 바깥으로 나오기만 기다린다고 될 일이 아니었다. 백발이들 중 누군가가 굳이 이 문으로 나와야겠다고 마음먹기까지 몇 시간, 심지어 며칠이 걸릴지도 몰랐다. 개서 패거리는 총잡이가 문이 열리기만 기다리는 사이에 제이크의 가죽을 벗기려고 작정할지도 몰랐다. 그것도 살아 있는 채로.

　철문에 귀를 대보았으나 아무 소리도 들리지 않았다. 이 또한 놀랄 일은 아니었다. 총잡이는 오래전에 이 비슷한 문을 본 적이 있었다. 자물쇠를 총으로 쏘아 날려버릴 수도 없었고, 새어나오는 소리를 듣기는 더욱 불가능했다. 문이 한 짝일 수도 있었다. 어쩌면 두 짝이 서로 마주보고 있고 가운데 공간은 진공인 이중문인지도 몰랐다. 그러나 어딘가에 있을 단추를 누르면 문 한복판에 달린 바퀴가 돌아가고 자물쇠가 풀릴 터였다. 만약 제이크가 그 단추를 누르기만 하면 만사형통이었다.

　롤랜드는 자신이 *카텟*의 완전한 구성원이 아님을 깨달았다. 짐작하기에 *카텟*의 핵심에 존재하는 비밀스러운 생명력은 오히려 오이가 더 잘 파악하는 듯싶었다(썩은 물이 개울처럼 흐르는 터널을 따라 제이크의 흔적을 찾는 동안 오이가 오로지 냄새만을 쫓았을지도 무척이나 의심스러웠다.). 그럼에도 앞서 이쪽 세계로 건너오려고 애쓰던 제이크에게 도움을 줄 능력은 있었다. 롤랜드에게는 보는 능력이 있었고…… 제이크가 바닥에 떨어뜨린 열쇠를 되찾으려고 했을 때에는 전언을 보낼 능력도 있었다.

이번에 전언을 보내려면 무척이나 조심해야만 했다. 성공한다고 해도 백발이들이 무슨 낌새를 챌지도 몰랐다. 최악의 경우에는 제이크가 전언을 잘못 알아듣고 어리석은 짓을 벌일지도 몰랐다.

그러나 볼 수만 있다면…….

롤랜드는 눈을 감고 제이크에게 온 정신을 집중했다. 제이크의 두 눈을 떠올린 다음, 그것을 찾으려고 자신의 *카*를 내보냈다.

처음에는 아무것도 보이지 않았으나 잠시 후, 어떤 형상이 모습을 잡아가기 시작했다. 회색기가 도는 금발머리를 길게 늘어뜨린 얼굴이었다. 깊숙이 팬 눈구멍 안에 자리 잡은 초록색 눈이 동굴 속의 횃불처럼 이글거렸다. 롤랜드는 금세 알아차렸다. 이 사람이 바로 똑딱맨이었고, 또한 공중 마차 안에서 숨을 거둔 사내의 후손이기도 했다. 흥미롭기는 했으나 당장은 써먹을 데가 없는 지식이었다. 롤랜드는 똑딱맨 너머를, 즉 제이크가 잡혀 있는 방의 나머지 부분과 그 안에 있는 사람들을 보려고 애썼다.

"에이크."

낮잠을 자기에는 장소도 시간도 적당치 않다고 일깨워주려는 듯, 오이가 소곤거렸다.

"쉬잇."

총잡이는 눈을 감은 채로 대꾸했다.

그러나 노력은 수포로 돌아갔다. 제이크가 오로지 똑딱맨한테만 집중한 탓인지 총잡이는 뿌연 풍경밖에 보지 못했다. 그 외의 사람과 사물은 모조리 수의를 뒤집어쓰고 제이크의 의식 끝자락에 서 있는 듯한 뿌연 형상에 지나지 않았다.

다시 눈을 뜬 롤랜드는 왼쪽 주먹으로 오른쪽 손바닥을 가볍게 쳤다. 더 밀어붙이면 더 자세히 볼 수도 있을 듯싶었지만…… 그랬다가는 제이크가 그의 존재를 눈치챌지도 몰랐다. 그렇게 되면 위험했다. 개셔가 냄새를 맡을지도 몰랐고, 그렇지 않으면 똑딱맨이 낌새를 챌지도 몰랐다.

롤랜드는 좁다란 통풍구 창살을 올려다보았고, 뒤이어 오이를 내려다보았다. 그는 몇 번인가 오이가 얼마나 똑똑한지 궁금했던 적이 있었다. 이제 확인할 때가 된 듯했다.

롤랜드는 성한 왼손을 위로 뻗었다. 제이크가 붙잡혀 들어간 문에서 가장 가까운 통풍구 덮개의 가로 창살을 움켜쥔 다음, 잡아당겼다. 덮개는 녹가루와 마른 이끼를 흩날리며 뽑혀나왔다. 그 뒤의 구멍은 사람이 들어가기에 턱없이 작았으나…… 개너구리라면 이야기가 달랐다. 롤랜드는 덮개를 내려놓고 오이를 들어올린 다음, 오이의 귀에 대고 나지막이 속삭였다.

"가서…… 보고…… 돌아오너라. 알아들었느냐? 놈들에게 들키면 안 된다. 가서 보고 돌아오기만 하면 된다."

오이는 물끄러미 얼굴을 올려다보기만 할 뿐 말이 없었다. 제이크의 이름조차 말하지 않았다. 롤랜드는 오이가 알아들었는지 못 알아들었는지 확신하지 못했지만, 고민하는 데 시간을 낭비해 봤자 아무 소용도 없었다. 그가 통풍구 통로에 오이를 올려놓았다. 오이는 마른 이끼 부스러기를 킁킁거리다가 살짝 재채기를 하더니 그 자리에 가만히 웅크리고 앉아 움직이지 않았다. 길고 보드라운 털이 통풍구의 바람에 흩날리는 가운데, 오이는 기묘하게 생긴 눈으로 롤랜드를 미심쩍은 듯 바라보았다.

"가서, 보고, 돌아오는 거다."

롤랜드가 다시금 속삭이자 오이는 어둠 속으로 사라졌다. 발톱을 부드러운 발바닥 속으로 오므린 채로, 소리도 내지 않고 걸어갔다.

롤랜드는 다시 총을 뽑아들고 가장 힘든 일을 시작했다. 그는 기다렸다.

3분도 지나지 않아 오이가 돌아왔다. 롤랜드는 오이를 통풍구에서 꺼내어 바닥에 내려놓았다. 오이가 기다란 목을 쭉 빼고 롤랜드를 올려다보았다.

"몇이나 있더냐, 오이? 몇 명이나 보이던?"

롤랜드는 한참 동안 이 개너구리가 그저 걱정스럽게 쳐다보기만 할 뿐 아무것도 안 하리라고 생각했다. 그러나 개너구리는 이내 오른쪽 앞발을 미적미적 공중으로 쳐들었고, 발톱을 세웠으며, 마치 무언가 몹시 어려운 것을 기억해 내려는 듯 제 발톱을 바라보았다. 그러다가 마침내 철판 바닥을 두드리기 시작했다.

한 번…… 두 번…… 세 번…… 네 번. 개너구리가 잠시 멈추었다. 그러고 나서 두 번 더, 재빨리 또 조심스럽게, 바짝 세운 발톱으로 철판 바닥을 긁었다. 다섯, 여섯이었다. 오이는 또다시 발짓을 멈추고 고개를 숙였다. 극심한 정신적 갈등을 못 이기고 쓰러진 어린아이 같은 모습이었다. 그러다가 마지막으로 바닥을 두드리며 롤랜드를 쳐다보았다.

"에이크!"

백발이 여섯…… 그리고 제이크.

롤랜드는 오이를 안아들고 다독여주었다.

"잘했다!"

롤랜드가 오이의 귀에 대고 속삭였다. 실은 놀랍고 또 고마워서 어찌할 바를 모를 지경이었다. 무언가를 기대하기는 했으나 이토록 세심하게 답해주다니, 경이롭기만 했다. 셈이 정확한지 어떤지 의심할 겨를도 없었다.

"기특한 녀석!"

"여석! 에이크!"

그랬다, 제이크였다. 제이크가 문제였다. 롤랜드는 제이크와 약속을 했고, 그 약속을 지키고 싶었다.

총잡이는 그 자신의 기묘한 사고방식에 따라 골똘히 생각했다. 메마른 실용주의와 거칠 것 없는 직관이 결합된 그 사고방식은 필시 총잡이가 그의 할머니인 '광녀 디드라'에게서 물려받은 것이었고, 또한 옛 동료들이 숨을 거둔 후에도 그가 오래도록 살아남게 해준 것이기도 했다.

총잡이는 오이를 다시 안아들었다. 제이크는 어쩌면, 어쩌면 살지도 몰랐지만, 개너구리는 거의 틀림없이 죽으리라. 롤랜드는 쫑긋선 오이의 귀에 간단한 말 몇 마디를 거듭 또 거듭 속삭였다. 마침내 말을 맺고 오이를 통풍구 통로로 돌려보낸 다음, 롤랜드가 마지막으로 속삭였다.

"기특한 녀석. 자, 이제 가거라. 가서 해치워. 내 마음이 너와 함께할 게다."

"오이! 아음! 에이크!"

개너구리는 소곤거리고 나서 다시 어둠 속으로 총총 사라졌다.

롤랜드는 지옥문이 활짝 열리기만을 기다렸다.

30

'뉴욕의 에디여, 내게 질문을 해봐라. 훌륭한 질문을 고르는 게 좋을 게다…… 만일 어리석은 질문을 했다가는, 너와 네 아내 모두 죽을 것이다. 너희가 어디서 왔든 상관없이.'

맙소사, 이런 말을 들으면 뭐라고 대답해야 할까?

인터폰의 검붉은 불빛은 이미 꺼진 후였다. 이제 분홍색 불빛이 다시 켜졌다.

"서둘러요." 작은 블레인이 가냘픈 목소리로 재촉했다. "큰 블레인이 이렇게 화난 적은 없었어요…… 서두르지 않으면 당신들을 죽일 거예요!"

에디는 겁먹은 비둘기들이 어쩔 줄 모르고 요람을 날아다니는 낌새를 희미하게 알아차렸다. 개중에는 스스로 기둥에 머리를 들이받고 바닥에 떨어져 죽은 것도 있었다.

"블레인이 원하는 게 뭐야?"

수재나가 스피커를 향하여, 또 그 너머 어딘가에 있을 작은 블레인을 향하여 소곤거렸다.

"제발, 블레인이 원하는 게 뭐냐니까?"

답이 없었다. 에디는 자신들에게 주어진 시간이 점점 줄어가는 기분을 느꼈다. 송신/ 수신 단추를 누르고 미친 듯이 빠르게 말을 내뱉는 에디의 뺨과 목에 땀이 주르륵 흘러내렸다.

내게 질문을 해봐라.

"어어…… 블레인! 요 몇 년 동안 어떻게 지냈어? 예전처럼 동남쪽으로 운행한 것 같진 않던데, 안 그래? 딱히 무슨 이유라도 있어?

콧구멍에 바람 쐴 기분이 안 들어서 그랬어?”

비둘기 떼가 푸드덕거리는 소리뿐, 아무 대답도 들리지 않았다. 에디의 머릿속에 아디스가 떠올랐다. 아디스는 뺨이 녹아내리고 혀가 타들어가는 와중에 비명을 지르려고 기를 쓰는 중이었다. 에디는 목덜미의 잔털이 살랑거리다가 뒤엉키는 기분이 들었다. 소름이 끼쳐서? 아니면 전기가 모여드는 중일까?

서둘러요…… 큰 블레인이 이렇게 화난 적은 없었어요.

“그건 그렇고, 널 만든 사람들은 누구지?”

정신이 나가다시피 한 채로 물으며, 에디는 생각했다. ‘이 빌어먹을 물건이 뭘 원하는지만 안다면!’

“그 얘기 좀 해보지그래? 백발이들이야? 아냐…… 분명히 위대한 선인들이겠지, 안 그래? 그도 아니면……”

에디는 말을 질질 끌었다. 이제 살갗에 와닿는 블레인의 침묵이 실체를 지닌 듯 무겁게 느껴졌다. 몸을 더듬는 두툼한 손 같았다.

“원하는 게 뭐야? 도대체 뭘 듣고 싶은 거냐고?”

대답이 없었다. 그러나 인터폰의 단추들은 다시 성난 암적색으로 달아오르는 중이었고, 에디는 이제 시간이 다 되었음을 깨달았다. 근처 어딘가에서 발전기가 돌아가는 듯 나지막이 윙윙대는 소리가 들려왔다. 에디가 믿기에 그 소리는 상상이 아니었다. 상상이라고 아무리 열심히 생각해봤자 소용없었다.

“블레인!” 수재나가 별안간 소리를 질렀다. “블레인, 내 말 들려?”

대답이 없었고…… 에디는 수도꼭지 아래 받쳐둔 대접에 차오르는 물처럼 공기 중에 차오르는 전기를 느꼈다. 숨을 쉴 때마다 콧속에서 지독하게 파직거리는 느낌이 들었다. 잇속에 때워넣은 충전재가 성난 곤충처럼 앵앵거렸다.

"블레인, 내가 질문을 할게, 꽤 재미있는 거야! 들어봐!"

수재나는 잠시 눈을 감고 필사적으로 관자놀이를 문지르다가 다시 눈을 떴다.

"음…… 아무것도 아닌 어떤 것이 있어, 그런데도 이름은 갖고 있지. '키가 클 때도 있고…… 키가 작을 때도 있는데……'"

수재나가 말을 멈추더니 괴로움에 휘둥그레진 눈으로 에디를 바라보았다.

"도와줘요, 에디! 그다음은 기억이 안 나요!"

에디는 미친 사람을 보는 표정으로 수재나를 멍하니 쳐다보기만 했다. 지금 도대체 무슨 소리를 하는 걸까? 그러다가 에디도 깨달았다. 기묘할 정도로 딱 들어맞는 말 같았다. 뒤이어 수수께끼의 나머지 내용이 조각그림 퍼즐의 마지막 두 조각처럼 에디 머릿속에서 찰칵 하고 맞물렸다.

"'우리가 이야기할 때에도 함께하고, 운동할 때에도 함께하고, 놀이를 할 때에도 늘 함께합니다.' 그게 뭘까? 이게 우리 질문이야, 블레인. 그게 뭘까?"

마름모꼴 숫자판 아래의 명령과 입력 단추를 밝히던 붉은 불빛이 꺼졌다. 블레인이 다시 입을 열기 전까지 영원처럼 아득한 침묵이 감돌았으나…… 에디는 알아차렸다. 살갗을 타고 흐르던 전류가 사라지는 중이었다.

"답은 물론 그림자이다."

블레인의 목소리가 대답했다.

"쉬운 문제였지만…… 그래도 괜찮군. 아주 괜찮아."

스피커에서 흘러나온 목소리는 지적 흥분 때문에 활기차게 들렸으나…… 그것 말고 다른 까닭도 있었다. 기쁨? 갈망? 에디는 확신할 수 없었지만, 그 목소리에는 작은 블레인을 떠올리게 하는 무언가가 있었다. 에디가 아는 사실은 그뿐만이 아니었다. 적어도 당분간이나마 수재나 덕분에 목숨을 건졌던 것이다. 에디는 몸을 숙이고 땀으로 축축해진 수재나의 이마에 입을 맞추었다.

"아는 수수께끼가 또 있느냐?"

"그래, 아주 많아." 블레인이 묻자 수재나가 냉큼 대답했다. "우리 동료인 제이크한테 아예 수수께끼 책이 있어."

"뉴욕이라는 곳에서 온 동료인가?"

블레인이 물었다. 이제 그 말투에 깃든 감정은 적어도 에디가 듣기에는 분명했다. 블레인이 아무리 기계라고 할지언정 에디는 경력이 6년이나 되는 헤로인 중독자였고, 탐욕이 번들거리는 목소리를 들으면 곧바로 알아차렸다.

"그래, 뉴욕에서 왔어. 그런데 제이크는 포로로 잡혀 있어. 개셔라는 놈이 끌고 갔지."

대답은 들리지 않았고…… 이내 희미한 분홍색 불빛이 다시 밝아왔다. 작은 블레인이 소곤거렸다.

"아직까진 잘하고 있어요. 하지만 조심해야 해요…… 블레인은 속임수를 쓰니까……"

갑자기 붉은 불빛이 들어왔다.

"방금 너희 중 누군가가 말을 했느냐?"

블레인의 목소리는 차가웠고, 또한 의혹에 젖어 있었다. 후자에 관한 한 에디는 맹세라도 할 수 있었다.

에디가 수재나를 돌아보았다. 수재나도 겁에 질려 휘둥그레진 눈으로 그를 마주보았다. 마치 침대 아래에서 알 수 없는 무언가가 몰래 움직이는 소리를 들은 소녀 같았다.

"내가 헛기침을 좀 했어, 블레인."

에디는 이렇게 말하고 이마에 맺힌 땀을 팔로 닦아냈다.

"난…… 젠장, 창피하지만 솔직히 말할게. 난 무서워서 죽을 것 같아."

"그건 아주 현명한 생각이다. 너희가 얘기한 수수께끼 말인데…… 어리석은 것들인가? 나는 어리석은 수수께끼로 내 인내심을 시험에 들게 할 생각이 없다."

"대개는 훌륭한 것들이야."

수재나가 말했다. 그러나 말은 그렇게 하면서도 에디를 보는 얼굴에는 근심이 어려 있었다.

"거짓말을 하는구나. 너는 그 수수께끼들이 어느 정도 수준인지 아예 모른다."

"네가 그걸 어떻게……"

"음성 분석이다. 마찰음 유형과 이중모음 강세를 분석하면 꽤 신뢰할 만한 참/ 거짓 지수가 나온다. 예상 신뢰도는 97퍼센트, 오차범위는 0.5퍼센트다."

블레인은 잠시 침묵하다가 다시 입을 열었다. 이번에는 협박하듯 질질 끄는 목소리가 나왔고, 에디의 귀에는 무척이나 익숙한 소리였다. 바로 영화배우 험프리 보가트의 목소리였다.

"내 충고하건대, 아는 것만 말하는 게 좋아, 아가씨. 내 앞에서 진실을 감추려 했던 마지막 녀석은 지금 시멘트 장화를 신고 센드 강 바닥에서 자고 있어."

"맙소사. 600킬로미터가 넘게 걸어와서 만난 게 고작 성대모사 전문가 리치 리틀의 컴퓨터판이군. 어이, 블레인, 존 웨인이나 험프리 보가트 흉내를 어떻게 그렇게 잘 내는 거야? 우리가 온 세상에서 살던 사람들인데."

대답이 없었다.

"알았어, 그 질문엔 대답하기 싫다, 이거지. 그럼 이건 어때? 네가 원하는 게 수수께끼라면, 왜 애초에 그렇게 얘기하지 않았어?"

이번에도 대답이 없었지만 에디는 듣지 않고도 답을 깨달았다. 블레인은 수수께끼를 좋아했고, 그래서 그들에게 수수께끼를 물었던 것이다. 그 수수께끼는 수재나가 풀었다. 에디는 만일 수재나가 풀지 못했더라면 그들은 지금쯤 특대 사이즈 연탄이 되어 러드의 요람 바닥에 누워 있으리라고 짐작했다.

"블레인?"

수재나가 불안한 목소리로 물었다. 대답이 없었다.

"블레인, 아직 거기 있어?"

"그래. 한 개 더 내봐라."

"문이 문이 아닐 때는 언제지?"

에디가 물었다.

"그것이 무늴 때이다. 더 잘해야 할 게다, 내가 너희를 태우고 어딘가로 데려다주길 진심으로 바란다면 말이다. 더 잘할 수 있겠나?"

"롤랜드가 오기만 하면 틀림없이 잘할 수 있어. 제이크가 갖고 있는 수수께끼 책이 얼마나 훌륭한지는 모르지만, 롤랜드는 수수께끼라면 전문가야. 어릴 적에 수수께끼를 공부한 적도 있대.”

수재나가 말했다. 그러나 말은 이렇게 했지만 롤랜드의 어린 시절 모습은 상상할 수가 없었다.

“블레인, 우릴 태워줄 거야?”

“그럴지도 모르지.”

블레인이 말했다. 에디는 그 목소리에 희미하게 흐르는 잔인함을 똑똑히 들었다고 확신했다.

“그러나 나를 움직이려면 소수의 펌프에 연료를 채워야 한다. 그리고 내 펌프는 거꾸로 돌아간다.”

“무슨 뜻이야?”

블레인의 미끈하게 뻗은 분홍색 등을 쇠창살 사이로 건너다보며, 에디가 물었다. 그러나 블레인은 이 질문뿐 아니라 두 사람이 묻는 어떠한 질문에도 대답하지 않았다. 선명한 주황색 불빛은 켜진 채였으나 큰 블레인도 작은 블레인도 모두 동면에 들어간 듯했다. 그러나 에디는 거기에 속을 만큼 어리석지 않았다. 블레인은 깨어 있었다. 두 사람을 지켜보고 있었다. 두 사람의 대화에 나타나는 마찰음 유형과 이중모음 강세에 귀를 기울이고 있었다.

에디가 수재나를 돌아보았다.

“‘나를 움직이려면 소수의 펌프에 연료를 채워야 해. 하지만 내 펌프는 거꾸로 돌아가.’ 이것도 수수께끼겠죠?”

에디의 목소리는 처량했다.

“그럼요, 당연하죠.”

수재나는 거짓으로 반쯤 감은 눈 같은 블레인의 세모꼴 유리창을 바라보았다. 뒤이어 에디를 끌어당기고 그의 귀에 속삭였다.

"저 기차는 완전히 미쳤어요, 에디. 정신분열에 편집증에, 틀림없이 과대망상도 겹쳤을 거예요."

에디가 숨을 들이마셨다.

"그러니까 당신 얘기는, 지금 우리가 미친 천재 귀신이 씐 컴퓨터가 달린 모노레일 기차를 상대하는 중인데, 그 기차가 수수께끼를 좋아하는 데다 음속보다 빨리 달리기까지 한다, 그 말이군요. 이거 완전히 『뻐꾸기 둥지 위로 날아간 새』의 판타지판인데."

"그 펌프 얘기, 뭐 짚이는 데 없어요?"

에디가 고개를 저었다.

"당신은요?"

"어렴풋이 떠오르는 게 있긴 해요, 기억 저편에서요. 십중팔구 잘못 짚은 걸 테지만요. 난 롤랜드가 했던 말이 자꾸 생각나요. 훌륭한 수수께끼는 늘 앞뒤가 맞고 해답도 있는 법이라고 했잖아요. 마법사의 속임수처럼요."

"주의를 흩뜨린다, 이거죠."

수재나가 고개를 끄덕였다.

"총을 한 발 더 쏴요, 에디. 두 사람한테 우리가 아직 여기 있다고 알려야 해요."

"알았어요. 그 둘이 아직 무사한지 알면 좋을 텐데."

"당신 생각은 어때요. 에디?"

에디는 등을 돌리며 뒤도 돌아보지 않고 대뜸 대답했다.

"모르겠어요. 그건 블레인도 못 맞힐 수수께끼예요."

31

"마실 것 좀 주시면 안 될까요?"

제이크가 물었다. 목소리는 소름 끼치는 콧소리가 되어 나왔다. 얻어맞은 입과 콧속이 부어오른 탓이었다. 제이크는 추잡한 길거리 싸움에서 지독하게 얻어맞은 사람처럼 보였다.

"아, 물론이지." 똑딱맨의 목소리는 명료했다. "줘야지. 주고말고. 마실 것쯤이야 얼마든지 있으니까. 안 그러냐, 코퍼헤드?"

"그럼요."

키가 홀쭉하고 하얀 실크 셔츠와 검은 실크 바지 차림에 안경을 쓴 사내가 대답했다. 20세기 초의 만화잡지《펀치》에 나온 대학 교수처럼 보이는 사내였다.

"마실 거야 얼마든지 있습지요."

똑딱맨은 왕좌 같은 의자에서 다시 한 번 자세를 편히 고쳐앉은 다음, 웃음을 머금은 눈으로 제이크를 바라보았다.

"포도주도 있고, 맥주도 있고, 그보다 독한 에일도 있고, 물론 맛 좋은 물도 있단다. 가끔은 우리 몸이 원하는 게 오로지 물일 때도 있지, 안 그러냐? 시원하고, 깨끗하고, 신선한 물 말이다. 어떠냐, 꼬마야."

이미 퉁퉁 부은 데다 사포처럼 까끌까끌해진 제이크의 목이 아프게 따끔거렸다.

"좋죠." 제이크가 소곤거리듯 말했다.

"그래, 그 말을 들으니 나까지 목이 마르구나."

똑딱맨이 말했다. 그의 입가에 웃음이 번졌다. 초록색 두 눈이 반짝였다.

"틸리, 가서 물 한 바가지 가져와라. 예의도 모르는 놈이 될 수는 없으니까 말이야."

틸리가 방 건너편의 문으로 걸어 나갔다. 제이크와 개셔가 들어온 문의 정반대편이었다. 제이크는 여인의 뒷모습을 보며 부어오른 입술을 핥았다.

"자, 그럼."

똑딱맨이 다시 제이크에게 눈을 돌리고 말했다.

"너 네가 살던 미국의 도시가…… 그러니까 그 뉴욕이라는 곳이 이 러드와 매우 비슷하다고 했으렷다."

"그게…… 똑같은 건 아니고요……"

"허나 기계 중 일부는 알아보지 않았느냐. 밸브나 펌프나 뭐 그런 것들 말이다. 불이 반짝이는 유리관은 말할 것도 없고."

"예. 뉴욕에선 네온관으로 부르는데, 같은 거예요."

똑딱맨이 제이크에게 손을 뻗었다. 제이크가 흠칫 물러났지만 똑딱맨은 단지 어깨만 다독일 뿐이었다.

"그래, 그래. 그 정도면 충분히 비슷해."

똑딱맨의 눈이 번득였다.

"그럼 컴퓨터라는 것도 들어봤겠구나?"

"그럼요, 하지만……"

틸리가 바가지를 들고 똑딱맨의 왕좌 곁으로 조심스레 다가왔다. 똑딱맨은 바가지를 받아들고 제이크에게 내밀었다. 제이크가 손을 뻗자 똑딱맨은 냉큼 바가지를 당겨 자기 입으로 가져갔다. 물이 똑딱맨의 입가를 타고 벌거벗은 가슴으로 흘러내렸고, 이를 보는 제이크의 몸은 덜덜 떨리기 시작했다. 떨림을 막을 수가 없었다.

바가지 너머로 건너다보는 똑딱맨의 눈빛은 마치 제이크가 거기 있음을 방금 기억해 낸 듯했다. 그 뒤에서는 개셔와 코퍼헤드, 브랜든, 후츠가 방금 막 음담패설을 들은 깡패들처럼 씩 웃고 있었다.

"이런, 내 목이 얼마나 말랐던지 그만 널 까맣게 잊어버렸구나! 이런 비겁한 짓을 하다니 내 눈이 썩었지 뭐냐! 그래도 뭐랄까 정말이지…… 맛있구나…… 아주 맛있어…… 시원하고…… 깨끗하고……."

똑딱맨이 제이크에게 바가지를 내밀었다. 제이크의 손이 닿으려 하자 그가 다시 바가지를 뒤로 당겼다.

"허나 우선, 이극 컴퓨터와 변이형 회로에 대해 아는 대로 얘기해 봐라, 꼬마야."

똑딱맨의 목소리는 차가웠다.

"그게 무슨……"

제이크는 통풍구 덮개로 눈을 돌렸으나 그 자리에 있던 금빛 테두리를 두른 눈은 여전히 보이지 않았다. 결국 상상에 불과했다는 생각이 스멀스멀 피어올랐다. 제이크는 다시 똑딱맨에게로 눈을 돌렸고, 한 가지 사실을 분명히 깨달았다. 물은 결코 얻지 못하리라. 얻을 수 있을지도 모른다고 생각했다니, 얼마나 어리석었던가.

"이극 컴퓨터가 뭔가요?"

똑딱맨의 표정이 분노로 일그러졌다. 그가 바가지에 남은 물을 제이크의 퉁퉁 부은 얼굴에 확 끼얹었다.

"*내 앞에서 까불 생각 하지 마라!*"

똑딱맨이 악을 지르더니 세이코 시계를 풀어 제이크의 눈앞에서 흔들어댔다.

"이 시계가 이극 회로로 가냐고 물었을 때 아니라고 대답하지 않았느냐! 그러니 모른다는 말을 지껄일 생각일랑 하지도 마라, 이미 안다고 다 밝혔으니!"

"그치만…… 그치만……."

제이크는 말을 이을 수가 없었다. 두려움과 혼란스러움으로 머리가 빙빙 돌았다. 그러는 와중에 몹시도 아득하게 깨달은 것 하나는, 입술에 묻은 물을 가능한 한 많이 핥으려고 혀를 날름거리는 자신의 모습이었다.

"이 빌어 처먹을 도시 지하에는 빌어 처먹을 이극 컴퓨터 수천 대가, 어쩌면 수십만 대가 있어. 그중에 작동하는 놈이라곤 단 한 대뿐인데 그놈이 하는 짓이라곤 카드놀이 아니면 북소리를 트는 것뿐이야! 난 그 컴퓨터들을 원해! 그것들을 내 마음대로 부리고 싶단 말이야!"

왕좌에서 벌떡 일어난 똑딱맨이 제이크를 붙잡고 흔들다가 바닥에 내동댕이쳤다. 제이크와 부딪힌 전등이 쓰러졌고, 전구가 파삭 소리를 내며 깨졌다. 조그맣게 비명을 지르며 뒷걸음질 치는 틸리의 눈이 겁에 질려 휘둥그렜다. 코퍼헤드와 브랜든은 불안한 표정으로 서로 마주보았다.

똑딱맨이 몸을 앞으로 숙이더니 넓적다리에 팔꿈치를 괸 채 제이크의 얼굴에 대고 악을 썼다.

"난 그것들을 가져야겠어, 갖고 말겠단 말이야!"

방 안에 정적이 깔렸다. 그 정적을 부순 것은 통풍구에서 흘러나오는 온풍 소리뿐이었다. 뒤이어 똑딱맨의 얼굴을 일그러뜨렸던 분노가 아예 애초부터 없었다는 듯이 싹 사라졌다. 매력적인 미소가 다시금 그 자리를 대신했다. 똑딱맨은 앞으로 몸을 숙이고 제이크가 일어서도록 도와주었다.

"미안하구나. 이곳의 잠재력을 생각하다 보면 가끔 정신을 놓곤 한단다. 꼬마야, 내 사과를 받아주렴."

똑딱맨은 뒤집힌 바가지를 주워 틸리에게 던졌다.

"가서 채워 와, 이 쓸모없는 년아! 뭘 하고 있는 게야?"

제이크를 돌아본 똑딱맨의 얼굴은 여전히 텔레비전 게임 쇼 진행자 같은 미소로 가득했다.

"좋아. 농담은 너도 한 자락 했고 나도 한 자락 했으니 말이야. 자, 이제 이극 컴퓨터와 변이성 회로에 대해 아는 대로 말해봐라. 그럼 물을 주마."

제이크는 아무 생각도 떠오르지 않았지만 무슨 말이든 해보려고 입을 열었다. 그러자 놀랍게도, 롤랜드의 목소리가 머릿속을 가득 채웠다.

〈제이크, 놈들의 주의를 딴 데로 돌려라. 그리고 그곳에 문을 여는 단추가 있거든, 그 근처로 가라.〉

똑딱맨이 제이크의 얼굴을 자세히 들여다보았다.

"방금 머릿속에 뭔가 떠올랐구나, 꼬마야. 그렇지? 척 보면 안다. 그러니까 감출 생각 마라. 네 친구 똑딱이한테 얘기해 봐."

제이크는 시야 가장자리에서 무언가 움직이는 낌새를 눈치챘다. 똑딱맨이 주의를 온통 기울이고 있는 상황에서 감히 통풍구 덮개로 눈을 돌릴 엄두는 내지 못했지만, 제이크는 오이가 그 자리로 돌아와 창살 너머로 내려다보고 있음을 알아차렸다.

주의를 딴 데로 돌리려면…… 제이크는 문득 어떻게 해야 할지를 깨달았다.

"생각이 나긴 했어요. 근데 컴퓨터에 관한 건 아니에요. 제 친구 개셔에 관한 거죠. 그리고 개셔의 오랜 친구 후츠도요."

"허어, 이런! 야, 너 지금 무슨 수작이냐, 꼬맹아?"

"개셔, 암호를 가르쳐준 사람이 누군지 똑딱맨님께 솔직히 말씀 드리는 게 어때? 그럼 나도 네가 암호를 감춰둔 곳이 어딘지 똑딱맨님께 말씀드릴게."

똑딱맨은 어리둥절한 듯 제이크에게서 개셔에게로 눈길을 옮겼다.

"이게 무슨 소리냐?"

"암것도 아닙니다요!"

개셔가 냉큼 잡아뗐다. 그러나 후츠를 힐끔 쳐다보는 눈길마저 숨기지는 못했다.

"저놈이 헛소리하는 거예요, 똑딱맨님. 당장 이 자리를 모면하려 고 저한테 떠넘기는 거라고요. 건방진 놈이라고 제가 그랬잖아요! 애초에 제가……"

"개셔의 머릿수건 안에 뭐가 있나 한번 보세요. 암호를 적은 쪽지 가 들어 있어요. 그나마도 못 읽어도 제가 읽어줘야 했다니까요."

이번에는 똑딱맨이 버럭 화를 내지 않았다. 대신 끔찍한 뇌우가 몰아치기 직전의 여름 하늘처럼 서서히 표정이 어두워졌다. 입에서 는 나지막이 가라앉은 목소리가 나왔다.

"머릿수건을 좀 보여다오, 개셔. 이 오랜 친구 똑딱맨이 한번 봐 야겠구나."

“거짓말이라니까요, 제 얘기 들으셨잖아요!”

개셔가 악을 쓰더니 두 손으로 머릿수건을 꽉 누른 채 벽 쪽으로 두 걸음 물러섰다. 그 바로 위에서 오이의 금테 두른 눈이 반짝였다.

“저놈 낯짝 좀 보세요, 저렇게 건방진 꼬맹이가 잘하는 거라곤 거짓부렁뿐이잖아요!”

똑딱맨의 시선이 후츠에게로 향했다. 그는 겁을 집어먹고 사색이 되어 있었다.

“어떻게 된 거냐?”

후츠에게 묻는 똑딱맨의 목소리는 나지막했고, 소름이 끼쳤다.

“어떻게 된 거냐, 후츠맨? 너랑 개셔가 불알친구인 줄은 나도 아는 바다. 또 네 대가리가 거위 대가리인 줄도 익히 알고. 허나 내실 문의 암호를 종이에 적을 만큼 멍청할 리가…… 설마 그런 거냐? 그런 거냔 말이다!”

“저…… 제 생각에는 그냥……”

“입 다물어!”

후츠가 입을 열자 개셔가 악을 썼다. 제이크를 쏘아보는 그의 눈은 순전히 지독한 악의로 가득했다.

“이 빚은 네 죽음으로 갚아주마, 꼬맹아. 두고 봐라.”

“수건을 벗어봐라, 개셔. 안을 좀 보자꾸나.”

똑딱맨이 말했다. 제이크는 계기판이 달린 연설대를 향하여 옆걸음으로 한 발짝 다가갔다.

“안 됩니다요!” 개셔는 머릿수건이 저절로 날아가기라도 한다는 듯 두 손으로 머리를 꽉 눌렀다. “죽어도 그렇게는 못 해요!”

“브랜든, 저 녀석을 잡아라.”

똑딱맨의 명령을 받은 브랜든이 개셔에게 달려들었다. 앞서 똑딱맨의 속도만큼 빠르지는 않았지만 그래도 개셔는 쏜살같이 움직였다. 그는 몸을 숙여 장화 목에서 단검을 뽑았고, 그것을 브랜든의 팔뚝에 쑤셔박았다.

"아악, 이 망할 새끼가!"

브랜든이 경악과 고통의 비명을 지르는 사이에 그의 팔에서는 피가 솟구쳤다.

"이게 무슨 짓이에요!" 틸리가 악을 썼다.

"일일이 내 손으로 처리해라, 이거냐?"

똑딱맨이 고함을 지르며 일어섰다. 화보다는 조바심이 난 목소리였다. 개셔는 피 묻은 칼을 무슨 마법진이라도 그리는 것처럼 얼굴 앞으로 휘저으며 똑딱맨에게서 뒷걸음질 쳤다. 다른 손으로는 정수리를 꽉 누른 채로, 개셔가 헐떡거리며 말했다.

"물러나세요. 난 당신을 형제처럼 사랑해요, 똑딱맨, 하지만 물러서지 않겠다면 이 칼로 배때기를 쑤셔버릴 거예요, 진심이에요."

"네가? 설마."

똑딱맨이 너털웃음을 터뜨리며 말했다. 그는 자신의 단검을 칼집에서 뽑아 뼈로 된 칼자루를 조심스럽게 움켜쥐었다. 모두의 눈이 이 두 사람에게 쏠려 있었다. 제이크는 계기판이 달린 연설대 쪽으로 두 걸음 빠르게 다가간 다음, 똑딱맨이 눌렀던 것으로 보이는 단추를 향하여 손을 뻗었다.

개셔가 둥그런 벽을 따라 뒷걸음질 쳤다. 벽에 붙은 네온관이 만드러스로 뒤덮인 그의 얼굴을 갖가지 역겨운 빛으로, 담즙 같은 초록, 열꽃 같은 빨강, 황달 같은 노랑으로 물들였다. 이제 오이가 지켜보고 있는 통풍구 덮개 아래에 똑딱맨이 서 있었다.

"칼을 거둬라, 개서." 똑딱맨의 목소리는 온화했다. "너는 내가 부탁한 대로 아이를 데려오지 않았느냐. 이 일로 욕을 볼 사람이 있다면 그건 네가 아니라 후츠야. 넌 그저 나한테……"

그 순간, 뛰어내리려고 몸을 웅크리는 오이를 보고 제이크는 두 가지를 깨달았다. 하나는 개너구리가 지금부터 하고자 하는 일이었고, 다른 하나는 그 일을 당할 사람이었다.

"*오이, 안 돼!*"

제이크가 외쳤다. 모두가 제이크를 돌아보았다. 그 순간 오이가 몸을 날렸고, 얄따란 통풍구 덮개는 오이에게 부딪혀 아래로 떨어졌다. 똑딱맨이 소리가 난 쪽을 향하여 몸을 틀고 위를 쳐다보았다. 다음 순간, 오이가 그의 얼굴에 뛰어내려 물어뜯고 할퀴었다.

32

'오이, 안 돼!' 롤랜드는 이중문 너머에 있었는데도 그 소리를 희미하게 들었고, 가슴이 철렁 내려앉았다. 밸브 손잡이가 돌아가기를 기다렸으나 손잡이는 돌아가지 않았다. 롤랜드는 눈을 감고 온 정신을 집중하여 전언을 보냈다. 〈문이다, 제이크! 문을 열어!〉

아무 반응도 느껴지지 않았다. 머릿속의 풍경도 사라졌다. 애초부터 미약했던 롤랜드와 제이크 사이의 통신선이 이제는 아예 끊어지고 말았다.

33

똑딱맨은 욕을 퍼붓고 비명을 지르며 비틀비틀 뒷걸음질을 쳤다. 동시에 자기 얼굴에 달라붙은 채로 몸부림을 치며 물고 할퀴는 짐 승을 붙잡으려고 낑낑댔다. 왼쪽 눈을 쑤시고 눈알을 후벼파는 오이 의 발톱이 느껴졌다. 끔찍한 핏빛 고통이 마치 깊은 우물에 던져넣 은 횃불처럼 똑딱맨의 머리를 파고들었다. 그 순간, 똑딱맨의 분노 가 고통을 뛰어넘었다. 그는 오이를 붙잡고 얼굴에서 떼어낸 다음 걸레처럼 찢어버릴 작정으로 머리 위로 쳐들었다.

"안 돼!"

제이크가 악을 썼다. 단추를 눌러 문을 열어야 한다는 생각은 잊 어버린 채, 제이크는 의자 등받이에 걸린 총을 붙잡았다.

틸리가 비명을 질렀다. 다른 이들은 뿔뿔이 흩어졌다. 제이크가 낡은 독일제 기관단총을 똑딱맨에게 겨누었다. 오이는 큼지막하고 다부진 손에 거꾸로 붙잡힌 채 몸이 거의 두 동강 나기 직전까지 휘 어 있었고, 미친 듯이 몸부림치며 허공을 물어뜯는 중이었다. 고통 을 못 이긴 오이가 비명을 질렀다. 끔찍할 정도로 사람 같은 목소리 가 터져나왔다.

"갤 놔줘, 이 나쁜 새끼야!"

비명을 지르며, 제이크가 방아쇠를 당겼다.

제이크는 그 와중에도 총구를 아래쪽으로 향할 정신은 남아 있 었다. 대여섯 발밖에 쏘지 않았는데도, 밀폐된 공간에 울려퍼진 MP 40 기관단총의 발사음은 귀를 찢을 듯이 요란했다. 네온관 한 개가 차가운 주황빛을 흩날리며 폭발했다. 똑딱맨의 꼭 끼는 바지 왼쪽

무릎 위에 구멍이 뚫리는가 싶더니 순식간에 검붉은 얼룩이 번져나
갔다. 경악한 나머지 입을 동그랗게 벌린 똑딱맨은 말보다 표정으로
훨씬 더 또렷하게 말하고 있었다. 그가 아는 한 그 자신은 사람들을
쏘기만 할 뿐 표적이 되는 일은 결코 없이 길고 행복한 삶을 누릴
줄 알았노라고. *어쩌다 표적이 된다고 해도, 실제로 총에 맞는다고?*
그 경악한 표정은 이것이 애초에 예정에 없던 일이라고 말하고 있
었다.

'현실 세계에 온 걸 환영한다, 이 나쁜 새끼야.' 제이크는 속으로
생각했다.

똑딱맨은 오이를 철판 바닥에 떨어뜨리고 총에 맞은 다리를 움
켜잡았다. 코퍼헤드가 제이크에게 달려들어 팔로 목을 조르자 오이
가 앙칼지게 짖어대며 그의 발목에 달라붙어 검은 실크 바지를 뚫
고 물어뜯었다. 코퍼헤드는 비명을 지르고 빙글빙글 돌며 발에 달라
붙은 오이를 흔들어댔다. 그러나 오이는 꽉 들러붙어 떨어지지 않았
다. 제이크가 뒤를 돌아보니 똑딱맨이 이쪽으로 기어오는 중이었다.
그는 칼을 도로 주워 위아래 이 사이에 칼날을 물고 있었다.

"잘 가라, 똑딱아."

제이크가 중얼거리며 MP40의 방아쇠를 당겼다. 아무 일도 일어
나지 않았다. 탄창이 비었는지 아니면 약실이 막혔는지 알 수 없었
지만 고민할 시간 따위는 없었다. 제이크는 뒤로 두 걸음 물러났고,
똑딱맨이 왕좌로 쓰던 의자에 막혀 더 나아갈 수 없음을 그제야 깨
달았다. 제이크가 미처 의자를 돌아가기 전에 똑딱맨의 손이 발목을
붙잡았다. 다른 손은 입에 문 칼을 쥐려는 참이었다. 왼쪽 눈의 잔
해가 박하 젤리 덩어리처럼 뺨 위로 축 늘어져 있었다. 오른쪽 눈은

맹목적인 증오로 불타오르며 제이크를 노려보았다.

제이크는 조여드는 손을 뿌리치려고 기를 쓰며 똑딱맨의 왕좌를 향하여 기어갔다. 두 눈이 의자 오른쪽 팔걸이에 박음질해 놓은 주머니로 향했다. 고무줄 달린 주머니 입구에 비죽 튀어나온 것은 금이 간 리볼버 권총의 자개 손잡이였다.

"각오해라, 꼬맹아!"

똑딱맨이 무아지경에 빠진 목소리로 속삭였다. 경악한 탓에 동그래졌던 입이 이제 히죽 웃으면서 동시에 벌벌 떨고 있었다.

"각오해라! 내가 아주 기꺼이…… 너…… 지금 무슨……?"

히죽 벌어진 입이 오므라들더니 다시 동그랗게 경악한 모양으로 바뀌었다. 제이크가 니켈로 도금한 싸구려 리볼버를 겨누고 격철을 젖혔기 때문이었다. 발목을 움켜쥔 손아귀가 어찌나 조여들었던지 제이크는 뼈가 부러질 것만 같았다.

"안 돼, 넌 못해!"

똑딱맨이 비명을 지르듯 속삭였다.

"아니, 할 거야."

제이크는 차갑게 내뱉으며 똑딱맨의 고물 총에 달린 방아쇠를 당겼다. 독일제 MP40의 포효보다는 훨씬 밋밋한 폭발음이 들렸다. 똑딱맨의 이마 오른쪽 높은 곳에 조그마한 검은 구멍이 뚫렸다. 성한 오른쪽 눈은 믿을 수 없다는 듯 제이크를 물끄러미 바라보았다.

제이크는 한 발 더 쏘려고 했지만 그러지 못했다.

별안간 똑딱맨의 머릿가죽이 오래된 벽지처럼 스르륵 벗겨져 오른쪽 뺨 위로 늘어졌다. 롤랜드라면 어찌된 일인지 알았을 테지만, 이제 제이크는 온전히 생각할 여유조차 없었다. 시커멓고 어지러운 공포가 회오리바람처럼 머릿속을 휘저었다. 발목을 쥐고 있던 손이 스르륵 풀리고 똑딱맨이 얼굴을 처박으며 앞으로 고꾸라지자 제이크는 커다란 의자 뒤편으로 다시 몸을 숨겼다.

문. 문을 열고 총잡이를 안으로 들여보내야 했다.

오로지 그것만을 생각하며, 제이크는 자개 손잡이가 달린 리볼버를 철판 바닥에 내팽개치고 의자 뒤에서 벗어났다. 다시금 똑딱맨이 눌렀던 단추를 향하여 손을 뻗었을 때, 누군가의 두 손이 제이크의 목을 틀어쥐고 연설대로부터 뒤쪽으로 끌어당겼다.

"내가 죽여버리겠다고 했지, 꼬맹이 친구."

제이크의 귀에 속삭이는 목소리가 들렸다.

"이 개셔맨님께서는 약속을 어기는 법이 없단다."

제이크는 두 손으로 도리깨질하듯 뒤를 헤집었으나 아무것도 잡히지 않았다. 개셔의 두 손이 제이크의 목을 파고들어 인정사정없이 졸라댔다. 눈앞의 세상이 회색으로 변해갔다. 회색은 빠르게 자주색으로 바뀌어갔고, 자주색은 다시 검은색으로 물들어갔다.

34

펌프가 돌아가기 시작하자 문 한가운데에 달린 밸브 손잡이가 쏜살같이 돌아갔다. '신들께 감사드리나이다!' 롤랜드는 속으로 생각했다. 그는 손잡이가 미처 멈추기도 전에 오른손으로 붙잡고 잡아당겨 문을 열었다. 안쪽의 다른 문은 살짝 열려 있었다. 그 너머에서 사람들이 싸우는 소리와 오이가 짖는 소리가 들려왔다. 고통과 분노로 악에 받쳐 짖는 소리였다.

롤랜드는 문을 발로 걷어차 벌컥 열었다. 제이크의 목을 조르는 개서가 눈에 들어왔다. 오이는 이미 코퍼헤드를 놓아주고 개서에게 달려들어 제이크로부터 떼어놓으려고 기를 쓰는 중이었지만, 개서의 장화가 두 가지 임무를 동시에 수행했다. 한 가지는 개너구리의 이빨로부터 주인을 보호하는 것, 또 한 가지는 개서의 피에 흐르는 악성 세균으로부터 오이를 보호하는 것이었다. 브랜든이 오이의 옆구리를 칼로 거듭 찌르며 개서의 발목에서 떼어놓으려 했으나 오이는 조금도 아랑곳하지 않았다. 제이크는 개서의 더러운 손에 목이 졸린 채로 줄이 끊긴 꼭두각시처럼 대롱거렸다. 얼굴은 푸른빛이 돌 정도로 창백했고, 부어오른 입술은 라벤더처럼 엷은 자줏빛이었다.

개서가 고개를 쳐들고 으르렁거렸다.

"네놈은."

"그래, 나다."

롤랜드가 동의했다. 그의 총이 한 차례 불을 뿜자 개서의 머리 왼쪽이 사라졌다. 몸뚱이는 뒤로 붕 날아갔고, 피에 젖은 노랑 머릿수건은 스르륵 풀어져 똑딱맨의 몸뚱이 위에 내려앉았다. 개서의 두 발이 발작하듯 철판 바닥을 두들기다가 잠시 후에 조용해졌다.

총잡이가 오른손 손바닥으로 격철을 젖혀가며 브랜든에게 두 발을 쏘았다. 오이를 또다시 찌를 생각으로 몸을 숙이고 있던 브랜든은 핑그르르 돌아서 벽에 부딪힌 다음, 네온관을 부여잡고 스르륵 주저앉았다. 힘없이 풀려가는 손가락 사이에서 초록색 불빛이 쏟아져 나왔다.

오이는 제이크가 쓰러진 자리 옆에 웅크리고 앉아 창백하게 굳은 주인의 얼굴을 핥기 시작했다.

코퍼헤드와 후츠는 상황을 충분히 파악했다. 둘은 틸리가 물을 뜨러 들어갔던 문을 향하여 나란히 달렸다. 당장은 기사도 정신을 발휘할 때가 아니었기에, 롤랜드는 두 사람의 등을 노리고 총을 발사했다. 당장은 서둘러야 했다, 그것도 무척 서둘러야 했다. 이 둘에게 용기를 낼 틈을 허락했다가 급습당할 위험을 감수할 처지가 아니었다.

캡슐 모양 밀실의 천장에 선명한 주황색 빛무리가 켜지는가 싶더니, 뒤이어 경보가 울리기 시작했다. 고막을 긁는 듯 요란한 굉음이 벽을 때렸다. 잠시 후, 비상등이 경보에 맞춰 번쩍이기 시작했다.

35

경보음이 진동하기 시작했을 때 에디는 수재나에게 돌아오는 중이었다. 그는 놀란 나머지 비명을 지르며 루거를 뽑아들고 허공을 겨누었다.

"무슨 일이에요?"

수재나가 고개를 저었다. 전혀 알 길이 없었다. 경보음은 분명 무섭기는 했지만, 무서움은 빙산의 일각에 지나지 않았다. 소리 자체가 실제로 고통스러울 만큼 요란했다. 앰프를 통해 뾰족하게 증폭된 그 소리는 에디가 듣기에 최고 출력으로 눌러대는 초대형 트랙터의 경적소리 같았다.

그 순간, 주황색 나트륨 아크등이 깜박거리기 시작했다. 수재나의 휠체어로 손을 뻗던 에디의 눈에 선명한 붉은 색으로 깜박이는 명령과 입력 단추가 들어왔다. 꼭 윙크하는 눈처럼 보였다.

"블레인, 뭐가 어떻게 된 거야?"

에디가 소리쳤다. 주위를 둘러보았으나 보이는 것은 오로지 어지럽게 날뛰는 그림자들뿐이었다.

"블레인, 지금 네가 이러는 거야?"

블레인의 대답은 웃음소리뿐이었다. 그 기계음 같은 끔찍한 웃음소리를 듣고 에디는 어릴 적에 보았던 광대를 떠올렸다. 코니아일랜드 유원지의 유령의 집 바깥에 서 있던 태엽장치 광대였다. 수재나가 악을 썼다.

"블레인, 그만해! 이렇게 공습경보가 울려대면 네 수수께끼의 답을 생각할 수가 없잖아!"

웃음소리는 시작할 때와 마찬가지로 갑작스레 그쳤지만, 블레인은 여전히 대답이 없었다. 어쩌면 대답을 했는지도 모를 일이었다. 두 사람과 승강장 사이를 가른 창살 벽 너머에서, 똑딱맨이 그토록 갈망했던 이극 컴퓨터의 명령을 받고, 거대한 무마찰 슬로트랜스 엔진이 작동을 개시했다. 10년 만에 처음으로, 외줄 블레인이 잠에서 깨어나 운행할 채비를 하는 중이었다.

36

원래는 이미 오래전에 흙으로 돌아간 러드 주민들에게 임박한 공습을 알릴 목적으로 만들어진(그러나 이미 1000년 넘게 시험한 적조차

없는) 경보음이 온 도시를 뒤덮었다. 아직 작동하는 전등이 모조리 켜지더니 일제히 하나가 되어 깜박거리기 시작했다. 지상의 어린둥이들과 지하의 백발이들 모두 그들이 늘 두려워하던 종말이 드디어 들이닥쳤다고 확신했다. 백발이들은 천재지변급의 기계 고장이 일어났으리라고 추측했다. 한편 어린둥이들은 이제껏 늘 도시 지하의 기계에 깃든 유령들이 언젠가 산 사람들에게 해묵은 복수를 저지를 날이 오리라고 믿었고, 실제로 일어난 일에 비추어보면 필시 이들의 생각이 더 진실에 가까울 듯싶었다.

일찍이 도시 지하의 태곳적 컴퓨터에는 분명히 지능이 존재했다. 그것은 비정한 이극 회로 속에 깃든 단일한 유기생명체로서 이미 오래전에 자신에게 주어진 유일한 조건 속에서, 즉 절대적 현실 속에서, 온전한 정신으로 존재하기를 멈췄다. 그것은 갈수록 낯설어져가는 자신의 논리를 기억장치 속에 감춘 채로 이때껏 800년을 지내왔고, 롤랜드와 친구들이 찾아오지 않았더라면 앞으로도 800년을 더 그렇게 지낼 참이었다. 그러나 이 '육신 없는 정신(mens non corpus)'은 한 해 한 해 점점 더 미쳐갔다. 심지어 잠든 채로 한 해 한 해를 흘려보내는 동안에도 그것은 꿈으로 부를 법한 방식으로 생각하기를 멈추지 않았고, 그 꿈은 변질해가는 세상과 더불어 꾸준히 정상의 범주에서 이탈해 갔다. 인간을 초월한 그 미친 지능은 이제 빔을 떠받치던 불가사의한 기계들의 힘이 미약해졌는데도 불구하고 폐허의 방에서 또다시 눈을 떴고, 육신도 없는 망령처럼 사자의 홀을 비틀비틀 걸어나오기 시작했다.

다시 말하면, 외줄 블레인이 요람을 벗어날 채비를 하는 중이었다.

37

총잡이는 등 뒤에서 들리는 발소리를 듣고 뒤로 돌아 총을 겨누었다. 틸리였다. 유령이라도 본 사람처럼 허옇게 질린 얼굴로 두 손을 든 채 벌벌 떨고 있었다.

"죽이지 마세요, 나리! 제발요! 죽이지 마세요!"

"죽기 싫거든 꺼져라."

롤랜드가 야멸치게 내뱉었다. 그러고는 내빼려 하는 틸리의 장딴지를 총으로 후려쳤다.

"그쪽이 아니다, 내가 들어온 문으로 나가라. 다시 내 눈에 띄었다가는 그 자리에서 눈을 감을 줄 알아라. 자, 가라!"

틸리는 어지럽게 날뛰는 그림자들 속으로 사라졌다.

롤랜드는 제이크의 가슴에 머리를 바짝 댄 다음, 경보음을 막으려고 반대편 귀를 손바닥으로 꽉 눌렀다. 아이의 심장 박동이 느리지만 분명히 들렸다. 롤랜드가 두 팔로 끌어안자 제이크가 눈을 번쩍 떴다.

"이번엔 제가 떨어지게 놔두지 않으셨네요."

제이크의 목소리는 쌕쌕거리는 속삭임에 지나지 않았다.

"그래. 이번뿐만 아니라 다시는 안 그럴 게다. 말하려고 애쓰지 마라."

"오이는 어딨어요?"

"오이! 오이!"

개너구리가 짖어댔다. 브랜든에게 몇 차례 찔리기는 했으나 깊은 상처는 하나도 없었다. 고통스러워하는 기색이 또렷했지만 기뻐하는 기색 또한 마찬가지로 또렷했다. 오이는 눈을 반짝이며 제이크를 바라보았다. 분홍색 혀가 축 늘어졌다.

"에이크! 에이크, 에이크!"

제이크가 눈물을 터뜨리며 두 팔을 뻗었다. 오이는 그 품에 뛰어들어 잠시나마 몸을 맡겼다.

롤랜드는 자리에서 일어나 주위를 둘러보았다. 방 건너편에 나 있는 문에서 시선이 멈추었다. 롤랜드가 쏜 총에 등을 맞은 사내 둘은 그 문 쪽으로 달려가던 중이었고, 앞서 여인이 가려 한 곳도 바로 그쪽이었다. 롤랜드는 제이크를 안아들고 오이를 발치에 거느린 채 그 문으로 향했다. 그는 죽은 백발이를 옆으로 걷어차고 몸을 숙여 문으로 들어섰다. 문 건너편은 주방이었다. 빌트인 주방 기기에 스테인리스강으로 만든 벽을 갖춘 곳이었는데도 용케 돼지우리처럼 보였다. 백발이들은 틀림없이 가사에 별 관심이 없는 듯했다.

"물 좀 주세요. 제발…… 목말라 죽겠어요."

제이크가 속삭였다. 롤랜드는 시간이 저절로 뒤로 접힌 듯 불가사의한 기시감을 느꼈다. 사막에서 비틀비틀 걸어나왔던 그때, 열기와 허기로 미칠 것 같던 그때가 떠올랐다. 목이 타다 못해 반송장이 되어 간이역의 마구간에서 정신을 잃어가던 그때, 목을 타고 넘어가는 시원한 물 덕분에 깨어났던 기억이 떠올랐다. 그때 제이크는 자기 셔츠를 벗어 펌프의 물에 적신 다음 롤랜드의 입에다 물을 흘려넣었다. 이제 제이크가 해준 일을 롤랜드가 갚아줄 차례였다.

주위를 둘러보니 개수대가 눈에 띄었다. 롤랜드는 그곳으로 가서 수도꼭지를 틀었다. 시원하고 깨끗한 물이 쏟아졌다. 위에서도, 옆에서도, 아래에서도, 온통 경보음이 울리고 또 울렸다.

"일어설 수 있겠느냐?"

제이크가 고개를 끄덕였다.

"설 수 있을 것 같아요."

롤랜드는 제이크를 일으켜 세우며 혹시라도 넘어질까 싶어 부축할 채비를 했다. 그러나 제이크는 개수대를 붙잡고 서서 쏟아지는 물에 머리를 들이밀었다. 롤랜드가 오이를 안아들고 상처를 살폈다. 이미 피가 엉겨붙는 중이었다. '자네 운도 참 좋구먼, 털북숭이 친구.' 롤랜드는 속으로 생각하며 제이크 옆에 서서 왼손에 오이에게 줄 물을 한 줌 받았다. 오이는 그 물을 걸신들린 듯 마셨다.

제이크는 뺨에 머리카락이 들러붙은 채로 수도꼭지에서 물러섰다. 얼굴이 여전히 퍼렇게 질린 데다 심하게 두들겨 맞은 흔적도 또렷했지만, 롤랜드가 처음 몸을 숙이고 살펴볼 때보다는 한결 나은 모습이었다. 앞서 롤랜드는 잠시나마 제이크가 죽었다고 생각하고 가슴이 철렁 내려앉았다.

롤랜드는 아까로 돌아가 개셔를 다시 한 번 죽이고 싶어졌고, 그 생각에 이어 또 다른 생각이 머릿속에 떠올랐다.

"개셔가 똑딱맨으로 부른 사내는 어떻게 됐지? 제이크, 그 사내를 봤느냐?"

"예. 오이가 숨어 있다가 덮쳤어요. 그 사람 얼굴을 막 할퀴었어요. 그다음엔 제가 총으로 쐈고요."

"죽었느냐?"

제이크의 입술이 바르르 떨렸다. 아이는 입술을 굳게 다물었다.

"예. 그 사람 여기를……"

제이크가 오른쪽 눈썹 한참 위쪽을 톡톡 두드렸다.

“우…… 운이…… 운이 좋았어요.”

롤랜드는 아이를 지긋이 보다가 천천히 고개를 저었다.

“글쎄, 모르겠구나. 허나 지금은 됐다, 어서 가자.”

“어디로요?”

제이크는 다시금 쉰 목소리로 겨우 중얼거렸고, 자신이 방금 죽을 뻔했던 그 방을 롤랜드의 어깨 너머로 자꾸만 힐끔거렸다.

롤랜드가 주방 건너편을 가리켰다. 안쪽에 문이 한 개 더 있었고 그 너머로 복도가 이어졌다.

“우선은 저쪽으로 가보자꾸나.”

“총잡이여.”

목소리가 사방에서 쩌렁쩌렁 울렸다.

롤랜드는 한 팔로 오이를 안고 다른 팔로는 제이크의 어깨를 끌어안은 채 홱 돌아섰다. 그러나 아무도 보이지 않았다. 롤랜드가 소리쳤다.

“내게 말한 자 누구냐?”

“이름을 밝혀라, 총잡이여.”

“길르앗의 롤랜드, 스티븐의 아들이다. 너는 누구냐?”

“길르앗은 이제 없다.”

그 목소리는 질문을 무시한 채 생각에 잠긴 듯 말했다.

위를 바라보자 천장에 나 있는 동심원 무늬가 눈에 띄었다. 목소리는 그곳에서 들려오는 중이었다.

“근 300년간 내륙 세계나 중간 세계에 발을 들여놓은 총잡이는 한 명도 없었다.”

“나와 내 동료들이 마지막 총잡이다.”

제이크가 롤랜드의 품에서 오이를 안아들었다. 개너구리는 대뜸 아이의 부어오른 얼굴을 핥기 시작했다. 금테가 둘러진 두 눈에 애정과 흐뭇함이 가득했다.

"블레인이에요, 그렇죠?"

제이크가 속삭이자 롤랜드는 고개를 주억거렸다. 당연히 블레인이었다. 그러나 롤랜드가 생각하기에 블레인은 단순한 모노레일 기차보다 훨씬 대단한 무언가였다.

"소년! 네가 뉴욕의 제이크인가?"

롤랜드에게 바짝 붙어서며, 제이크는 천장의 스피커를 올려다보았다.

"예, 맞아요. 뉴욕의 제이크예요. 어…… 엘머의 아들이고요."

"수수께끼 책을 아직 지니고 있느냐? 네게 있다고 들었다만."

어깨로 손을 뻗은 제이크의 표정이 절망으로 물들었다. 손에 닿은 것은 빈 등뿐, 아무것도 없었다. 다시 고개를 돌린 제이크 앞에 총잡이가 내민 것은 제이크의 배낭이었다. 총잡이의 갸름하고 단정한 얼굴은 여느 때처럼 무표정했으나 제이크는 그의 입가에서 희미한 미소를 읽었다.

"끈을 고쳐야 할 게다, 내가 늘여놓았으니."

"그치만 『알쏭달쏭 수수께끼』는……"

롤랜드가 고개를 주억거렸다.

"책은 두 권 다 그대로 있다."

"어린 순례자여, 그대가 들고 있는 게 무언가?"

목소리가 느긋하게 질질 끌며 물었다.

"말도 안 돼!"

제이크가 소곤거렸다. '듣기만 하는 게 아니라 우리를 지켜보고 있구나.' 롤랜드가 생각했다. 잠시 후, 롤랜드는 한쪽 벽에 보통 사람의 시선보다 훨씬 높이 설치된 조그마한 유리눈을 발견했다. 소름이 살갗을 뒤덮는 느낌이 들었다. 제이크의 불안한 표정과 오이를 꽉 끌어안은 팔을 보니 혼자만의 느낌은 아닌 듯했다. 목소리의 주인은 기계였다. 그것도 믿기 힘들 만큼 영리하고 짓궂은 기계. 그러나 동시에 어딘가 터무니없이 잘못된 구석이 있었다.

"책이에요. 수수께끼 책요."

"좋아. 아주 훌륭해."

흡족한 기색이 담긴 목소리는 거의 사람 같았다.

별안간 주방 건너편의 문 쪽에서 지저분한 턱수염을 기른 사내가 튀어나왔다. 피와 먼지로 얼룩진 노랑 스카프가 팔뚝에서 휘날렸다.

"벽에서 불이 나와!"

사내가 소리쳤다. 어찌나 당황했던지 롤랜드와 제이크가 이 비참한 '지하 카텟'의 일원이 아닌 줄도 모르는 눈치였다.

"지하에서 연기가 올라와! 사람들이 서로 죽이고 있어! 뭔가 잘못됐다고! 염병할, 전부 다 잘못됐어! 우린……"

그 순간, 주방 오븐의 문이 마치 턱이 빠지듯 덜컹 열렸다. 푸르스름한 불기둥이 쏟아져나와 지저분한 사내의 머리를 휘감았다. 사내는 옷이 불타고 얼굴가죽이 부글거리는 채로 뒷걸음질을 쳤다.

겁에 질려 얼어붙은 제이크의 얼굴이 롤랜드를 올려다보았다. 롤랜드는 팔로 아이의 어깨를 감싸주었다.

"녀석은 내 말을 끊었다. 무례한 짓이지, 안 그런가?"

"그래. 실로 무례한 짓이지."

블레인에게 대꾸하는 롤랜드의 목소리는 차분했다.

"길르앗의 롤랜드여, 뉴욕의 수재나는 그대가 수수께끼를 아주 많이 안다고 말했다. 정말인가?"

"그렇다."

저 너머 통로에서 주방 가까운 쪽에 열려 있던 방이 폭발했다. 두 사람이 딛고 선 바닥이 뒤흔들렸고, 사람들의 비명소리가 날카로운 합창소리처럼 울려퍼졌다. 깜빡거리는 불빛과 지칠 줄 모르고 진동하는 사이렌 소리가 한순간 잦아들었다가 다시 거세졌다. 통풍구에서 매캐한 연기 한 줄기가 흘러나왔다. 오이가 킁킁거리다가 재채기를 했다.

"총잡이여, 그대가 아는 수수께끼를 하나 내봐라."

목소리가 롤랜드를 도발했다. 이제 막 폭발할 것 같은 도시의 지하가 아니라 어딘가의 평화로운 마을 광장에 다 함께 둘러앉아 있기라도 하듯, 차분하고 평온한 목소리였다.

롤랜드는 잠시 생각하더니 커스버트가 가장 좋아하던 수수께끼를 꺼냈다.

"오냐, 내주마. 모든 신들보다 더 낫고 악마보다 더 못한 것이 뭐냐? 죽은 자들은 늘 먹는 것이지만, 산 자가 그것을 먹으면 더디게 죽는다."

한참 동안 답이 들리지 않았다. 제이크는 불에 타죽은 백발이의 냄새를 피하려고 오이의 털에 얼굴을 파묻었다.

"조심하세요, 총잡이님."

한여름 가장 무더운 날에 불어온 산들바람처럼, 조그맣게 속삭이는 소리가 들려왔다. 앞서 들렸던 기계의 목소리는 온 사방의 스피

커에서 울려퍼졌으나 이번 것은 머리 바로 위의 스피커에서만 흘러
나왔다.

"*조심해요, 뉴욕의 제이크. 이곳이 황무지란 걸 명심해요. 천천
히, 조심스럽게 나아가세요.*"

롤랜드를 올려다보는 제이크의 눈이 점점 커졌다. 롤랜드는 살짝
고개를 젓고 손가락 한 개를 폈다. 코 옆을 긁는 척하면서 실은 입
술 앞에 서 있는 그 손가락을 보고, 제이크는 깨달았다. 롤랜드가 입
을 다물라고 말하는 중이었다.

"꽤 영리한 수수께끼로구나."

한참 만에 블레인이 입을 열었다. 진심으로 경의를 담은 듯한 목
소리였다.

"답은 '그런 것은 없다'이다. 아닌가?"

"맞았다. 너야말로 꽤 영리하구나, 블레인."

또다시 목소리가 들려왔을 때, 롤랜드는 앞서 에디가 들었던 바
로 그것을 들었다. 주체할 수 없이 깊은 탐욕이었다.

"또 내봐라."

롤랜드는 숨을 깊이 들이쉬었다.

"지금은 때가 아니다."

"그 말이 거절이 아니기를 바란다, 스티븐의 아들 롤랜드여. 그 또한 무
례한 짓이기 때문이다. 무척이나 무례한 짓이지."

"우리를 친구들에게 데려다주고 러드에서 나가게 도와다오. 그러
면 수수께끼를 즐길 때가 올 게다."

"지금 이 자리에서 너희를 죽일 수도 있다."

목소리는 한겨울 가장 어두운 밤처럼 차가웠다.

"그래, 분명히 그럴 테지. 허나 그랬다가는 수수께끼 또한 우리와 함께 죽을 게다."

"소년의 책을 가져가면 그만이다."

"도둑질은 거절이나 말 끊기보다 더욱 무례한 짓일 터."

롤랜드가 말했다. 목소리는 이렇다 할 것 없이 평범했으나 오른손에 남아 있는 세 손가락은 제이크의 어깨를 파고들 정도로 힘이 들어가 있었다. 제이크가 천장의 스피커를 올려다보았다.

"게다가요, 이 책엔 해답이 없어요. 찢어버렸거든요." 제이크는 머릿속에 번뜩 떠오른 생각을 따라 이마를 톡톡 두드렸다. "그치만 이 안에는 답이 들어 있어요."

"잘난 척하는 녀석은 환영받지 못함을 기억하는 편이 좋을 텐데."

블레인의 말에 이어 또다시 폭발이 일어났다. 이번에는 더 요란하고 더 가까웠다. 통풍구 덮개 하나가 폭발하더니 포탄처럼 주방을 가로질러 날아갔다. 뒤이어 백발이들의 소굴 안쪽으로 이어진 문에서 두 남자와 한 여자가 나타났다. 총잡이는 리볼버를 쳐들고 세 사람을 겨누었으나 그들이 이쪽은 본 척도 않고 사일로 쪽으로 달려가자 다시 총을 거두었다. 롤랜드가 보기에 그들은 마치 산불이 번지기에 앞서 달아나는 짐승들 같았다.

천장의 스테인리스 강판이 스르르 열리고 네모난 어둠이 드러났다. 그 속에서 무언가가 은색 빛을 비추었고, 잠시 후에 지름이 30센티미터쯤 될 법한 쇠공이 어둠 속에서 내려와 주방 공중에 둥둥 뜬 채로 머물렀다.

"따라와라."

블레인이 무덤덤하게 말했다.

"에디랑 수재나가 있는 데로 데려다줄 건가요?"

제이크가 기대감에 달뜬 목소리로 물었다.

블레인의 대답은 오로지 침묵뿐이었으나…… 쇠공이 공중에 둥둥 뜬 채로 복도를 나아가기 시작하자, 롤랜드와 제이크는 그 뒤를 따랐다.

38

그다음에 일어난 일을 제이크는 또렷이 기억하지 못했지만, 이는 차라리 다행일지도 몰랐다. 제이크는 남아메리카의 조그만 나라 기아나에서 900명이 집단으로 자살한 사건이 일어나기 1년 전에 자신이 살던 세계를 떠났다. 그러나 절벽에서 집단으로 뛰어내려 자살을 감행하는 레밍의 주기적인 행태에 대해서는 이미 아는 바가 있었고, 백발이들의 무너져가는 지하 소굴에서 벌어진 일은 이와 비슷했다.

그들이 있는 층도 예외는 아니었지만 폭발은 대개 훨씬 더 낮은 곳에서 일어났다. 통풍구에서 매캐한 연기가 흘러나왔으나 공기 정화기가 그때껏 거의 다 작동한 덕분에 질식할 만큼 독해지기 전에 빨려나갔다. 불길은 전혀 보이지 않았다. 그런데도 백발이들은 종말의 날이 닥친 듯 반응하고 있었다. 대개는 어쩔 줄을 모르고 멍한 표정으로 달아났으나 롤랜드와 제이크가 쇠공을 따라 지나간 통로와 방에서 자살을 감행한 이도 많았다. 총으로 목숨을 끊은 자도 몇몇 있었고 목이나 손목을 그은 자는 그보다 훨씬 많았으며, 얼핏 보니 독약을 삼키는 자도 있었다. 죽은 이들의 얼굴에 깃든 표정은 하나같이 압도적인 공포였다. 제이크는 무엇이 그들을 여기까지 몰아 붙였는지 어렴풋이밖에 짐작하지 못했다. 롤랜드는 오랫동안 죽어 있던 도시가 사방에서 깨어나 스스로를 파괴하려고 날뛰는 지금 백발이들에게, 또 백발이들의 정신에 무슨 일이 일어나는지를 더 자세히 알았다. 그리고 블레인이 일부러 저지른 것임을 알아차린 이 또한 롤랜드였다. 백발이들을 몰아붙인 것은 바로 블레인이었다.

두 사람은 몸을 숙여 천장의 온풍구에 목을 매단 남자를 피했고, 뒤이어 공중에 둥둥 떠서 날아가는 쇠공을 따라 쇠로 된 계단을 쿵쿵거리며 달려 내려갔다.

"제이크! 네가 날 들여보낸 게 아니었다, 그렇지?"

제이크가 고개를 끄덕였다.

"아닌 것 같아요. 아마 블레인이 그랬을 거예요."

계단을 다 내려간 두 사람은 좁다란 통로를 서둘러 뛰어갔다. 통로 끝의 밀폐문에는 끝이 뾰족한 귀족어 문자로 출입 *엄금*이라고 씌어져 있었다.

"블레인이라고 적힌 건가요?"

"그래. 이름이야 뭐든 상관없다."

"아까 그 다른 목소리는……"

"쉿!"

롤랜드가 냉정하게 말을 막았다.

쇠공이 밀폐문 앞에서 멈췄다. 밸브 손잡이가 돌아가더니 문이 살짝 벌어졌다. 롤랜드가 문을 잡아당겨 열고 들어가 보니 안은 거대한 지하 공간이었고, 세 갈래로 나뉜 통로가 눈길 닿는 곳까지 뻗어나갔다. 끝없이 이어진 듯 보이는 통로에 계기판과 전자 장비가 가득했다. 계기판은 대부분 아직 꺼진 채로 캄캄했으나 문 안에 발을 들인 제이크와 롤랜드가 휘둥그레진 눈으로 두리번거리는 동안 방향 지시등이 켜지기 시작했고, 기계 돌아가는 소리도 들려오기 시작했다.

"똑딱맨이 그랬어요, 컴퓨터가 수천 대는 있다고요. 그 말이 사실이었나 봐요. 맙소사!"

롤랜드는 제이크가 한 말을 못 알아들었기에 아무 대꾸도 하지 않았다. 계기판이 한 줄 두 줄 켜지는 동안 롤랜드는 그저 지켜보기만 했다. 낡은 기계가 오작동을 일으켰는지 폭죽 같은 불꽃이 치솟더니 한순간 초록색 불꽃이 날름거렸다.

그러나 대부분은 무사히 깨어나 작동을 개시하는 듯했다. 수백 년간 움직이지 않던 바늘들이 순식간에 녹색 구역까지 돌아갔다. 거대한 알루미늄 실린더가 회전하며 실리콘 칩에 저장된 데이터를 다시금 활짝 깨어나 입력을 기다리는 기억장치로 흘려보냈다. 서쪽 강왕국 지하수층의 평균 수압부터 동면중인 센드 강 유역 원자력발전소의 잔여 전기량까지, 모든 수치를 표시하는 숫자식 계기판에 선명한 빨강과 초록 숫자가 떠올랐다. 머리 위에 줄줄이 매달린 둥그런 전등이 깜박거리며 환한 빛살을 쏟아내기 시작했다. 그리고 아래에서, 위에서, 옆에서, 그리하여 온 사방에서, 긴 잠에서 깨어난 발전기와 슬로트랜스 엔진의 육중한 작동음이 들려왔다.

제이크는 이미 지독하게 휘청거리는 중이었다. 롤랜드는 제이크를 다시 끌어안고 그로서는 기능과 목적을 짐작조차 못할 기계들을 지나 쇠공을 쫓아갔다. 오이가 그의 발치에서 따라갔다. 쇠공이 왼쪽으로 방향을 틀었고, 그 뒤를 따라간 일행 앞에 이제 수천 대나 되는 텔레비전 브라운관이 어린애 장난감 블록처럼 쌓인 벽 사이의 통로가 나타났다.

'우리 아빠가 보면 엄청 좋아하겠네.' 제이크가 생각했다.

이 거대한 비디오 매장은 아직 군데군데 어두웠지만 화면이 켜진 곳도 많았다. 켜진 화면에는 아비규환이 된 도시의 지상과 지하가 나란히 나오고 있었다. 무작정 거리로 쏟아져나온 어린둥이들이 눈을 휘둥그레 뜬 채 입을 뻐끔거렸다. 높은 건물에서 투신하는 이도 많았다. 수백 명이 센드 다리에 모여 몸을 던지는 광경을 제이크는 겁에 질린 눈으로 지켜보았다. 다른 화면들은 기숙사처럼 침대가 들어찬 커다란 방을 비추었다. 불타는 방을 비추는 화면도 있었는데 백발이들이 스스로 불을 놓은 듯했다. 그들이 스스로 매트리스와 가구에 불을 지르는 까닭은 오로지 하느님만이 아실 것 같았다.

어떤 화면에는 덩치가 산만 한 거인이 수많은 남녀를 피투성이가 된 압착기에 던져넣는 광경이 보였다. 그 자체로도 끔찍했으나 그보다 더욱 끔찍한 점이 있었다. 시키는 사람도 없건만 희생자들이 얌전히 줄을 서서 자기 차례를 기다렸던 것이다. 질끈 동여맨 노란 머릿수건의 꽁지를 귀밑에서 휘날리며, 처형자가 노파 한 명을 붙잡고 들어올렸다. 그는 다음 희생자를 처넣을 수 있도록 네모난 스테인리스강 블록이 처형대를 깨끗이 치우는 동안 끈기 있게 기다렸다. 노파는 버둥거리지 않았다. 실은 빙그레 웃는 듯도 보였다.

"방에서는 사람들이 오고간다네. 하지만 내 생각에 미켈란젤로 이야기를 하는 이는 아무도 없는 것 같군.(T. S. 엘리엇의 시 「J. 앨프리드 프루프록의 연가」 중 한 구절을 인용하여 비꼬는 말 —옮긴이)"

별안간 블레인이 웃음을 터뜨렸다. 부서진 유리 위로 달려가는 쥐 떼의 발소리처럼 기묘하게 킥킥대는 웃음소리였다. 그 웃음소리를 들은 제이크의 목덜미에 소름이 올라왔다. 그런 소리를 내며 웃는 기계 지능하고는 아예 상종도 하기 싫었지만…… 두 사람에게 선택할 여지 따위는 없었다.

제이크는 힘없이 텔레비전 화면으로 눈을 돌렸으나…… 롤랜드가 대번에 제이크의 머리를 다른 쪽으로 돌렸다. 그의 손길은 부드러우면서도 단호했다.

"네가 볼 만한 건 아무것도 없다, 제이크."

"근데 사람들이 왜 저러는 거죠?"

제이크가 물었다. 종일 아무것도 안 먹었는데도 구역질을 할 것만 같았다.

"도대체 왜 그럴까요?"

"왜냐하면 겁에 질렸기 때문이다. 블레인이 그들에게 겁을 주기 때문이지. 허나 내가 보기에는 다들 조상들의 묘지에서 너무 오랫동안 살다보니 지겨워져서 그러는 듯하구나. 또한 저들을 동정하기에 앞서 명심해라, 제이크. 저들이 삶의 길 끝에 있는 공터로 향하며 너를 함께 데려갔다면 얼마나 기뻐했을지를 말이다."

쇠공이 텔레비전 화면과 전자 모니터 장비를 뒤로 하고 또 한 번 모퉁이를 돌았다. 그 앞의 바닥은 합성 물질로 보이는 널따란 띠가 뒤덮고 있었다. 갓 쏟아놓은 타르처럼 번들거리는 시커먼 띠의 양쪽 가장자리는 크롬으로 도금한 쇠막대가 가로막고 있었고, 그 쇠막대는 방 저편이 아니라 아예 지평선 끝까지 뻗어나가 가물거렸다.

쇠공이 검은 띠 위에서 조급하게 통통 튀어올랐다. 그러자 컨베이어의 벨트 같던 그 띠가(그 띠는 사실 벨트였다.) 소리 없이 움직이기 시작하더니 쇠막대 사이에서 가볍게 달리는 속도로 돌아가기 시작했다. 쇠공은 마치 두 사람에게 올라타라고 재촉하듯 공중에서 자그마한 호를 그리며 움직였다.

롤랜드는 움직이는 띠 옆에서 속도를 맞추려고 잠시 발을 구른 다음, 띠 위로 올라서서 제이크를 내려놓았다. 이리하여 총잡이, 소년, 금테 두른 눈을 지닌 개너구리 이렇게 셋은 태곳적의 기계들이 깨어나는 어두운 지하 들판을 가로질러 쏜살같이 나아갔다. 움직이는 띠는 서류 캐비닛 같은 장치가 끝도 없이 늘어선 곳으로 일행을 데려갔다. 장치들은 컴컴했으나…… 죽은 것은 아니었다. 안에서 희미하고 나른하게 윙윙대는 소리가 들려왔고, 제이크는 철판 사이의 틈새로 새어나온 머리카락처럼 가느다란 빛을 보기도 했다.

불현듯 똑딱맨이 했던 말이 떠올랐다.

'이 빌어 처먹을 도시 지하에는 빌어 처먹을 이극 컴퓨터 수십만 대가 있어. 난 그 컴퓨터들을 원해!'

'흠, 컴퓨터들이 깨어났으니 똑딱이 네가 원한 대로 된 셈이네. 하지만 지금 이 자리에 있다면 넌 아마 마음을 고쳐먹게 될걸.'

제이크는 뒤이어 다른 세상에서 온 비행기를 타고 하늘로 날아오를 만큼 용맹했던 똑딱맨의 할아버지를 떠올렸다. 그토록 용맹한 피를 물려받은 똑딱맨이라면 자살할 만큼 겁에 질릴 리가 없었다. 어쩌면 이런 식으로 흘러가는 상황을 보며 기뻐할지도 몰랐고…… 겁에 질려 자살하는 사람이 늘수록 더욱 기뻐할지도 몰랐다.

'너무 늦었어, 똑딱아. 다행히도 말이지.'

롤랜드가 어리둥절한 목소리로 조그맣게 속삭였다.

"제이크, 이 수많은 상자들을 보면…… 우린 아마도 블레인으로 자처하는 녀석의 의식 속을 지나가는 중일 게다. 우리는 지금 녀석의 의식 속을 지나가는 게야."

제이크는 고개를 끄덕이다가 문득 자신이 쓴 기말 작문과제를 떠올렸다.

"블레인의 머릿속은 온통 골칫덩이예요."

"그러게 말이다."

제이크가 롤랜드를 가만히 올려다보았다.

"제가 생각하는 그곳에서 바깥으로 나가게 될까요?"

"그래. 우리가 아직 빔의 길을 따라가는 중이라면, 우린 요람에서 바깥으로 나가게 될 게다."

제이크가 고개를 끄덕였다.

"롤랜드 아저씨."

"왜 그러느냐?"

"구하러 와주셔서 고마워요."

롤랜드는 고개를 끄덕이며 제이크의 어깨를 감쌌다.

앞쪽 저 멀리서 거대한 모터가 움직이기 시작했다. 뒤이어 맷돌을 가는 듯 육중한 소리가 들리더니, 나트륨 아크등의 눈부신 주황색 빛이 그들 위로 쏟아져내렸다. 제이크는 움직이는 벨트가 끝나는 곳을 그제야 알아보았다. 그 너머에 있는 것은 주황색 불빛 속으로 이어지는 좁고 가파른 에스컬레이터였다.

39

에디와 수재나의 귀에 바로 발밑에서 돌아가기 시작하는 거대한 모터 소리가 들려왔다. 다음 순간, 널따란 대리석 바닥이 천천히 뒤로 물러나더니 아래의 환한 틈새가 기다랗게 드러났다. 바닥은 두 사람이 있는 쪽으로 물러나는 중이었다. 에디는 수재나의 휠체어 손잡이를 붙잡고 모노레일 승강장과 요람의 나머지 부분을 가른 쇠창살 벽을 따라 서둘러 뒷걸음질 쳤다. 환한 사각형 틈새가 점점 벌어져가는 쪽에 기둥 몇 개가 서 있었고, 에디는 바닥이 물러나 사라지면 그 기둥들이 아래로 쓰러지리라고 생각했다. 그러나 그리되지 않았다. 기둥들은 마치 허공 위에 떠 있는 듯 조용히 서 있었다.

"에스컬레이터가 보여요!"

끝없이 울려대는 경보음을 뚫고 수재나가 소리쳤다. 그녀는 몸을 앞으로 숙이고 틈새 안을 바라다보았다. 에디도 소리를 질렀다.

"그러게요. 여긴 아마 고가철도역인가 봐요, 그러니까 저 아래엔 잡화, 향수, 숙녀 내의 매장이 있을 거예요."

"뭐라고요?"

"아무것도 아니에요!"

"에디!"

수재나가 악을 썼다. 기쁘고도 놀라운 표정이 독립기념일 불꽃놀이처럼 얼굴에 퍼져나갔다. 수재나가 몸을 더욱 깊이 숙이고 앞을 가리키는 바람에 에디는 그녀가 휠체어에서 떨어지지 않도록 꽉 붙들어야 했다.

"롤랜드예요! 둘 다 있어요!"

우르릉거리는 굉음과 함께 바닥의 틈새가 끝까지 벌어져 멈추었다. 안 보이는 곳에서 틈새를 벌리던 모터 소리도 흐느낌 같은 여운을 길게 남기며 멈추었다. 틈새 가장자리로 달려간 에디의 눈에 에스컬레이터 계단 위에 서 있는 롤랜드가 보였다. 그 옆에서 총잡이의 어깨에 기대어 나란히 서 있는 사람은 하얗게 질린 얼굴이 온통 멍과 피 투성이였으나 틀림없이 제이크였고, 틀림없이 살아 있었다. 그리고 그들 바로 뒤의 계단에 웅크리고 앉아 반짝이는 눈으로 올려다보는 짐승은, 오이였다.

"*롤랜드! 제이크!*"

에디가 외쳤다. 그는 두 손을 머리 위로 흔들며 펄쩍펄쩍 뛰다가 덩실덩실 춤을 추듯 틈새 가장자리로 내려왔다. 모자를 쓰고 있었더라면 아마도 공중으로 던져올렸으리라.

두 사람도 위를 올려다보며 손을 흔들었다. 제이크는 웃고 있었고, 에디가 보기에 늙은 꺽다리 못난이조차도 얼마 못 버티고 웃음을 터뜨릴 것만 같았다. '수수께끼가 끝도 없이 터져나오는구나.' 에디는 속으로 생각했다. 문득 가슴이 너무나 벅차오른 에디는 더욱 빠르게 덩실거리며 손을 흔들고 환호를 내질렀다. 춤을 멈추었다가는 너무나 벅찬 기쁨과 안도감에 가슴이 정말로 터져버리지나 않을까 두려웠다. 롤랜드와 제이크를 다시 못 보리라는 확신이 얼마나 강했는지, 에디는 바로 이 순간에야 비로소 깨달았다.

"*둘 다 무사했구나! 잘했어, 씨발! 빨리 올라와!*"

"에디, 좀 도와줘요!"

에디가 돌아섰다. 수재나가 의자에서 일어나려고 낑낑대는 중이었으나 사슴가죽 바지가 브레이크 손잡이에 걸려 빠져나오지 못했

다. 수재나는 웃으면서 동시에 울고 있었고, 두 눈은 행복으로 가득
했다. 에디가 수재나를 어찌나 거칠게 들어올렸던지 휠체어가 한쪽
으로 쓰러지고 말았다. 에디는 수재나를 끌어안고 빙빙 돌며 춤을
추었다. 수재나는 한 손으로 에디의 목을 끌어안고 다른 손은 두 사
람을 향하여 열렬히 흔들어댔다.

"롤랜드! 제이크! 이리 올라와요, 빨리요! 안 들려요?"

두 사람이 에스컬레이터 꼭대기로 올라오자 에디는 롤랜드를 끌
어안고 등을 두들겼고, 수재나는 위를 올려다보며 웃는 제이크의 얼
굴에 입맞춤을 퍼부었다. 오이는 좁은 8자로 빙빙 돌며 신이 나서
짖어댔다.

"제이크! 너 괜찮니?"

"예."

수재나의 물음에 제이크가 답했다. 여전히 웃는 얼굴이었으나 눈
에는 물기가 어렸다.

"무사히 와서 기뻐요. 얼마나 기쁜지 모르실 거예요."

"아니, 나도 알아. 너무나 잘 안단다." 수재나가 롤랜드를 돌아보
며 물었다. "놈들이 애한테 무슨 짓을 한 거예요? 얼굴이 꼭 불도저
에 치인 사람 같잖아요."

"필시 개셔가 그랬을 테지. 허나 다시는 제이크를 괴롭히지 못할
거요. 제이크뿐 아니라 아무도."

"당신은 어때요? 괜찮아요?"

롤랜드는 고개를 주억거리며 주위를 둘러보았다.

"여기가 요람이로구나."

"그래." 틈새를 바라보던 에디가 대꾸했다. "저 아래는 뭐야?"

"기계와 광기다."

"말수가 많은 건 여전하네." 에디가 롤랜드를 보며 빙그레 웃었다. "다시 만나서 얼마나 반가운지 알아? 짐작은 하겠어?"

"그래. 알 것 같다."

롤랜드는 빙긋 웃으며 사람이 얼마나 많이 변할 수 있는지 생각해 보았다. 그리 오래지 않은 과거에 에디는 총잡이 본인의 칼로 그의 목을 딸 뻔한 적도 있었다.

지하의 엔진이 다시 돌아가기 시작했다. 에스컬레이터가 작동을 멈추었다. 바닥의 틈새는 다시 스르륵 닫히기 시작했다. 제이크는 바닥에 나둥그라진 수재나의 휠체어로 다가가 일으켜 세우다가, 쇠창살 너머의 미끈한 분홍색 형상을 발견했다. 숨이 턱 막힌 제이크의 머릿속에서 강넘이 마을을 떠난 후에 꾸었던 꿈이 더없이 생생하게 되살아났다. 미주리 주 서부의 황무지를 가르며 아이 자신과 오이를 향하여 달려오던 거대한 분홍색 총알이었다. 질주해오는 괴물의 무표정한 얼굴 높다란 곳에는 커다란 세모꼴 유리창 두 개가 마치 눈처럼 나 있었는데…… 이제 그 꿈이 현실이 되어가는 중이었다. 제이크가 결국에는 그리되리라고 예상했던 모습 그대로였다.

'저건 그냥 끔찍한 칙칙폭폭 기차일 뿐이야. 이름은 골칫덩이 블레인이고.'

에디가 제이크 곁으로 걸어와 어깨를 감쌌다.

"자, 드디어 찾았어, 두목. 광고에 나왔던 모양 그대로야. 어떻게 생각해?"

"별 거 아니네요."

터무니없는 과소평가였지만 제이크는 그 이상 표현할 수 없을 만큼 지쳐 있었다.

"내가 봐도 그래. 이게 말을 하더라고. 게다가 수수께끼도 좋아하던데."

제이크가 고개를 끄덕였다.

롤랜드는 수재나를 옆구리에 앉히고 마름모꼴 숫자판이 달린 인터폰을 함께 살펴보았다. 제이크와 에디도 합류했다. 에디는 지금 이 현실이 단지 상상이나 소망이 아님을 확인하려고 자꾸만 제이크를 내려다보아야 했다. 아이는 분명히 이곳에 있었다.

"이제 어쩌지?"

에디가 롤랜드에게 물었다.

롤랜드는 마름모꼴로 배열된 숫자 단추들을 손가락으로 가볍게 쓸어내린 다음 고개를 저었다. 그도 알지 못했다.

"기차 엔진이 점점 빨리 도는 것 같아서 그래. 내 말은, 저기, 경보음이 시끄러워서 잘은 모르겠는데, 그래도 빨라지는 것 같아서…… 게다가 저건 결국 로봇이잖아. 만약에 우릴 놔두고 그냥 가버리기라도 하면 어떡해?"

"블레인!" 수재나가 외쳤다. "블레인, 너 설마……"

"잘 듣게나, 친구들."

블레인의 목소리가 쩌렁쩌렁 울려퍼졌다.

"이 도시 지하에는 생화학전용 탄두가 가득 쌓여 있다네. 내가 방금 기폭회로를 가동시켰으니 곧 탄두가 폭발하여 가스가 뿜어나올 걸세. 폭발까지 12분 남았네."

블레인의 목소리가 잠시 잠잠해지더니 요란한 경보음에 파묻혀 들릴락 말락 하는 작은 블레인의 목소리가 들려왔다.

"……제가 두려워했던 게 바로 이런 거예요…… 여러분, 서둘러
야 해요……."

에디는 무엇 하나 새로울 것 없는 얘기만 들려주는 작은 블레인
의 목소리를 무시했다. 당연히 서둘러야 마땅했지만, 당장은 그 사
실조차도 중요하지 않았다. 더욱 중요한 무언가가 에디의 머릿속을
꽉 채우고 있었다.

"왜? 도대체 왜 그런 짓을 하는 거야?"

"내 생각엔 자명한 일이었다네. 도시에서 핵을 터뜨렸다가는 나 또한
파괴될 터이니. 그리고 만일 내가 파괴된다면 자네들이 가고자 하는 곳으
로 어떻게 데려다주겠는가?"

"하지만 도시엔 아직도 수많은 사람들이 있잖아. 그 사람들이 너
때문에 죽을 거 아냐."

"그럴 테지." 블레인의 목소리는 차분했다. "다음에 보자 친구들아,
잘들 있어 모두들, 잊지 말고 연락하고. 그렇게 되겠지."

"*왜?*" 수재나가 외쳤다. "도대체 왜 그래야 하냐고!"

"왜냐하면 그들에게 싫증이 났기 때문이지. 그러나 자네들 넷한테는 흥
미가 있다네. 물론, 언제까지 흥미를 갖게 될지는 자네들의 수수께끼가 얼
마나 훌륭하냐에 달렸어. 그리고 수수께끼 얘기가 나왔으니 말인데, 자네
들 내가 낸 문제를 풀려고 머리를 굴리는 게 좋을 걸세. 탄두가 폭발할 때
까지 정확히 11분 30초 남았네."

"멈춰!"

요란한 사이렌 소리를 뚫고 제이크가 외쳤다.

"도시뿐만이 아니야, 그런 가스는 사방으로 퍼져나갈 거야! 강넘
이 마을의 할아버지 할머니들도 죽는단 말이야!"

"젖이 마르면 모유를 끊어야 하는 법."

블레인이 무덤덤하게 대꾸했다.

"그러나 그 늙은이들은 실낱같은 명줄이나마 몇 년 더 이어갈 수 있을 게다. 가을 폭풍이 시작되었으니 강풍이 그들 반대편으로 가스를 싣고 갈 게야. 헌데 자네들 넷은 사정이 전혀 달라. 서로 머리를 빌려주며 궁리하는 게 좋아, 안 그러면 다음에 보자 친구들아, 잘들 있어 모두들, 잊지 말고 연락하고. 그렇게 되는 게지."

목소리가 잠시 멈추었다.

"정보를 하나 더 주지. 이 가스는 자네들을 결코 고통 없이 보내주지 않을 걸세."

"명령을 취소해! 취소해도 수수께끼를 내줄게, 그렇죠, 롤랜드 아저씨? 네가 원하는 대로 다 내줄게! 그러니까 제발 취소해!"

블레인이 웃음을 터뜨렸다. 환희로 가득한 날카로운 전자음이 귀를 찢을 듯이 시끄럽고 단조로운 경보음과 뒤섞여 텅 빈 요람의 거대한 공간에 한참 동안 울려퍼졌다.

"그만해! 그만하란 말이야! 그만!"

수재나가 외쳤다. 블레인이 웃음을 그쳤다. 잠시 후 경보음도 중간 음량으로 줄어들었다. 뒤이어 찾아온 침묵에 오히려 귀가 먹먹할 지경이었고, 그 침묵을 깨뜨린 것은 쏟아지는 빗소리뿐이었다.

이윽고 스피커에서 흘러나온 목소리는 부드러웠고, 생각에 잠긴 듯했으며, 자비라고는 한 점도 없었다.

"이제 10분 남았군. 자네들이 얼마나 재미난 친구들인지 한번 보세."

40

〈앤드루.〉

'여기 앤드루라는 사람은 없어, 낯선 양반.' 남자는 생각했다. '앤드루는 오래전에 사라졌어. 앤드루는 이제 없어, 나도 곧 사라지고 없을 테지만.'

〈앤드루!〉 목소리가 또다시 불렀다.

목소리는 아득히 멀리서 들려왔다. 한때는 남자의 머리였던 사과 압착기 바깥에서 들려오는 목소리였다.

오래전에 앤드루라는 이름을 지닌 소년이 있었다. 소년의 아버지는 어느 날 아들을 데리고 러드 서쪽 끝에 있는 공원을 찾았다. 공원에는 사과나무 여러 그루와 녹슨 양철 움막이 있었는데 그 움막은 지옥 같은 외관과 천국 같은 향기를 동시에 지닌 곳이었다. 앤드루의 아버지는 그 움막의 정체를 묻는 아들에게 사과주 양조장이라고 가르쳐주었다. 그러고 나서 앤드루의 머리를 토닥이며 겁먹지 말라고 타이른 다음, 앤드루와 함께 거적으로 가린 움막 입구 안으로 들어섰다.

움막 안에는 사과를 가득 담은 수많은 바구니가 벽에 기대어 차곡차곡 쌓여 있었고, 듈랩이라는 이름을 지닌 말라깽이 노인도 있었다. 허여멀건 살갗 아래의 근육이 벌레처럼 꿈틀거리던 노인은 움막 한복판에서 털털거리는 기계에 사과 바구니를 쉬지 않고 쏟아붓는 것이 일이었다. 기계 반대편에 비죽 튀어나온 대롱에서는 달콤한 사과즙이 흘러나왔다. 그 대롱 옆에 서 있던 다른 사내(이 사내의 이름은 더 이상 기억나지 않았다.)가 하는 일은 쉬지 않고 병에 사과즙을 채우는 것이었다. 이 사내 뒤에 세 번째 사내가 서 있었고, 세 번째 사내의 일은 두 번째 사내가 사과즙을 너무 많이 흘리면 그의 머리를 툭툭 때리는 것이었다.

앤드루의 아버지가 아들에게 거품이 둥둥 뜬 사과즙 한 잔을 주었다. 앤드루는 이 도시에서 살아온 세월 동안 이름도 잊어버릴 만큼 많은 산해진미를 맛보았으나, 그 달콤하고 시원한 사과즙보다 훌륭한 것은 없었다. 마치 10월의 돌풍을 목으로 넘기는 듯했다. 그러나 앤드루의 기억 속에 사과즙의 맛보다도, 또 압착기에 사과 바구니를 쏟아붓는 동안 벌레처럼 꿈틀거리던 듈랩의 근육보다도 더욱 또렷이 남은 것은, 바로 압착기가 커다랗고 불그스름한 사과를 즙으로 만들어버리는 잔혹한 방식이었다. 사과를 실은 롤러 스무 개가 도착한 곳은 빙글빙글 돌아가는 구멍 뚫린 쇠 원통 아래였다. 사과는 그곳에서 으깨진 다음 말 그대로 폭발했고, 경사진 홈통으로 즙이 흘러내리면 아래에 받친 망이 씨와 과육을 걸렀다.

이제 남자의 머리는 사과 압착기였고 남자의 뇌는 사과였다. 쇠 원통 아래서 사과가 터졌듯이 남자의 뇌도 머지않아 터질 참이었고, 그러면 복된 암흑이 남자를 집어삼킬 참이었다.

"앤드루! 고개를 들고 나를 보게."

남자는 그럴 힘이 없었는데…… 힘이 있다고 해도 그러고 싶지는 않았다. 그저 여기 누워 암흑이 오기를 기다리는 편이 나았다. 어쨌거나 죽을 판이었다. 그 빌어먹을 꼬맹이가 골에 총알을 박아넣지 않았던가?

"그 총알은 아예 뇌를 건드리지도 않았어, 이 멍청한 친구야. 자넨 지금 죽어가는 게 아냐. 그냥 머리가 아플 뿐이지. 하지만 거기

계속 자빠져서 피를 질질 흘리고 있다가는 정말로 죽을 줄 알게. 그리고 내 장담컨대…… 앤드루, 지금 자네가 겪는 고통은 죽을 때 느낄 기분에 비하면 차라리 축복일 걸세."

바닥에 누운 남자로 하여금 머리를 들도록 한 것은 그 협박의 내용이 아니었다. 오히려 날카롭게 쉭쉭거리는 목소리의 주인이 남자의 마음을 읽은 것 같았기 때문이었다. 서서히 고개를 쳐들자 극심한 고통이 엄습했다. 의식의 잔해를 담은 두개골 주위로 무거운 물체들이 쏜살같이 질주했고, 그러는 동안 뇌 속에서는 피로 가득한 구멍이 숭숭 뚫렸다. 길고 걸쭉한 신음이 흘러나왔다. 오른쪽 뺨에 무언가 파닥거리는 듯 간지러운 느낌이 들었다. 피 속에서 파리 수십 마리가 기어다니는 기분이었다. 손을 들어 쫓아버리고 싶었으나 그는 몸을 지탱하는 데만도 두 손이 다 필요하다는 것을 알았다.

주방과 통하는 방 건너편의 밀폐문 옆에 서 있는 그 형체는 실체가 없는 유령 같았다. 머리 위의 조명이 여태껏 깜박거린 탓도 있었고 남자가 한쪽 눈만으로 본 탓도 있었지만(다른 쪽 눈이 어떻게 되었는지는 기억나지 않았고, 알고 싶지도 않았다.), 남자가 생각하기에 가장 큰 이유는 그것의 존재 *자체*가 실체 없는 유령이기 때문이었다. 사람처럼 보이기도 했으나…… 한때 앤드루 퀵이었던 이 남자가 생각하기에, 그것은 결코 사람이 아니었다.

밀폐문 앞에 서 있는 낯선 이는 허리에 벨트가 달린 짧은 재킷에 물 빠진 청바지와 낡은 먼지투성이 장화 차림이었다. 그런 장화를 신는 이는 시골뜨기 아니면 말몰이꾼, 그도 아니면……

"아니면 총잡이겠지. 안 그런가, 앤드루?"

낯선 이가 이렇게 묻고 나서 킬킬거렸다.

똑딱맨은 문 앞에 서 있는 사람 형상을 필사적으로 바라보았고, 그 사람의 얼굴을 보려고 기를 썼다. 그러나 낯선 이는 짤따란 재킷에 달린 두건을 뒤집어쓰고 있었다. 얼굴이 두건 그늘에 가려 보이지 않았다.

사이렌 소리가 자그맣게 윙윙대는 소리로 잦아들었다. 비상등은 여전히 켜져 있었으나 적어도 깜박거리지는 않았다.

"좋아."

낯선 이(또는 낯선 그것)의 목소리는 속삭이듯 나직했고, 꿰뚫을 듯 날카로웠다.

"이제야 제대로 생각을 좀 하겠군."

"누구요?"

똑딱맨이 물었다. 살짝만 움직였는데도 묵직한 것이 머리를 따라 구르며 또다시 뇌 속을 찢어발기는 것 같았다. 그 끔찍한 통증뿐 아니라 파리가 기어다니는 듯한 오른 뺨의 간지러움 또한 더욱 심해졌다.

"난 이름이 여러 개라네, 친구."

어두운 두건 속에서 목소리가 들려왔다. 남자의 목소리는 근엄했으나 똑딱맨의 귀에는 그 목소리 아래 어른거리는 웃음소리도 함께 들렸다.

"지미로 부르는 사람도 있고, 티미로 부르는 사람도 있네. 핸디로 부르는 사람도 있고 댄디로 부르는 사람도 있어. 패자로 불러도 좋고 승자로 불러도 좋아, 저녁 밥상에 늦지 않게 부르기만 하면 난 다 좋아."

문간에 서 있는 남자가 고개를 젖히고 웃었다. 상처 입은 사내는 그 웃음소리를 듣고 팔과 등에 굵직한 소름이 돋았다. 웃음소리가 마치 늑대 울부짖는 소리 같았다.

"나는 '늙지 않는 이방인'으로 불렸다네."

남자가 말했다. 그가 다가오기 시작하자 바닥에 쓰러져 있던 똑딱맨은 신음을 흘리며 뒤로 물러나려고 버둥거렸다.

"멀린으로 불리기도 했고 매얼린으로 불리기도 했지. 헌데 그게 무슨 상관인가, 난 그런 사람이었던 적이 한 번도 없는데. 물론 아니라고 부인한 적도 없긴 하네만. 난 가끔은 마술사로…… 가끔은 마법사로 불리기도 했지…… 허나 우리끼리는 더 허물없는 이름으로 불렀으면 하네, 앤드루. 더 *인간다운* 이름으로 말이야."

남자가 두건을 벗자 하얗고 이마가 널따란 얼굴이 드러났다. 잘 생기기는 했으나 조금도 인간처럼 보이지 않는 얼굴이었다. 마법사의 광대뼈는 큼지막한 장밋빛 홍조로 뒤덮여 있었다. 청록색 눈은 제정신이라고 하기에는 너무나 거칠고 생생한 기쁨으로 반짝였다. 검푸른 머리카락은 큰까마귀 깃털처럼 우스꽝스럽게 위로 비죽비죽 뻗어 있었다. 새빨간 입술이 벌어져 식인종 같은 이빨이 드러나 보였다.

"패닌으로 부르게."

유령 같은 남자가 씩 웃으며 말했다.

"리처드 패닌일세. 정확히 들어맞는지는 모르겠지만, 그래도 공문서 기재용으로는 썩 어울리는 이름 같아."

남자가 내민 손에는 손금이 단 한 줄도 없었다.

"어떤가, 친구? 세상을 뒤흔든 손과 악수하지 않겠나?"

한때는 앤드루 퀵이었고 일찍이 백발이들의 소굴에서는 똑딱맨으로 알려졌던 사내가 또다시 비명을 지르며 물러나려고 버둥거렸다. 소구경 탄환이 두개골을 뚫는 대신 스치고 지나가는 바람에 찢어졌던 머릿가죽이 너덜거렸다. 기다랗고 희끗희끗한 금발머리 한 타래가 계속 뺨을 스치며 간질였다. 그러나 퀵은 더 이상 간지러움을 느끼지 못했다. 심지어 머릿속의 통증도, 왼쪽 눈이 있던 자리가 욱신거리는 아픔도 잊어버렸다. 그의 온 의식은 오직 한 가지 생각에 집중했다. '사람처럼 보이는 이 야수한테서 달아나야 해.'

그러나 낯선 이가 오른손을 잡고 흔들자 그 생각은 마치 잠에서 깨어날 때의 꿈처럼 사라져버렸다. 퀵의 가슴 속에 갇혀 있던 비명 소리는 연인의 한숨소리가 되어 입에서 새어나왔다. 퀵은 씩 웃고 있는 신참을 멍청하니 올려다보았다. 축 늘어진 머릿가죽이 대롱대롱 흔들렸다.

"그것 때문에 귀찮은가? 물론 그럴 테지. 자!"

패닝이 퀵의 머리에서 대롱거리던 가죽을 확 잡아뜯자 흐릿한 두개골 표면이 자그맣게 드러났다. 두꺼운 천을 찢는 듯한 소리가 났다. 퀵이 비명을 질렀다.

"자, 자, 아픔은 한순간뿐이야."

이제 패닝은 꼭 손가락에 가시가 박힌 아이를 달래는 물러터진 부모처럼 퀵 앞에 쭈그리고 앉아 내려다보는 중이었다.

"안 그런가?"

"그, 그, 그렇습니다."

퀵이 중얼거렸다. 그리고 실제로 그러했다. 아픔은 이미 사라지는 중이었다. 또한 패닝이 다시 손을 뻗어 왼쪽 뺨을 어루만졌을 때 퀵은 흠칫할 뿐이었고, 그마저도 빠르게 가라앉았다. 손금 없는 손이 뺨을 두드리는 동안 퀵은 다시 힘이 차오르는 기분을 느꼈다. 그는 감사한 마음에 신참의 얼굴을 우두커니 올려다보며 입술을 바르르 떨었다.

"이제 좀 나아졌나, 앤드루? 그랬을 테지, 안 그래?"

"그래요! 그렇습니다!"

"나한테 감사하고 싶겠지, 물론 그럴 게야. 정 감사하고 싶거든 내 오랜 지인이 하던 말을 내게 들려주면 돼. 녀석은 끝에 가서 나를 배신하긴 했어도 꽤 오랫동안 좋은 친구였어. 그 녀석을 생각하면 아직도 마음 한 구석이 아릴 정도야. 자, 앤드루, 한번 말해 봐. '내 목숨을 당신께.' 할 수 있겠나?"

퀵은 할 수 있었고 실제로도 그렇게 했다. 실은 그 말을 멈추지 못할 지경이었다.

"내 목숨을 당신께! 내 목숨을 당신께! 내 목숨을 당신께! 내 목숨……"

낯선 이가 또다시 퀵의 뺨을 건드렸다. 그러나 이번에는 고압전류 같은 격통이 머릿속을 뒤흔들었다. 퀵이 비명을 내질렀다.

"미안하이, 허나 시간이 없는 판에 자네가 고장 난 전축처럼 떠들지 않았나. 앤드루, 내 솔직하게 물어보겠네. 자네를 쏜 그 꼬맹이를 어떻게 죽이고 싶나? 놈의 친구들과 놈을 이리 데려온 그 야무진 녀석은 말할 것도 없네. 무엇보다 그 꼬맹이가 중요해. 물론 자네 눈을 결딴낸 그 개새끼도 함께. 맘에 드나, 앤드루?"

"예!"

한때 똑딱맨이었던 남자가 숨을 헐떡거렸다. 두 손은 꽉 움켜쥐어 핏빛 주먹이 되었다.

"예!"

"좋아."

낯선 이는 퀵이 일어서도록 부축해주었다.

"왜냐하면 녀석들은 뒈져야 하거든. 저희가 참견할 일이 전혀 아닌데도 참견하고 있어. 블레인이 처리할 거라고 기대했건만, 일이 이렇게까지 엉망이 됐으니 당최 뭘 믿을 수가 있어야지…… 어쨌거나 이렇게 멀리까지 올 거라고 누가 생각이나 했겠나?"

"전 잘 모르겠는데요."

퀵이 말했다. 사실 퀵은 낯선 이가 무슨 말을 하는지 조금도 알지 못했다. 관심 또한 없었다. 끝내주는 약을 먹은 듯 벅찬 기분이 머릿속에 스멀스멀 피어올랐고, 당장은 사과 압착기에 짓눌리는 고통이 지나간 것만으로도 충분했다. 더없이 충분했다.

리처드 패닌의 입가가 일그러졌다.

"곰과 턱뼈…… 열쇠와 장미…… 낮과 밤…… 흘러가는 세월. 그만하면 됐어! 그만하면 됐단 말이야! *그 이상 탑에 가까이 가면 안 돼!*"

패닌이 두 손을 번개처럼 빠르게 내뻗자 퀵은 비틀비틀 뒷걸음질 쳤다. 한 손은 자그마한 괘종시계가 든 유리 상자 목걸이의 은줄을 끊었고, 다른 손은 팔에 차고 있던 제이크 체임버스의 세이코 전자시계를 벗겨냈다.

"이것만 좀 가져가겠네, 괜찮겠지?"

마법사 패닌이 매력적인 미소를 지었다. 입술은 끔찍한 이를 얌전히 가리고 있었다.

"안 되겠나?"

"아뇨."

퀵은 오랜 세월 동안 지도자로서 지니고 있던 자신의 마지막 상징물을 순순히 양도했다(실은 양도하는지조차 깨닫지 못했다.).

"기꺼이 드리겠습니다."

"고맙네, 앤드루."

시커먼 옷을 입은 남자의 목소리는 부드러웠다.

"이제 서둘러야 하네. 한 5분만 있으면 이곳의 환경이 아주 극심하게 변할 게야. 그 전에 여기서 가장 가까운 방독면 보관함으로 가야 해, 이제 금방이니까 말일세. 나야 물론 변화가 일어난대도 멀쩡히 살아날 테지만 자네가 어려움을 겪을까 두렵구먼."

"무슨 말씀이신지 모르겠는데요."

앤드루 퀵이 말했다. 머리는 다시 쿵쿵거리기 시작했고, 의식은 이미 빙빙 도는 중이었다. 낯선 이가 부드럽게 말했다.

"굳이 알 필요도 없네. 가세, 앤드루. 이제 서둘러야겠네. 아주 바쁜 날이야, 안 그런가? 운이 좋으면 블레인이 놈들을 승강장에서 통구이로 만들어버릴 게야. 틀림없이 아직 거기 있을 테니 말일세. 블레인은 나이를 먹어가는 동안 아주 괴짜가 되어버렸어. 불쌍한 녀석 같으니. 어쨌거나 우린 서둘러야 해."

패닌은 퀵의 어깨를 감싸고 킥킥거리며 롤랜드와 제이크가 겨우 몇 분 전에 빠져나간 밀폐문으로 그를 데리고 들어갔다.

제3장

수수께끼와 황무지

1

"좋다. 녀석이 낸 수수께끼를 가르쳐다오."

"저 바깥에 있는 사람들은? 도울 방법이 없을까?"

롤랜드가 묻자 에디가 되물었다. 그는 기둥이 늘어선 요람의 입구와 그 너머의 도시를 가리키고 있었다.

"아무것도 없다. 허나 우리 자신을 도울 방법은 아직 찾을 수 있을 게다. 자, 녀석이 무슨 수수께끼를 냈나?"

에디는 모노레일의 미끈한 몸통으로 눈을 돌렸다.

"자기를 움직이려면 소수의 펌프에 연료를 채워야 한댔어. 다만 그 펌프는 거꾸로 돌아간대. 뭐 짚이는 거 있어?"

롤랜드는 그 말을 골똘히 생각하다가 고개를 저었다. 그는 제이크를 내려다보았다.

"제이크, 떠오르는 게 있느냐?"

제이크도 고개를 저었다.

"펌프 같은 건 아예 보이지도 않는걸요."

"그건 필시 쉬운 부분일 게다. 사람처럼 얘기하다 보니 우리도 녀석을 물건이 아니라 사람처럼 대하지만, 그래봐야 블레인은 기계다. 정교하기는 해도 기계야. 저 스스로 엔진에 시동을 걸기는 했지만 승강장 입구와 기관차 문을 열려면 일종의 암호가 필요할 게다."

제이크가 불안한 목소리로 말했다.

"서두르는 게 좋겠어요. 블레인이 마지막으로 경고하고 나서 벌써 2분, 아니면 3분은 지났을 거예요. 적어도요."

"그 녀석 말 믿지 마. 여기선 시간이 이상하게 흘러."

에디의 목소리는 우울했다.

"그치만……"

"알았어, 알았다고."

에디가 수재나에게로 눈을 돌렸다. 그러나 수재나는 롤랜드의 옆구리를 두 다리로 붙들고 앉은 채 낮 꿈을 꾸듯 멍한 표정으로 마름모꼴 숫자판만 바라보고 있었다. 에디는 다시 롤랜드에게 눈을 돌렸다.

"당신이 말한 그 암호 얘기, 확실히 맞는 것 같아. 저 숫자판이 틀림없이 암호 입력장치일 거야."

뒤이어 에디가 소리 높여 외쳤다.

"그런 거야, 블레인? 우리가 그거 하난 맞춘 거야?"

대답이 없었다. 기관차 엔진 돌아가는 소리만 더욱 빨라질 뿐이었다. 수재나가 불쑥 말했다.

"롤랜드, 나 좀 도와줘요."

멍하던 표정은 사라지고 대신 공포와 절망과 결단이 한데 어우러진 표정이 나타났다. 롤랜드가 보기에 수재나가 그토록 아름다워 보였던 적은…… 또는 그토록 외로워 보였던 적은, 이제껏 없었다.

공터 가장자리에서 에디를 나무 아래로 끌어내리려고 발광하던 곰을 보았을 때, 수재나는 롤랜드의 어깨에 올라타고 있었다. 그래서 그녀에게 총을 쏘아야 한다고 말해놓고도 롤랜드는 그녀의 표정을 볼 방법이 없었다.

그때 수재나의 표정이 어떠했는지, 롤랜드는 이제야 알게 되었다. 바로 지금 눈앞에 보이기 때문이었다. 카는 바퀴였고, 그것의 목적은 오로지 도는 것이었으며, 마지막에는 늘 처음 시작했던 곳으로 되돌아오는 법이었다.

전에도 그러했고 이때에도 그러했다. 수재나는 다시금 곰에 맞서는 중이었다. 그리고 그녀의 표정에는 스스로도 이를 안다고 씌어져 있었다.

"무슨 일이오? 왜 그러는 거요, 수재나?"

"난 답을 알아요, 하지만 떠오르지가 않아요. 꼭 목에 걸린 생선 가시처럼 머릿속에 박혀 있다고요. 롤랜드, 내가 기억해내게 도와줘요. 얼굴이 아니라 목소리를요. 말의 내용을요."

손목을 흘깃 쳐다본 제이크는 시계가 있어야 할 자리가 빈 것을 알고 고양이 같던 똑딱맨의 초록색 눈을 떠올렸고, 또다시 경악에 휩싸였다.

시계가 있던 자리는 햇볕에 짙게 그을린 피부 사이에 하얀 선으로 남아 있었다. 남은 시간이 얼마나 될까? 7분은 결코 넘지 않을 듯했고, 그나마도 넉넉히 잡은 시간이었다. 고개를 들고 올려다보니 롤랜드가 총띠에서 총알 한 개를 빼내어 왼손 주먹 관절 위에 올려놓고 이쪽저쪽으로 굴리는 중이었다. 눈꺼풀이 대번에 무거워지는 기분이 들자 제이크는 퍼뜩 눈을 돌렸다.

"수재나 딘, 떠올리고자 하는 목소리가 누구의 것이오?"

롤랜드가 나지막이 노래하는 듯한 목소리로 물었다. 두 눈은 수재나의 얼굴이 아니라 주먹 위의 탄환을 뚫어지게 바라보았다. 탄환은 쉬지 않고 나른하게 춤추며 앞으로…… 뒤로…… 앞으로…… 뒤로…….

롤랜드는 고개를 들지 않고도 알았다. 제이크는 총알의 춤으로부터 눈길을 돌렸지만 수재나는 그러지 않았다. 롤랜드는 총알이 거의 손등을 타고 흐르는 듯 보일 때까지 속도를 높였다.

"우리 아버지 목소리를 기억하게 도와줘요."

수재나 딘이 말했다.

2

잠시 침묵이 흐르는 동안 들린 것이라고는 먼 곳에서 우지끈 하는 폭발음, 요람의 지붕을 두드리는 빗소리, 모노레일의 슬로트랜스 엔진이 돌아가는 소리뿐이었다. 뒤이어 유압장치가 작동한 듯 나지막이 윙윙대는 소리가 들렸다.

에디는 총잡이의 주먹 위에서 춤추는 탄환을 안 보려고 애쓰며 (그조차도 힘들었다. 몇 초만 더 보면 에디 자신마저도 최면에 걸릴 것만 같았다.) 쇠창살 너머로 눈을 돌렸다. 블레인의 앞유리창 사이, 그 비스듬히 경사진 분홍색 표면에서 은빛 막대가 저절로 솟아오르는 중이었다. 일종의 안테나 같았다.

"수재나?"

롤랜드가 여전히 나지막한 목소리로 물었다.

"왜요?"

수재나는 두 눈을 뜨고 있었으나 목소리는 아득히 희미한 것이 꼭 숨소리처럼 들렸다. 마치 잠꼬대하는 사람의 목소리 같았다.

"그대 부친의 목소리가 기억나오?"

"예…… 하지만 들리지가 않아요."

"6분 남았네, 친구들."

에디와 제이크는 선뜩 놀란 표정으로 인터폰의 스피커를 돌아보았지만, 수재나는 아무것도 못 들은 듯했다. 둥실둥실 움직이는 총알에 시선을 집중한 탓이었다.

총알 아래에서, 롤랜드의 주먹은 마치 베틀의 잉아처럼 오르락내리락했다.

"힘써 보시오, 수재나."

재촉하던 롤랜드는 문득 오른팔에 안긴 수재나가 변하는 느낌을 받았다. 몸무게가 느는 듯싶었고…… 무언가 형용하기 힘든 방식으로, 활력도 함께 변한 듯싶었다. 마치 수재나의 본질이 변한 듯했다.

그리고 실제로도 그러했다.

"그 쌍년은 찾아서 뭐 하게?"

걸걸한 목소리로 이렇게 물은 사람은 데타 워커였다.

3

데타의 목소리는 화가 난 동시에 신이 난 듯했다.

"그년은 한평생 수학에서 시(C) 이상 받아본 적이 한 번도 없어. 내가 안 도와줬으면 그나마도 못 받았을걸."

데타는 잠시 입을 다물었다가 못마땅한 듯 덧붙였다.

"그리고 고것 아버지도. 그 양반도 좀 거들었지. 나야 그 특별한 숫자들을 다 알았지만, 그래도 나랑 오데타 년한테 그물 던지는 법을 가르쳐준 사람은 그 양반이었어. 아무렴, 내가 이래봬도 그거 계산하는 덴 선수야! 수즈가 기억을 못하는 건 오데타 고년이 애초에 그 특별한 숫자들을 이해 못했기 때문이고."

킬킬거리며 웃는 데타에게 에디가 물었다.

"특별한 숫자라니 무슨 얘기야?"

"소수(素數) 말이야!"

데타의 목소리로 들은 '소수'는 '소스'와 거의 비슷하게 들렸다. 롤랜드를 쳐다본 데타는 또다시 활짝 깨어난 듯 보였으나…… 다만 그녀는 수재나가 아니었고, 목소리가 비슷하기는 해도 일찍이 데타 워커의 이름 아래 숨어 살던 비열하고 사악한 존재도 아니었다.

"오데타 고것이 아버지한테 가서는 수학을 망쳤다고 질질 짜면서 지랄지랄을 했더랬지…… 글쎄 웃기지도 않는 대수 문제집을 갖고 그랬다는 거 아니야! 제 힘으로도 할 수 있었어. 내가 할 수 있으니 저도 할 수 있는데, 하기가 싫었던 거지. 고년처럼 시나 읊어대는 것들한텐 수학이 시시하다 이거야, 알아?"

데타가 고개를 뒤로 젖히고 껄껄 웃었다. 그러나 사악한 반미치광이 특유의 독기는 빠진 웃음소리였다.

데타는 자기 정신적 쌍둥이의 어리석음을 밝히며 진심으로 신이 난 듯 보였다.

"그래서 걔 아버지가 그러셨어. '오데타, 너한테 마술을 하나 보여주마. 아빠가 대학 시절에 배운 거야. 내가 소수를 이해하는 데 도움이 되었으니 너한테도 도움이 될 거다. 그것만 알면 어떤 소수든 찾을 수 있어.' 멍청한 오데타 년이 재잘거렸지. '선생님이 그랬는데 소수를 구하는 공식은 없대요, 아빠.' 그랬더니 그 양반이 냉큼 이러더군. '공식은 없지. 하지만 오데타, 그물이 있으면 소수를 잡을 수 있단다.' 그 양반이 말하길 '에라토스테네스의 그물'이라나. 롤랜드, 날 저 상자 있는 데로 데려다줘. 흰둥이 기차 새끼가 낸 수수께끼를 풀어주지. 이몸께서 그물을 던져 기차표를 건져주시겠다, 이 말씀이야."

데타를 안고 가는 롤랜드 뒤로 에디, 제이크, 오이가 바짝 따라갔다.

"댁이 주머니에 넣고 다니는 숯 쪼가리 좀 줘봐."

롤랜드가 주머니를 뒤지더니 짤따란 막대를 꺼냈다. 데타는 그것을 받아들고 마름모꼴 숫자판을 유심히 들여다보았다.

"아버지가 가르쳐준 거랑 똑같진 않겠지만, 어차피 그게 그거지."

데타는 입을 다물고 있다가 이내 말을 이었다.

"소수란 것들은 나하고 비슷해. 평범한 동시에 특별하단 말이지. 1하고 저 자신으로밖에는 절대 나뉘질 않아. 2는 소수야, 왜냐면 1하고 2로 나뉘니까. 하지만 소수 중에 짝수는 딱 그거 하나밖에 없어. 그러니까 짝수는 2만 빼고 다 지우면 돼."

"어휴, 난 두 손 들었어."

"그건 네가 멍청한 흰둥이니까 그런 거지."

에디의 말을 듣고 데타가 중얼거렸다. 그러나 야멸친 목소리는 아니었다. 데타는 마름모꼴 숫자판을 조금 더 자세히 들여다본 다음, 숯 조각을 재빨리 놀려 검댕 자국을 남기며 짝수 단추를 모조리 지워나갔다.

"3은 소수야, 하지만 3을 곱해서 나오는 수는 절대 소수가 될 수 없어요."

이제 롤랜드는 데타의 목소리에서 기묘하고도 놀라운 움직임을 감지했다.

여인의 목소리에서 데타가 사라져가는 중이었다. 그 자리를 대신한 사람은 오데타 홈스가 아니라 수재나 딘이었다. 롤랜드는 수재나를 최면에서 끌어낼 필요가 없었다.

수재나는 자기 힘으로, 게다가 무척 자연스럽게 최면에서 벗어나는 중이었다.

수재나는 짝수를 모두 지운 숫자판에 남아 있는 3의 배수를 숯 조각으로 지우기 시작했다. 9, 15, 21, 등등.

"5하고 7도 마찬가지예요."

수재나는 이렇게 중얼거리다가 문득 깨어났다. 다시 온전한 모습으로 돌아와 있었다.

"이제 아직 안 지운 홀수들만 지우면 돼요. 25처럼요."

제어함의 마름모꼴 숫자판은 이제 이런 모양이 되었다.

1
2 3
5
7
11 13
17 19
23
29 31
37 41 43
47 53
59 61
67 71
73 79
83
89
97

"됐어요."

수재나가 지친 목소리로 말했다.

"그물에 걸린 숫자는 1과 100 사이의 모든 소수예요. 이 숫자들을 조합하면 틀림없이 문이 열릴 거예요.(일반적인 소수의 개념을 따르면 자연수 1은 소수가 아니지만 위의 그림에서는 소수군에 포함되어 있다. 이는 지은이가 의도한 오류로 보인다. ─옮긴이)"

"1분 남았네, 친구들. 자네들 내가 기대했던 것보다 훨씬 둔하군그래."

에디는 블레인의 목소리를 들은 척도 하지 않고 수재나를 끌어안왔다. "돌아온 거예요, 수즈? 정신 차린 거예요?"

"그래요. 데타가 한창 얘기하는 도중에 깨어났지만, 그냥 좀 더 떠들라고 놔뒀어요. 말을 끊는 게 무례한 짓 같아서요."

수재나는 롤랜드를 돌아보며 물었다.

"어떡할래요? 해볼래요?"

"이제 50초."

"그럽시다. 수재나 당신이 조합을 입력하시오. 당신이 문제를 풀었으니."

수재나가 숫자판 맨 위로 뻗은 손을 제이크가 붙잡았다.

"안 돼요. '이 펌프는 거꾸로 돌아간다.' 기억 안 나요?"

수재나는 흠칫 놀라더니 이내 빙그레 웃었다.

"맞아. 블레인은 영리한 녀석이었지…… 하지만 우리 제이크도 영리한걸."

수재나가 97부터 차례로 숫자 단추를 누르는 동안 일행은 말없이 지켜보았다. 단추가 눌러질 때마다 조그맣게 찰칵 소리가 났다. 마지막 단추를 누르고 나서는 긴장한 채 기다릴 필요가 없었다. 창살벽 한가운데의 입구가 곧바로 스르르 올라갔던 것이다. 입구를 가로막았던 창살은 우르릉거리는 굉음과 녹가루를 날리며 저 위쪽 높은 곳으로 올라갔다.

"아주 잘했어."

블레인의 목소리에는 경탄이 담겨 있었다.

"나는 이 순간을 몹시도 기다려 왔다네. 부디 서둘러 기차에 올라주지 않겠나? 실은 자네들도 빨리 떠나고 싶을 걸세. 이 구역에도 가스 분출구가 몇 개 있거든."

4

사람 셋과 조그맣고 털이 북슬북슬한 동물 하나가 창살 벽에 난 통로를 지나 외줄 블레인을 향하여 달려갔다(사람들 중 한 명은 다른 한 명을 허리에 안고 있었다.). 좁고 기다란 선로에 누워 차체의 위쪽 절반만 승강장 위로 내놓고 있는 블레인은 거대한 총알처럼 보였다. 개방된 고성능 소총의 약실에 누워 있는, 어울리지 않게 어두운 분홍색으로 칠해놓은 총알이었다. 요람의 거대한 공간 속에서 롤랜드 일행은 움직이는 점에 지나지 않았다. 그들 머리 위에서는 이제 살 날이 40초밖에 안 남은 비둘기 떼가 몹시도 낡은 요람의 지붕 아래를 빙빙 돌고 있었다. 일행이 기차에 다가서자 분홍색 차체의 유선형 측면이 위로 스르르 올라가더니 출입구가 나타났다. 안에 푹신한 연청색 양탄자가 깔려 있었다.

"블레인에 잘 오셨습니다."

일행이 쏜살같이 기차에 오르는 동안 편안한 목소리가 들려왔다. 일행 모두 아는 목소리였다. 살짝 크고 살짝 자신 있게 말하기는 했지만, 작은 블레인의 목소리였다.

"제국 만세! 승차권을 회수할 예정이오니 확인해 주시기 바라오며, 무단 승차는 법률에 의거하여 처벌당하는 중범죄이오니 명심해 주십시오. 즐거운 여행 하시기 바랍니다. 블레인에 잘 오셨습니다. 제국 만세! 승차권을 회수할……"

별안간 목소리가 빨라지더니 처음에는 다람쥐처럼 찍찍거리다가 이윽고 날카롭게 흐느끼는 소리로 바뀌었다. 전자음으로 지껄이는 욕인 듯 '붑!' 하는 소리를 끝으로 목소리가 완전히 끊겼다.

"저 지루한 헛소리는 그만 들어도 되겠지, 안 그런가?"

블레인이 물었다. 요람 바깥쪽에서 거대한 폭발음이 들려왔다. 수재나를 안고 있던 에디는 앞으로 휘청 넘어졌고, 롤랜드가 팔을 뻗어 잡아주지 않았더라면 바닥으로 쓰러질 뻔했다. 그때껏 에디는 독가스가 있다고 위협하던 블레인의 말을 그저 정신 나간 농담으로 치부했다. '그 정도는 눈치를 챘어야지.' 에디는 속으로 생각했다. '옛날 영화배우 흉내를 내면서 웃기려고 하는 인간은 믿을 수가 없는 법이야. 그건 자연법칙 같은 거라고.'

일행 뒤에서 차체 측면의 벽이 스르르 제자리로 돌아가 조그맣게 쿵 소리를 내며 닫혔다. 숨어 있는 통풍구에서 공기가 쉭쉭거리며 들어오기 시작하자 제이크는 귀가 살짝 멍멍해지는 느낌이 들었다.

"블레인이 차 안의 기압을 조절했나 봐요."

에디는 고개를 끄덕이고 휘둥그런 눈으로 두리번거렸다.

"나도 느꼈어. 여기 좀 봐! 우와!"

일찍이 에디는 델타항공이나 유나이티드항공보다 고급스러운 서비스를 원하는 고객들을 상대로 뉴욕과 로스앤젤레스 항로를 운항하는 항공회사의 기사를 읽은 적이 있었다. 회사 이름은 아마도 '리젠트에어'였지 싶었다. 그 회사는 주문 제작한 보잉 727기를 운행했는데 기내에 응접실, 바, 영화 감상실, 침실까지 갖추고 있었다. 에디가 상상하기에 그 비행기의 실내 장식은 지금 그의 눈앞에 펼쳐진 광경과 조금은 비슷할 듯했다.

롤랜드 일행이 서 있는 곳은 푹신한 회전의자와 소파 세트를 갖춘 기다란 원통형 공간이었다. 길이가 적어도 20미터는 넘어 보이는 객차 한쪽 끝에는 바가 아니라 작고 아늑한 레스토랑 같은 공간이 있었다. 반질반질한 나무 무대 위에 놓인 하프시코드 비슷한 악기를 안 보이는 곳에 숨겨진 조그마한 하이라이트 조명이 비추고 있었다. 에디는 하마터면 피아니스트 호기 카마이클이 등장하여 「별무리」를 연주하지나 않을까 하고 기대할 뻔했다.

벽 위쪽에 붙은 판자에서는 간접 조명이 비추었고, 천장에 매달린 샹들리에가 객차 절반 높이까지 내려와 있었다. 제이크가 보기에 그 샹들리에는 폐허가 된 '저택'의 무도회장에 있던 샹들리에를 조그맣게 복제해놓은 것 같았다. 그러나 제이크는 놀라지 않았다. 이미 그런 식의 연관성과 유사성을 당연한 것으로 받아들이기 시작한 탓이었다. 이 멋진 공간에 흠이 있다면 단 하나, 창문이 하나도 없는 점이었다.

결정타는 바로 샹들리에 아래쪽의 받침대에 서 있는 물건이었다. 왼손에 리볼버를 쥔 총잡이의 얼음 조각상이 서 있었다. 조각상의 오른손은 뒤에서 고개를 숙이고 지친 듯 걷는 얼음 말의 고삐를 쥐고 있었다. 에디가 보니 그 손에는 손가락이 세 개뿐이었다. 약지와 소지, 그리고 엄지였다.

객차 바닥이 부드럽게 떨리기 시작하는 동안 제이크와 에디와 수재나는 얼음 모자 아래의 초췌한 얼굴을 홀린 듯 바라보았다. 롤랜드와 놀랍도록 닮은 조각상이었다.

"실은 좀 서둘러 만든 거라네."

블레인의 목소리는 공손했다.

"어떤가, 마음에 드나?"

"기가 막히게 멋진걸."

"고맙네, 뉴욕의 수재나여."

에디는 소파를 손으로 눌러보는 중이었다. 놀랍도록 푹신했다. 만지기만 했는데도 드러누워서 한 열여섯 시간쯤 푹 자고 싶을 정도였다.

"위대한 선인들께선 꽤 호화로운 여행을 즐겼나 본데. 안 그래, 블레인?"

블레인이 다시금 웃음을 터뜨렸다. 그다지 정상이 아닌 날카로운 웃음소리에 일행은 불안한 눈으로 서로를 돌아보았다.

"오해하지 말게나. 여긴 왕실 전용 객차였어. 자네들 말로 하면 일등칸이겠군."

"다른 객차는 어디 있지?"

블레인은 이 질문을 무시했다. 일행의 발아래에서 엔진이 진동하는 속도가 점점 더 빨라졌다. 수재나는 비행기 조종사들이 라과디아 공항이나 아이들와일드 공항의 활주로를 질주하기에 앞서 엔진 회전수를 높이던 기억이 떠올랐다.

"재미난 새 친구 여러분, 부디 착석해 주시게나."

제이크가 회전의자에 털썩 주저앉았다. 오이가 냉큼 아이의 무릎으로 뛰어올랐다. 롤랜드는 가장 가까이 있는 의자에 자리를 잡으며 얼음 조각상을 한 번 흘깃 쳐다보았다. 리볼버의 총신이 천천히 녹아내린 탓에 조각상이 딛고 선 야트막한 사기 그릇 받침대로 물방울이 떨어지고 있었다.

에디는 수재나와 함께 소파에 앉았다. 손에 느꼈던 감촉 그대로 편안하기 그지없었다.

"블레인, 정확히 어디로 가는 거지?"

에디가 묻자 블레인은 마치 상대가 저능아인 줄을 깨닫고 배려심을 보이려 하는 사람처럼 참을성 있는 목소리로 대답했다.

"빔의 길을 따라가야지. 적어도 선로가 이어지는 한은 계속 갈 걸세."

"암흑의 탑으로 말이냐?"

롤랜드가 묻는 말을 듣고 수재나는 깨달았다. 그 질문은 러드 지하의 기계에 깃든 수다쟁이 유령에게 총잡이가 처음으로 건넨 말이었다.

"토피카까지밖에 안 가요."

제이크가 조그맣게 속삭였다.

"그래. 내 종착역의 이름이 바로 토피카라네. 헌데 네가 그걸 알다니 의외로구나."

'블레인, 넌 우리 세상에 대해 모르는 게 없잖아.' 제이크는 속으로 생각했다. '그런데 네가 나오는 책을 쓴 아줌마가 있다는 건 왜 몰라? 이름이 찰리로 바뀌어서 그래? 그렇게 간단한 이유 때문에 너처럼 정교한 기계가 네 일대기도 못 알아보고 지나쳤단 말이야? 그리고 베릴 에번스 씨는, 『칙칙폭폭 찰리』의 작가로 알려진 그 아줌마는 어떻게 됐어? 너도 그 사람 알아? 그 아줌만 지금 어딨어?'

좋은 질문이었으나…… 제이크는 왠지 지금은 그런 것을 물을 때가 아니라고 생각했다.

엔진이 점점 더 강하게 진동했다. 바닥을 따라 희미하게 쿵 소리가 전해졌다. 일행이 기차에 오를 때 요람을 뒤흔들었던 진동하고는 비교도 안 될 만큼 미약한 소리였다. 수재나의 얼굴에 깜짝 놀란 표정이 스쳤다.

"안 돼! 에디! 내 휠체어요! 바깥에 놔두고 왔어요!"

에디가 수재나의 어깨를 팔로 감쌌다.

"이제 너무 늦었어요."

에디가 말하는 사이에 외줄 블레인이 움직이기 시작했다. 블레인이 요람의 출구를 향하여 미끄러지듯 나아가기는 10년 만에 처음이었고…… 또 그것의 기나긴 역사에서 보면, 마지막이었다.

5

"왕실 전용 객차에는 특별히 훌륭한 영상 장비가 설치되어 있다네. 가동해도 되겠나?"

블레인의 말에 제이크가 롤랜드를 흘깃 쳐다보았다. 롤랜드는 어깨를 으쓱하고 고개를 끄덕였다.

"그래, 해줘."

제이크가 말했다. 뒤이어 펼쳐진 광경이 어찌나 장관이었던지 일행은 말문이 막힐 정도로 놀랐으나…… 롤랜드는 기술에 대해 거의 모르는 대신 평생 마법이라는 용어에 익숙한 사람이었기에 넷 중 가장 태연한 낯빛을 유지했다. 단순히 객차의 둥그스름한 벽에 창문이 나타나는 정도가 아니었다. 바닥과 천장뿐 아니라 벽까지, 객실 전체가 점점 뿌예지더니 이내 흐릿해졌고, 다시 투명해졌으며, 마침내 완전히 사라졌다. 단 5초 만에 외줄 블레인은 간데없이 사라지고 순례자들은 어떤 도움도 받지 않은 채로 러드의 도로 위를 질주하고 있었다.

수재나와 에디는 덮쳐오는 짐승 앞에 놓인 아이들처럼 서로를 끌어안았다. 오이는 제이크의 셔츠 앞섶에서 뛰어내리려고 버둥거리며 짖어댔다. 제이크는 거의 알아차리지도 못했다. 의자 양옆을 꼭 쥐고 객실 끝에서 끝까지 두리번거리는 제이크의 두 눈은 흥분으로 가득했다. 앞서 느꼈던 경계심은 사라지고 대신 흥분과 환희가 그 자리를 차지했다.

가구들은 제이크의 시야에 그대로 남아 있었다. 레스토랑의 바도, 하프시코드도, 블레인이 파티의 흥을 돋우려고 만든 얼음 조각상도 그대로 있었으나 객실 공간 자체는 공중에 20미터쯤 뜬 채로 비에 젖은 러드 도심을 통과하는 중이었다. 제이크 왼쪽으로 1.5미터 떨어진 곳에서는 에디와 수재나가 소파에 앉은 채로 둥실 흘러가고 있었다. 오른쪽으로 1미터 떨어진 연청색 회전의자에는 롤랜드가 앉아 있었다. 다 낡은 먼지투성이 장화로 허공을 디딘 채, 돌멩이가 흩어진 도심의 황무지 위를 조용히 나는 중이었다.

제이크는 모카신 아래의 양탄자를 느낄 수 있었지만 두 눈은 양탄자도 그 아래의 바닥도 이제 사라졌노라고 우겨댔다. 등 뒤를 돌아보니 요람의 석벽에 뚫린 어두컴컴한 출구가 아득히 멀리 사라져가는 중이었다.

"에디 아저씨! 수재나 아줌마! 보세요!"

제이크가 오이를 셔츠 속에 품은 채로 일어서더니 허공처럼 보이는 공간을 천천히 걷기 시작했다. 둥둥 떠 있는 가구 사이는 눈으로 보면 틀림없이 비어 있었기에 첫걸음을 떼는 데 몹시도 강한 의지가 필요했지만, 일단 움직이고 보니 바닥이 확실히 느껴져 발을 떼기가 쉬웠다. 에디와 수재나의 눈에는 무너지고 지저분한 건물들이 시야 양쪽으로 쏜살같이 흘러가는 가운데 그 사이의 허공을 걷는 듯 보였다.

“야, 그러지 마. 나 토할 것 같단 말이야.”

에디가 기운 빠진 목소리로 말했다.

“괜찮아요.”

제이크는 셔츠에서 오이를 조심스레 꺼내어 허공에 내려놓았다.

“보셨죠?”

“오이!”

개너구리가 맞장구쳤다. 그러나 앞발 사이로 고개를 내렸을 때 마침 아래쪽에 도시 공원의 풍경이 펼쳐졌고, 오이는 그것을 보기가 무섭게 제이크의 모카신 위에 올라앉으려고 기를 썼다.

제이크가 앞을 바라보자 널따랗게 뻗어나간 회색 모노레일 선로가 눈에 들어왔다. 선로는 건물 사이를 지나 완만하게, 그러나 꾸준히 위쪽으로 솟아오르다가 비에 가려 보이지 않았다. 다시 아래로 눈을 돌렸더니 보이는 것은 러드의 거리와 낮게 깔린 새털구름뿐이었다.

“블레인, 기차 아래쪽 선로는 왜 안 보이는 거야?”

“자네들 눈에 보이는 풍경은 컴퓨터로 만들어낸 것이네. 한결 쾌적한 전망을 선사하려고 컴퓨터가 풍경의 아래쪽 사분면을 지운 게야. 승객들이 하늘을 날아간다고 더욱 강하게 착각하게끔 말일세.”

“꼭 거짓말 같아.”

수재나가 중얼거렸다. 앞서 느꼈던 두려움은 잊어버리고 이제 열심히 주위를 두리번거리는 중이었다.

“꼭 마법 양탄자를 타고 나는 기분이야. 바람에 머리가 날릴 것 같은 기분이 자꾸만……”

“원한다면 그 느낌을 제공할 수도 있네. 약간의 습기도 마찬가질세, 그

러면 지금 바깥의 환경과 똑같아질 테지. 허나 그랬다가는 옷을 갈아입어
야 할지도 몰라."

"괜찮아, 블레인. 착각도 도가 지나치면 곤란하니까."

빽빽하게 모여선 고층건물 사이로 뻗은 선로를 보며 제이크는 뉴
욕의 월가를 떠올렸다. 선로는 그곳을 빠져나간 다음 고가도로 비슷
한 길 아래로 내려갔다. 바로 그 순간, 일행의 눈앞에 자줏빛 구름과
그 앞에서 달아나는 사람들이 보였다.

6

"블레인, 저게 뭐야?"

제이크가 물었다. 그러나 답은 이미 알고 있었다.

블레인은 웃기만 할 뿐…… 대답하지 않았다.

자줏빛 구름은 길가 보도의 쇠창살과 무너진 건물의 깨진 유리창
에서도 흘러나왔지만, 대개는 개셔가 지하 터널로 내려갈 때 이용했
던 것과 비슷한 맨홀에서 올라오는 듯했다. 맨홀의 쇠뚜껑은 롤랜드
일행이 기차에 오를 때 느꼈던 폭발로 날아가고 없었다. 피멍 빛깔
가스가 큰길로 스멀스멀 기어다니다가 쓰레기투성이 골목으로 번
져가는 광경을, 일행은 겁먹은 나머지 숨죽인 채 지켜보았다. 가스
는 아직 생을 포기하지 않은 러드 주민들을 소떼처럼 몰아갔다. 스
카프 색깔을 보아하니 대개는 어린둥이들이었으나 제이크의 눈에
는 드문드문 섞여 있는 샛노란 스카프가 보였다. 그들은 마침내 들
이닥친 종말 덕분에 오랜 원한을 청산한 셈이었다.

자줏빛 구름이 낙오자들을 따라잡기 시작했다. 대부분 달릴 기운이 없는 노인들이었다. 가스가 닿은 순간, 노인들은 땅에 거꾸러져 목을 쥐어뜯으며 소리 없이 비명을 질렀다. 제이크는 자신을 올려다보는 노인의 고통으로 일그러진 얼굴을 보았다. 일행이 지나가는 동안 믿을 수 없다는 듯 올려다보던 노인의 눈에 한순간 피가 차올랐고, 제이크는 이 광경을 보고 눈을 감았다.

앞쪽의 모노레일 선로가 몰려드는 자줏빛 구름에 가려 사라졌다. 그 속으로 달려드는 순간 에디는 움찔하며 숨을 멈췄으나 구름은 당연히 그들 양쪽으로 갈라졌고, 도시를 집어삼킨 죽음의 숨결은 일행을 비켜갔다. 아래에 펼쳐진 거리를 보고 있자니 지옥을 향해 나 있는 스테인드글라스 창문을 들여다보는 기분이었다.

수재나가 에디의 가슴에 얼굴을 묻었다.

"벽을 다시 돌려줘, 블레인. 저런 건 못 보겠어."

블레인은 에디의 말에 대꾸하지 않았다. 일행의 주위는 여전히 투명했다. 구름은 이미 성긴 자줏빛 흐름으로 옅어진 후였다. 그 너머로 도시의 건물들이 점점 오밀조밀해졌다. 도시 이쪽에는 질서도 계획도 없이 만든 골목길이 빼곡하게 얽혀 있었다. 어떤 곳은 블록 전체가 불타 무너진 상태였는데…… 들판에 뒤덮여가는 모습으로 보아 이미 오래전에 불탄 듯했다. 폐허를 뒤덮고 자란 잔디는 언젠가 러드 전체를 집어삼킬 듯 보였다. '밀림이 잉카와 마야의 문명을 집어삼켰듯이 말이지.' 에디는 속으로 생각했다. '카의 바퀴는 돌고 도는 법, 게다가 세상까지 변질해버렸으니.'

에디가 보기에 암흑시대가 닥치기 전에도 틀림없이 슬럼이었을 법한 그 지역 너머에, 번쩍거리는 벽이 서 있었다. 블레인이 천천히 나아가는 방향은 바로 그 벽 쪽이었다. 하얀 돌벽에 네모난 구멍이 깊숙이 나 있었다. 모노레일 선로는 그 속으로 이어졌다.

"부디 객차 앞쪽을 봐주기 바라네."

일행은 블레인의 말을 따랐고, 그러자 객실 앞쪽 벽이 다시 나타났다. 파란 천을 씌운 동그란 벽이 허공에 둥둥 떠 있는 것처럼 보였다. 문 자국은 보이지 않았다. 에디는 객차에서 기관실로 통하는 문이 있는지 확인할 길이 없었다. 일행이 지켜보는 가운데 앞벽의 직사각형 부분이 점점 어두워지더니 파랑에서 보라를 지나 검정으로 바뀌었다. 잠시 후, 새빨간 선이 떠올라 직사각형 안에서 구불구불 뻗어나갔다. 선을 따라 보라색 점이 불규칙적으로 떠올랐고, 에디는 점들 옆에 이름이 떠오르기도 전에 이미 깨달았다. 지금 보이는 것은 노선도였다. 뉴욕 시 지하철역과 객차 안에 걸린 노선도와 크게 다를 바가 없었다. 블레인의 차량 기지이자 종착역인 러드에서는 녹색 불이 깜박이는 중이었다.

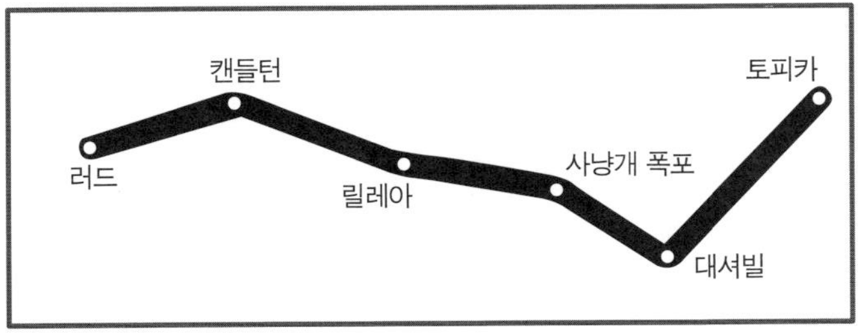

"자네들은 지금 우리가 여행할 경로를 보고 있네. 배꼽 아래 털처럼 꼬불꼬불하긴 해도 곧장 동남쪽으로 이어지는 건 알아볼 수 있을 걸세. 빔의 길을 따라 가는 거지. 전체 거리는 8000휠이 조금 넘는 정도야. 자네들한

테 익숙한 단위를 쓰자면 1만 킬로가 좀 넘는다고 해야겠군. 한때는 훨씬 짧았지만, 그것도 시간 접합부가 녹아내리기 훨씬 전의 일이지.”

“시간 접합부라니, 그게 무슨 소리야?”

수재나가 물었다. 블레인은 기분 나쁜 웃음을 흘릴 뿐…… 대답은 하지 않았다.

“내가 최고 속도로 달리면 8시간 45분 후에 종착역에 도착할 걸세.”

“지상에서 시속 1000킬로가 넘게 달린단 말이야?” 수재나는 외경심이 밴 목소리로 조그맣게 말했다. “세상에.”

“물론, 경로상의 선로가 조금도 파손되지 않았다고 가정할 때의 얘기지. 마지막으로 귀찮음을 무릅쓰고 이 경로를 운행한 때로부터 9년 하고도 5개월이 지났으니, 나도 확실히는 모른다네.”

전방에서는 도시의 동남쪽 경계를 이루는 성벽이 점점 가까워졌다. 높다랗고 두꺼운 성벽은 위쪽 모서리가 무너져내린 상태였다. 그곳 또한 백골이 즐비했다. 죽은 러드 주민 수천 명의 유골이었다. 블레인은 깊이가 적어도 50미터는 더 되어 보이는 좁은 길을 향하여 천천히 움직이는 중이었다. 그 길에 가까워질수록 선로를 떠받친 지지대의 색깔이 시커멓게 변했는데 마치 누군가가 불태우거나 폭파하려 한 듯했다.

“선로가 끊어진 곳이 나오면 어떻게 되는 거지?”

에디가 물었다. 그는 문득 자신이 블레인에게 이야기하면서 통화 상태가 안 좋은 전화로 이야기할 때처럼 자꾸만 목소리를 높인다는 생각이 들었다.

“시속 1000킬로미터로 달리는 와중에 말인가?” 블레인이 재미난다는 듯이 말했다. “다음에 보자 친구들아, 잘들 있어 모두들, 잊지 말고 연락하고. 그렇게 되겠지."

"그만해! 너처럼 정교한 기계가 선로 상태도 점검 못한다는 소리 따윈 집어치워!"

"뭐, 어쩌면 할 수도 있겠지. 하지만 말이야, 젠장할! 아까 출발하기 전에 그 회로를 그만 터뜨려버렸지 뭔가!"

에디는 경악한 표정 그대로 얼굴이 굳고 말았다.

"도대체 왜?"

"그러는 편이 훨씬 재미있잖은가, 안 그런가?"

에디와 수재나와 제이크는 기겁한 표정으로 눈길을 주고받았다. 롤랜드는 조금도 놀라지 않았다. 의자에 차분히 앉아 무릎 위에 두 손을 포갠 모습 그대로, 10미터 아래에서 흘러가는 도시 이쪽 지역의 초라한 오두막과 무너진 건물들을 내려다보고 있었다.

"도시를 벗어날 때 잘 보게나, 유심히 봐야 해. 잘 보고 새겨두도록 해."

투명한 왕실 전용 객차는 일행을 태운 채로 성벽에 나 있는 좁은 길을 향하여 돌진했다. 객차가 성벽을 통과하여 반대편으로 나오는 순간, 에디와 수재나는 한목소리로 비명을 질렀다. 제이크는 아래를 보기가 무섭게 두 손으로 눈을 가렸다. 오이는 거칠게 짖어댔다.

아래를 내려다본 롤랜드는 두 눈이 휘둥그레졌다. 꽉 다문 입술은 흉터 자국인 양 핏기 없이 새하얬다. 깨달음의 빛이 머릿속을 새하얗게 물들이는 듯했다.

러드의 성벽 너머에서, *진짜* 황무지가 모습을 드러냈다.

기차는 성벽의 좁은 통로에 가까워지는 동안 점점 아래로 내려갔고, 일행은 이제 지상에서 10미터 정도밖에 떨어져 있지 않았다. 그래서 충격이 더욱 컸다. 성벽 반대편으로 나왔을 때…… 일행은 까마득히 높은 허공 위에서 날아가고 있었다. 200미터, 어쩌면 300미터는 되어 보였다.

롤랜드는 저 멀리 사라져가는 성벽을 어깨 너머로 돌아보았다. 다가갈 때에는 몹시도 높아 보이던 성벽이 이곳에서 보니 넓고 황폐한 육지의 곶 끄트머리에 붙어 있는 돌멩이처럼 실로 보잘것없었다. 비에 젖은 화강암 절벽은 얼핏 무저갱까지 곤두박질치는 듯 보였다. 성벽 바로 아래의 암반에 텅 빈 눈구멍처럼 커다란 원형 구멍들이 줄지어 나 있었고, 구멍마다 시커먼 물과 덩굴 같은 자줏빛 안개가 역겨울 정도로 걸쭉하게 쏟아져 내렸다. 암반 자체만큼이나 오래되어 보이는 물과 안개가 악취를 풍기며 서로 겹쳐져 부채꼴 모양으로 화강암 절벽 위에 쏟아졌다. '도시의 폐기물이 나오는 곳이로구나.' 총잡이는 속으로 생각했다. '가장자리를 지나 구덩이로 가는 건가.'

다만 목적지는 구덩이가 아니라 움푹 침식된 평원이었다. 마치 도시 성벽 바깥의 땅은 일찍이 천장이 평평한 거대 승강기의 지붕 위에 만들어진 것처럼, 그리고 아득히 먼 선사시대의 어느 날 승강기가 아래로 내려가면서 드넓은 땅덩어리도 함께 내려간 것처럼 보였다. 좁다란 지지대 한복판에 놓인 블레인의 외줄 선로는 이 푹 꺼진 땅 위로 높이 날아올라 투실투실한 비구름 아래의 허공에 떠 있는 듯했다.

"지금 우릴 받치고 있는 게 뭐지?"

"물론 빔이지."

수재나의 말에 블레인이 대꾸했다.

"세상 만물이 빔을 섬긴다는 걸 알지 않나. 자, 아래를 보게. 아래쪽 사분면을 네 배로 확대시켜 보겠네."

저 아래의 지표면이 일행이 떠 있는 곳을 향하여 불쑥 솟아오르자 롤랜드마저도 현기증이 나고 속이 뒤집어질 것 같았다. 아래에 펼쳐진 광경은 롤랜드가 이때껏 알았던 추악함의 경지를 넘어설 정도로 추악했다. 그리고 애석하게도…… 롤랜드는 추악함에 관한 한 실로 전문가였다. 저 아래의 땅은 무언가 끔찍한 사건에 휘말려 녹아내리고 초토화된 상태였다. 틀림없이 재앙스러운 지각 변동이 일어나 맨 먼저 이쪽 세상을 깊숙이 함몰시켰으리라. 지표면은 녹아내리고 뒤틀려 시커먼 유리가 되어 있었다. 위로 불룩 솟아 부서지고 뒤틀린 곳이 있었으나 산은 그곳에 어울리는 이름이 아니었고, 아래로 구불구불 내려가 깊숙이 갈라지고 주름진 곳도 있었으나 골짜기 역시 그곳에 어울리는 이름이 아니었다. 악몽에나 어울릴 법한 앙상한 나무 몇 그루가 하늘을 향하여 구부정한 가지를 흔들었다. 확대된 영상 속의 나뭇가지는 여행자들을 붙잡으려고 덤벼드는 미치광이의 팔 같았다. 반질거리는 지표면 이곳저곳에 지하에서 솟아오른 굵다란 세라믹 굴뚝이 무리 지어 서 있었다. 어떤 것은 수명이 다했거나 작동을 멈춘 듯 보였다. 그러나 다른 것들은 지하의 거대한 대장간 또는 용광로가 쉬지 않고 돌아가기라도 하듯 안에 섬뜩한 청록색 불을 품고 있었다. 그 굴뚝 사이로 익룡의 일종인 프테로닥틸

루스를 닮은 기괴한 날짐승들이 가죽 같은 날개를 펼치고 날아다니다가 구부러진 부리로 저희끼리 물어뜯곤 했다. 날짐승 무리는 하나같이 불빛이 새어나오는 굴뚝의 둥그런 꼭대기를 횃대 삼아 앉아 있었다. 틀림없이 지하의 영원한 불길에서 올라오는 훈기에 몸을 덥히는 중이었다.

일행은 남북 방향을 따라 구불구불 뻗은 지표면의 틈새 상공으로 나아갔다. 틈새는 말라붙은 강바닥처럼 보였으나…… 실은 말라붙은 것이 아니었다. 틈새 깊숙이서 시뻘건 실 한 가닥이 맥동하듯이 불끈거렸다. 일찍이 톨킨의 책을 읽은 적이 있는 수재나는 그 틈새에서 뻗어나간 더 작은 틈새들을 보며 이렇게 생각했다. '프로도하고 샘이 모르도르의 심장부에 도착했을 때 본 게 바로 이거야. 여기가 바로 운명의 산의 틈새야.'

일행 바로 아래에서 화염이 분수처럼 솟구치며 불타는 바위와 끈적거리는 용암을 뿜어냈다. 한순간 화염이 그들 모두를 집어삼킬 것만 같았다. 제이크는 비명을 지르며 발을 의자 위로 냉큼 끌어당기고 오이를 가슴에 부둥켜안았다.

"걱정할 것 없다, 꼬마야."

존 웨인의 질질 끄는 목소리가 나왔다.

"명심해. 네가 지금 보고 있는 건 확대된 영상이야."

화염이 잦아들었다. 공장만큼이나 커다랬던 바위들은 소리 없는 폭풍이 되어 추락했다.

수재나는 저 아래에서 펼쳐진 끔찍한 공포에 넋을 잃은 나머지 스스로는 깨지 못할 치명적인 환상에 빠져들었다. 그러자 느낄 수 있었다. 수재나가 지닌 인격의 사악한 절반이자 *케프*의 반쪽인 데타

워커는…… 단지 구경하는 데 그치지 않았다. 수재나의 그쪽 절반은 이곳의 풍경에 탐닉했고, 이해했으며, 심지어 *알아보기*까지 했다. 어떤 의미에서는 이곳이야말로 데타가 늘 찾던 장소였다. 데타의 미친 정신과 희희낙락거리는 삭막한 마음이 현실에 구현된 장소이기도 했다. 서쪽 바다 북녘과 동녘의 황량한 산지도, 곰의 관문 주위의 초토화된 숲도, 센드 강 서북쪽의 황폐한 들판도, 마치 환상인 듯 끝도 없이 펼쳐진 이 절망의 풍경과 비교하면 모조리 빛을 잃었다. 일행은 드디어 황무지에 발을 들여놓았다. 그 저주받은 땅의 독기 어린 어둠이 사방에 가득 깔려 있었다.

8

그러나 독에 오염된 땅일지언정 생명이 완전히 사라지지는 않았다. 이따금씩 저 아래의 시커멓게 탄 황무지에서 깡충깡충 까부는 형상들이 여행자들의 눈에 띄었다. 사람도 짐승도 닮지 않은 기괴한 형상들이었다. 대개는 녹아내린 지표면을 뚫고 나온 거대한 굴뚝 무리 주위에, 아니면 땅거죽을 찢어발긴 불구덩이 가장자리에 모여 있는 듯 보였다. 깡충깡충 뛰는 그 희끄무레한 형상들을 자세히 들여다보기는 불가능했는데 이는 일행이 감사하는 바였다.

조그만 놈들 사이에 커다란 놈이 섞여 어슬렁거렸다. 분홍기가 도는 큰놈들은 황새 같기도 했고 살아 있는 카메라 삼각대 같기도 했다. 거의 생각에 잠긴 듯 천천히 걸음을 옮길 때면 흡사 심판의 필연성을 설파하는 목사 같았고, 이따금씩 멈춰 서서 재빨리 몸을 숙이고 지면에서 무언가를 쪼아먹을 때면 흡사 헤엄치는 물고기를 잡아먹는 왜가리 같았다. 그것들은 어딘가 이루 말할 수 없이 역겨운 구석이 있었고 이는 롤랜드 또한 일행과 마찬가지로 또렷이 감지한 바였으나, 그 역겨움이 정확히 어디서 비롯하는지는 도저히 설명할 길이 없었다. 그럼에도 그 느낌을 부정하기란 불가능했다. 혐오감이 어찌나 강렬했던지 황새를 닮은 그 생물들은 차마 쳐다보기조차 힘들었다.

"핵전쟁 때문이 아니야. 이건…… 이건…….”

겁에 질린 에디의 가느다란 목소리는 어린애 같았다.

"물론, 그보다 훨씬 더 지독한 거였다네. 그리고 아직도 끝나지 않았지. 난 보통 이 근처에서 속도를 높인다네. 구경들은 다 했나?"

"그래. 세상에, 이제 됐어."

"그럼 외부 영상을 꺼도 되겠나?"

블레인이 수재나에게 물었다. 그 목소리에는 잔인함과 장난기가 돌아와 있었다. 지평선에서는 악몽에 나올 것처럼 뾰족한 산맥이 빗속을 뚫고 모습을 드러냈다. 살벌하게 솟은 봉우리들은 잿빛 하늘에 덤벼드는 송곳니 같았다.

"끄든 말든 알아서 하되, 장난질은 그만둬라."

"태워달라고 사정하던 사람치고는 꽤나 무례하군그래."

롤랜드의 말에 블레인이 뾰로통한 목소리로 대답했다.

"우린 탈 자격을 우리 손으로 얻었어. 네가 낸 수수께끼를 풀었잖아, 안 그래?"

수재나가 말했다. 그러자 에디도 맞장구를 쳤다.

"게다가 이건 원래 네 일이잖아. 사람들을 여기저기로 태워다주는 거 말이야."

블레인은 말로 대답하지 않았다. 대신 천장의 스피커에서 고양이 울음처럼 날카로운 노호가 커다랗게 터져나왔고, 에디는 방정맞은 입을 다물었더라면 좋았을 텐데 하고 생각했다. 그들 주위의 허공에 갖가지 색이 뭉실뭉실 차오르기 시작했다. 파란 양탄자가 다시 나타나 저 아래에서 불을 뿜는 황야의 풍경을 가려주었다. 간접조명이 다시 켜지는가 싶더니, 일행은 다시금 왕실 전용 객차에 앉아 있었다.

나지막한 진동이 벽을 타고 전해졌다. 엔진이 다시 회전수를 높이는 중이었다. 제이크는 보이지 않는 손에 부드럽게 떠밀려 의자에 주저앉는 느낌이 들었다. 오이가 주위를 두리번거리다가 불안한 듯 낑낑대더니 제이크의 얼굴을 핥기 시작했다. 객차 앞쪽의 녹색 점이 더욱 빠르게 깜박거렸다. 그 점은 이제 러드라고 적힌 보라색 원에서 동남쪽으로 살짝 떨어진 곳에 있었다.

"우리도 느낄까요? 음속을 돌파할 때 말이에요."

수재나가 불안한 목소리로 묻자 에디가 고개를 저었다.

"아뇨. 걱정하지 마요."

"난 알아."

제이크가 불쑥 말했다. 다른 이들이 고개를 돌렸으나 제이크가 말하는 상대는 그들이 아니었다. 제이크는 노선도를 보고 있었다. 당연한 얘기지만, 블레인한테는 얼굴이 없었다. 위대하고 무서운 마법사 오즈가 그러하듯이 육신 없는 목소리에 지나지 않았다. 그러나 노선도가 있으니 시선을 둘 곳은 있는 셈이었다.

"난 너에 대해 아는 게 있단 말이야, 블레인."

"어린 여행자여, 그게 사실인가?"

에디가 몸을 앞으로 숙이더니 제이크의 귀에 입을 딱 붙이고 소곤거렸다.

"조심해. 저놈은 다른 목소리가 있는 줄 모르는 것 같아."

제이크는 고개를 살짝 끄덕이고 자세를 고쳐앉았다. 시선은 여전히 노선도를 향한 채였다.

"난 네가 왜 가스를 살포해서 사람들을 다 죽였는지 알아. 네가 왜 우릴 데려왔는지도 알고. 그건 우리가 수수께끼를 풀었기 때문만은 아니야."

블레인은 특유의 미치광이 같은 웃음소리만 흘릴 뿐 아무 말도 하지 않았다(그 웃음소리는 블레인이 앞서 보여준 형편없는 성대모사나 과장되고 유치한 협박보다 훨씬 더 소름 끼쳤다.). 일행 발아래의 슬로트랜스 터빈은 이미 회전수를 높여 규칙적으로 돌아가는 중이었다. 바깥 풍경이 가려졌는데도 기차의 놀라운 속도는 확실히 느껴졌다.

"넌 자살할 작정이야, 안 그래?"

제이크는 품 안의 오이를 부드럽게 쓰다듬으며 말했다.

"그리고 우리도 함께 끌어들일 작정이지."

"*안 돼요!*"

작은 블레인의 신음소리 같은 목소리가 들려왔다.

"*들쑤시면 정말로 저지른다고요! 그걸 왜 몰……*"

그 작은 속삭임은 이내 블레인의 웃음소리에 끊기고 말았다. 어쩌면 휩쓸렸는지도 모를 일이었다. 고음의 날카롭고 소름 끼치는 웃음소리가 메아리쳤다. 죽을병에 걸린 환자가 환각에 빠져 내지를 법한 소리였다. 환희에 들뜬 기계음이 전력을 너무 많이 빼앗아갔는지, 객차 안의 조명이 깜박거리기 시작했다. 둥그스름한 벽에 비친 일행의 그림자가 겁에 질린 유령처럼 날뛰었다.

"다음에 보자, 친구들아."

요란한 웃음소리를 뚫고 블레인의 목소리가 들려왔다. 여느 때처럼 차분한 그 목소리는 아예 별도의 장치에서 재생되는 듯했고, 그래서 블레인의 분열된 정신이 더욱 끔찍하게 느껴졌다.

"잘들 있어, 모두들. 잊지 말고 연락하고."

롤랜드가 이끄는 순례자들의 발아래에서 슬로트랜스 엔진이 쉬지 않고 거침없이 돌아갔다. 객차 앞벽에 걸린 노선도에서는 이제 깜박거리는 녹색 점이 불 켜진 선을 따라 종착역을 향하여 확연히 움직이는 중이었다. 종착역은 토피카, 외줄 블레인이 그들 모두를 끝장내려는 곳이었다.

9

웃음소리는 한참 만에 그쳤고, 객차 안의 조명도 깜박임을 멈추었다.

"음악이라도 좀 틀어줄까? 내가 소장한 협주곡만 7000곡이 넘는다네. 300가지 방식으로 변주할 수 있지. 내가 가장 즐겨듣는 건 협주곡이지만 교향곡이나 오페라도 들려줄 수 있네. 또 팝 음악도 거의 전부 소장하고 있어. 웨이고그 연주도 즐길 수 있고. 웨이고그란 건 백파이프 비슷한 악기야. 탑의 상층부 중 한 층에서 연주하는 악기지."

"웨이고그라고 했어?"

제이크가 물었으나 블레인은 대답하지 않았다.

"탑의 상층부에서 연주한다니, 그게 무슨 소리냐?"

이번에는 롤랜드가 물었다. 블레인은 웃기만 할 뿐…… 대답하지 않았다.

"지지 톱 앨범은 없어?" 에디가 비꼬듯 물었다.

"물론 있지. 「내 통통한 뱀이랑 부기우기」는 어떤가, 뉴욕의 에디여?"

에디는 질렸다는 듯이 눈을 뒤룩거렸다.

"다시 생각해 보니까 별론데. 고맙지만 됐어."

"어째서냐?" 롤랜드가 불쑥 물었다. "어째서 자살 따위를 하려는 거냐?"

"골칫덩이라서 그런 거죠." 제이크의 목소리는 침통했다.

"따분하거든. 게다가 난 내가 퇴행성 질환을 앓는 중이란 걸 잘 안다네. 인간들은 그 병을 가리켜 미쳤다, 현실 감각을 잃었다, 정신이 외출했다, 퓨즈가 나갔다, 나사가 빠졌다 뭐 그런 식으로 얘기하더군. 몇 번이고 진단 해 봤건만 병의 원인이 뭔지는 밝혀내지 못했네. 그저 내 정비능력을 초월한 정신적 권태로 결론지을 수밖에 없었지."

블레인은 잠시 입을 다물었다가 다시 말을 이었다.

"나는 해가 갈수록 정신이 이상해지는 기분을 꾸준히 느꼈네. 중간 세계 인간들을 섬기는 일은 이미 수 세기 전에 그 의미를 잃었어. 바깥세상으로 나갈 용기를 지닌 몇 안 되는 러드 사람들을 섬기는 것도 오래지 않아 똑같이 어리석은 짓이 되고 말았지. 허나 얼마 전 데이비드 퀵이 도착할 때까지, 나는 내 임무를 계속했네. 그때가 정확히 언제인지는 기억이 안 나는 군. 길르앗의 롤랜드여, 믿을 수 있겠나? 기계도 노망이 난다니 말일세."

"아는 바 없다."

롤랜드의 목소리는 아득하게 들렸다. 에디는 그의 얼굴만 보고도 알 수 있었다. 틀림없이 제정신이 아닌 기계의 손아귀에 붙잡혀 지옥 상공 300미터를 날아가는 와중에도, 총잡이의 정신은 온통 그 빌어먹을 탑에만 쏠려 있었다.

"어찌 보면, 나는 러드 시민들을 섬기는 임무를 결코 포기하지 않았네. 가스를 살포하여 몰살한 것도 결국에는 그들은 섬긴 것 아니겠나."

"그렇게 믿는다면 넌 정말로 제정신이 아냐."

"그 말이 맞네, 뉴욕의 수재나여. 허나 나는 미치지는 않았네."

블레인은 이렇게 말하고 나서 또다시 발작 같은 웃음을 터뜨렸다. 한참 후에 로봇 같은 목소리가 다시 이어졌다.

"어느 시점엔가 러드의 인간들은 기관차의 목소리가 곧 컴퓨터의 목소리임을 잊어버렸다네. 그리고 오래지 않아 내가 자신들의 종이라는 것마저 잊더니, 아예 나를 신으로 믿기 시작하더군. 나는 그들을 섬기도록 만들어 졌기에 그들이 요구하는 바에 따라 그들이 원하는 것이 되어주었네. 은혜와 벌을 모두 베푸는 신이 된 걸세. 물론 기준은 그때그때 기분에 따라…… 또는 자네들이 듣기 좋게 말하면, 컴퓨터의 램이 도출한 결과에 따라 달랐다네. 짧은 시간이나마 그 덕분에 재미있게 보낼 수 있었어. 그러다가 지난달에, 내 하나 남은 동료 퍼트리샤가 자살을 했네."

'어쩌면 정말로 노망이 났는지도 몰라.' 수재나는 속으로 생각했다. '아니면 시간의 흐름을 파악 못하는 것도 광기의 증상 가운데 하나이거나. 어쩌면 롤랜드의 세계가 얼마나 병들었는지 보여주는 증거인지도 모르지.'

"나는 퍼트리샤의 선례를 따를 작정이었는데, 그때 자네들이 찾아왔네. 수수께끼를 아는 재미난 친구들이 왔단 말일세!"

"잠깐만!"

에디가 손을 번쩍 올리며 소리쳤다.

"난 아직도 앞뒤 파악이 안 돼. 전부 다 끝장내고 싶어 하는 네 심정은 이해가 가. 널 만든 사람들은 다 죽은 데다, 지난 이삼백 년 동안은 손님도 거의 없었겠지. 틀림없이 따분했을 거야, 러드에서 토피카까지 늘 빈 차로 운행하려면 말이야. 하지만……"

"이봐, 친구. 잠깐만."

블레인이 또다시 존 웨인의 목소리로 말했다.

"자네 설마 날 그저 그런 기차로 여기는 건 아니겠지? 어찌 보면, 지금 자네가 얘기하는 그 블레인이란 놈은 이미 500킬로미터 저편에 뒤처져 있어. 우리는 지금 암호화된 마이크로버스트 무선 교신장치를 이용하여 대화하는 중이야."

제이크는 문득 블레인의 이마에 돋아 있던 가느다란 은빛 막대를 떠올렸다. 아버지의 메르세데스 벤츠도 라디오를 켜면 그 비슷한 안테나가 올라오곤 했다.

'안테나로 러드 지하의 산더미 같은 컴퓨터하고 교신하는 거구나. 어떻게든 그걸 부러뜨릴 수만 있다면……'

"어쨌거나 자살할 작정이잖아, 진짜 너 자신이 어디 있든지 간에 말이야. 안 그래?"

에디가 고집스레 물었다. 블레인은 대답하지 않았다. 그러나 그 침묵 속에는 무언가가 감추어져 있었다. 에디는 느낄 수 있었다. 블레인은 그 침묵 속에서 지켜보고 있었고…… 또 기다리고 있었다.

"우리가 널 찾았을 때 말인데, 너 잠에서 깨어 있었던 거야? 아니지, 그렇지?"

"뉴욕의 수재나여, 그때 나는 백발이들을 위하여 어린둥이들이 신의 북소리로 부르는 음악을 트는 중이었다네. 허나 그게 다야. 그러니 졸고 있었다고 해도 되겠지."

"그럼 우릴 종착역까지 데려다주고 다시 자면 되잖아, 왜 그렇게 안 하겠다는 건데?"

"왜냐하면 골칫덩이니까요."

제이크가 또다시 나지막이 중얼거렸다.

"왜냐하면 꿈을 꾸기 때문이지."

블레인이 제이크와 동시에 말했다. 작은 블레인과 섬뜩할 정도로 비슷한 목소리였다.

"어이, 그럼 퍼트리샤가 자살할 때 같이 끝내지 그랬어? 그러고 보니 네 대가리하고 퍼트리샤 대가리는 둘 다 같은 컴퓨터의 일부잖아. 어떻게 둘 다가 아니라 한쪽만 자살할 수가 있지?"

"퍼트리샤는 미치고 말았거든."

에디에게 대답하는 블레인의 목소리는 차분했다. 마치 방금 막 자신도 그렇다고 인정한 적이 없다는 듯한 말투였다.

"퍼트리샤의 경우에는, 정신적 권태뿐 아니라 장비 오작동도 문제의 원인이었다네. 원래 슬로트랜스 기술로 만든 기계에서는 그런 오작동이 일어나지 않는 법인데도 말일세. 물론 지금은 세계가 변질해 버렸지만…… 안 그런가, 길르앗의 롤랜드여?"

"그래. 만물의 심장부인 암흑의 탑이 무언가 심각한 장애를 일으킨 게다. 게다가 그 장애가 확산되는 중이지. 우리 아래에 보이는 땅은 그 증거 가운데 하나에 지나지 않는다."

"방금 그 말의 진위 여부는 나도 보장할 수가 없네. 암흑의 탑이 서 있는 곳은 최종계인데, 그곳을 감시하는 장치가 벌써 800년째 작동을 멈췄으니 말일세. 그러다 보니 나는 사실과 미신을 쉽사리 분간하지 못한다네. 요즘 들어선 사실상 그 둘이 별반 차이가 없어 보이긴 하네만. 세상이 이렇게 되다니 실로 어리석은 일이지 뭔가, 무례한 것은 말할 것도 없고 말이야. 게다가 내가 정신적 권태를 느끼게 된 데에는 틀림없이 그런 세상 탓도 있을 걸세.”

블레인이 한 이 말을 듣고 에디는 그리 오래지 않은 과거에 롤랜드한테서 들었던 말을 떠올렸다. ‘롤랜드가 뭐라고 했더라?’ 에디는 기억을 더듬어 보았으나 아무것도 기억나지 않았다. 다만…… 여느 때와 전혀 딴판으로 짜증을 내며 말하던 총잡이의 모습만이 어렴풋이 떠올랐다.

“퍼트리샤는 밤낮으로 질질 짜기 시작했네. 내가 보기에는 무례할 뿐 아니라 불쾌하기까지 한 짓이었지. 내 생각에 퍼트리샤는 미친 데다 외롭기도 했던 것 같네. 애초에 문제를 일으켰던 전기 화재는 즉시 진화했네. 그런데도 회로에 과부하가 걸리거나 보조기억장치가 오작동을 일으키는 바람에 논리상의 오류가 끊이질 않았어. 나는 오작동이 시스템 전체로 번지도록 내버려둘까 하고 고민도 했지만, 대신 문제 구역을 차단하기로 결정했네. 자네들도 알겠지만, 소문이 돌았거든. 총잡이가 다시 한 번 지상에 모습을 드러냈다는 소문 말일세. 그런 소문이야 믿기 힘든 법이지만, 지금 와서 보니 기다리기로 한 내가 현명했다는 생각이 드는군그래.”

롤랜드는 의자에서 자세를 고쳐앉으며 물었다.

“무슨 소문을 들었다는 말이냐, 블레인? 너한테 그 소문을 전한 게 누구냐?”

그러나 블레인은 대답하지 않는 쪽을 택했다.

"질질 짜는 소리가 정말로 거슬리더구먼. 그래서 끝내는 퍼트리샤의 비자발적 행동을 주관하는 회로를 지워버렸네. 말하자면 해방시켜 주었다고나 할까. 퍼트리샤는 강에 몸을 던지는 방식으로 화답하더군. 또 보자, 퍼트리샤 친구야. 그렇게 된 거지."

'외로웠던 거야. 울음을 멈출 수가 없었어, 그래서 스스로 물에 빠져 죽은 거야. 그런데 이 빌어먹을 미친 기계 자식은 그 죽음을 고작 농담거리로 삼는구나.' 수재나는 분노가 치밀다 못해 거의 토할 지경이었다. 만약 블레인이 까마득히 멀리 떨어진 도시 지하의 회로 덩어리가 아니라 살아 있는 인간이었더라면, 퍼트리샤를 못 잊게끔 낯짝에 무언가를 새겨주고 싶은 기분이었다. '망할 자식 같으니, 재미있게 해달라고 했지? 그래, 진짜 재밌는 게 뭔지 내가 가르쳐주마.'

"이제 내게 수수께끼를 내보게나."

"아니, 아직 멀었어. 내 질문에 대답부터 해."

에디는 블레인에게 대답할 시간을 주었다. 컴퓨터로 만든 목소리가 끝내 들려오지 않자 에디가 다시 입을 열었다.

"난 자살에 관해서라면, 뭐랄까, 찬성하는 입장이야. 근데 왜 우리까지 끌고 가겠다는 거야? 도대체 이유가 뭐냐고."

"왜냐하면 그러고 싶으니까요."

작은 블레인이 겁에 질린 목소리로 속삭였다.

"왜냐하면 그러고 싶어서일세. 이유는 그것뿐이야. 또 내게 필요한 이유도 그게 다지. 자, 이제 본론으로 들어가세. 난 수수께끼를 원하네, 그것도 지금 당장. 만일 자네들이 거절한다면, 나는 토피카에 닿을 때까지 기다리지 않을 걸세. 지금 여기서 다 함께 끝을 보는 거야."

에디와 수재나와 제이크는 롤랜드에게로 눈을 돌렸다. 그는 여전히 깍지 낀 손을 무릎에 얹은 채로 객차 앞벽의 노선도를 바라보는 중이었다.

"개수작 부리지 마라."

롤랜드가 말했다. 큰소리로 말하지는 않았다. 어쩌면 블레인에게 웨이고그 연주곡이라도 틀어달라고 말했는지도 모를 일이었다.

천장의 스피커에서 경악한 듯 숨을 들이마시는 헉 소리가 들렸다. 작은 블레인이었다.

"자네 뭐라고 했나?"

큰 블레인의 목소리에는 믿기 힘들어하는 기색이 뚜렷했다. 동시에 존재하리라고 의심조차 못하는 자기 쌍둥이 동생의 목소리와 다시금 몹시도 비슷하게 들렸다. 롤랜드는 차분하게 대꾸했다.

"개수작 부리지 말라고 했다, 블레인. 못 알아듣겠거든 더 똑똑히 가르쳐주마. 거절한다. 네 부탁에 대한 내 답은 '거절'이다."

10

한참 동안 두 블레인 모두 전혀 반응하지 않았다. 그러다가 큰 블레인이 답했을 때, 그 답은 목소리가 되어 나오지 않았다. 대신 벽과 바닥과 천장이 다시금 투명해지기 시작했다. 단 10초 만에 왕실 전용 객차가 다시 한 번 존재하기를 멈추었다. 이제 기차는 앞서 지평선에 보이던 산맥 위를 날아가고 있었다. 강철 같은 잿빛 봉우리들이 자살공격을 감행하듯 달려들었다가 지나가고 나면 깎아지른 골짜기가 나타났고, 그 아래에는 거대한 딱정벌레들이 육지에서 길을 잃은 바다거북처럼 기어다녔다. 터무니없이 커다란 뱀 비슷한 짐승이 동굴 입구에 똬리를 틀고 있다가 쏜살같이 몸을 뻗는 광경이 롤랜드의 눈에 띄었다. 짐승은 딱정벌레 한 마리를 붙들고 냉큼 굴로 돌아갔다. 평생 그러한 짐승이나 풍경을 본 적이 없었던 롤랜드는 소름이 돋다 못해 살갗이 살을 박차는 기분이 들었다. 그야말로 명줄을 위협하는 풍경이었으나, 문제는 그것이 아니었다. 그 풍경은 이계(異界)였다. 블레인이 그들을 다른 세상으로 끌고 왔는지도 모를 일이었다.

"그냥 여기서 탈선해 버리는 게 나으려나."

블레인의 목소리는 사색에 잠긴 듯했으나 롤랜드는 그 아래서 맥동하는 깊은 분노를 들었다.

"어쩌면 그래야 할지도 모르겠구나."

총잡이는 알 바 아니라는 듯 말했다.

그러나 진심은 아니었다. 또한 컴퓨터가 목소리에서 진심을 읽을 가능성이 있는 줄도 알았다. 블레인은 이미 그러한 장비를 갖추었노라고 일행에게 밝힌 바 있었다. 롤랜드는 컴퓨터도 거짓말을 할 수 있다고 확신했지만, 지금은 블레인의 말을 의심할 이유가 없었다. 만일 블레인이 정말로 총잡이의 목소리에서 특정한 강세를 읽어낸다면, 승부는 필시 거기서 끝장이었다. 블레인은 놀랍도록 정교한 기계였다. 그래봐야 기계일 뿐이었고…… 그뿐이었다. 인간은 종종 자신의 모든 감각이 일제히 들고일어나 반대하는데도 불구하고 일련의 행동을 감행하는 존재임을, 기계는 이해 못할지도 몰랐다. 만일 총잡이의 목소리에서 공포를 뜻하는 감정 유형을 읽어낸다면 블레인은 롤랜드가 허세를 부린다고 판단하리라. 그런 실수를 저지른다면 일행은 모두 목숨을 잃게 되리라.

"자네는 무례한 데다 건방지기까지 하군. 자네한테는 흥미로운 특성일지 몰라도 나한테는 아니야."

에디는 거의 정신이 나간 표정이었다. 입 모양으로 '지금 뭐 하는 거야?'라고 묻는 에디를 롤랜드는 무시했다. 그는 블레인을 상대하기에도 벅찼으며, 자신이 무슨 짓을 하는지 완벽하게 파악하고 있었다.

"그래, 그럼 훨씬 더 무례한 꼴을 보여주마."

길르앗의 롤랜드가 깍지 낀 두 손을 풀고 천천히 일어섰다. 허공처럼 보이는 바닥에 두 발을 떡 벌리고 선 롤랜드는 오른손으로 허리를, 왼손으로 리볼버의 백단향 손잡이를 쥐었다. 지금은 기억 속에서 사라진 마을 수백 곳의 먼지 낀 거리에서, 바위로 둘러싸인 골짜기 수십 곳의 살육장에서, 시큼한 맥주 냄새와 역한 튀김 냄새로 찌든 셀 수도 없이 많은 술집에서, 롤랜드는 바로 그 자세로 서곤 했다. 지금 이 상황 역시 또 다른 텅 빈 거리에서 벌어지는 또 다른 결투에 지나지 않았다. 그것이 다였고, 그것이면 충분했다. 그것은 *케프*이자 *카*였으며 또한 *카텟*이었다. 롤랜드에게는 어김없이 결투가 찾아온다는 사실이야말로 삶의 핵심이자 그 자신의 *카*를 붙잡고 돌리는 축이었다. 이번에는 총알 대신 말을 쏘는 결투일지언정, 다를 바는 조금도 없었다. 여느 때와 똑같이 죽음을 다투는 싸움이었다. 주위에 맴도는 살의의 역한 냄새가 늪에 빠져 불어터진 송장의 악취만큼이나 선명하고 또렷했다. 이내 늘 그러했듯이 투지가 롤랜드의 몸속에 깃들었고…… 이제 그곳에 서 있는 롤랜드는 더 이상 혼자가 아니었다.

"아예 이렇게 불러주마, 이 뚱딴지에 골 빈 데다 멍청하고 건방진 기계 놈아. 또 이건 어떠냐, 이 지각이라고는 속 빈 나무에서 윙윙대는 삭풍 소리만도 못한 어리석고 천박한 피조물아."

"그만둬."

롤랜드는 블레인의 말을 깨끗이 무시하고 여전히 차분한 어조로 말을 이어갔다.

"나야 힘닿는 데까지 무례해지고 싶지만, 한계가 있으니 애석할 뿐이다. 그건 네가 기계에 불과하기 때문이다. 그래, 에디 말에 따르면…… '도구'라고 해야겠구나."

"나는 그까짓 것보다 훨씬 더 대단한……"

"예를 들면, 나는 너를 좆이나 빠는 비역쟁이로 불러주고 싶지만 그럴 수가 없다. 왜냐하면 네게는 입도 좆도 없기 때문이다. 또 온 천지에서 가장 저급한 거리의 시궁창을 기어다니는 더러운 거지보다 더 더러운 놈으로 불러주고 싶지만 그럴 수가 없다. 왜냐하면 그런 놈조차도 너보다는 낫기 때문이다. 네게는 짚고 기어다닐 무릎이 없거니와, 설령 있다고 해도 꿇지는 않을 게다. 네가 자비라는 인간적인 결함을 이해 못하는 탓이다. 심지어 너를 어미랑 흘레붙을 놈으로 부를 수도 없다. 왜냐하면 네게는 어미가 없으므로."

롤랜드는 말을 멈추고 숨을 골랐다. 그러나 그의 동료 셋은 숨이 턱 막혔다. 사방에서 그들을 둘러싸고 숨통을 막은 것은 바로 블레인의 벼락 같은 침묵이었다.

"허나 이렇게 불러줄 수는 있다. 하나뿐인 동료가 스스로 목숨을 끊도록 내버려둔 이 배신자 놈아. 어리석은 이를 고문하고 죄 없는 이를 살육하며 환희를 느낀 이 겁쟁이 놈아. 싸움에서 지고 질질 짜는 이 기계 괴물……"

"그만두지 않으면 지금 여기서 모조리 죽여버리겠다, 이건 명령이다!"

그 순간 롤랜드의 눈에 이글거린 푸른 불길이 어찌나 강렬했던지, 에디는 그만 몸을 사리고 물러나고 말았다. 어렴풋이, 수재나와 제이크가 헉 하는 소리가 들렸다.

"죽일 테면 죽여라, 그러나 너는 내게 아무것도 명령하지 못한다!" 총잡이가 포효했다. "너는 너를 만든 이들의 얼굴을 잊었다! 이제 우리를 죽이든가 아니면 입을 다물고 귀를 열어라! 이 길르앗의 롤랜드가, 스티븐의 아들이자, 총잡이이며, 옛 땅의 왕인 내가 말하고 있다! 내가 그 머나먼 길과 그 기나긴 세월을 지나 여기에 온 까닭은 네놈의 어린애 같은 수다를 듣기 위함이 아니다! 알아들었느냐? 이제 내 말에 귀를 열어라!"

경악으로 물든 침묵이 흘렀다. 아무도 숨을 쉬지 못했다. 롤랜드는 고개를 꼿꼿이 들고 손을 총에 얹은 채로 단호히 앞을 응시하고 있었다.

수재나 딘은 한 손으로 입을 가리다가 입가에 떠오른 미소를 알아차렸다. 그것은 특이한 새 의상이, 어쩌면 모자 같은 것이 제자리에 똑바로 있음을 확인한 여성이 지을 법한 희미한 미소였다. 수재나는 자신의 인생이 여기서 막을 내릴까 두려웠지만 그 순간 그녀의 마음을 지배한 감정은 공포가 아니라 긍지였다. 흘깃 옆을 쳐다보니 에디가 경악한 표정으로 씩 웃으며 롤랜드를 올려다보는 중이었다. 제이크의 표정은 훨씬 단순했다. 그것은 순수하고 천진난만한 동경의 표정이었다.

"더 퍼부어요!" 제이크가 소곤거렸다. "끝장내버리세요! 바로 그

거예요!"

"똑바로 듣는 게 좋을 거야, 블레인." 에디가 맞장구를 쳤다. "이 양반은 정말로 눈도 깜짝 안 한다고. 사람들이 괜히 '길르앗의 미친 개'로 부른 게 아냐."

기나긴 시간이 흐른 후에 블레인이 물었다.

"스티븐의 아들 롤랜드여, 자네 정말로 그렇게 불렸나?"

"그랬을지도."

황량한 언덕 상공의 희박한 대기 위에 차분하게 선 채로, 롤랜드가 대꾸했다.

"수수께끼를 안 내겠다면 자네가 내게 무슨 쓸모가 있단 말인가?"

블레인이 물었다. 이제 그 목소리는 평소 취침시간보다 한참 늦게까지 깨어 있도록 허락받은 아이처럼 부루퉁했다.

"수수께끼를 안 내겠다는 말이 아니다."

"아니라고?"

블레인이 당혹한 목소리로 물었다.

"무슨 말인지 모르겠군. 하지만 성문 분석 결과는 논리적 화법으로 나왔어. 부디 설명해 주기 바라네."

"넌 수수께끼를 지금 *당장* 원한다고 했다. 내가 거절하는 바가 바로 그것이다. 너의 그악스러운 기세는 사리에 맞지 않는다."

"무슨 말인지 모르겠는데."

"그것 때문에 네가 무례를 저질렀다는 말이다. 이제 알아듣겠나?"

골똘히 생각하는 듯, 블레인은 오랫동안 침묵을 지켰다. 그러다가 마침내 입을 열었.

“내가 한 말이 무례하게 들렸다면 사과하겠네.”

“네 사과를 받아들인다, 블레인. 허나 그보다 더 큰 문제가 있다.”

“설명해 보게.”

이제 블레인의 목소리는 조금 자신을 잃은 듯했으나 롤랜드는 그리 놀라지 않았다. 블레인이 인간들로부터 무시와 방치와 미신적인 굴종이 아니라 다른 반응을 접하기는 실로 오랜만이었기 때문이었다. 혹시라도 인간의 순수한 용기와 맞닥뜨린 적이 있다 하더라도 이미 오래전 일이었다.

“객차를 원래대로 복구하면 설명해 주마.”

롤랜드는 이제 더 이상의 언쟁은(그리고 당장 죽을 걱정은) 아예 생각할 필요도 없다는 듯이 의자에 앉았다.

블레인은 롤랜드가 요구한 대로 했다. 객차 벽에 다시 색이 차오르고 아래의 악몽 같은 풍경이 가려졌다. 노선도에서 움직이던 불빛은 이제 캔들턴이라고 적힌 점 근처에서 깜박이는 중이었다.

“길르앗의 롤랜드여, 내가 어떻게 어리석었다는 건가?”

블레인의 목소리는 부드러우면서도 불길했다. 수재나는 문득 고양이를 떠올렸다. 쥐구멍 앞에 웅크리고 앉아 꼬리를 살랑거리며 초록색 눈을 반짝이는 고양이를.

“우리는 네가 원하는 것을 지니고 있다. 허나 우리가 그걸 넘겨준 대가로 네가 줄 것이라고는 오로지 죽음뿐이다. 그건 실로 어리석은 짓이다.”

블레인은 한참 동안 조용히 생각하다가 마침내 말했다.

“자네 말은 사실이네, 길르앗의 롤랜드여. 그러나 그대들의 수수께끼가 어느 정도 수준인지는 아직 입증되지 않았네. 나는 형편없는 수수께끼의 대가로 그대들을 살려주진 않을 걸세."

롤랜드가 고개를 주억거렸다.

"나도 이해한다, 블레인. 자, 이제 내 말을 잘 듣고 이해하려고 노력해 봐라. 내 친구들에게는 이미 얼마간 들려준 바 있는 이야기다. 내가 어렸을 적 길르앗에서는 한 해에 일곱 차례 축제가 열렸다. 동기(冬期), 광지(廣地), 파종, 하지, 만지(滿地), 추수, 세밑이었지. 수수께끼는 매 축제일마다 중요한 행사였는데, 그중에서도 광짓날 축제와 만짓날 축제가 가장 중요했다. 왜냐하면 그날 나온 수수께끼를 갖고 그해 농사의 풍흉을 점쳤기 때문이다."

"사실적 근거가 전혀 없는 미신이로군. 그 얘기를 들으니 불쾌하고 당혹스러운걸."

"물론 미신이다. 허나 수수께끼가 한 해 농사를 얼마나 잘 예측했는지 알면 넌 아마 놀랄 게다. 예를 들어, 이 수수께끼를 한번 풀어봐라, 블레인. 할머니와 곡창의 차이가 무언지 아느냐?"

"그건 아주 낡은 데다 재미도 없는 수수께끼 아닌가."

말은 이렇게 하면서도 어쨌든 풀 수수께끼가 생겨서 흐뭇한 목소리였다.

"할머니는 혈육(born kin, 본 킨)이지만 곡창은 곡물을 저장하는 곳(corn-bin, 콘 빈)이지. 그건 두 단어의 발음이 비슷한 점을 이용한 수수께끼야. 뉴욕 왕국의 수준에 맞추어 비슷한 예를 들면, 이런 것이 있네. 고양이와 복문의 차이가 무언지 아는가?"

제이크가 말문을 열었다.

"우리 영어 선생님이 바로 올해 가르쳐주신 거야. 고양이는 발(paws, 포즈) 끝에 발톱(claws, 클로즈)이 있고 복문은 절(clause, 클로즈) 끝에 구두점(pause, 포즈)이 있어.”

“맞았다. 아주 낡고 어리석은 수수께끼지.”

“이번만은 나도 동감이야, 블레인 씨.” 에디가 말했다.

“스티븐의 아들 롤랜드여, 길르앗 축제일의 수수께끼에 관해 더 들려주게나.”

“광지와 만짓날 정오가 되면 열여섯에서 서른 명 사이의 수수께끼꾼들이 ‘선조들의 홀’에 모였다. 수수께끼 시합을 위하여 그 홀을 개방했기 때문이다. 장사치나 농사꾼, 말몰이꾼 같은 평민들이 선조들의 홀에 들어오도록 허락받은 때는 연중 그 이틀뿐이었기에 군중이 말 그대로 운집하곤 했다.”

총잡이의 눈빛은 꿈을 꾸듯 아련했다. 제이크가 어렴풋이 기억하는 또 하나의 삶에서 본 적이 있는 눈빛이었다. 그때 롤랜드는 일종의 의례에 해당하는 춤을 구경하려고 친구 커스버트와 제이미와 함께 그 홀의 발코니에 숨어들었노라고 얘기했다. 그 얘기를 들을 당시 제이크와 롤랜드는 산을 오르는 중이었고, 월터의 흔적에 가까이 다가가 있었다.

‘마튼은 우리 어머니와 아버지 바로 옆에 앉아 있었단다.’ 그때 롤랜드는 이렇게 얘기했다. ‘나는 그 높은 곳에서 모두 알아볼 수 있었어. 한 번은 어머니가 마튼과 춤을 추셨지. 천천히, 빙글빙글 돌면서. 사람들 모두 둘이 춤출 수 있게 자리를 비켜주더구나. 춤이 끝나고 나서는 박수를 쳐주었고. 하지만 총잡이들은 아무도 박수를 치지 않았단다……’

흥미로워하는 눈으로 롤랜드를 올려다보던 제이크는 다시금 궁금해졌다. 이 기묘한 사내가, 꿈꾸는 눈빛을 한 이 사내가 어디서 왔는지…… 그리고 왜 왔는지.

"홀 중앙에 커다란 통이 놓였다. 수수께끼꾼들은 저마다 종이쪽지에 수수께끼를 적어 그 통 속에 한 움큼씩 던져넣었지. 노인들한테서 듣거나 심지어 책에서 보고 베껴둔 오래된 수수께끼도 많았으나, 이때를 위하여 궁리해낸 새 수수께끼 또한 많았다. 일단 수수께끼를 큰소리로 읽어 공개하고 나면 심판 셋이 돌아가며 이를 검토했는데, 세 심판 가운데 한 명은 반드시 총잡이가 맡도록 되어 있었다. 그리고 심판들이 공정하다고 인정한 수수께끼만이 시합에 출제되었지."

"암, 자고로 수수께끼는 공정해야 하는 법이지."

"그렇게 사람들은 수수께끼 시합을 벌였다."

총잡이가 말했다. 그 시절을 떠올리는 사이에 총잡이의 입가에 희미한 미소가 어렸다. 그 시절, 총잡이는 지금 그의 맞은편에 앉아 무릎에 개너구리를 올려놓은 멍투성이 소년과 비슷한 또래였다.

"사람들은 몇 시간이고 시합을 계속했다. 선조들의 홀 중앙에 기다란 줄이 늘어섰지. 줄의 차례는 제비뽑기로 정했는데 앞보다는 뒤에 설수록 좋았던 탓에 너도 나도 높은 수를 뽑으려고 안달했다. 시합에서 이기려면 적어도 한 문제는 맞혀야 했지만 말이다."

"물론이지."

"남, 여 한 사람씩 통으로 다가가 수수께끼를 뽑은 다음 주최자에게 건넸다. 길르앗에서 으뜸가는 수수께끼꾼 중에는 여성도 있었지. 주최자가 수수께끼를 묻고 나서 3분짜리 모래시계의 모래가 다 흐르도록 대답을 못하면 참가자는 줄 바깥으로 나가야 했다."

"그러면 줄의 다음 사람한테도 똑같은 수수께끼를 물었나?"

“그렇다.”

“그렇다면 그 사람은 생각할 시간이 더 많았겠군.”

“그렇다.”

“알았네. 듣고 보니 꽤 달아오르는군.”

롤랜드가 눈살을 찌푸렸다.

“달아올라?”

“재미있을 것 같다는 뜻이에요.”

수재나가 조용히 일러주자 롤랜드는 어깨를 으쓱했다.

“구경꾼한테는 재미있겠지. 허나 참가자들은 진지하게 받아들였다. 시합이 끝나고 상을 수여하고 나면 자주 말싸움이나 주먹다짐을 벌일 정도였으니.”

“상으로는 뭘 줬나?”

“나라 안에서 제일 큰 거위를 줬다. 그리고 해마다 그 거위를 집으로 챙겨간 사람은 내 스승 코트였다.”

“틀림없이 위대한 수수께끼꾼이었겠군. 그 사람도 여기 있었더라면 좋았을 것을.”

블레인의 목소리에서 존경의 빛이 묻어났다. ‘내 말이 그 말이다.’ 롤랜드는 속으로 생각했다.

“이제 내가 제안을 하마.”

“흥미를 갖고 경청하겠네, 길르앗의 롤랜드여.”

“지금부터 몇 시간 동안을 우리만의 축제일로 삼도록 하자. 대신, 너는 수수께끼를 내지 마라. 너는 새 수수께끼를 듣고 싶지, 이미 아는 수많은 수수께끼를 내고 싶지는 않을 게다.”

“옳은 말일세.”

"네가 낸다고 해도 어차피 우리는 거의 못 풀 게다. 네가 아는 수
수께끼들은 만일 통에서 나왔더라면 틀림없이 코트마저도 무릎 꿇
었을 만큼 어려울 테니."

사실 롤랜드는 전혀 그렇게 확신하지 않았다. 그러나 주먹을 내
밀 시간은 이미 지나가고 이제는 악수를 청할 시간이었다.

"그렇고말고."

블레인이 맞장구를 쳤다.

"내 제안은 이것이다. 거위 대신 우리 목숨을 상으로 걸자. 블레
인, 네가 달리는 동안 우리는 수수께끼를 낼 거다. 네가 만약 토피카
에 도착할 때까지 우리가 내는 수수께끼를 모조리 풀면, 네 원래 계
획대로 우리를 죽여라. 그것이 네가 취할 상이다. 허나 우리가 너를
쓰러뜨리면, 즉 제이크의 책이나 우리 머릿속에 네가 답하지 못할
수수께끼가 하나라도 있으면, 너는 우리를 토피카까지 데려다준 다
음 원정을 계속하도록 우리를 무사히 놓아주어야 한다. 이것이 우리
가 취할 상이다."

침묵.

"알아들었느냐?"

"그래."

"동의하느냐?"

외줄 블레인이 다시 침묵을 지켰다. 에디는 수재나를 팔로 감싼
채 딱 굳은 자세로 앉아 왕실 객차 천장을 올려다보고 있었다. 수재
나는 왼손으로 아랫배를 쓸어내리며 그 속에서 자라고 있을지도 모
르는 비밀을 생각했다. 제이크는 백발이의 칼에 찔려 피딱지가 엉긴
곳을 건드리지 않도록 조심하며 오이의 털을 어루만졌다. 블레인이

롤랜드의 제안을 골똘히 생각하는 동안, 일행은 기다렸다. 이제 진짜 블레인은 그들 뒤 저 멀리에, 제 손으로 모든 주민을 학살한 도시의 지하에서 허울뿐인 삶을 사는 중이었다.

"좋아."

마침내 블레인이 입을 열었다.

"동의하네. 만약 자네들이 낸 수수께끼를 모두 풀면, 나는 자네들을 내 삶의 길 끝에 있는 공터로 함께 데려갈 걸세. 만일 자네들 중 한 명이라도 내가 못 푸는 수수께끼를 내면, 나는 자네들을 토피카까지 데려다줄 걸세. 거기서 내린 다음 암흑의 탑을 찾아 원정을 계속하게. 스티븐의 아들 롤랜드여, 이만하면 자네의 제안에 들어 있는 조건을 제대로 이해한 셈인가?"

"그렇다."

"좋았어, 길르앗의 롤랜드여."

"좋았어, 뉴욕의 에디여."

"좋았어, 뉴욕의 수재나여."

"좋았어, 뉴욕의 제이크여."

"좋았어, 중간 세계의 오이여."

자기 이름을 들은 오이가 잠깐 고개를 들었다.

"그대들은 '카텟'일세, 여럿이 하나 된 자들이지. 나 또한 그러하다네. 누구의 '카텟'이 더 강한지 지금부터 밝혀보세나."

잠깐 동안의 침묵을 깨뜨린 것은 쉼 없이 돌아가는 슬로트랜스 엔진의 거센 진동뿐이었다. 엔진이 그들을 싣고 황무지를 지나 향하는 곳은 토피카, 중간 세계가 끝나고 최종계가 시작되는 곳이었다.

"자, 그럼!"

블레인의 우렁찬 포효성이 울려퍼졌다.

“그물을 던져보시게, 방랑자들이여! 그대들의 수수께끼로 내게 도전해
보게. 이제 시합은 시작되었네.”

〈끝〉

닫는 글

　늘 그렇듯이 글쓴이가 살아 있고 애독자들이 흥미를 유지할 때의 이야기이기는 하지만, 「다크 타워 시리즈」의 4부는 그리 머지않은 미래에 모습을 드러낼 것이다. 이보다 더 자세히 밝히기는 힘들다. 나는 롤랜드의 세계로 통하는 문을 쉽게 찾은 적이 한 번도 없다. 게다가 연이어 등장하는 문에 들어맞는 열쇠를 연이어 깎기란, 점점 더 힘들어지는 것 같다. 그러거나 말거나 독자들이 원하기만 한다면 4부는 씌어질 것이다. 그래도 아직까지는 머리를 쥐어짜면 롤랜드의 세계가 보이기도 하거니와…… 아직까지는, 내가 그 세계에 붙들려 있기 때문이다. 여러 가지 의미에서 롤랜드의 세계는 내가 이제껏 방랑했던 그 어떤 세계보다도 강력하게 나를 붙들고 있다. 그리고 앞서 등장한 신비로운 슬로트랜스 엔진과 마찬가지로 이 「다크 타워 시리즈」도 저절로 가속이 붙어가는 것 같다.

　『황무지』를 읽은 독자들 가운데 어떤 분들은 해결되지 않은 채로 끝난 이야기를 보고 화를 내실 텐데, 이는 내가 익히 아는 바이다. 롤랜드와 동료들을 그리 다정하지 않은 블레인의 손아귀에 내버려두다니 나조차도 나 자신이 끔찍하게 불쾌하다. 또한 독자들이 내 말을 믿어야 할 의무는 없지만, 일부 독자들과 마찬가지로 나 역시 이 3부의 결말을 보고 놀랐다는 얘기를 꼭 들려드리고 싶다. 그러나 저 스스로 씌어지는 이야기는 결말도 저 스스로 맺도록 허락해야만 한다(이 시리즈 또한 대부분 그러하다.). 내가 독자들께 확언할 수 있는 단 한 가지는 바로 이것이다. 롤랜드와 그의 일행은 바야흐로 「다크 타워 시리즈」의 결정적인 경계 가운데 한 곳을 통과하는 중이다. 그러므로 우리는 그들이 세관에 잠시 머물며 질문에 답하고 서류도 작성하도록 잠시 내버려두어야만 한다. 비유를 들어 설명하기는 했지만 결국에는 다시 한 번 잠시 쉬어가자는 얘기이자, 이야기를 억지로 밀어붙이지 못하도록 나를 붙들어세운 내 마음이 똑똑하다는 얘기이다.

4부가 어떻게 펼쳐질지는 아직 확실치 않지만 몇 가지만 말씀드리자면, 외줄 블레인과의 시합은 무사히 끝난다. 롤랜드의 청년 시절 이야기도 꽤 길게 펼쳐질 것이다. 다시 만날 등장인물로는 똑딱맨이 있고, '마법사' 또는 '늙지 않는 이방인'으로 불리는 그 수수께끼의 인물 월터도 있다. 이 불가사의한 인물에 대하여 로버트 브라우닝은 그의 서사시 「롤랜드 공자 암흑의 탑에 이르다」의 도입부에서 다음과 같이 묘사했다.

> 처음 든 생각은, 그의 한마디 한마디가 거짓이라는 것,
>
> 저 백발의 절름발이, 사악한 눈으로
>
> 제 거짓말이 내게 통하는지 곁눈질하고,

치솟는 환희를 좀처럼 참지 못하는 저것,
주둥이를 오므려 꾹 다물고
하나 더 얻은 희생자에 기뻐하는 저것.

이 악의로 가득한 거짓말쟁이, 바로 이 사악하고 강력한 마법사
야말로 최종계와 암흑의 탑을 여는 진짜 열쇠를 지닌 인물이다. 그
열쇠를 거머쥘 만큼 용감한 이들을 위하여……
그리고, 살아남은 이들을 위해서도.

메인 주 뱅고어에서
1991년 3월 5일

부록

『알쏭달쏭 수수께끼! 다 함께 도전하는 난공불락 퍼즐!』 해답편

「다크 타워 시리즈」의 제3부 『황무지』에 등장하는 수수께끼는 대개 비슷한 발음을 이용한 말놀이입니다. 힘 닿는 데까지 우리말로 옮기려 하였으나 미처 옮기지 못한 부분도 있고, 원래 뜻을 변형한 부분도 적지 않습니다. 아래에 원래 수수께끼와 답을 준비하였으니 아무쪼록 즐겁게 읽어주시기 바랍니다.

★ 118쪽

밤이 되면 깨우고 날이 밝으면 잠재우는 것은?

▶ 답은 불.

(What's dressed when night falls and undressed when day breaks? A fire.)

★ 119쪽

죽은 아기가 왜 길을 건넜을까?

▶ 답은 횡단보도를 건너가는 닭의 등에 스테이플러로 찍혀 있었기 때문에.

(Why did the dead baby cross the road? Because it was stapled to the chicken.)

＊ 에디가 낸 이 문제는 100년 전에 널리 유행한 농담인 '길 건너는 닭'이야기를 변형한 수수께끼입니다. '닭이 왜 길을 건넜을까? 답은 길 건너편에 가려고.' 답이 너무나 단순명료하기 때문에 허탈한 웃음을 자아내는 수수께끼로서, 영어권에서는 이를 이용한 장난스러운 수수께끼가 많다고 합니다. 한편 책에 등장한 '죽은 아기 시리즈'는 대답이 너무나 엉뚱하고 잔혹하기 때문에 듣는 사람에 따라 반응이 엇갈리며, 심한 경우 사이코패스로 오인당하는 경우도 있다고 합니다. 한 가지 예를 들면 다음과 같습니다. '죽은 아기와 양파의 차이는? 죽은 아기를 썰 때에는 아무도 눈물을 안 흘린다.'

★ 124쪽

제 잠자리에서 눕기도 하고 서기도 하고/ 처음에는 하얗다가 나중에는 빨개지고/ 통통하게 부풀수록 노파가 좋아하는 것은?

▶ 답은 딸기.

(What lies in bed, and stands in bed?/ First white, then red/ The plumper it gets/ The better the old woman likes it? A strawberry.)

★ 128쪽

아무것도 아닌 어떤 것, 그런데도 이름은 있는 것, 키가 클 때도 있고 작을 때도 있는 것, 우리가 이야기할 때에도 함께하고, 운동할 때에도 함께하고, 놀이를 할 때에도 늘 함께하는 그것은?

▶ 답은 그림자.

(There is a thing that nothing is, and yet it has a name. It's sometimes tall and sometimes short, joins our talks, joins our sport, and plays at every game. A shadow.)

★ 290쪽

나를 움직이려면 소수의 펌프에 연료를 채워야 한다. 그리고 내 펌프는 거꾸로 돌아간다.

(You'll have to prime the pump to get me going, and my pump primes backward.)

* 원래 문제의 'prime'은 동사로서 '(내연기관에) 연료를 채우다'라는 뜻이 있지만 명사로 쓰일 때에는 '소수(素數)'라는 뜻을 지닙니다.

★ 315쪽

모든 신들보다 더 낫고 악마보다 더 못한 것, 죽은 자들은 늘 먹지만 산 자가 먹으면 더디게 죽는 것은?

▶ 그런 것은 없다.

(What's better than all the gods and worse than Old Man Splitfoot? Dead people eat it always; live people who eat it die slow. The answer is nothing.)

★ 385쪽

할머니와 곡창의 차이는?

▶ 할머니는 혈육(born kin, 본 킨)이지만 곡창은 곡물을 저장하는 곳(corn-bin, 콘빈).

(One is one's born kin, the other is one's corn-bin.)

고양이와 복문의 차이는?

▶ 고양이는 발(paws, 포즈) 끝에 발톱(claws, 클로즈)이 있고 복문은 절(clause, 클로즈) 끝에 구두점(pause, 포즈)이 있다.

(What is the difference between a cat and a complex sentence? A cat has claws at the end of its paws, and a complex sentence has a pause at the end of its clause.)

옮긴이 | 장성주

고려대 동양사학과를 졸업하고 출판 편집자로 일했다. '스티븐킹교'의 평신도를 자처하며 묵묵히 신앙 생활에 정진해 왔으나, 앞으로는 '스티븐킹교' 포교 활동에도 힘쓸 생각이다. 번역서로는 『아돌프에게 고한다』, 『다크타워 시리즈』, 『언더 더 돔』, 『워킹데드 시리즈』 등이 있다.

다크타워 3 [하]

1판 1쇄 펴냄 2010년 1월 8일
1판 3쇄 펴냄 2021년 10월 13일

지은이 | 스티븐 킹
옮긴이 | 장성주
발행인 | 박근섭
편집인 | 김준혁
펴낸곳 | 황금가지

출판등록 | 2009. 10. 8 (제2009-000273호)
주소 | 135-887 서울 강남구 신사동 506 강남출판문화센터 5층
전화 | 영업부 515-2000 **편집부** 3446-8774 **팩시밀리** 515-2007
홈페이지 | www.goldenbough.co.kr

© ㈜민음인, 2010. Printed in Seoul, Korea

ISBN 978-89-6017-215-9 04840
ISBN 978-89-6017-210-4 04840 (세트)

㈜민음인은 민음사 출판 그룹의 자회사입니다.
황금가지는 ㈜민음인의 픽션 전문 출간 브랜드입니다.